ALLIE LARKIN

Eigentlich bin ich ja ganz anders

Buch

Unfreiwillig stolpert Jenny in ein Highschool-Wiedersehenstreffen und wird prompt für die lang verschwundene Jessie Morgan gehalten, der sie bis aufs Haar zu gleichen scheint. Herzlich, warm und voller Freude wird sie von deren Freunden begrüßt – und »vergisst« vor lauter Geborgenheit und Zugehörigkeitsgefühl, das Missverständnis aufzuklären. Denn wie sehr hat sie sich immer solche Freunde gewünscht! Und es scheint, als wäre Jenny-als-Jessie die weitaus bessere Freundin, als die richtige Jessie es jemals gewesen ist. Bloß was kann ihre Doppelgängerin dazu gebracht haben, diese besonderen Freunde einfach aufzugeben? Als Jenny in Jessies Vergangenheit eintaucht, entdeckt sie eine Geschichte voll Schmerz und Schuld … Und als dann auch noch Jennys Schwindel aufzufliegen droht, steht sie kurz davor, alles zu verlieren: die besten Freunde, die sie je hatte – und den Mann, den sie von Herzen liebt …

Autorin

Allie Larkin lebt in Rochester, New York, zusammen mit ihrem Ehemann Jeremy, den zwei Schäferhunden Argo und Stella und einer dreibeinigen Katze. Sie ist Mitbegründerin von TheGreenists.com, einer Website, auf der man alltagstaugliche Tipps für ein ökologisch bewusstes Leben findet.

Von Allie Larkin bereits erschienen:

Können diese Augen lügen? (37654)

ALLIE LARKIN

Eigentlich bin ich ja ganz anders

ROMAN

Aus dem Amerikanischen
von Nina Bader

blanvalet

Die Originalausgabe erschien 2013
unter dem Titel »Why can't I be you« bei Plume,
a member of Penguin Group (USA) Inc., New York.

MIX
Papier aus verantwortungsvollen Quellen
FSC® C014496

Verlagsgruppe Random House FSC® N001967
Das FSC®-zertifizierte Papier *Holmen Book Cream*
für dieses Buch liefert Holmen Paper, Hallstavik, Schweden.

1. Auflage
Taschenbuchausgabe August 2014 bei Blanvalet,
einem Unternehmen der Verlagsgruppe
Random House GmbH, München

Umschlaggestaltung: bürosüd°, München, unter Verwendung von
Motiven von Getty Images/Photographer's Choice/Gail Shumway
Redaktion: Angela Troni
ue · Herstellung: sam
Satz: Buch-Werkstatt GmbH, Bad Aibling
Druck und Einband: GGP Media GmbH, Pößneck
Printed in Germany
ISBN: 978-3-442-38210-1

1

Auf der Fahrt zum Flughafen war Deagan auffällig nervös. Dabei hatte ich an diesem Morgen gar keine undefinierbare Brühe, sondern normal starken Kaffee gekocht und in seinen extra viel Milch getan.

Er hatte ewig gebraucht, um ihn zu trinken, während er in meinem kleinen, trostlosen Apartment an dem wackeligen Küchentisch in der Mini-Essecke saß und zusah, wie ich umherhuschte und verstreuten Krimskrams in mein Bordcase stopfte. In den Koffer ging nichts mehr hinein, ich hatte mich sogar quer darüberlegen müssen, um ihn zuzubekommen. Mein Kater Mr. Snuffleupagus beobachtete mich von seinem Stammplatz oben auf dem Küchenschrank aus und versetzte mir jedes Mal, wenn ich an ihm vorbeikam, einen spielerischen Schlag mit der Pfote.

Ich war noch nie auf Geschäftsreise gewesen und hatte mir so etwas immer glamourös und aufregend vorgestellt. Doch nachdem ich am Abend vorher versucht hatte, Conditioner in eine Miniflasche umzufüllen, und dabei den Badezimmerboden mit einem cremigen Film überzogen hatte, argwöhnte ich, dass es genauso nervenaufreibend war wie jede andere Reise. Das Gute daran war, dass Deagan Snuffy nach der Konferenz in eine Katzenpension bringen und mich in Seattle treffen würde. Wir wollten uns ein rotes Cabrio mieten, nach Napa hinausfahren, die Woche in einem Spa verbringen, uns massieren lassen und in einem Heißluftballon Champagner trinken. Es war kein Besuch bei Studienfreunden, bei denen man auf der Couch schläft, oder einer von jenen Kurztrips, für die man sich mit sechzehn befreundeten Arbeitskollegen ein Haus gleich neben der Skipiste mietet. Es war eine richtige Reise.

Deagan war so sehr mit seinem Handy beschäftigt, dass er mich nicht wie sonst antrieb, wenn wir essen oder ins Kino gehen wollten. Da ich damit rechnete, dass er alle fünf Minuten auf die Uhr sah und seufzte, wenn es langsam Zeit wurde, vergaß ich, selbst darauf zu achten. Plötzlich war es Viertel vor sieben, und ich hätte längst am Flughafen sein sollen.

»Deags!«, rief ich, griff nach ein paar Pullovern von dem Stapel auf dem Boden meines Kleiderschranks und schob sie in die Vordertasche des übervollen Koffers. »Wir müssen los! Warum hast du mir nicht Bescheid gesagt?«

»Oh.« Er sah mich benommen an. »Stimmt.« Dann rieb er sich mit der Hand übers Gesicht, als wolle er sich die Haut abrubbeln. »Brendon hat mir eine SMS geschickt, um das Volleyballtraining auf halb sechs zu verlegen, aber Faye kommt nicht rechtzeitig von der Arbeit weg, deshalb versucht Justin nun …«

»Okay, schon gut. Erzähl es mir im Auto!«, rief ich und schlüpfte hastig in meine Jacke.

Wir stürmten zum Parkplatz. Deagan trug meinen Koffer und verstaute ihn im Kofferraum, was ich sehr nett von ihm fand. Erstens war das Ding schwer, und zweitens bemerkte er beim Einladen nicht, dass ich auf einer Eisplatte ausrutschte. Es hatte in den letzten Tagen stark geregnet, und der Frost hatte früh eingesetzt, weshalb der Parkplatz einer Kunsteisbahn glich.

Ich hielt mich an der Stoßstange des nächstbesten Autos fest und löste dabei den Alarm aus. Deagan blickte auf.

Hastig sprang ich von dem jaulenden Wagen weg und schüttelte den Kopf, als hätte ich nicht die leiseste Ahnung, was passiert war.

»Ich begreife nicht, wozu es Alarmanlagen gibt«, meinte ich in dem Versuch, lässig zu erscheinen, als ich mich auf den Beifahrersitz seines Mazda 3 sinken ließ. »Es achtet ja doch kein Mensch darauf.«

»Hm, hm«, grunzte er nur.

Deagan war morgens immer ziemlich wortkarg. Ich sagte mir, dass es nicht weiter ungewöhnlich war, aber tief in meinem Inneren nagte Unbehagen an mir. Er hatte die Volleyballgeschichte nicht zu Ende erzählt. Da ich keine weiteren Details über die Probleme bei der Terminplanung hören wollte, fragte ich auch nicht nach, trotzdem wünschte ich mir, er würde etwas sagen – mir zum Beispiel versichern, dass er mich vermissen würde oder unseren Urlaub nicht erwarten könne. Irgendetwas.

Als er an den Heizungsschlitzen am Armaturenbrett herumnestelte, fiel mir auf, dass seine Hände zitterten. Er ist nur nervös, weil wir spät dran und die Straßen total vereist sind, dachte ich. Aber als wir an einer Ampel hielten, warf er mir einen Blick zu – einen wirklich langen, eindringlichen, seelenvollen Blick. Sofort begann mein Herz auf eine Weise zu flattern, die weit über die übliche Aufregung vor einer Reise hinausging.

Mein Mietvertrag lief in zwei Monaten aus, und wir hatten am Abend zuvor beim Essen darüber gesprochen. Dieser Blick musste etwas zu bedeuten haben. Dieser Blick, die Schweigsamkeit, die Nervosität. Ganz klar: Deagan wollte mich bitten, bei ihm einzuziehen.

Es war nicht so, dass ich nicht schon mal darüber nachgedacht hatte. Ich wusste ganz genau, wo ich meine Drucke von Jackson Pollock aufhängen würde und welche Ecke seines Wohnzimmers perfekt für den Ohrensessel wäre, den ich eigenhändig mit Stoff von einem alten Wollkostüm aufgepolstert hatte. An meinem ersten Morgen bei Deagan würde ich meinen schwarzen Satinbademantel tragen und ihm Pfannkuchen und frisch gepressten Orangensaft machen. Ich wusste jetzt schon, dass ich alles in meiner Macht Stehende tun würde, um meine Körperfunktionen vor ihm zu verheimlichen. Darüber hinaus hatte ich beschlossen, dass ich, sollten wir eines Tages endlich heiraten, nicht seinen Namen annehmen, sondern einen Doppelnamen beantragen würde: Jenny Shaw-Holmes klang wirklich gut.

Die Fahrt zum Greater Rochester International Airport dauerte nur eine Viertelstunde, doch als wir dort ankamen, hatte ich mir ganze fünf Möglichkeiten überlegt, um »Ja, ich ziehe bei dir ein« zu sagen. Drei davon hatte ich gleich wieder verworfen und schwankte jetzt zwischen einem ruhigen, würdevollen »Natürlich tue ich das« und einem lauten »O Deagan!«. Dabei würde ich ihm die Arme um den Hals werfen und gerade so weit zu Tränen gerührt sein, dass es ihn nicht in Verlegenheit brachte.

Deagan war ein Sauberkeitsfanatiker. Noch nicht einmal an der Lederummantelung des Schaltknüppels klebten Fusseln, und sämtliche Chromteile am Armaturenbrett funkelten wie an dem Tag, an dem er den Wagen bekommen hatte. Manchmal fragte ich mich, ob Deagan überhaupt Fingerabdrücke hinterließ, weil nie irgendwelche Spuren zu sehen waren.

Er fuhr am Abflugterminal für JetBlue Airlines an den Bordstein heran, legte den Parkgang ein, tippte mit dem Knöchel auf den Schalter für die Warnblinkanlage und kramte in seiner Jackentasche herum. Irgendetwas war dort drin. Irgendetwas, um das er die Hand geschlossen hatte. Es hatte eine harte Ecke.

Heiliger Strohsack, dachte ich. Er hat ein Ringkästchen in der Tasche. Vielleicht ist es ja *der* Ring. Jener, den ich in einer Anzeige in der *Glamour* entdeckt hatte. An besagtem Tag saßen wir auf der Couch und tranken Kaffee. Deagan las die *Sports Illustrated.* Ich blätterte die Seite um, und da war er: ein eleganter Solitär mit einem wie ein Smaragd geschliffenen Diamanten. Ich starrte ihn ein bisschen zu lange an, stellte ihn mir an meinem Finger vor und malte mir aus, wie Deagan vor mir auf ein Knie sank und das Kästchen öffnete. Damals gingen wir seit einem Jahr miteinander aus, und der Zeitpunkt erschien mir goldrichtig.

»Was liest du da?«, fragte er, wobei er mir über die Schulter spähte. Auf der gegenüberliegenden Seite ging es um die neuen Make-up-Frühlingsfarben. Text gab es kaum. Es stand außer Frage, dass ich nicht die ganze Zeit korallenfarbene Lippenstifte betrachtet hatte. »Der ist sehr schön.« Deagan deutete auf den Ring.

Ich blätterte rasch um. Meine Wangen brannten.

Er fragte, wo der Ring her sei, machte nachdenklich »Hm«, als ich Cartier sagte, und erwähnte ihn nie wieder.

Vielleicht hatte er den Ring gekauft und konnte nun einfach nicht länger warten. Vielleicht hatte er vorgehabt, mir auf der Reise einen Antrag zu machen, war aber über die vorübergehende Trennung so unglücklich, dass ihm der Ring ein Loch in die Tasche brannte. Vielleicht konnte ich in Seattle ein Bild von dem Ring an meiner Hand posten. Die Statusmeldung dazu würde lauten: *Jenny Shaw heiratet!* Dann konnten all meine Klassenkameradinnen aus der Highschool, die ständig selbstgefällig ihre Schwangerschaft zur Schau stellten und sich über Essgelüste, Morgenübelkeit,

Schleimabsonderungen und Stillkissen ausließen, mir mal im Mondschein begegnen.

»Jenny«, sagte er. Seine hellbraunen Augen waren geweitet und mit jenen dichten, dunklen Wimpern gesäumt, für die Frauen sterben würden, die aber nur Männer zu haben schienen. »Ich muss dir etwas sagen.«

»O Deags«, seufzte ich glücklich.

»Ich weiß, ich weiß. Du bist spät dran, aber ich finde, ich sollte es dir jetzt sagen.«

Ich saß da wie erstarrt. Es war, als würden Zeit und Luft und Raum und die Erdumdrehung innehalten, um zu hören, was Deagan als Nächstes von sich gab.

»Ich habe nun einmal diese … Gefühle, und ich glaube, ich bin es uns allen schuldig, mir darüber klar zu werden.«

»Uns allen?«

Er warf mir einen hilflosen Blick zu, und da begriff ich. Mit »Uns allen« meinte er ihn, Faye – jene Frau, die er zu lieben glaubte – und mich – diejenige, von der er ziemlich sicher war, sie nicht zu lieben.

Faye vom Volleyball. Seit Monaten ignorierte ich mit mehr oder weniger Erfolg den Umstand, dass so gut wie jede Geschichte über das wöchentliche Spiel mit Faye begann und endete. Anfangs hatte ich mir eingeredet, dass er nur deshalb ständig von ihr sprach, weil sie eine meisterhafte Volleyballspielerin war, sozusagen die Stütze des Teams, die alle entscheidenden Punkte holte. Doch dann starteten die Playoffs, und ich sah mir die erste Partie an. Ich beobachtete, wie Faye einen Punkt nach dem anderen vergab, und begriff, dass Deagans Interesse an ihr nichts mit ihren Fähigkeiten zu tun hatte. Als sie von einem Schmetterball am Ohr getroffen wurde, weil sie zu sehr damit beschäftigt war, Grimassen in Deagans Richtung zu schneiden, setzte in meinem Magen ein Ziehen ein. Der kleine Nervenknoten kullerte darin herum und weigerte sich zu verschwinden.

Hinter uns hupte jemand, aber Deagan reagierte nicht darauf. Stattdessen zog er die Hand aus der Tasche, einen ausgewickelten Kaugummistreifen darin. Doublemint. Er kaufte ausschließlich Vorteilspackungen, von denen man behaupten könnte, dass sie ungefähr die Größe eines Ringkästchens hatten, sofern man an allzu lebhafter Fantasie und einem räumlichen Beziehungsdefizit litt. Er steckte sich den Streifen in den Mund und begann zu kauen.

»Faye und ich haben nun mal total viel gemeinsam.« Er schob den Kaugummi langsam mit der Zunge von einer Backentasche in die andere. »Ich denke, wenn ich das nicht … erforsche, tue ich niemandem einen Gefallen.«

»Erforschen?« Ich stellte ihn mir mit Faye im Bett vor, ausgestattet mit Helm und Stirnlampe, als wäre er ein Höhlenforscher.

»Mach dir keine Sorgen«, fuhr er fort. »Ich passe trotzdem auf deine Katze auf, während du weg bist.«

»Danke«, erwiderte ich automatisch, als würde er mir einen unermesslichen Gefallen tun, nur weil er Snuffy trotz unserer Trennung nicht verhungern ließ.

»Allerdings halte ich es nicht für richtig, dass wir jetzt noch zusammen nach Napa fahren«, sagte er todernst. Als hätte ich etwas absolut Lächerliches und Absurdes vorgeschlagen, als ich ihm vor Monaten, als wir in jeder Hinsicht noch ein glückliches Paar waren, die Links zu dem Spa geschickt hatte.

Ich wollte schluchzen. Wollte schreien. Aber ich fühlte mich wie betäubt. Als ob Zeit und Luft und Raum und die Erdumdrehung vergessen hätten wieder einzusetzen, und ich für immer auf dem Beifahrersitz erstarrt wäre. Endlich spürte ich, wie mir eine große Träne über die Wange rollte – und dann noch eine und noch eine, bis ich mir mit dem Ärmel meiner Jacke übers Gesicht wischte.

Ein Wagen des Flughafensicherungsdienstes mit orangefarbenen Rundumleuchten hielt neben Deagans Auto. Der Fahrer hupte und machte mit dem Arm eine schwungvolle Geste.

»Es tut mir wirklich leid, Jenny«, sagte Deagan, »aber würdest du jetzt bitte …« Er deaktivierte die Türverriegelung, damit ich aussteigen konnte. Ohne ihn anzusehen, zog ich mein Bordcase von der Rückbank. Ich erwiderte nichts, mir wollte einfach nichts einfallen, was ich hätte sagen können. Mit dem feuchten Jackenärmel wischte ich meine Fingerabdrücke von dem verchromten Türgriff, ehe ich ausstieg. Dann stand ich am Bordstein und sah zu, wie er davonfuhr. Er trat aufs Gas, als könne er es nicht erwarten, sein neues Leben mit Faye zu beginnen. Als könne er nicht schnell genug von mir wegkommen.

Erneut rieb ich mir mit dem Ärmel übers Gesicht. Ich spürte, wie der Mascara sich auflöste und mir die Wimpern verklebte, brachte aber nicht die Energie auf, irgendetwas zu unternehmen, um den Schaden zu beheben. Mein Bordcase fühlte sich an, als wöge es mehrere Zentner. Ich schleifte es über den Boden des Terminals, obwohl es keine Räder hatte.

»Sie sind ganz schön spät dran«, bemerkte die Frau am Eincheckschalter, der ich meinen Führerschein reichte.

Erst als sie mich nach meinem Gepäck fragte, fiel mir auf, dass mein Koffer noch in Deagans Auto lag. Selbst wenn ich bereit gewesen wäre, mich vollends zu demütigen, ihn anzurufen und zu bitten, mir das Gepäckstück zu bringen, wäre dazu keine Zeit mehr geblieben.

2

Im Flugzeug saß ich auf dem Mittelsitz zwischen einem Mann, der aussah wie ein Linebacker und dessen breite Schultern bis auf meinen Platz reichten, und einer Frau, die so stark parfümiert war, dass ich es schmecken konnte. Der seifige, künstliche Blumenduft erinnerte mich daran, wie ich mit fünf oder sechs einmal in der Wanne eine Handvoll Badeschaum probiert hatte, weil ich dachte, er würde wie Bonbons schmecken. Er tat es nicht.

Eingezwängt kauerte ich zwischen den beiden, verzweifelt darum bemüht, nicht in Tränen auszubrechen – und versagte jämmerlich. Der Linebacker gab vor, mich zu ignorieren, und schielte nur hin und wieder hinter seiner *New York Times* hervor zu mir herüber. Die Frau dagegen, die roch wie Mr. Bubble, seufzte bei jedem meiner Schluchzer und schnalzte mit der Zunge, als wollte sie mich auffordern, mit ihr darüber zu reden. Ich wollte aber nicht darüber reden. Auf keinen Fall wollte ich dem absurden Klischee entsprechen und mich in einem Flugzeug an der Schulter einer Wildfremden ausweinen.

Als die Flugbegleiter kleine Tüten mit Erdnüssen verteilten, musste ich plötzlich daran denken, wie sehr Deagan die Dinger hasste. Deshalb hatte er mir seine Tüte auch jedes Mal überlassen. Auf einmal kam es mir so vor, als gäbe es nichts Einsameres auf der Welt, als nur eine Tüte mit ranzigen Fluggesellschaftserdnüssen zu bekommen. Mir entfuhr ein abruptes, lautes Schluchzen, das klang wie das wütende Zischen einer Gans.

»Ach, Herzchen.« Mrs. Bubble tätschelte mir den Arm.

»Er hat mir immer seine Erdnüsse gegeben!«, jammerte ich.

Der Mann in der Sitzreihe vor uns stand tatsächlich auf und drehte sich um, um mich anzustarren. Mrs. Bubble verscheuchte ihn mit einer unwirschen Handbewegung.

Der Linebacker hielt mir seine Erdnüsse hin, woraufhin ich nur noch heftiger weinte. Hastig griff er nach dem Bordmagazin in der Sitztasche vor ihm und tat, als würde er sich in einen Artikel mit dem Titel »Die besten Tapas in zehn Metropolen« vertiefen.

Unterdessen wühlte Mrs. Bubble in ihrer Handtasche und hielt mir ein Päckchen gelblicher Taschentücher hin. Ich wollte nicht die schäbigen alten Tempos einer Fremden benutzen, aber die Vorderseite meines Shirts war schon ganz durchweicht.

»Das Schlimmste daran ist«, ich tupfte mir die Tränen vom Kinn, »sie ist keinen Deut besser als ich.«

»Natürlich nicht«, bestätigte Mrs. Bubble so überzeugend, wie es nur echte Bemutterungsprofis können.

Dabei brauchte ich gar keine Bestätigung. Es war so. Faye war mir in keiner Hinsicht überlegen. Sie unterschied sich nicht mal groß von mir. Es war einfach nur kränkend. Hätte Deagan mich wegen eines Supermodels, einer Akrobatin oder wenigstens einer wirklich guten Volleyballspielerin verlassen, wäre der Schlag ins Gesicht nicht ganz so vernichtend ausgefallen. Der Umstand, dass Faye total durchschnittlich war – genauso durchschnittlich wie ich –, machte mich schier wahnsinnig. Er hatte sich noch nicht einmal verbessert.

»Warum sollten Sie mit jemandem zusammen sein wollen, der das Gute nicht erkennt, obwohl er es direkt vor der Nase hat?«, fragte Mrs. Bubble.

Auch wenn es sicher nett gemeint war, meine Freundin Luanne wäre bei der Bezeichnung »etwas Gutes« erschauert. »Du bist doch kein Gegenstand, den Männer nach Belieben kaufen und wieder verhökern können«, hätte sie aufsässig gezischt. Aber eigentlich hätte sie Mrs. Bubble schon bei »Ach, Herzchen« zum Schweigen gebracht. Niemand nannte Luanne ungestraft »Herzchen«. Gleiches galt für »Süße«, »Schätzchen«, »Liebes«, »Püppchen«, »Baby« und jeden anderen x-beliebigen Kosenamen, egal wer ihn in den Mund nahm. Der Grundaussage hätte sie dagegen zugestimmt: Warum sollte ich jemanden wollen, der mich nicht wollte?

Obwohl ich wusste, dass ich Deagan nicht zurückhaben wollen sollte, tat ich es. Selbst nach dem, was er mir am Flughafen um die Ohren gehauen hatte, wünschte ich mir nichts sehnlicher als das Leben, das wir geplant hatten. Wenn er mich jetzt anrufen und einräumen würde, dass er einen Fehler gemacht hatte, würde ich ihn kommentarlos zurücknehmen. Ich würde einfach so tun, als gäbe es Faye überhaupt nicht. Wir hatten eine gemeinsame Zukunft geplant, und sie würde sicher gut werden.

Davon abgesehen hatte ich nicht als Einzige Pläne geschmiedet oder mir unsere Zukunft etwa alleine ausgemalt. Kein Vergleich zu damals, als ich zu der Überzeugung gelangt war, das Donatella's wäre Deagans Lieblingsrestaurant, weil es auch meines war und ich einfach nicht zuhörte, wenn er etwas anderes sagte. Monatelang hatten wir es uns jeden Sonntagmorgen mit einem Kaffee im Bett gemütlich gemacht und uns Namen für unser Baby ausgedacht. Nicht nur ich hatte mir Namen überlegt, Deagan hatte sich aktiv daran beteiligt.

»Ich bin für Luke«, sagte ich dann immer, »wenn es ein Junge wird.«

»Lukas Malcolm, nach meinem Vater«, schlug er daraufhin vor.

»Lukas Malcolm Holmes. Oder Lukas Malcolm Shaw-Holmes.«

»Keinen Doppelnamen«, widersprach er. »Das ist geschmacklos. Nimm entweder meinen Namen an oder lass es, aber trag es bitte nicht auf Lukes Rücken aus.«

Es klang, als wäre der kleine Luke bereits geboren, unser Sohn, und wir würden nur auf den richtigen Zeitpunkt warten, um ihn kennen zu lernen – nachdem ich zur Kontakterin und er zum Projektmanager befördert worden waren, nach unserer Hochzeit, nachdem wir ein renoviertes viktorianisches Häuschen in South Wedge in der Innenstadt von Rochester gekauft und das Wappen der Familie Holmes an die Wand des Kinderzimmers gemalt hatten, so wie in dem Raum, in dem Deagan aufgewachsen war.

Das alles hatten wir gemeinsam geplant. Wir hatten sogar schon für das Haus gespart. Nicht nur ich. Wir beide. Mir allein wäre es nicht im Traum eingefallen, einen großen roten keltischen Löwen an eine Wand in meinem Haus zu pinseln, schon gar nicht direkt über der Wiege meines Babys. Ich allein wäre lieber aufs Land gezogen, als mitten in der Stadt eine Immobilie zu kaufen. Und mal ganz ehrlich: Der Job als Kontakterin stand auch nicht mehr ganz oben auf meiner Wunschliste.

All das erzählte ich Mrs. Bubble. Es war lächerlich, aber es tat so gut, mir alles von der Seele zu reden, dass ich nicht mehr aufhören konnte. Sie war wirklich eine gute Zuhörerin.

Der Linebacker hatte das Magazin ausgelesen und blätterte eine Weile durch den Bordshop-Katalog, bevor er einschlief. Mrs. Bubble und ich kicherten, als er zu schnarchen begann, und ich wunderte mich, dass ich noch lachen konnte. Meine Welt war aus den Fugen geraten, und trotzdem war ein schnarchender Fremder immer noch komisch.

3

Nachdem wir in Cleveland gelandet waren, half ich Mrs. Bubble, ihr Reiseköfferchen aus dem Fach über unseren Sitzen zu holen.

»Wie es aussieht, müssen Sie über einiges nachdenken«, sagte sie, als wir uns am Gate trennten.

Der Linebacker winkte mir verlegen zu, bevor er auf die Gepäckausgabe zusteuerte.

Ich beschloss, mir während des Zwischenstopps ein leckeres Mittagessen im Flughafenpub zu leisten. Ich würde mir etwas gönnen und es genießen. Das würde mich sicher aufheitern. Statt mich in Selbstmitleid zu suhlen, würde ich die Tatsache feiern, dass ich eine intelligente, berufstätige Frau mit einer Firmenkreditkarte auf ihrer ersten Geschäftsreise war. Das war eine wirklich große Sache für mich.

Als meine Chefin Monica feststellte, dass die Hochzeit ihrer Schwester am selben Wochenende stattfand wie die Konferenz, für die sie sich bereits angemeldet hatte, beschloss sie, mich an ihrer Stelle hinzuschicken. Von zehn Juniorsachbearbeiterinnen wählte sie mich aus und zog mich sogar Luanne vor. Monica hatte keineswegs gelost, sondern mich gezielt ausgewählt. Vielleicht war es ein Zeichen, dass Deagan mich ausgerechnet jetzt fallen gelassen hatte – der Beginn einer neuen Ära im Leben von Jenny Shaw, der Powerfrau. Vielleicht sollte ich mit meiner neu gewonnenen Freiheit angeben.

Spätestens nachdem im Pub der Lachs aus war, für den

ich mich nach langem Überlegen entschieden hatte, ich meine nagelneue Bluse mit Salatdressing bekleckert und festgestellt hatte, dass Scotch und Soda bei weitem nicht so elegant schmeckte, wie es klang, bekam meine tapfere Fassade Risse. Als dann auch noch mein Anschlussflug nach Sea-Tac Verspätung hatte und ein ungezogener Fratz, der im Wartebereich hinter mir saß, seinen Kaugummi in mein Haar statt in das Taschentuch spuckte, das seine Mutter ihm hinhielt, verlor ich endgültig die Fassung. Ich holte mir einen Becher Kaffee, suchte mir eine leere Stuhlreihe in einer Ecke, weit weg von allen kaugummispuckenden Kindern, und rief Luanne an. Während es tutete, klaubte ich die klebrigen Reste des nach Wassermelone riechenden Kaugummis aus meinem Haar.

»Deswegen nehme ich immer Xanax, wenn ich fliege«, seufzte Luanne, nachdem ich ihr erzählt hatte, was passiert war.

»Alles klar. Wenn dann dein zukünftiger Mann mit dir Schluss macht und du einen keimverseuchten Kaugummi im Haar hast, bist du völlig entspannt – verstehe.«

»Ich sage nur, dass Fliegen stressig ist.«

»Tröste mich, verdammt!«, zischte ich und schluchzte erneut los.

Die Stimmung zwischen uns war leicht gereizt, seit feststand, dass ich die Reise antreten sollte und nicht sie. Als Monica es bei der wöchentlichen Besprechung verkündet hatte, konnte ich zusehen, wie Luannes Gesicht immer länger wurde. Sie sandte ein schwaches Lächeln in meine Richtung und gab vor, einen dringenden Anruf erledigen zu müssen, kaum dass die Besprechung zu Ende war.

Sie hing immer noch am Telefon, als ich sie fragen wollte, ob wir gemeinsam zu Mittag äßen. Sie hielt eine Hand über den Hörer und flüsterte: »Schon gut, geh nur«, als wäre nichts, aber der verletzte Ausdruck in ihren Augen entging mir nicht. Keine Frage, sie konnte nur schwer ertragen, dass man mir etwas zugestanden hatte, von dem sie meinte, es selbst zu verdienen.

Ich fuhr also allein zu Wegmans und schlang auf dem Parkplatz ein Tablett California Rolls zum Mitnehmen herunter, weil ich nicht wollte, dass jemand den verletzten Ausdruck in meinen Augen sah. Es war dumm und eigensüchtig, aber ich wollte partout, dass Luanne stolz auf mich war. Wenn sie für die Reise ausgesucht worden wäre, hätte ich sie zum Mittagessen in ihr Lieblingsrestaurant eingeladen, um bei Cocktails und Ziegenkäse-Crêpes zu feiern.

Am Nachmittag fragte ich Monica, ob Luanne mich begleiten könne. Ich wollte einfach nur alle zufrieden stellen. Ich wollte, dass alles so war wie immer. Doch Monica erklärte mir nur, ich müsse lernen, mit Komplimenten würdevoll umzugehen.

Ich beobachtete, wie ein Flugzeug langsam auf die Startbahn zurollte.

Luanne seufzte, und ihr Atem verursachte ein statisches Knistern in der Leitung. »Du findest einen Besseren als Deagan«, meinte sie matt.

»Danke«, erwiderte ich ebenso matt. Tränen rannen zwischen meinem Gesicht und dem Handy hindurch. Bei meinem Glück verstärkte die Feuchtigkeit sicher die Strahlung des Telefons und sorgte dafür, dass auf meinem Gesicht bald ein großer, inoperabler Tumor wucherte – und dann würde mich nie wieder jemand lieben.

»Deagan sieht sowieso aus, als wäre er im Bett eine Niete«, sagte Luanne.

»Wie meinst du das?«

»Du weißt schon. Golfhemden und Pullover mit Schachbrettmuster wie ein ewiggestriger Burschenschafter. Viel weiter ist es mit seinen Fähigkeiten im Bett vermutlich auch nicht her – harmloser Spießersex.«

»Spießersex?« Ich hatte Mühe, nicht laut loszuprusten.

Luanne machte das mit Absicht, um mich abzulenken. Für solche Dinge hatte sie echt ein Händchen. Tiefsinnige Gespräche waren nicht ihr Fall, aber sie konnte jede Situation in eine One-Woman-Show verwandeln. Es war nicht unbedingt tröstlich, aber immer noch besser, als mutterseelenallein am Flughafen herumzusitzen und sich selbst zu bemitleiden.

»All das Gegrunze und Gestöhne, als würde Gott weiß was passieren, dabei treibt ihr es in Wirklichkeit immer nur in der Missionarsstellung, und sobald du dich auch nur ein bisschen bewegst, kommt er sofort.«

»Lu!«

»Ha! Ich hab bestimmt recht!«

»Hast du nicht!«

»Oh! Ooh! Oooooh! Daraus hat dein Sexleben bestanden.«

»Stimmt nicht ganz.« Ich wischte mir über die nassen Wangen und flüsterte ins Telefon: »Du hast ›Jaaa!‹ vergessen.«

»Siehst du!«, lachte Luanne. »Du wirst schon darüber hinwegkommen. Sobald du zurück bist, gehen wir auf die Pirsch. Wir verschaffen dir heißen Zahnarztsex oder ein bisschen Nachhilfe in Naturwissenschaften.«

»Zahnarztsex?«

»Sonderlinge sind immer noch besser im Bett als Spießer«, meinte Luanne. »Vertrau mir. Sie sind dankbar *und* kreativ.«

»Bist du im Büro?«

»Na klar.«

»Du sitzt also an deinem Schreibtisch, stöhnst und redest lautstark über Zahnarztsex?«

»Daran erkennst du, wie viel mir an dir liegt«, erwiderte Luanne. »Außerdem ist Monica nicht da, es geht also ohnehin drunter und drüber.«

»Du bist die Beste.« Ich spähte auf die Anzeigetafel. »Scheiße!«

»Ich bin die beste Scheiße? Wirklich reizend von dir …«

»Sie haben meinen Flug gerade um drei Stunden verschoben.« Ich spürte, wie sich mir erneut die Kehle zuschnürte. Genau wie ein zerbrochenes Glas oder wenn das Wasser beim Duschen plötzlich eiskalt wird, brachten mich verspätete Flüge selbst an einem guten Tag grundsätzlich zum Weinen.

»Lass dir den Kaugummi aus den Haaren schneiden«, riet Luanne. »Als ich das letzte Mal in New York festsaß, bin ich spontan in einen Salon in der Haupthalle gegangen und habe mir eine Pediküre gegönnt. In Cleveland gibt es sicher auch so einen Laden. Du könntest sowieso mal eine anständige Frisur gebrauchen.«

»Danke«, entgegnete ich tonlos. »Meine Haare sehen also furchtbar aus?«

»Sie sind voller Kaugummi«, sagte sie.

4

Was den Salon betraf, irrte sich Luanne. In Cleveland gab es nichts Vergleichbares. Also bestellte ich mir in einem Coffeeshop im Terminal A einen Bagel mit Erdnussbutter, stellte mich in der Damentoilette vors Waschbecken und rieb mir kleine Klümpchen Erdnussbutter in die Haare, um so den Kaugummi herauszubekommen. Angeblich konnte man mit Erdmussbutter so gut wie alles entfernen, und ich war mir ziemlich sicher, dass darunter auch Kaugummi fiel. Keine Ahnung, ob ich da einer Falschmeldung aufgesessen war oder Erdnussbutter aus irgendeinem unerklärlichen Umstand bei Kaugummi im Haar versagte, aber das Ganze entwickelte sich zu einer großen Schweinerei, die sich nicht mehr auswaschen ließ. Davon abgesehen wird es schon einen Grund dafür geben, dass niemand Shampoo mit Erdnussbutterduft herstellt.

Während ich mit Erdnussbutter verschmiert dastand, klingelte mein Handy. Mit klebrigen Fingern kramte ich es aus der Jackentasche. Es war meine Mutter. Ich beschloss, nicht ranzugehen. Ihre Anrufe zu ignorieren machte es hinterher zwar nur noch schlimmer, aber ich konnte die Vorstellung nicht ertragen, ihr zu gestehen, dass Deagan sich von mir getrennt hatte. Ich hatte keine Lust auf ihren Vortrag und wollte mir nicht anhören müssen, wie enttäuscht sie sei, weil sie immer noch keine Enkel hatte, und dass sie den Gedanken daran nun ein für alle Mal aufgebe, weil es besser war, sich keine falschen Hoffnungen zu machen.

Kurz entschlossen schnitt ich das klebrige Zeug Strähne für Strähne mit einer Nagelschere heraus und versuchte dabei, so viel wie möglich von meiner Frisur zu retten. Luanne hatte recht, was meine Haare anging – sie sahen so furchtbar aus, dass mein Herumgesäbel es auch nicht schlimmer machte. Der perfekte Haarschnitt, den mir mein Friseur vor fünf Monaten verpasst hatte, wirkte ausgefranst und ungleichmäßig. Ich war so sehr damit beschäftigt gewesen, zum einen jene tolle Sachbearbeiterin zu sein, die stellvertretend für ihre Chefin auf Geschäftsreise geschickt wird, und zum anderen für Deagan die perfekte Freundin zu sein, mit der er unbedingt zusammenziehen wollte. Da war keine Zeit geblieben, um mich auch noch um meine Frisur zu kümmern. Ich hatte gehofft, mir während des Urlaubs mit Deagan im Friseursalon des hoteleigenen Spa einen fantastischen neuen Haarschnitt zulegen zu können, der mein Leben veränderte. Ich hatte viele Hoffnungen gehegt.

Den Großteil des Fluges von Cleveland nach Seattle verschlief ich. Ich war so weggetreten, dass ich sogar sabberte und mich hinterher erschöpfter fühlte als vorher, aber ich war dankbar für die Auszeit von meinen trüben Gedanken und dafür, dass ich einen Fensterplatz ergattert hatte, so dass niemand etwas davon mitbekam.

An der Gepäckausgabe stand ich gute fünf Minuten zusammen mit den anderen Passagieren am Band, bevor mir einfiel, dass ich außer meinem Bordcase nichts dabeihatte.

5

Der Shuttleservice brauchte eine knappe halbe Stunde bis zum Kongresszentrum. Außer mir waren nur zwei weitere Passagiere an Bord – ein Paar, vielleicht auf Hochzeitsreise. Sie hielten sich an den Händen und flüsterten miteinander. Ich gab mir größte Mühe, sie nicht zu beachten und vor allem nicht an Deagan zu denken.

Um keine Höflichkeitsfloskeln mit ihnen austauschen zu müssen, tat ich so, als suchte ich etwas in meinem Bordcase. Seattle lag hinter mir, bevor ich die Gelegenheit hatte, mir die Stadt anzusehen. Die schwere, feuchte Luft hatte zur Folge, dass sich meine Haare wirr kräuselten, und als ich endlich zurückblickte, glich die Straße hinter uns einem schwachen, geisterhaften Schatten.

Auf der Fahrt in die Berge wurde mir schwindelig. Rochester ist brettflach, wohingegen die Landschaft hier wie eine Filmkulisse wirkte. Die Autobahn schlängelte sich durch schmale Täler zwischen Hügeln hindurch, die höher aufragten, als ich es im Nebel erkennen konnte. Die Felswände zu beiden Seiten der Straße waren mit Metallnetzen überzogen, um Steinschläge zu verhindern. An mehreren Stellen waren Felsbrocken herabgestürzt und hatten die Netze beschädigt. Eine leichte Übelkeit stieg in mir auf, weshalb ich für den Rest der Fahrt durch die Windschutzscheibe blickte und mich ausschließlich auf die weißen Fahrbahnmarkierungen konzentrierte.

Dann endlich bog der Fahrer in den Kreisverkehr vor der

Salish Lodge ein. Das Anwesen kam mir bekannt vor, und ich dachte einen Moment lang, dass ich schon mal hier gewesen war. Vielleicht in den Sommerferien vor vielen Jahren, als meine Eltern noch zusammen waren und ich so klein, dass ich mich nicht mehr genau erinnerte. Doch dann summte der Mann von dem Paar, wenn auch leicht schief, einen vertrauten Song. Ich erschauerte unwillkürlich, als ich erkannte, dass wir gerade vor jener Lodge standen, die als Great Northern Hotel für *Twin Peaks* hergehalten hatte.

Ich war früher immer extra lange aufgeblieben, um mir die Serie alleine auf dem kleinen Farbfernseher anzuschauen, den mir mein Vater zum achten Geburtstag geschenkt hatte, um sich nach der Scheidung meine Zuneigung zu erkaufen. Meine Mutter sagte, ein eigenes Gerät sei nicht gut für mich, da ich zu jung sei, um unbeaufsichtigt fernzusehen. Mein Vater widersprach ihr: »Das Ding hat noch nicht einmal Kabelanschluss. Also wirklich, Marie! Was kann sie schon Schlimmes gucken?«

Er half mir, ihn in meinem Zimmer aufzustellen, und zeigte mir, wie ich die silberne Antenne für einen möglichst guten Empfang ausrichten musste, bevor ihn die giftigen Blicke und tiefen Seufzer meiner Mutter wieder aus dem Haus trieben. Irgendwann schaltete ich *Twin Peaks* ein, weil alle in meiner Klasse davon redeten, obwohl ich längst schlafen sollte, wenn die Serie kam, und sie beim besten Willen nicht für mich geeignet war. Den Bildschirm direkt vor der Nase, saß ich mit dem leise gestellten Fernseher unter einer Decke, damit kein Licht unter der Tür hindurchschimmerte. Ich sah der toten Laura Palmer und dem bösartigen Geist BOB ins Gesicht und umklammerte Trost suchend meine eigene Hand, bis die Finger taub wurden. Danach konnte ich nur bei eingeschaltetem Licht schlafen, bis ich elf war.

Ich stieg nach dem Paar aus dem Bus und wandte den Blick ab, als der Mann seiner Frau an den Hintern fasste, als wäre ich gar nicht da. Während ich die steinernen Stufen zum Haupteingang hochstieg, fühlte sich meine komplette Situation plötzlich wirr und surreal an. Vielleicht hatte sich Deagan gar nicht von mir getrennt. Vielleicht veranstaltete irgendjemand bloß ein seltsames Experiment im Stil von David Lynch mit mir. Vielleicht würde mir beim Blick in den Spiegel ein gespenstischer, wolfsähnlicher Mann entgegenstarren. Der Jetlag, die Nachwirkungen der Weinkrämpfe und die inzwischen getrockneten Mascarapfützen auf meinem Gesicht hatten zur Folge, dass mir das durchaus möglich erschien.

Mir war klar, dass ich einfach nur furchtbar aussah, trotzdem begrüßte mich die Rezeptionistin sehr freundlich mit »Willkommen in der Salish Lodge«, als wäre ich bei ihr zu Hause zu Gast. »Sind Sie wegen des Jahrgangstreffens hier?«, fragte sie dann. Sie trug ein blütenweißes Shirt und einen schwarzen Pullover, und ihr Haar war zu einem langen Pferdeschwanz gebunden, aus dem sich nicht eine einzige Strähne gelöst hatte. Ihr Namensschild war auf Höhe des Schlüsselbeins befestigt, damit man nicht gezwungen war, auf ihre Brüste zu starren, um zu erfahren, dass sie Ashley hieß.

»Nein«, erwiderte ich. »Wegen der Konferenz über den Einsatz neuer Medien in der Werbung.«

»O ja.« Sie ließ sich meinen Namen nennen und fand meine Zimmerreservierung. »Brauchen Sie Hilfe mit dem Gepäck?«

Ich spürte, wie ich erneut die Fassung zu verlieren drohte. »Mein Gepäck ist verloren gegangen.« Schnell wandte ich mich ab und beobachtete das Feuer in dem großen steinernen Kamin in der Halle, während ich um Fassung rang.

»Ich kann bei der Fluggesellschaft anrufen und nachfragen, wann sie es herbringen können.«

»Nicht nötig«, wehrte ich hastig ab. Ich hasste es, bei einer Lüge ertappt zu werden, auch wenn es nur eine kleine war. »Es war der Taxiservice zum Flughafen in Rochester. Der Fahrer hat vergessen, es auszuladen.« In gewisser Hinsicht traf das sogar zu. »Ich habe schon angerufen, aber sie können es leider nur zu mir nach Hause schicken.«

»Dann brauchen Sie vermutlich einen Platz im Shuttle nach Seattle, um ein paar Sachen einzukaufen, bevor morgen die Konferenz beginnt.« Sie zwinkerte mir zu.

»Das wäre wunderbar.« Auf einmal schämte ich mich noch mehr für die Lüge.

Die Rezeptionistin war wirklich nett. Wahrscheinlich hätte sie sogar Verständnis, wenn ich ihr die Wahrheit gestehen würde. Allerdings hätte ich nicht darüber reden können, ohne in eine noch schlimmere Verfassung zu geraten. Mein Koffer war mir auf der Fahrt zum Flughafen abhandengekommen, und die traurige Wahrheit lautete, dass Deagan nunmehr für mich nichts weiter als ein Taxifahrer war. Ich wusste noch nicht einmal, was ich im Anschluss an die Konferenz tun sollte. Mein Rückflug ging erst in einer Woche, aber die Vorstellung, alleine einen romantischen Urlaub zu verbringen, erschien mir noch kläglicher, als früher nach Hause zu fliegen, in meinem Apartment zu sitzen und so zu tun, als wäre ich im Urlaub. Dann musste ich im Büro wenigstens nicht zugeben, dass mich mein Freund am Flughafen eiskalt abserviert hatte.

Ashley sorgte dafür, dass ich in einer Stunde zurück in die Stadt fahren konnte, was mir ausreichend Zeit gab, um mich »frisch zu machen«, wie sie sich ausdrückte – eine höfliche Umschreibung für: »Bitte wasch dir das Gesicht und richte dich ein bisschen her.« Aber sie sagte es so, dass ich mir umsorgt vorkam und nicht beschämt.

Ich nahm den Zimmerschlüssel entgegen und ging zum Fahrstuhl. Gerade als die Tür aufglitt und ich einsteigen wollte, hörte ich eine Frau »Jenny« rufen. Zumindest klang es wie mein Name, was sie quer durch die Halle über das Geräusch hinwegrief, das ein Mann im Anzug verursachte, der einen schicken Lederkoffer hinter sich herzog. Ich drehte mich um und sah einen schwarzen Haarschopf und ein leuchtend blaues Kleid auf mich zuschießen.

»Warte, warte! Halt die Tür auf!«, rief sie.

Ich hatte kaum den entsprechenden Knopf gedrückt, da stürmte sie in den Fahrstuhl, schlang die Arme um mich und stieß meine Hand weg. Die Tür schloss sich.

Fahrstühle und beengte Räume mochte ich genauso wenig wie Fremde oder exzessive Berührungen, weshalb es mir nicht sonderlich behagte, in einem Fahrstuhl von einer Fremden umarmt zu werden, zumal ihre Arme für eine derart zierliche Person erstaunlich kräftig waren.

»Ich glaube es einfach nicht! Du bist es wirklich! Du stehst gar nicht auf der Liste für das Jahrgangstreffen!« Sie löste sich von mir, hielt mich aber an beiden Armen fest, ließ ihre Hände bis zu meinen hinuntergleiten und schüttelte sie so schwungvoll, dass ich gleich mit durchgerüttelt wurde. Dabei sah sie mich an. »Ich bin es! Myra!« Sie hüpfte auf und ab. »Du siehst … einfach fantastisch aus … O MEIN GOTT! Du hast es wirklich getan, nicht wahr?«

Ich wollte ihr sagen, dass ich keine blasse Ahnung hatte, was hier vor sich ging, dass sie mich vermutlich mit jemandem verwechselte. Doch dann strich sie mir sacht über den Nasenrücken, und ich wusste nicht, was ich tun sollte. Was sagt man zu einer Fremden, die einem in einem Fahrstuhl über die Nase fährt? Mit offenem Mund starrte ich sie an wie eine Idiotin.

»Ich mochte deine alte Nase«, sagte sie kopfschüttelnd. »Du warst die Einzige, der sie nicht gefallen hat.« Ihre Augen weiteten sich, und ich dachte schon, sie hätte ihren Irrtum bemerkt. Stattdessen sprudelte sie hervor: »Aber die hier ist auch großartig. Ich fand gleich, dass du anders aussiehst, als ich dich in der Lobby entdeckt habe. Gute Arbeit, wirklich.«

»Danke«, entgegnete ich. Es war völlig absurd, aber ich mochte sie nicht enttäuschen. Dann bin ich eben die Frau, für die sie mich hält, bis ich aus dem Fahrstuhl steige, dachte ich. Ich nahm an, dass sich unsere Wege danach trennten, und würde für den Rest meines Aufenthalts einfach einen Bogen um sie machen. Da sich zu dem Jahrgangstreffen vermutlich etliche alte Freunde von ihr einfanden, würde sie mich in dem Durcheinander sicher bald vergessen – oder gar die Frau treffen, mit der sie mich verwechselte.

Sie hatte dichte Ponyfransen und langes, glattes Haar, das ihr schmales, etwas kantiges Gesicht umrahmte, war dünn und drahtig, vielleicht ein bisschen unscheinbar, aber sie trug knallroten Lippenstift und wirkte ausgesprochen selbstsicher. Unvermittelt füllten sich ihre schönen, großen dunkelbraunen Augen mit Tränen. Ihr Gefühlsausbruch, die Verwirrung, die Umarmung und die Enge des Fahrstuhls brachten auch mich wieder zum Weinen.

»Oh, ich weiß.« Sie gab eine meiner Hände frei, um sich über die Augen wischen zu können. »Ich fechte auch schon den ganzen Tag lang den Mascarakampf aus. Ich bin nun mal verflixt nah am Wasser gebaut. Allein die Vorstellung, alle wiederzusehen, macht mich ganz fertig. Aber keiner von uns … niemand wusste, dass du auch kommst.« Sie umarmte mich erneut und schluchzte an meiner Schulter weiter. »Es ist fantastisch!«

Bezogen auf die überschaubare Größe des Hotels war es die längste Fahrstuhlfahrt meines Lebens, doch irgendwann fiel mir auf, dass keine von uns einen der Knöpfe gedrückt hatte.

»In welchen Stock musst du?«, fragte ich und löste mich von ihr, um die Ziffern darauf zu betrachten.

»Oh, ich übernachte nicht im Hotel«, gab Myra zurück. »Ich lebe immer noch in der Stadt und bin nur hier, um das Jahrgangstreffen vorzubereiten. Und dann habe ich dich gesehen. Wir hatten ja keine Ahnung!«

»Sorry.« Ich drückte den Knopf für die vierte Etage. »Ich …«

»Nein, nein! Mach dir keine Gedanken! Kein Problem. Wir haben die Teilnehmerzahl extra ein bisschen höher angesetzt, nur für den Fall der Fälle. Insgeheim haben wir wohl alle gehofft, dass du aufkreuzen würdest. Hast du wen mitgebracht?«

»Mein Freund hat sich gerade am Flughafen von mir getrennt«, platzte ich heraus.

Die Ungeheuerlichkeit dieses Umstands traf mich wie ein Schlag. Alles, was ich über mein Leben wusste – sämtliche Pläne, meine Ziele, einfach alles –, drehte sich um Deagan. Ohne ihn blieb mir nichts. Im Grunde wusste ich nichts mehr über mich. Ich spürte, wie meine Knie zitterten.

»O Jessie!« Myra schlang erneut die Arme um mich.

Obwohl ich mir diesmal sicher war, dass sie nicht »Jenny« gesagt hatte, und auch nicht mehr daran zweifelte, dass sie mich für wen anders hielt, erwiderte ich die Umarmung, weil ich genau jetzt eine Umarmung brauchte.

Sie nahm mir den Zimmerschlüssel aus der Hand, als

der Fahrstuhl anhielt. »Ich habe ja so viele Fragen an dich! Was machst du jetzt? Wo lebst du? Wer ist dieser Idiot, der mit dir Schluss gemacht hat? Auch noch am Flughafen! Wer tut denn so was?« Sie redete mit Überschallgeschwindigkeit, während sie mich über den Flur in das richtige Zimmer schob und als Erstes die Dusche aufdrehte. »Ich warte hier, bis wir dich wieder hergerichtet haben und du dich besser fühlst.« Schnurstracks steuerte sie auf die Minibar zu, nahm eine kleine Flasche Rum heraus, öffnete sie und reichte sie mir. »Du siehst aus, als könntest du einen Schluck brauchen.«

»Ich habe noch nicht einmal Gepäck dabei«, jammerte ich und nuckelte an der Flasche, als wäre es Medizin, obwohl ich sonst fast nie trinke.

»Dann müssen wir ja shoppen gehen! Zu traurig«, erwiderte sie mit gespieltem Entsetzen. »Wie furchtbar, dass wir jetzt einen Vorwand für einen Einkaufsbummel haben. Ich kenne die perfekte Boutique für dich. Wenn wir fertig sind, wirst du so großartig aussehen, dass du gar nicht mehr an diesen Idioten denkst. Versprochen.« Sie ließ sich aufs Bett fallen, holte ihr Handy aus ihrer Handtasche und klappte es auf. Ich nahm den hoteleigenen Bademantel aus dem Schrank und verschwand im Bad.

Kurz bevor ich die Tür schloss, hörte ich sie sagen: »Mein Gott, Heather! Du errätst nie, wer hier ist!« Und dann: »Nein, besser! Jessie Morgan! Nein, tu ich nicht. Sie ist wirklich und wahrhaftig hier.«

Bevor ich unter die Dusche ging, betrachtete ich mich im Spiegel. Ich hatte nie groß über meine Nase nachgedacht, aber sie passte tatsächlich perfekt in mein Gesicht.

6

»Ich kann genauso gut den Shuttleservice nach Seattle nehmen«, rief ich aus dem Bad, während ich mich abtrocknete. Ich fuhr mir mit den Fingern durch die Haare, um sie wenigstens ansatzweise zu bändigen, da ich meine Bürste dummerweise in den Koffer gepackt hatte. »Schließlich hast du genug mit dem Jahrgangstreffen zu tun.«

Ich brachte es einfach nicht über mich, Myra zu gestehen, dass ich nicht diese Jessie war. Wenn es mir gelang, allein in die Stadt zum Einkaufen zu fahren und hinterher ein anderes Zimmer zu bekommen, konnte ich mir ein peinliches Geständnis à la »Ja, ich habe dich umarmt und so getan, als wäre ich deine lange verschollene Freundin, aber ich bin es nicht« ersparen. Vielleicht konnte ich an der Rezeption eine kurze Nachricht von »Jessie« hinterlassen und Myra mitteilen, dass es zwar wunderbar gewesen sei, sie wiederzusehen, aber dass ich dringend weggemusst hätte. Dann müsste ich mich bloß während des Klassentreffens vom Bankettsaal fernhalten, und alles wäre in bester Ordnung.

»Unsinn«, rief Myra zurück. »Wann warst du das letzte Mal in Seattle?«

Ich erstarrte, denn ich war noch nie in Seattle.

Zum Glück war es eine rhetorische Frage. »Du wüsstest sicher gar nicht mehr, wo du hinmusst!«, zwitscherte sie fröhlich. »Erstens kenne ich das perfekte Geschäft, und zweitens möchte ich so viel Zeit wie nur möglich mit dir verbringen, wenn du schon mal hier bist.« Ihr Handy klingelte. »Oh,

Mist! Ich muss mit dem Küchenchef ein paar Details wegen des Menüs besprechen. Wir treffen uns einfach in der Lobby, wenn du angezogen bist, und dann fahren wir los. Okay?«

Bevor ich antworten konnte, hörte ich, wie die Tür zufiel. Ich zog die mit Salatdressing bekleckerten, von der Reise zerknitterten Sachen wieder an und trat aus dem Bad. Das Zimmer war zweifellos das schönste Hotelzimmer, in dem ich je übernachtet hatte. Ein großes, weiches Bett mit dem Abdruck von Myras Körper auf der Steppdecke, dazu ein mit Holzscheiten bestückter Kamin, der nur noch angezündet zu werden brauchte.

Deagan wäre im siebten Himmel gewesen. Es gab nur wenige Dinge, die er lieber tat, als Feuer anzuzünden. Seine Eltern hatten ein altmodisches Haus gehabt mit einem Kamin in jedem Schlafzimmer, und er hatte mir einmal erzählt, dass er als Kind oft irgendwelche Geheimnisse auf einen Zettel geschrieben und sie dann verbrannt hatte.

Ich hatte gedacht, ich würde alle seine Geheimnisse kennen. Wenn wir nachts im Bett lagen, erzählte er mir von seiner Kindheit. Seine Mutter hatte immer Hafer-Rosinen-Plätzchen gebacken, als kleinen Snack nach der Schule. Als sein Vater ihn zum ersten Mal in Wathosen mit zum Fliegenfischen genommen hatte, konnte er kaum fassen, dass das kalte Wasser an ihm vorbeirauschte und er trocken blieb und dass er die Steine im Flussbett durch die Gummisohlen spürte. Seine Großmutter hatte ihm in der Küche beigebracht, zu Songs von Irving Berlin Walzer zu tanzen, wenn sie an Weihnachten zu Besuch gekommen war. Die Narbe an seinem Kinn stammte von einem Sturz mit dem Fahrrad, und seine Mutter hatte ihm hinterher mit einem nassen Waschlappen die Blutspuren abgewaschen. Sein kleiner Bruder und er hatten im Wohnzimmer Festungen errichtet und sich wilde Kissenschlachten geliefert. Nachdem er seinen Collegeabschluss in der Tasche hatte, ließ sein Vater Deagans Initialen in die Uhr seines Großvaters eingravieren und weinte, als er sie ihm anlegte.

Er erzählte mir alles, woran er sich erinnerte, und allein der Umstand, dass die Geschichten wahr waren, bewirkte, dass ich mich besser fühlte. Sie ließen mich glauben, ich könnte alles bekommen, was ich mir je gewünscht hatte. Bis ans Ende unserer Tage würden wir glücklich miteinander leben, und wenn wir Kinder hätten, würde zumindest einer von uns wissen, wie die ideale Kindheit aussah. Ich wollte noch immer, dass dieser Traum wahr wurde.

Ich warf mich aufs Bett, genau in Myras Delle, und vergrub das Gesicht in der Decke. Sie roch nach Chanel Chance – Luannes Parfüm. Sie lief praktisch in einer Wolke davon herum. Es war tröstlich. Vertraut. Wie eine Umarmung.

Die Vorstellung, mit dem Shuttleservice ganz allein zum Shoppen in eine fremde Stadt zu fahren, war deprimierend. Am liebsten hätte ich den Plan daher wieder verworfen. Ich konnte auf dem Bett liegen bleiben und nichts tun, bis das Zimmermädchen kam und mich entsorgen musste. Sie konnte mich mit dem Bettzeug zusammenrollen und fortschaffen.

Als ich mich auf die Seite rollte, stach mich etwas ins Gesicht. Es war ein Ohrring. Eine filigrane Träne, die an einem dünnen goldenen Stab hing. Das Schmuckstück sah alt aus. Zwar war es sorgfältig poliert worden, aber die Ritzen in dem Gold waren im Lauf der Jahre angelaufen. Ich brauchte eine Weile, bis ich den Ohrring auf dem Boden neben dem Nachttisch wiederfand. Natürlich konnte ich ihn nicht einfach liegen lassen oder so tun, als hätte ich ihn nie gefunden, sondern musste ihn Myra zurückgeben. Er erinnerte mich an ein Paar Ohrringe von Deagans Großmutter. Vermutlich handelte es sich um ein Erbstück.

Kurz erwog ich, ihn einfach mit einer Nachricht für Myra an der Rezeption abzugeben. Wahrscheinlich gibt es hier gar kein Briefpapier, dachte ich. Die meisten Hotels stellten ihren Gästen so etwas sicher nicht mehr zur Verfügung. Als ich nachsah, entdeckte ich dann doch eine Mappe mit ein paar Briefbögen und Umschlägen in der Tischschublade. Der Fund enttäuschte mich. Eigentlich wollte ich Myra nämlich wiedersehen. Ich wollte mit einer Freundin bummeln gehen, jemand anders sein und Deagan für eine Weile vergessen.

»Ich möchte nicht riskieren, dass die vom Hotel den Ohrring verlieren«, sagte ich laut zu mir selbst, als ließe die lahme Ausrede den Gedanken, mich als eine andere auszugeben, weniger verrückt oder lächerlich erscheinen.

7

Ich hielt den Ohrring behutsam in der Hand, damit ich ihn nicht zerdrückte, während ich in der Hotellobby nach Myra Ausschau hielt. Blaues Kleid, dunkles Haar, dichte Ponyfransen. Da ich sie nirgendwo entdeckte, ging ich in den Bankettsaal, um sie dort zu suchen.

Ich werde ihr nur schnell den Ohrring geben und wieder gehen, dachte ich. Wenn sie mein Gesicht ohne den verschmierten Mascara sieht, wird sie ohnehin merken, dass ich nicht ihre verschollene Freundin bin. Niemand ist einem anderen Menschen dermaßen ähnlich.

Der Raum war leer. An der hinteren Wand hing ein großes Banner mit der Aufschrift: »Willkommen zu Hause, Wildkatzen! Treffen des Mount-Si-Abschlussjahrgangs von 1999«, an den anderen Wänden klebten Poster, die wie größer kopierte Seiten aus einem Jahrbuch aussahen. Ich war ein Jahr später als sie mit der Schule fertig geworden, aber unser Treffen hatte vor zwei Jahren stattgefunden. Wer macht so was nach dreizehn Jahren?

Jemand hatte mit einem von diesen dicken Textmarkern, die angeblich nach Beeren duften, in Wahrheit aber nach Toilettenreiniger riechen, Herzen, Sterne, Einhörner und große rote Ws, die vermutlich für »Wildkatzen« standen, auf sämtliche Poster gemalt. Unter dem Namen jedes Studenten stand in runder Ballonschrift wahlweise »Nimmt teil«, »Nimmt nicht teil« oder »Kein Kontakt mehr«.

Ich entdeckte Myra gleich auf dem ersten Poster. Ihr

Nachname lautete Aberly. »Nimmt teil! Yeah!«, stand unter ihrem Namen, daneben prangte ein dümmlich grinsendes Smiley mit Ponyfransen. Den Namen Heather gab es gleich viermal, bevor ich überhaupt beim Buchstaben G angelangt war, daher hatte ich keine Ahnung, wen Myra von meinem Zimmer aus angerufen hatte.

Morgan, dachte ich. Das war der Name, den Myra am Telefon genannt hatte. Jessie Morgan. Ich folgte den Postern an der Wand, vorbei an Collier und Finley, Kapolli und Linden. Die Bilder hätten auch aus meiner Schulzeit stammen können. Flanellhemden und Haargummis und dazu enge schwarze Halsbänder. Jedes Mädchen hatte die Frisur von Rachel aus *Friends,* wenngleich nur eines oder zwei davon auch die Haare dafür hatten.

Endlich entdeckte ich Jessica Elizabeth Morgan. Sie sah tatsächlich aus wie ich. Es war gespenstisch. Ihr Haar war etwas heller als meins, mit einem leichten Stich ins Rötliche, und ihre Augen hatten eine eigenartige Farbe: Braun mit einem Hauch Grün. Kontaktlinsen vielleicht oder bedingt durch die schlechte Farbqualität des Fotos. Aber sie hatte das gleiche Lächeln wie ich damals und die gleichen Apfelbäckchen, die sich Gott sei Dank in richtige Wangenknochen verwandelt hatten, als ich älter wurde. Jessie wies sogar die gleichen, etwas zu groß geratenen Ohren auf, in die ich nie ganz hineingewachsen war, und hatte ebenfalls helle Sommersprossen auf der Nase. Ihre waren zwar größer als meine, aber absolut anbetungswürdig. Ihre Nase dagegen verlieh ihr Charakter, und obwohl ich sie nicht kannte, hoffte ich, dass Jessie Morgan sich nie der Nasenoperation unterzogen hatte, die sie sich so sehnlich wünschte. Vielmehr wünschte ich ihr, dass sie, wo immer sie auch sein mochte, glücklich war und jemanden hatte, der sie liebte.

Dass sie nie derart gedemütigt und am Flughafen fallen gelassen wurde wie eine heiße Kartoffel.

Sie trug ein schwarzes Top oder Kleid mit Spaghettiträgern. Ein Träger war ihr von der Schulter gerutscht, und ich war dankbar, dass man auf dem Foto nicht sehen konnte, wie tief der Ausschnitt war. Unter dem Bild stand neben ihrem Namen »Kein Kontakt mehr«, und daneben war ein großes Schmollgesicht gemalt. Jemand hatte es allerdings ausgestrichen und mit leuchtend roter Tinte, die tatsächlich duftete wie einer von diesen Beerentextmarkern, »NIMMT TEIL« geschrieben. Das musste Myra gewesen sein, vor wenigen Minuten erst, und mir blutete das Herz, wenn ich daran dachte, dass ich ihr noch meine wahre Identität gestehen musste. Ich streckte eine Hand aus und berührte Jessies Foto.

»Himmel! Erinnerst du dich noch daran, wie wir uns die Haare mit Sun-In aufgehellt haben?«, rief Myra quer durch den Raum und kam auf mich zu. »Wir waren geradezu süchtig nach dem Zeug.« Sie legte mir einen Arm um die Schulter. »Natürlich hatte ich Angst, dass meine Oma es herausfinden würde, deshalb habe ich mir immer bloß eine Strähne gefärbt, die nur zu sehen war, wenn ich einen Pferdeschwanz trug.«

Ich hatte Sun-In als Teenager nicht benutzen dürfen. Meine Mutter wäre ausgeflippt. Aber ich erinnerte mich noch lebhaft daran, wie Angela Nathans auf unserem ersten Übernachtungsausflug in der siebten Klasse eine ganze Flasche davon im Bus verschüttet hatte. Mit zunehmender Wärme wurde der Geruch immer schlimmer, weshalb wir nach jedem Zwischenstopp, etwa um die Freiheitsglocke oder Valley Forge zu besichtigen, in den mit Sun-In verpesteten Bus zurückkehren mussten.

»Ich werde diesen Geruch nie vergessen«, sagte ich.

»Ich auch nicht«, erwiderte Myra lachend. »Das Zeug riecht heute noch genauso.« Sie trat zurück, um die Ecke des Posters glatt zu streichen. »Halt mich für verrückt, aber ich schnuppere immer mal wieder an einer Flasche, wenn ich im Drogeriemarkt bin.« Sie hob den Kopf und sah mir mitten ins Gesicht. Spätestens jetzt musste sie doch erkennen, dass ich nicht Jessie Morgan war, aber sie sagte nur: »Ich muss dann jedes Mal an dich und mich und Karen denken.« Sie wandte einen Moment lang den Blick ab. »Ich hätte nie gedacht, dass ich dich je wiedersehe«, sagte sie, dann seufzte sie leise – oder schluchzte oder dergleichen. Ich konnte es nicht genau sagen, weil sie den Kopf zur Seite gedreht hatte.

»Ich habe deinen Ohrring gefunden.« Da mir nichts einfiel, was ich sonst hätte sagen können, streckte ich ihr die flache Hand hin.

Ich musste auf der Stelle hier weg. Ich konnte unmöglich länger vorgeben, jemand zu sein, den Myra seit dreizehn Jahren – oder wie lange Jessie Morgans Verschwinden zurückliegen mochte – schmerzlich vermisste.

Myra tastete nach ihrem Ohr. »Oh, danke! Wenn ich den verloren hätte, hätte ich mich echt geärgert. Sie haben meiner Großmutter gehört.« Freudig nahm sie das Schmuckstück entgegen und befestigte es geschickt wieder an ihrem Ohrläppchen. »Sie ist letztes Jahr gestorben.«

»Das tut mir leid«, murmelte ich.

Myra lächelte. »Weißt du noch, wie wir nach der Schule immer zu ihr rübergegangen sind und sie uns gefrorene Schoko-Minz-Taler und die leckere orangefarbene Limo in den kleinen Plastikflaschen gegeben hat?«

Ich lachte. »An die Flaschen erinnere ich mich noch gut! Der Inhalt schmeckte immer gleich, egal welche Farbe das

Zeug hatte.« Ich wusste selbst nicht, warum ich Myra nicht die Wahrheit gestand. Es war unentschuldbar, schließlich war es Betrug. Aber es kam mir so vertraut vor, mich mit ihr zu unterhalten und in Erinnerungen zu schwelgen, auch wenn es keine gemeinsamen waren.

»Ohne die grünen Kontaktlinsen sehen deine Augen ganz anders aus.« Forschend musterte Myra mein Gesicht. Auf einmal war ich mir nicht mehr sicher, ob ich überhaupt noch wollte, dass sie mich entlarvte. »Keine von uns hat es über sich gebracht, dir zu sagen, dass deine Augen dadurch kein bisschen grün gewirkt haben, sondern nur verdammt unheimlich.«

Da fiel mir wieder ein, wie sehr ich mir als Teenager blaue Kontaktlinsen gewünscht hatte. Meine Mutter war der Ansicht, meine Augen wären dafür ohnehin zu dunkel. Was war mit Jessies Mutter? Wie kam es, dass niemand sie davor gewarnt hatte, Zuckerwasser zu trinken, sich Chemikalien in die Haare zu sprühen oder farbige Kontaktlinsen zu tragen? Ich fragte mich, wie es sich wohl angefühlt hatte, Jessie Morgan zu sein.

»Wir sollten jetzt besser gehen«, meinte Myra. »Sonst kommen wir in den Berufsverkehr.«

Mir war bewusst, dass es falsch war, aber statt Myra zu gestehen, dass ich eigentlich Jenny Shaw hieß, sagte ich: »Da wir nur zu zweit sind, muss ich wenigstens nicht um den Beifahrersitz knobeln, oder?« In der Schule hatte ich mir nie die Mühe gemacht, mich um diesen privilegierten Platz zu streiten – ich war damit zufrieden, wenn mich einer unserer Nachbarn nach Unterrichtsende nach Hause fuhr, was selten genug vorkam. Heute dagegen hätte ich es gerne getan. Allein bei dem Gedanken schnürte sich mir allerdings die Kehle zu. Das war mir damals in der Highschool schon bei jeder sozialen Interaktion so gegangen, und ich war schon immer nah am Wasser gebaut.

»Ha!«, schnaubte Myra. »Erinnerst du dich? Du hast mit Karen beim Knobeln ständig gestritten.« Sie zog ihre Handtasche hinter einer Pflanze in einer Ecke hervor. »Ich mache hier weiter, wenn wir zurückkommen.«

»Ich kann dir gerne helfen«, entfuhr es mir wie von selbst, als wäre jener Teil meines Gehirns, der vor Inbetriebnahme des Mundwerks aktiviert werden sollte, außer Gefecht gesetzt worden.

8

»O mein Gott! Weißt du, was ich hier habe?«, quietschte Myra, nachdem wir in ihren verrosteten Honda eingestiegen waren, und zog eine CD aus dem Schlitz hinter der Sonnenblende.

»Was denn?«, fragte ich, während ich mich anschnallte. Dazu waren mehrere Ansätze nötig, abgesehen davon waren die Sitzpolster mit Krümeln und Erde übersät. Auch das fühlte sich vertraut an wie in meinem eigenen Auto. Egal wie sehr ich mich bemühte, es sauber zu halten, früher oder später sammelten sich darin unweigerlich Verpackungen von Müsliriegeln und anderer Abfall.

»Das hier!« Sie schob die CD in den Player. Die ersten Klänge von »Bust a Move« dröhnten aus den alten Lautsprechern. »Hör dir das an!«, rief Myra lachend. »Jetzt erzähl mir nicht, dass du den Song nicht mehr liebst!«

»›Lieben‹ wäre wohl zu viel gesagt«, erwiderte ich gleichfalls lachend. »Aber ich kann mich noch fast an den kompletten Text erinnern.«

Myra hüpfte beim Fahren auf und ab und stockte ab und zu im Text, als sie lauthals mitsang. Sie ging völlig ungezwungen mit mir um, und obwohl es ganz sicher nur daran lag, dass sie mich für jemand anders hielt, färbte etwas davon auf mich ab. Als die Stelle von Harry und seinem Bruder Larry kam, stimmte ich in Myras Gesang ein, bis wir in haltloses Gekicher ausbrachen.

Als der Song zu Ende war, blickten wir davon eingelullt aus dem Fenster. Es musste ein Sampler sein, denn als Nächstes erklangen die ersten Takte von diesem eigenartigen Song der Crash Test Dummies, den ich seit Jahren nicht mehr gehört hatte. Der Nebel löste sich auf, und am Horizont war ein Berg aufgetaucht, wo ich nie einen vermutet hätte.

»Er hat wirklich am Flughafen mit dir Schluss gemacht?«, vergewisserte sich Myra.

»Ja.« Ich hielt nach weiteren Überraschungsbergen Ausschau, als wir uns einem riesigen Tully's-Schild am Stadtrand von Seattle näherten. »Er hat eine andere.«

»Aber du bist Jessie Morgan, verdammt«, versetzte Myra mit Nachdruck. »Weiß er das denn nicht?«

»Scheinbar nicht.« Unbewusst knabberte ich die Hornhaut seitlich am Fingernagel ab. Dabei gab ich dieser schlechten Angewohnheit sonst so gut wie nie in Gegenwart anderer Leute nach.

»Du musst nicht darüber reden, wenn du nicht willst«, entschuldigte sich Myra.

»Schon gut.« Ich schob die Hände unter die Schenkel. »Schließlich kann ich es nicht ungeschehen machen, indem ich so tue, als wäre es nie passiert.« Du darfst das nicht tun, dachte ich voller Unbehagen. Du darfst bei dieser Frau nicht deine Probleme abladen. Aber ich konnte einfach nicht aufhören. »Das Schlimme daran ist … ich bin mir nicht sicher, ob ich weiß, wer ich ohne Deagan bin. Dabei wollte ich nie zu diesen Frauen gehören, verstehst du? Zu denen, die ihre komplette Lebensplanung auf irgendeinen Typen ausrichten.«

»Offensichtlich hast du aber viel mehr in ihm gesehen als nur irgendeinen Typen.« Myra wedelte mit der rechten Hand durch die Luft. »Ich weiß, wovon ich rede, ich war auch mal an diesem Punkt.« Sie seufzte. »Erinnerst du dich noch an John Hayes?«

»Nein.« Ich vergaß völlig, meine Rolle als Jessie Morgan weiterzuspielen.

»Das hätte ich mir denken können. Wir haben uns erst so richtig mit ihm angefreundet, nachdem du weg warst. Meine Güte, in dem Sommer nach meinem Abschluss habe ich mich unsterblich in ihn verliebt. Für diesen Kerl habe ich sogar auf das Stipendium an der Modeschule von New York verzichtet und bin stattdessen hier weiter zur Schule gegangen.« Sie schüttelte den Kopf. »Er hat all die Dinge gesagt, die ich hören wollte, weißt du?«

»O ja«, bestätigte ich. »Nur zu gut.«

»Er sagte, er wolle mich heiraten, also verlobten wir uns, und ich bekam einen Ring. Kurz vor Beginn des letzten Studienjahrs meinte er dann, er langweile sich und wechsle deshalb an die Fairleigh Dickinson. Er wollte tatsächlich ohne mich nach New Jersey ziehen, als würde er nichts Wichtiges zurücklassen.«

»Oh, das tut mir leid«, sagte ich lahm.

»Ich bot ihm an, ebenfalls zu wechseln, damit wir zusammen umziehen konnten. Da sagte er – und das glaubst du jetzt nicht – ›Ich finde, es ist Zeit für eine Veränderung.‹«

»Was für ein Mistkerl!«, schnaubte ich. »Zeit für eine Veränderung? Warum kommen einem die Typen bloß immer mit so dämlichen Begründungen, wenn sie sich trennen wollen?« Ich erzählte ihr von Deagan und seiner Forschungsmission.

Myra lachte. »Ist ihnen eigentlich klar, dass der Müll, den sie von sich geben, wenn sie uns abservieren, auf ewig in unseren Köpfen weiterlebt?«

»Darüber denken sie mit Sicherheit nicht nach.« Aber sie hatte recht. Für den Rest meines Lebens würde ich Deagan, wann immer ich an ihn dachte, mit einem Tropenhelm auf dem Kopf und Faye im Bett vor mir sehen.

»Ich kann es immer noch förmlich hören. ›Ich finde, es ist Zeit für eine Veränderung.‹ Als wäre ich ein alter Kaugummi, den er ausspuckt, um eine neue Geschmacksrichtung auszuprobieren.«

Ich fragte mich, warum Jessie Morgan nichts von Myra und John wusste und warum sie Mount Si direkt nach der Schulzeit verlassen hatte. Wenn die beiden wirklich so gute Freundinnen gewesen waren, warum hatte Myra Jessie dann damals nicht angerufen und ihr von ihrem Liebeskummer erzählt?

»Er kommt übrigens auch zu dem Treffen.« Myras Stimme zitterte. »Und er bringt seine Frau mit. Ich weiß, ich sollte längst darüber hinweg sein. Es ist lange her, trotzdem werde ich jedes Mal wütend, wenn ich an ein Wiedersehen mit ihm denke.« Sie wischte sich mit dem Ärmel über die Augenwinkel. »Ich habe einfach zu viel für ihn aufgegeben. Natürlich ist er die nächsten beiden Sommer nach Hause gekommen, und ich dummes Huhn habe mir beide Male eingebildet, dass unsere Affäre den Sommer überdauert. Als ob er meinetwegen dageblieben wäre!«

»Es tut mir leid«, wiederholte ich.

Ich überlegte, wie ich mich fühlen würde, wenn ich in Rochester nach meiner Rückkehr Deagan und Faye bei Wegmans über den Weg lief. Oder sie beim Fliederfest traf und mit ansehen musste, wie sie sich ein Stück Kuchen teilten. Eisige Furcht nagte auf einmal an mir. Alles in meinem Leben, alle meine Freundschaften, außer die zu Luanne, hingen von meinem Status als Deagans Freundin ab, und ich kam mir unendlich dumm vor, weil ich es so weit hatte kommen lassen.

»Ich darf mir nach so langer Zeit nicht mehr anmerken lassen, dass es immer noch wehtut«, meinte Myra. »Damit würde ich mir bloß ein Armutszeugnis ausstellen.«

»Vielleicht hat er inzwischen eine Glatze«, sagte ich. »Oder Übergewicht. Oder er stinkt nach Schweiß.«

Myra lachte.

»Vielleicht hat ja auch seine Frau Haarausfall und stinkt«, fuhr ich fort. »Immerhin hat sie ihn geheiratet. Das ist viel demütigender, als von ihm fallen gelassen zu werden, nicht wahr?«

»Ich bin ja so froh, dass du hier bist.« Myra sah zu mir hinüber und lächelte.

Sie hatte ein wirklich nettes Lächeln. Ihre Augen funkelten, und zwischen ihren dunkelrot geschminkten Lippen blitzten strahlend weiße Zähne hervor. Ein Schneidezahn stand etwas schief, aber selbst das wirkte, als hätte sie sich bewusst dafür entschieden.

»Ich werde einfach zu sehr mit meinen alten Freunden beschäftigt sein, um Zeit für John erübrigen zu können. Sogar Fish hat mir versprochen, ihn vollkommen zu ignorieren.«

»Fish?« Ich wünschte, ich hätte mir die Jahrbuchfotos im Festsaal genauer angesehen. Obwohl ich sicher war, dass es mir aufgefallen wäre, wenn dieser Name unter einem der Bilder gestanden hätte. Es musste ein Spitzname sein. Ich versuchte mich zu erinnern, ob ich das Wort Fish in Leuchtschrift oder einen gemalten Fisch neben einem der Fotos bemerkt hatte – vergeblich.

»O mein Gott! Ihn trifft der Schlag, wenn er dich sieht! Ihm verrate ich natürlich nicht vorher, dass du hier bist.

Heather habe ich es natürlich erzählt, aber Fish werden wir überraschen.« Sie grinste breit. »Ach, ich bin dir ja so dankbar, dass du hier bist, Jessie. Ich weiß, dass du nicht nur gekommen bist, damit ich John mit der ganzen Clique im Rücken gegenübertreten kann, trotzdem ist es eine große Erleichterung.«

»Es wird schon alles gut gehen. Und du siehst großartig aus«, sagte ich, weil mir gerade nichts anderes einfiel. »Ist das nicht die wirkungsvollste Rache?«

»Ja«, stimmte Myra zu. »Außerdem habe ich noch alle meine Haare.« Sie hob den Arm, um an ihrer Achselhöhle zu schnuppern. »Und ich rieche nicht nach Schweiß.«

9

Myra parkte in einer Seitenstraße. »Ich kann es kaum erwarten, dass du es siehst.« Sie strahlte von einem Ohr zum anderen, als wir auf die Straßenecke zugingen. »Tataaa!« Als wir die Ladenfront erreichten, breitete sie die Arme aus wie die Moderatorin einer Gameshow.

Über dem Schaufenster prangte ein Schild, auf dem in Großbuchstaben auf weißem Hintergrund »Aberly Cadaberly« stand.

»Ist das deine Boutique?«, fragte ich. Zum Glück hatte ich Myras Nachnamen auf einem der Poster im Hotel gesehen.

»Jawoll.« Mit einer schwungvollen Geste öffnete Myra die Tür und ließ mich vor. »Ich führe eine eigene Kollektion, arbeite aber auch mit verschiedenen lokalen Designern zusammen und biete klassische Mode an.«

»Du besitzt eine Boutique und entwirfst deine eigene Modelinie?«

»Ganz genau.« Bescheiden senkte Myra den Blick und schob die Hände in die Taschen. »Hi, Nancy.«

Die junge Frau hinter der Theke telefonierte und kritzelte gerade etwas in ein Notizbuch, aber sie formte mit den Lippen ein »Hi« und winkte uns zu. Sie hatte dunkles Haar, ähnlich dichte Ponyfransen wie Myra, und in den linken Augenwinkel war ein hübscher, kleiner blauer Stern eintätowiert. Ich musste mich anstrengen, um nicht andauernd darauf zu starren.

Der Laden war einfach überwältigend. Weiße Wände

und dicke, knorrige hell lackierte Bodendielen. Die Kleider auf den Ständern waren nach Farben sortiert: Schwarz ging in Grau über, und auf Blau folgten Grün und Gelb. Rot und Pink setzten gegenüber von dem Ständer ganz in Weiß und Beige einen satten Farbakzent. Im hinteren Teil des Geschäfts standen mehrere Spiegel, deren Rahmen mit schwarzen Schnörkeln verziert waren wie Bilderrahmen. Ein prachtvoller alter Kronleuchter hing an der Decke, und anstelle der Kristallprismen glitzerten Halsketten und Ohrringe. Myras roter Lippenstift wirkte wie ein sorgfältig ausgewählter Akzent, der das Gesamtkonzept der Boutique vervollständigte. Sie passte perfekt ins Bild.

Obwohl wir keine alten Freundinnen waren, war ich so stolz auf sie, als gehörte ich längst zu ihrer Clique. Wir waren ungefähr gleich alt, und sie hatte so viel erreicht. Es war faszinierend. Wundervoll.

»Myra, das ist ja fantastisch!« Mit leicht verklärtem Blick stand ich da, als wäre sie wirklich eine lange verschollene Freundin.

»Danke.« Sie errötete. »Okay.« Energisch schob sie mich in eine Umkleidekabine. »Dann wollen wir dich mal einkleiden.«

Ich hörte das Klicken, mit dem sie die Bügel über die Stangen schob, und kurz darauf warf sie einen ganzen Berg Kleider über die Tür.

Den Anfang machte ein umwerfendes, leuchtend rotes Kleid mit einem Spaghettiträger auf der einen Seite und einem breiten Träger auf der anderen, der einmal um den Hals herum bis über das Vorderteil des Kleides verlief. Ich probierte es an. Es hatte einen gefährlich tiefen Ausschnitt und einen kessen asymmetrischen Saum.

»Lass dich mal anschauen«, befahl Myra.

Als ich die Kabinentür öffnete, quiekte sie vor Begeisterung. »Es ist perfekt!«

Ich drehte mich um und betrachtete mich im Spiegel. Das Kleid ließ mich schlank und kurvenreich zugleich erscheinen. Verführerisch, sexy und raubtierhaft. Da fiel mir das Schild auf, das am Saum hing. Auf dicker weißer Pappe stand in geschwungener Handschrift »Jessie von Myra Aberly«.

»Du hast das für …«, ich hielt inne, kurz bevor ich »sie« sagen konnte, »… für mich entworfen?«

Aus reiner Gewohnheit drehte ich das Schild um, um nach dem Preis zu sehen.

Myra legte ihre Hand über meine, aber bevor sie den Preis ganz verdecken konnte, erhaschte ich einen Blick darauf. Das Kleid kostete einhundertzwanzig Dollar.

»Schau gar nicht hin«, sagte sie. »Es ist für dich. Ein Geschenk.«

Ich kann die Wahrheit nicht länger verdrehen, beschloss ich. Ich betrüge sie ja regelrecht.

»Das kann ich nicht annehmen, Myra«, widersprach ich kopfschüttelnd. Ich muss es ihr beichten, dachte ich erneut. Ich kann so nicht weitermachen. Das wäre glatter Diebstahl.

»Bitte«, beharrte sie. »Dich in diesem Kleid zu sehen und festzustellen, dass es genauso wirkt, wie ich es mir vorgestellt habe … das ist wie Magie. Da komme ich mir wie eine richtige Designerin vor.«

Ich betrachtete mich im Spiegel und stellte mich auf die Zehenspitzen, um mir besser vorstellen zu können, wie es mit hohen Absätzen aussehen würde. Nie im Leben hätte ich mir ein so auffälliges Kleid ausgesucht. Ich gehörte eher zu den Frauen, die zu jedem Anlass ein geschmackvolles, konservatives schwarzes Kleid tragen. Der Spiegel zeigte die

Frau, die ich immer hatte sein wollen, nicht diejenige, die ich tatsächlich war.

»Myra?«, rief Nancy von der Kasse her. »Die Einkäuferin von der Blackberry Boutique in Portland ist am Telefon. Sie ist an deiner Winterkollektion interessiert.«

»Wirklich?«

»Yep. Kannst du kurz mit ihr sprechen?«

»O mein Gott!« Myra hüpfte vor mir auf und ab. »Entschuldigst du mich bitte kurz, Jessie?« Sie packte mich am Arm. »Das ist ein richtig großer Deal. Ich habe ihr die letzten drei Saisons Musterbücher geschickt.«

»Natürlich«, erwiderte ich. »Geh nur.«

»Ich nehme den Anruf im Büro entgegen«, rief sie Nancy zu, ehe sie davonstürmte und hinter einem verspiegelten Paneel verschwand, das sich als Tür entpuppte.

Unterdessen probierte ich weiter Kleider an, schließlich brauchte ich mehr als nur eines, und wenn Myra mich »Jessie« nicht bezahlen ließ, konnte ich zumindest ein paar Sachen für die Konferenz bei ihr kaufen.

Natürlich war alles in dem Laden schicker und auffälliger als die Sachen, die ich normalerweise trug. Aber immer nur auf Nummer sicher zu gehen, hatte mich bislang auch nicht weitergebracht.

Ich hatte mir schon so lange nichts Neues mehr gekauft. Deagan und ich hatten auf die Anzahlung für ein Haus gespart. Zumindest hatte ich das gedacht. Wir hatten geknapst und geknausert und nur ein einziges Mal ein bisschen Geld abgezweigt, um uns die Reise nach Napa leisten zu können. Ansonsten hatten wir die zwanzig Prozent Eigenkapital zusammengekratzt, nachdem wir endlich beschlossen hatten, uns ein Haus zu kaufen. Mein Beitrag hatte darin bestanden, mir jeden Tag etwas zu essen mit in die Arbeit zu nehmen, meine ausgeleierten alten Pullover aufzutragen und mir meinen Kaffee zu Hause zu machen. Ich verdiente deutlich weniger als Deagan und hatte nicht auf seine Kosten leben wollen.

Und jetzt machte ich die Sparsamkeit mehrerer Monate innerhalb von zwanzig Minuten zunichte.

»Nein«, wehrte Nancy ab, als ich das rote Kleid zusammen mit mehreren Röcken, einer dunklen Jeans, einem Blazer, einigen Oberteilen, einer Strickjacke und dem schönsten perlenbestickten Pullover aller Zeiten über die Theke schob. »Ich habe gehört, was Myra gesagt hat. Das ist ein Geschenk.«

»Das erste Teil geht aufs Haus, stimmt's?«, grinste ich. »Der Laden macht süchtig.«

Nancy nickte. »Das müssen Sie Myra sagen.« Sie strahlte mich an, als wären wir beide stolz auf die Boutique. Auf unsere Freundin. »Ich habe noch nie jemanden so hart arbeiten sehen. Sie ist unglaublich, nicht wahr?«

»Ja«, bestätigte ich, »das ist sie.«

Die junge Frau schlug die Sachen in silbernes Seidenpapier ein und verstaute sie in einer großen Einkaufstüte.

Ich wollte ihr gerade meine Kreditkarte reichen, als mir siedend heiß einfiel, dass mich der Name darauf verraten würde. Auf diese Weise sollte Myra die Wahrheit nicht erfahren.

»Oh, jetzt hätte ich es beinahe vergessen!«, brüllte ich fast. »Ich bin ja in diesen neuen Finanzplan eingegliedert und muss alles bar bezahlen. Gibt es hier irgendwo einen Geldautomaten?«

»Gleich über die Straße.« Nancy deutete zur Tür.

»Bin sofort wieder da«, versprach ich.

Ich stürmte über die Straße und zog mit meiner Karte tausend Dollar am Automaten. Da meine Bank es mir nicht gestattete, die gesamte Summe auf einmal abzuheben, musste ich den Vorgang dreimal wiederholen. Da ich meine Kreditkarte in Myras Gegenwart nicht benutzen konnte, brauchte ich ausreichend Bargeld. Sobald es ging, würde ich Myra die Wahrheit gestehen. Das Geld war nur für den Fall, dass sich die richtige Gelegenheit nicht so bald ergeben würde.

Mit meiner prall gefüllten Handtasche hastete ich über die Straße zurück und versuchte nicht weiter darüber nachzudenken, wie verrückt das alles war.

»Alles klar«, keuchte ich atemlos und reichte Nancy ein Bündel Geldscheine.

»Das Gespräch wird wohl etwas länger dauern«, meinte Nancy. »Sie haben Myra knapp verpasst. Sie kam heraus, um mir zu sagen, dass Blackberry eine komplette, eigens für das Label entworfene Kollektion bei ihr bestellen will.«

»Wirklich?«, sagte ich. »Das ist ja großartig.« Es war mir fast unheimlich, dass ich mich so aufrichtig für Myra freute. »Ich komme schon allein zurecht. Ich muss sowieso noch ein paar andere Einkäufe erledigen. Wenn Sie mir nur kurz den Weg beschreiben würden …«

»Was brauchen Sie denn?«, fragte Nancy.

»Make-up, Schuhe, Unterwäsche«, zählte ich auf.

Nancy malte den Weg zu Nordstrom auf die Rückseite eines Umschlags und drückte mir noch eine Visitenkarte von Aberly Cadaberly in die Hand.

»Rufen Sie an, wenn Sie sich verlaufen.«

Im Gegenzug gab ich Nancy meine Handynummer, damit Myra mich anrufen konnte, wenn sie fertig war, und ließ die Einkaufstüte hinter der Theke zurück. Davor tauschte ich aber erst noch die mit Salatdressing bekleckerte Bluse gegen ein nagelneues Oberteil aus recycelten Seidenkrawatten.

Bei Nordstrom angelangt, stellte ich fest, dass mein Handyempfang in dem Kaufhaus auf einen Balken beschränkt war. Vermutlich landete Myra also direkt bei meiner Mailbox, die ihr unmissverständlich mitteilte, dass sie Jenny Shaw erreicht hatte. Also ging ich wieder nach draußen und änderte die Ansage dahingehend, dass nur noch meine Telefonnummer genannt wurde. Ich würde Myra bald alles erzählen, das schwor ich mir. Ich würde ihr die Wahrheit sagen, das Kleid zurückgeben und diese lächerliche, verrückte Scharade beenden. Ich musste es tun. Aber über meine Mailbox sollte sie es nun wahrlich nicht herausfinden.

Besagte Mailbox vermeldete vier neue Nachrichten von meiner Mutter, von denen ich keine einzige abhörte. Für eine kleine Weile wollte ich mich selbst vergessen.

Als Erstes kaufte ich eine schicke Reisetasche aus dunkelblauem Leder, um meine neuen Sachen darin nach Hause zu transportieren. Sie kostete zwar mehr als die Lebensmittel für eine ganze Woche, aber es war mir egal.

Dann gönnte ich mir ein bisschen Make-up. Es war lange her, seit ich zuletzt welches gekauft hatte. Mein Mascara war inzwischen so alt, dass er vermutlich fleischfressende Bakterien beherbergte, und ich war mir ziemlich sicher, dass ich seit dem College dasselbe Rouge benutzte. Es war geradezu peinlich, und hinterher konnte ich kaum glauben, dass ich mir schon so lange nichts mehr gegönnt hatte. Von der Frau am Schminktisch ließ ich mir die letzten Mascarareste entfernen, die ich als Eyeliner ausgab, und ein komplett neues Make-up auflegen. Sie benutzte Produkte, von deren

Existenz ich bisher nicht mal etwas geahnt hatte. Lidschatten-Primer, Lippenstift-Primer, Rouge aus der Tube. Offenbar konnte ich roten Lippenstift gut tragen, solange er blaue Untertöne hatte. Wer hätte das gedacht?

Nachdem die Kosmetikerin wahre Wunder bewirkt hatte – Smokey Eyes, gemeißelte Wangenknochen, perfekt nachgezogene Lippen –, sah ich tatsächlich aus, als wäre Myras rotes Kleid wie für mich gemacht.

Ich kaufte alles. Zum Bezahlen reichte ich ihr meine Kreditkarte (sie hielt mich ja nicht für Jessie Morgan) und warf noch nicht einmal einen Blick auf die Gesamtsumme, als ich den Beleg unterschrieb. So würde Jessie Morgan es machen, dachte ich. Sie wirkte nicht wie eine Frau, die immer nur auf der sicheren Seite blieb.

Danach ging ich in die Schuhabteilung und probierte die hochhackigsten, verführerischsten schwarzen Peeptoe-Pumps an, die ich je gesehen hatte. Vorne offene Pumps hatte ich noch nie gesehen, aber die Verkäuferin meinte, es sei sexy, und ich glaubte ihr nur zu gern. Jessie Morgan würde so etwas offensichtlich tragen. Da die Schuhe schwarz waren, rechtfertigte ich die Ausgabe vor mir selbst damit, dass ich sie nach meiner Rückkehr auch im Alltag tragen konnte. Allerdings vermochte ich mir nur schwer vorzustellen, je wieder in mein altes Leben zurückzukehren, als ich mit hochgerollten Hosenbeinen vor dem Spiegel stand und bewunderte, wie lang und schmal die Pumps meine Knöchel und Waden wirken ließen. Was erwartete mich denn da noch? Was hatte es für einen Sinn, als treue, loyale Freundin jede Menge Zeit und Energie in gemeinsame Zukunftspläne zu stecken und den eigenen Freund zu unterstützen, nur damit er mit der erstbesten Volleyballspielerin durchbrannte? Was hatte es für einen Sinn, immer nur für das Morgen statt im Hier und Jetzt zu leben und Menschen zu vertrauen, die einen bloß enttäuschten? Was hatte es für einen Sinn, Jenny Shaw zu sein?

»Ich nehme sie«, sagte ich zu der Verkäuferin und reichte ihr meine bequemen schwarzen Slipper, damit sie sie in den Karton packte. »Und ich lasse sie gleich an.«

10

Als ich wieder vor Nordstrom stand, rief ich bei Aberly Cadaberly an, um mich zu vergewissern, dass ich Myra nicht aufhielt. Nancy sagte mir, dass das Gespräch mit Blackberry eine Ewigkeit gedauert habe und Myra noch ein paar zusätzliche Skizzen fertigstellen müsse, bevor der Kurier am Nachmittag kam. »Entschuldige mich bei Jessie«, hörte ich Myra im Hintergrund rufen.

»Kein Problem«, versicherte ich Nancy. »Sagen Sie ihr, ich wünsche ihr viel Glück.«

Ich legte auf und starrte den roten Kreis auf meinem Handy an, der mir mitteilte, wie viele Nachrichten für mich eingegangen waren. Mittlerweile waren es sechs. Alle von meiner Mutter.

So gerne ich ihnen auch keinerlei Beachtung geschenkt hätte, sie lösten ein nagendes Gefühl des Unbehagens in meinem Magen aus. Ich griff zu einem meiner besseren Tricks, rief ihre Mailboxnummer statt des Festnetzanschlusses an und hinterließ meinerseits eine Nachricht. Bisher hatte meine Mutter zum Glück nicht herausgefunden, warum sie das Telefon nie klingeln hörte.

»Hi, Mom«, sagte ich. »Ich muss dich knapp verpasst haben. Hoffe, bei dir ist alles in Ordnung. Ich bin zurzeit auf Geschäftsreise, davon habe ich dir doch erzählt. Leider habe ich hier keinen guten Empfang, am besten melde ich mich, wenn ich wieder zu Hause bin. Alles Liebe, mach's gut.«

Damit legte ich auf und löschte ihre Nachrichten, ohne

sie abzuhören. Ich wusste ohnehin, worum es ging. Mit jedem einzelnen Wort würde sie den alles beherrschenden Umstand beklagen, nämlich dass ein jeder und allen voran ich sie immer nur auf herzloseste Weise im Stich ließ.

Ich beschloss, zu Myras Boutique zurückzugehen und unterwegs vielleicht einen Kaffee zu trinken, um die Zeit totzuschlagen. Aber in supersexy, turmhohen Peeptoe-Pumps zu laufen war eine wesentlich größere Herausforderung, als darin still vor dem Spiegel zu stehen und sich zu bewundern. Mit zehn Zentimetern zusätzlich unter den Fußsohlen sah die Welt ganz anders aus, und ich verlor bald die Orientierung. Als ich ein paar Blöcke von Myras Laden entfernt die Straße überquerte, hob ich am Bordstein den Fuß nicht hoch genug und konnte mich gerade noch an einem Laternenpfahl festhalten.

Mein Knöchel pochte. Ich klammerte mich an der Laterne fest, als hinge mein Leben davon ab, und sah mich um. Drei Häuser weiter war ein Friseursalon. Da ich dringend eine neue Frisur und eine Sitzgelegenheit brauchte, wertete ich das als ein Zeichen des Himmels.

»Machen Sie es irgendwie anders«, sagte ich zu der Friseurin, als ich auf dem Stuhl Platz nahm. »Ich möchte nicht länger aussehen wie ich.«

Mit hellbrauner Hochglanzfarbe im Haar saß ich unter der Trockenhaube und las die neueste Ausgabe von *People,* als die Friseurin mit meiner Handtasche angelaufen kam. »Ihr Telefon klingelt«, rief sie über den Lärm des Trockners hinweg. »Soll ich für Sie rangehen?«

»Bitte«, nickte ich.

Sie griff in meine Tasche und hielt das Handy in die Höhe, damit ich sehen konnte, wer anrief. Die Nummer fing mit 206 an, und ich war ziemlich sicher, dass sie zu Seattle gehörte.

»Ich habe Ihren Namen nicht verstanden«, sagte sie.

»Jessie Morgan«, erwiderte ich, ohne auch nur eine Sekunde zu zögern. Der Name kam mir ganz selbstverständlich über die Lippen.

Ich fühlte mich schuldig, als sie sich mit »Apparat Jessie Morgan« meldete. Ach, was konnte es schon schaden? Schließlich würde ich ganz bestimmt nicht noch mal nach Seattle fliegen, um mir die Haare schneiden zu lassen. Ich würde bar bezahlen und ihr ein großzügiges Trinkgeld geben. Sie würde die Wahrheit nie erfahren.

Die Friseurin legte auf und ließ das Handy wieder in meine Tasche fallen. Dann schaltete sie das Gerät aus und schob die Plastikhaube auf meinem Kopf ein Stück zurück, um die Farbe zu überprüfen.

»Das war eine gewisse Myra. Ich habe ihr die Adresse vom Salon gegeben. Ihre Freundin holt Sie in zwanzig Minuten hier ab.« Sie nahm die Haube ganz ab. »Perfektes Timing. Dann wollen wir das hier mal auswaschen.«

Der Boden rund um den Stuhl war bald mit dunkelbraunen Haaren bedeckt. Statt Locken, die mir ohne jede Spannkraft über die Schultern fielen, hatte ich jetzt einen sexy, direkt unter dem Kinn endenden Bob mit Ponyfransen, die mir verführerisch über dem rechten Auge in die Stirn fielen, so dass ich sie lässig zur Seite schieben konnte.

»O mein Gott!«, rief Myra, als sie hereinkam und mich sah.

Die Friseurin drehte gerade den Stuhl herum, damit ich meinen Hinterkopf im Spiegel betrachten konnte.

Myra war im Spiegel ebenfalls zu sehen. Sie schlug die

Hand vor den Mund, und ich fürchtete eine Sekunde lang, die Frisur könnte mich verraten. Vielleicht war ja durch irgendein Detail nun klar zu erkennen, dass ich nicht Jessie Morgan war.

Doch dann sagte sie: »Himmel, ich habe mir immer schon deine Wangenknochen gewünscht, Jess. Sie sind einfach mörderisch.«

Als wir den Salon verließen, schwor ich mir stumm, Myra alles zu beichten. Ungefähr sechsmal setzte ich dazu an, aber sie war wegen des Gesprächs mit Blackberry völlig aus dem Häuschen, und ich wollte ihr die Freude nicht verderben.

»Sie haben allen Ernstes befürchtet, ich könnte keine Lust haben, eine Kollektion für sie zu entwerfen.« Myra schloss ihr Auto auf. »Kannst du dir das vorstellen?«, fragte sie, als wir beide einstiegen. »Das ist doch nicht möglich. Sie haben sich kaum getraut, mit mir zu sprechen.« Sie strahlte.

»Kann ich verstehen«, gab ich zurück. »Du bist ja auch eine brillante Designerin.«

»Wirklich? Findest du das? Das bedeutet mir sehr viel.«

In allen Einzelheiten erzählte sie mir von der geplanten Kollektion, und ich gab mir Mühe, ihr zuzuhören, aber mein Herz hämmerte allein bei dem Gedanken, ihr meine Lüge zu gestehen, und ich bekam kaum noch Luft.

Ich würde mit der Wahrheit herausrücken, wenn wir ausstiegen. Vorher nicht. Ich an ihrer Stelle würde nur ungern herausfinden wollen, dass eine Fremde in meinem Wagen saß, während ich über die Autobahn fuhr. Es wäre geradezu gruselig. Ich wollte Myra keine Angst einjagen. Also sagte ich kein Wort, sondern lauschte ihrem Bericht über die Entwürfe für Blackberry, ihre Entscheidung, Dunkelblau mit Farbakzenten zu verwenden und sich an der Strandmode der vierziger Jahre zu orientieren. Zwischendurch betrachtete ich die Landschaft, fragte mich, wie weit wir wohl noch vom Hotel entfernt waren und wie viel Zeit mir blieb, ehe ich reinen Tisch machen musste. Ich wollte nicht an ihre Reaktion denken, aber ich sah immer vor mir, wie sich ihre großen braunen Augen mit Tränen füllten, wie Abscheu und Panik in ihrer Stimme mitschwangen. Meine Hände zitterten, daher verbarg ich sie schnell in den Ärmeln meines Blazers.

Vielleicht würde es ja auch gar nicht so schlimm werden. Vielleicht würde sie ruhig bleiben, wenn ich ruhig blieb. Ich würde ihr nur sagen, dass ich gar nicht Jessie war, und mich für alles entschuldigen. Ohne viele Worte zu machen, würde ich ihr das rote Kleid zurückgeben, dann konnte sie nach Hause fahren, weiter das Jahrgangstreffen vorbereiten oder ihre Freundin Heather anrufen und ihr von der durchgeknallten Hochstaplerin erzählen, die sich als Jessie Morgan ausgegeben hatte. Das Ganze würde sich zu einer epischen Geschichte entwickeln, über die sie noch jahrelang lachen würden.

Obwohl ich nur Myra und keinen einzigen ihrer Freunde kannte, schmerzte die Vorstellung, dass sie über mich lachten. Der Gedanke, nicht an dem Jahrgangstreffen teilnehmen zu können, löste in mir dieselben Gefühle aus wie damals in der vierten Klasse, als Ronnie McCairn alle Mädchen zu ihrer Rollerskate-und-Pizza-Party eingeladen hatte, nur mich und Marta Combs nicht. Jeder wusste, dass Marta Combs in der Nase bohrte und sich die Popel hinterher in den Mund schob. Jeder. Damit war ich im Grunde als einziges Mädchen nicht eingeladen, denn wer wollte schon mit einer schulbekannten Nasenbohrerin Geburtstag feiern? Genauso fühlte ich mich jetzt, wenn ich an das bevorstehende Klassentreffen dachte – als wäre ich wieder einmal von allem ausgeschlossen.

Letztlich war das total dumm von mir, da ich die anderen Teilnehmer gar nicht kannte. Ich wusste nichts über sie. Ich fühlte mich allein deshalb ausgeschlossen, weil ich nicht dazugehörte. Wenn sie alle noch jahrelang über mich lachten, dann verdiente ich es. Wer gab sich schon als jemand anders aus? Das kam dem Diebstahl von Kreditkartennummern oder dem Beschaffen eines gefälschten Passes gleich. Wer tat so etwas, nur weil er einsam war und sich in seiner eigenen Haut nicht mehr wohlfühlte?

Ich offenbar, denn als wir auf den Parkplatz fuhren, stellte Myra ihr Auto ab, nahm eine meiner Tüten vom Rücksitz und sagte: »Ich kann es kaum erwarten, die Sachen zu sehen, die du gekauft hast. Komm!«

Die Aufforderung versprach unbeschwerte Stunden mit einer Freundin, außerdem Leckereien vom Zimmerservice, Wein, Gelächter und Klatsch (wenn auch über Leute, die ich nicht kannte), daher hielt ich es für sinnvoller, das Kleid mit einer Nachricht für sie an der Rezeption abzugeben, nachdem sie nach Hause gefahren war. Es würde sie sicher weniger aufregen, wenn sie die Worte nicht aus meinem Mund hörte, sondern die Wahrheit lesen und in Ruhe verarbeiten konnte.

Ihr einen kurzen Brief zu schreiben, war die taktvollste Lösung des Problems. Wenn Tante Prudence je eine Kolumne darüber schreiben würde, wie man jemandem gesteht, dass man nicht seine lange verschollene Kindheitsfreundin ist, würde sie mir voll und ganz zustimmen. Da war ich mir sicher.

11

Myra half mir, die Tüten und Taschen zu meinem Zimmer hochzutragen. Auf dem Tisch erwartete mich eine Flasche Champagner auf Eis.

»Oho! Von wem ist der denn?«, fragte Myra neugierig, stellte die Tüten ab und griff nach der Karte neben der Flasche.

Ich wäre am liebsten über den Fernseher gesprungen, um sie ihr zu entreißen. Was, wenn der edle Tropfen von Deagan war? Was, wenn er mich zurückgewinnen wollte? Was, wenn *Für Jenny* auf der Karte stand?

Myra öffnete sie, bevor ich sie ihr wegnehmen konnte. Ich fürchtete, mich jeden Moment übergeben zu müssen.

»Warte.« Sie blickte erst die Karte und dann mich an. Auf meiner Oberlippe bildeten sich Schweißperlen, die Wände schlossen sich enger um mich. »Wer ist Monica?«

»Oh.« Ich holte tief Luft, ohne mir anmerken zu lassen, dass ich kurz vorm Hyperventilieren gestanden hatte. »Monica! Das ist meine Chefin. Eigentlich hätte sie an der Konferenz teilnehmen sollen, aber sie musste zu einer Hochzeit.«

»Du Glückspilz«, meinte Myra. »Sollen wir sie köpfen?« Sie griff nach der Flasche und ging ins Bad, um ein Handtuch zu holen.

»Na klar«, stimmte ich zu. Warum auch nicht? Ich hatte nicht die Absicht, Monicas Champagner mit nach Rochester zu nehmen, und wieso sollte ich ihn stehen lassen?

»Möchtest du?«, fragte Myra.

»Mach nur«, sagte ich. Ich hatte noch nie eine Champagnerflasche geöffnet und würde vermutlich wie im Film eine große Schweinerei anrichten.

Myra entfernte die Metallkappe, legte das Handtuch über den Korken und drehte ihn, bis ein kurzes Ploppen ertönte. Als sie Korken und Handtuch behutsam anhob, stieg feiner Nebel von dem Flaschenhals auf. »Perfekt«, stellte sie zufrieden fest, ehe sie den Champagner langsam in die bereitstehenden Gläser perlen ließ.

»Auf uns.« Sie reichte mir ein Glas und stieß mit ihrem dagegen.

»Auf uns«, wiederholte ich und nippte vorsichtig daran. Ich trank kaum Alkohol, außerdem hatte ich ein Loch im Bauch und hielt Champagner in Verbindung mit einer falschen Identität für keine allzu gute Idee. Also griff ich nach der Speisekarte des Zimmerservices.

»Hast du zufällig Hunger?«, erkundigte ich mich.

»Immer«, lachte Myra.

Wir studierten die Speisekarte, als wäre die Auswahl des Abendessens die wichtigste Entscheidung unseres Lebens, und einigten uns auf geräucherte Ente, Rote-Bete-Salat, Thunfischcarpaccio, gegrillte Garnelen und eine Käseplatte.

Ich gab die Bestellung durch und zuckte noch nicht einmal zusammen, als Ashley von der Rezeption wissen wollte, ob das aufs Zimmer gehe, also auf die Firmenrechnung. Monica hatte mir gesagt, ich dürfe das Essen als Spesen abrechnen, aber mein altes Ich hätte das billigste Gericht auf der Karte bestellt und immer noch gedacht, dass es mehr sei, als ich verdiente. Jessie Morgan würde schlicht bestellen, worauf sie Hunger hatte, daran hegte ich keinen Zweifel. Jessie Morgan würde auch keinen Gedanken an die Kosten verschwenden, die sie verursachte. Mit Sicherheit hatte Myra nicht dreizehn Jahre lang eine Freundin vermisst, die sich immer und überall anpasste und nie Aufsehen erregte. Schließlich gab es einen Grund dafür, dass meine ehemaligen Klassenkameraden mich nicht vermissten.

Während wir auf den Zimmerservice warteten, zog Myra meine Einkäufe aus den Tüten und breitete sie auf dem Bett aus, um sie zu begutachten.

»Probier das hier mal an.« Sie reichte mir den perlenbestickten schwarzen Pullover und einen grauen Rock aus recycelter Wolle.

Es war mir peinlich, mich vor ihr umzuziehen – auch so eins von den Dingen, über die Frauen, die seit Kindertagen eine beste Freundin haben, mit Sicherheit nicht nachdachten. Ich gab mir alle Mühe, so zu tun, als hätte ich kein Problem damit, während ich so schnell wie möglich die Bluse gegen den Pullover und die Hose gegen den Rock tauschte.

»Okay, wenn du den Pullover hier anziehst, musst du dir die Haare zurückkämmen, damit der U-Boot-Ausschnitt zur Geltung kommt.« Sie blinzelte mich an, dann zog sie ein schwarzes Haargummi vom Handgelenk und gab es mir.

Ich fasste mein frisch geschnittenes Haar mit einer Hand zu einem kurzen Pferdeschwanz zusammen. »So?«

»Genau.« Sie nickte feierlich und strich die Schulterpartie des Pullovers glatt. »Perfekt. Absolut minimalistisch. Lass den Stoff für sich sprechen.«

In der Schule hätte ich für eine Freundin wie Myra einen Mord begangen. Für jemanden, der mit mir Kleider aussuchte und dem ich meine Geheimnisse anvertrauen konnte. Eine Freundin, die fast schon eine Schwester ist. Ich hätte alles dafür gegeben.

Myra trat einen Schritt zurück und musterte mich, während ich das Haargummi um meinen Pferdeschwanz wand.

Die Ponyfransen lösten sich immer wieder aus dem Band und fielen mir über das rechte Auge. Es sah viel besser aus als früher, als sich nur ein paar dünne Strähnen aus dem Zopf gelöst hatten.

»Weißt du was?«, sagte Myra. »Der Rock schreit geradezu nach einer Brosche. Einer antiken, direkt an der Hüfte, die das Gesamtbild abrundet.« Sie wühlte in ihrer Handtasche, förderte eine echte antike Bergkristallbrosche zutage und befestigte sie genau an der richtigen Stelle.

»Du hast ganz zufällig eine antike Brosche in der Tasche?«

»Ein berufsbedingter Zufall.« Sie zuckte die Achseln.

»Ich bin nicht sicher, ob ich je zuvor das Wort ›Brosche‹ laut ausgesprochen hatte.«

Sie lachte und zupfte einen losen Faden von meinem Pullover.

Ich betrachtete mich im Spiegel. Die neue Frisur, die neuen Schuhe, Myras perfektes Outfit – ich wusste gar nicht, dass ich so elegant aussehen konnte.

»Du bist brillant, Myra«, lobte ich. »Ich brenne darauf, deine neue Kollektion zu sehen.«

Ich bin ziemlich sicher, dass sie errötete und ihre Augen verdächtig glänzten. Schon eigenartig, eine alte Schulfreundin plötzlich als Erwachsene vor sich zu sehen, dachte ich.

Als das Essen kam, machten wir es uns mit den Tellern auf dem Bett bequem und teilten alles.

»Großer Gott«, nuschelte Myra, eine große Gabel geräucherter Ente im Mund. »Ich bin im Himmel!« Dramatisch ließ sie sich rücklings aufs Bett fallen und kaute genüsslich. »Hätte doch nur alles, was ich je gegessen habe, so geschmeckt.«

»Mir geht's genauso.« Ich spießte eine Garnele auf, wartete aber mit dem Umkippen, bis sie sich sicher in meinem Mund befand, damit ja nichts auf meinem Pullover landete. Ich hätte die Bluse mit dem Salatdressing wieder anziehen sollen, um die guten Sachen zu schonen, aber sie war inzwischen viel zu schmuddelig. Außerdem war mein neues Selbst ja vielleicht imstande, hübsche Sachen zu tragen, ohne zu kleckern. Es waren schon seltsamere Dinge geschehen.

»Das Essen ist wirklich super«, sagte Myra begeistert. »Und es tut gut, dich zu sehen.«

»Das kann ich nur zurückgeben.«

»Großer Gott!« Sie japste nach Luft. »Weißt du, woran mich das erinnert?«

»Woran denn?«

»An damals, als du von zu Hause fortgelaufen bist. Du hast dir mit der geklauten Kreditkarte von deinem Dad im Four Seasons in Seattle ein Zimmer gemietet, und Fish hat uns alle hingefahren, um dich zu besuchen.«

»Ach du lieber Himmel!«

»Allerdings. Mein Gott, warst du mutig! Du, ich, Fish, Karen, Heather und Robbie haben alle in deiner Suite kampiert und uns gegenseitig dazu angestachelt, Schnecken zu essen. Erinnerst du dich?«

»Das war absolut verrückt.« Ich konnte mir nicht vorstellen, jemals so etwas gewagt zu haben. Ich hätte viel zu viel Angst vor den Konsequenzen gehabt.

»Dein Dad war stinkwütend«, fuhr Myra fort. »Ihm ist fast schon Rauch aus seinen Ohren gequollen.«

»Ich nehme an, ich hatte es verdient. Das hat nicht mehr nur mit Austesten von Grenzen zu tun, das ist Rebellion.«

Ich war immer ein ausgesprochen braves Kind. Trotz allem, was ich wegen meiner Eltern durchmachen musste, hatten sie es leicht mit mir. Ihnen eine vergeigte Mathearbeit vorzuenthalten oder spätabends noch heimlich fernzusehen, waren auch schon die größten Vergehen. Einmal begehrte ich allerdings tatsächlich auf und schwindelte meiner Mutter vor, nach der Schule meinen Vater besuchen zu wollen. Stattdessen ging ich in die Bücherei und las dort die Bücher von Judy Blume. Womöglich liegt es daran, überlegte ich. Womöglich ist es meine Form von Rebellion, in Jessies Haut zu schlüpfen. Ich hatte diese Phase damals übersprungen und spielte daher jetzt mit dem Feuer, um verlorene Zeit nachzuholen. Vielleicht musste jeder irgendwann einmal rebellieren.

»O Mann, dabei warst du an dem Tag noch nicht einmal in Höchstform.« Myra nahm einen großen Bissen Thunfisch. »Mmm. Nicht annähernd. Aber dein Dad musste die Kröte schlucken. Du konntest ihn mit Leichtigkeit um den Finger wickeln.«

»Ich fasse es nicht, dass ich damit durchgekommen bin.«

»Du wusstest eben im Gegensatz zu deiner Mutter über seine Affäre Bescheid …«, meinte Myra nachdenklich. »Wir haben uns damals alle eine solche Macht gewünscht. Damit meine ich jetzt nicht das mit der Affäre … das war wirklich scheußlich. Die beiden zu ertappen, wie sie …« Sie erschauerte. »Diese Bilder wird man ja nie wieder los. Aber dafür, dass du mit allem durchgekommen bist, was du angestellt hast, habe ich dich immer bewundert.«

Sie nahm sich ein Stück Käse. »O mein Gott«, seufzte sie mit vollem Mund. »Probier mal. Was ist das?« Sie schob mir den Rest des Happens in den Mund.

»Gruyère, glaube ich«, murmelte ich verlegen und hielt mir beim Kauen die Hand vors Gesicht.

Myra ging total ungezwungen mit mir um. Ich dagegen

kam mir vor wie ein Alien, und das nicht nur wegen der Verwechslung mit Jessie Morgan. Weder wusste ich, was ich in bestimmten Momenten sagen oder tun noch wie ich einfach nur ich selbst sein sollte, so wie Myra das konnte. Während der Schulzeit hatte ich mir sehnlichst Freundinnen gewünscht, mit denen ich Übernachtungspartys feiern oder Klamotten anprobieren konnte, aber ich wusste nicht, wie man es anstellte, eine gute Freundin zu sein. Solche Mädchen gehörten einem anderen Menschenschlag an. Solche Mädchen, die am Telefon stundenlang modische Outfits bequatschten, entstammten einem anderen Geschlecht, so als wären sie dazu geboren, sich mit anderen Mädchen anzufreunden. Schon ihre Mütter hatten Freundinnen gehabt, daher konnten sie ihren Töchtern beibringen, worauf es ankam.

In dem Sommer, bevor ich auf die Highschool kam, hatte ich meist Freundinnen gehabt. Wir besuchten uns gegenseitig, kamen unangemeldet vorbei, nahmen uns etwas aus dem Kühlschrank, ohne vorher zu fragen, und vertrauten uns kleine Geheimnisse an, zum Beispiel, welchen Jungen wir süß fanden oder an welchem Ort wir unsere erste Periode bekommen hatten.

Meine Mutter riss sich damals echt zusammen und ließ keine leeren Weinflaschen mehr herumstehen. Wenn die anderen Mädchen herüberkamen, mimte sie die glückliche Mutter und setzte ihnen so coole Sachen wie geriffelte Kartoffelchips mit Zwiebeldip vor. Als ich ihr erzählte, dass Rachel K. eine Nussallergie habe, rief sie deren Mutter an, um ihr zu versichern, dass wir keine gefährlichen Lebensmittel im Haus hatten. Extra für Rachel K. buk sie mit mir Kekse ohne Walnüsse, wobei wir mit Carly Simon mitsangen.

Als ich als Gastgeberin für unsere Treffen an der Reihe war, kampierten Sheila, ich und die beiden Rachels im Wohnzimmer, wo wir die neuesten Ausgaben von *US Weekly*, *Teen* und *Seventeen* verschlangen, für die ich regelmäßig mein Taschengeld sparte, weil Sheilas Mutter ihr verboten hatte, solchen Schund zu lesen. Mom brachte uns Snacks auf den guten Tellern von ihrem Hochzeitsservice, das nie richtig zum Einsatz gekommen war. Dazu gab es Dosenlimo – light und normale –, und jeder bekam seine eigene Dose, obwohl Rachel (die ohne K.) ihre nie austrank. Meine Mutter tat so, als wäre es ganz normal, dass wir Lebensmittel im Haus hatten. Als wäre daran nichts Ungewöhnliches, dass sie plötzlich die perfekte Mutter spielte. Im August hörte ich dann auf, auf Alarmsignale zu warten. Ich hielt es für unser neues normales Leben. Ich war glücklich.

Doch als meine Mom eine Woche vor Schulbeginn meinen Vater anrief, weil der Unterhaltsscheck noch nicht da war, ging eine Frau ans Telefon. Ab da kaufte meine Mutter keine Lebensmittel mehr. Sie rannte zwar alle paar Tage zum Laden, kam aber immer nur mit Papiertüten zurück, in denen es klirrte, wenn sie sie die Treppe zu ihrem Schlafzimmer hochtrug.

Sie legte mir jeden Abend Geld auf den Küchentresen und erwartete von mir, dass ich uns etwas zu essen bestellte. Nicht selten gab es damals kalte Wokgerichte zum Frühstück. Abwechselnd ließ ich etwas vom Italiener, Chinesen oder von anderen Lokalen kommen, damit meine Mutter sich nicht beschwerte, dass es zu oft Pizza gab, oder das Essen am Ende gar verschmähte und sich ins Auto setzte, um etwas anderes zu besorgen. Dann saß ich entweder neben ihr im Wagen oder zu Hause neben dem Telefon und wartete darauf, ihr Auto in die Garage fahren zu hören, und wenn in der Ferne Martinshörner erklangen, wagte ich kaum tief zu atmen. Um dem zu entgehen, bewahrte ich in meinem Zimmer unter der Schreibtischauflage heimlich einen Kalender auf und benutzte bunte Punkte als Gedächtnisstütze. Rot stand für Chinesisch, Grün für Italienisch, Blau für Salat aus der Pizzeria, Gelb für Chicken Wings.

Mom aß ohnehin nicht viel, so als wäre sie im Hungerstreik oder als wollte sie jede Frau, mit der mein Vater eventuell als Nächstes ausging, in puncto Magerkeit übertreffen. Es war, als hätte sie sich vorgenommen, demnächst dahinzuschwinden. Wenn ich sonntagabends den Müll hinausbrachte, steckte ich all die leeren Flaschen in einen blickdichten schwarzen Plastiksack, damit niemand sie in der Abfalltonne sah.

Ich musste mir Ausreden einfallen lassen, warum Sheila und die beiden Rachels nicht mehr zu uns kommen konnten. Als Sheila eines Tages sagte: »Hast du Johnny Depp auf dem Titelbild von *US Weekly* gesehen? Ich kann es kaum erwarten, den Artikel bei dir zu lesen«, erzählte ich ihr, meine Mutter habe renoviert und es stinke schrecklich nach Farbe. Das funktionierte allerdings nur zwei Wochen lang, und danach machte die Lüge alles nur noch schlimmer. Meine Mutter verbrachte nämlich nicht nur die meiste Zeit in ihrem Zimmer und sah sich im Nachthemd Seifenopern an, sondern bei uns gab es auch keine frisch gestrichenen Wände oder Schonbezüge auf den Möbeln. Stattdessen lag ein großer Stapel Post auf dem Küchentisch, im Flur türmten sich die Zeitungen, und überall im Haus stand schmutziges Geschirr herum. Einige Wochen lang schmuggelte ich die Zeitschriften für Sheila in die Schule, in der Hoffnung, dass sie es mir anrechnen, wenn ich sie mit Klatsch und Tratsch über Johnny und Kate versorgte, aber es war nicht mehr dasselbe. Ich war anders. Ich log. Die drei vertrauten sich weiterhin ihre Geheimnisse an, ich ihnen aber nicht mehr meine. Ich hatte Angst, sie könnten es weitererzählen.

Irgendwann luden sie mich nicht mehr zu sich ein, sondern schmiedeten ihre Pläne ohne mich. Ich konnte meine Mutter nie dazu überreden, mit mir ins Kaufhaus zu gehen, um mir die richtigen Turnschuhe oder Haarspangen zu kaufen. Eines Tages im Oktober saßen meine Freundinnen beim Mittagessen an einem Tisch mit nur drei Plätzen. Sie warfen mir noch nicht einmal entschuldigende Blicke zu. Sie saßen einfach nur da und machten mit ihren perfekten kleinen Teenagerleben weiter, während ich nicht mehr existierte. Sie dachten gar nicht daran, enger zusammenzurücken, um mir Platz zu machen.

Letztlich war es nicht wirklich von Bedeutung, denn ich war voll ausgelastet: die Hausaufgaben, der Haushalt, der Versuch, von den Unterhaltsschecks und dem Kindergeld die Rechnungen zu bezahlen, damit sie uns nicht wieder den Strom abstellten – da blieb ohnehin keine Zeit für Freunde.

Manchmal dachte ich trotzdem: Hätte Dad doch bloß den Scheck pünktlich geschickt. Wäre er doch nur so vernünftig gewesen, Cheryl zu sagen, sie solle bei ihm nicht ans Telefon gehen, hätte er Mom doch nur wie ein rohes Ei behandelt, wie man es von uns erwartet, dann hätte ich jetzt auch ein pinkfarbenes Samthaarband und Tretorn-Gummistiefel mit dem passenden pinkfarbenen Streifen. Ich hätte mit dem Rest der Vier Amigos zusammengesessen und mitgelacht, wenn Rachel K. direkt vor Trent Wilner Cola light aus der Nase schnaubte. Dann wäre ich sicher nicht an den Verlierertisch verbannt worden, wo niemand mit einem sprach und man den Kopf senkte, um seine Scham zu verbergen, weil man nirgendwo anders sitzen konnte. Weil man überhaupt existierte.

Manchmal glaubte ich heute noch, so, wie meine Mutter in jenem Sommer vor meinem Schulwechsel war, wäre sie am liebsten immer gewesen. Manchmal vermisste ich sie immer noch.

Myra und ich ließen nicht einen Krümel von unserer Mahlzeit übrig

»Puh.« Sie hielt sich den Bauch. »Das war fantastisch. Es ist schon eine Weile her, dass ich etwas Vernünftiges gegessen habe, weil ich mit dem Laden so viel zu tun hatte. Danke, Jess.«

»Kein Problem.« Ich nahm das Tablett, um es hinauszutragen.

Myra stand auf und öffnete die Balkontür. Das Dröhnen des Wasserfalls hinter dem Hotel erfüllte den Raum. »Wow, warst du schon mal hier draußen?«

Ich stellte das Tablett ab und gesellte mich zu ihr. Die Luft war feucht und roch nach Kiefern. Wenn man sich ganz in die linke Balkonecke stellte und nach rechts spähte, konnte man die Snoqualmie Falls sehen.

»Dein Zimmer ist einfach toll«, meinte sie.

Auf dem kleinen schmiedeeisernen Tisch neben den Balkonstühlen stand eine Zitronengraskerze, daneben lag eine Schachtel Streichhölzer. Myra zündete sie an, und ich ging wieder hinein, um in der Minikaffeemaschine auf dem Tisch Kaffee zu kochen.

Kurz darauf saßen wir draußen und wärmten uns die Hände an den Bechern. Es war zwar nicht eiskalt draußen, aber auch nicht kuschelig warm.

»Hättest du als Kind je geglaubt, dass wir einmal hier landen würden?«, wollte Myra wissen.

»Nein«, erwiderte ich, und zumindest das stimmte.

»Wo lebst du eigentlich?«, fragte sie. »Du kommst mir verändert vor. Du bist nicht mehr so hektisch wie früher. Du hörst einem zu.« Sie fuchtelte mit den Armen. »Und du zappelst nicht mehr dauernd herum. Was hat sich geändert?«

»Alles.« Die kühle Luft bescherte mir eine Gänsehaut.

»Wo hast du nur die ganze Zeit gesteckt?« Myra lehnte sich in ihrem Stuhl zurück und legte die Füße aufs Geländer.

»Ich schätze, ich habe einfach nur mein Leben gelebt.« Die Antwort war mehr als lahm, aber mir wollte partout nichts Besseres einfallen. Ich wusste nicht, an welchem Punkt sie und Jessie sich aus den Augen verloren hatten.

Ein paar Sterne lugten hinter den Wolken hervor.

»Wo bist du denn am Ende aufs College gegangen?«

»In Ithaca«, gab ich zurück. Wenn sie nicht mal wusste, wohin Jessie verschwunden war, konnte ich bei allen anderen Details meines Lebens bei der Wahrheit bleiben. »Ich war auf dem College, nicht in Cornell.«

»Das glaube ich gern«, lachte sie. »Deine Noten hätten nie für Cornell gereicht.«

Aus irgendeinem unsinnigen Grund fühlte ich mich gekränkt. Ich wollte ihr sagen, dass ich in der Highschool gute Noten gehabt und sogar ein Stipendium bekommen hatte. Aber sie redete ja nicht von meinen, sondern von Jessie Morgans Noten.

»Wo lebst du jetzt?«, erkundigte sie sich. »Ich kann es nicht fassen, dass ich das nicht weiß.«

»In Rochester«, erwiderte ich.

»Liegt das in Minnesota?«

»Nein, in New York. Südlich von Toronto.«

»Ist es da nicht eisig kalt?«

»Schon. Vor allem im Winter. Aber man gewöhnt sich daran.« Da ich mein ganzes Leben in Rochester verbracht hatte, war ich natürlich von Geburt an daran gewöhnt. Aber ich konnte zumindest etwas sagen. Etwas Unverfängliches.

»Auf Ithaca wäre ich nie gekommen. Fish und ich haben alles überprüft, was uns eingefallen ist. Wir haben sogar einer Jessica Morgan an der Florida State und einer J. Morgan an der Uni in Oregon eine Mail geschickt. Wir dachten, du könntest eine davon sein, aber keine von beiden hat je geantwortet.«

Sie sah mich an, und die Art, wie sie die Stirn in Falten legte und ein trauriger Ausdruck in ihre Augen trat, weckte in mir den Wunsch, mich schon damals als Jessie ausgeben zu können. Dann hätte ich ein paar freundliche Worte zurückgeschrieben und der Ungewissheit ein Ende bereitet.

»Warum bist du einfach weggegangen und hast keinen Ton gesagt?«, wollte Myra wissen. »Sofern ich das fragen darf …«

»Die Frage ist vollkommen berechtigt«, sagte ich. »Ich weiß nur nicht, ob ich eine gute Antwort darauf habe.«

»War es wegen dem Stress mit deinen Eltern?«, fragte Myra weich.

»Auch.« Ich dachte an all den Stress mit meinen Eltern. Wenn ich je den Mut und die Chance gehabt hätte zu verschwinden und die beiden samt allem, was sie mir aufbürdeten – hinter meiner betrunkenen Mutter herzuputzen, oder so zu tun, als hätte mein Vater nicht jede Woche eine neue Freundin –, hinter mir zu lassen, wäre ich vielleicht auch von heute auf morgen gegangen und hätte niemandem gesagt, wohin. »Es war einfach zu viel, verstehst du?«

Myra umarmte mich und lehnte den Kopf an meine

Schulter. »Mich hättest du nicht verlassen müssen, weißt du? Du hättest mir alles erzählen können. Ich hätte jedes Geheimnis der Welt für dich bewahrt.«

»Es tut mir aufrichtig leid.«

»Das muss es nicht. Ich habe im Leben vor allem eines gelernt: Wenn du ein Kind bist, sieht alles anders aus. Wie in *Alice im Wunderland.* Nichts ist so, wie es den Anschein hat, und wenn du älter wirst, musst du dich entscheiden, ob du zurückblicken und alles so sehen willst, wie es wirklich ist, oder ob du den eingeschlagenen Weg weitergehst.«

»Was tust du?«, fragte ich. »Wofür hast du dich entschieden?«

»Ich bin mir nicht ganz sicher«, sagte Myra. »Das bleibt abzuwarten, denke ich. Wenn man einen wunden Punkt berührt, spürt man dann keinen Schmerz mehr, oder wird er eher schlimmer?«

»Was ist denn dein wunder Punkt?«, fragte ich in der Hoffnung, von mir abzulenken. Je weniger ich über mich redete, desto geringer war die Gefahr, dass mir irgendetwas herausrutschte, das mich verriet.

»Dass ich nicht zur FIT gegangen bin oder dass ich wegen John meine Pläne aufgegeben habe.« Sie seufzte und griff nach ihrem Becher. »Ich fürchte, dass ich das kompensiere, indem ich wie eine Nonne lebe. Außer meiner Arbeit gibt es nichts. Als müsste ich der Welt beweisen, dass ich nicht zu den Frauen gehöre, die wegen eines Mannes alles opfern. Mit der Romantik stehe ich seither auf Kriegsfuß, auch weiß ich gar nicht mehr, wie man eine Beziehung führt. Ich kann nicht mal sagen, ob in meinem Leben überhaupt Platz dafür ist.«

»Manchmal tun wir Dinge aus den falschen Gründen, aber am Ende kommt fast immer das Richtige dabei heraus«, meinte ich. »Jedenfalls hoffe ich das.«

Myra schüttelte den Kopf, als wolle sie nicht länger über sich selbst nachgrübeln. »Was ist dein wunder Punkt?«

»Ich gebe mir solche Mühe, so zu sein, wie mich alle haben wollen, dass ich darüber vergesse, wie ich wirklich sein will.«

»He, du bist Jessie Morgan!«

Statt einer Antwort griff ich nach meinem Kaffeebecher und stieß mit ihr an. »Auf dass wir wie Alice in den Kaninchenbau fallen.«

»Darauf trinke ich.« Myra wackelte mit ihrem Becher, als unterhielte er sich mit ihr.

Wenn ich mir eine beste Freundin backen könnte, die mich durch die Zeit in der Highschool begleitet, wäre sie genau wie Myra. Und wenn ich mir eine beste Freundin backen könnte, die mich als Erwachsene durchs Leben begleitet, wäre sie auch genau wie Myra.

Wir blieben bis drei Uhr morgens auf und redeten. Irgendwann schliefen wir auf dem großen Doppelbett ein, bestellten am nächsten Morgen beim Zimmerservice Frühstück und nahmen es mit auf den Balkon hinaus. Wir sprachen über unser Leben und unsere Jobs, darüber, wie wir heute waren, und dass wir im Grunde immer noch darauf warteten, uns wie Erwachsene zu fühlen. Natürlich ließen wir auch den heißen Typen nicht aus, dem der Coffeeshop neben Myras Boutique gehörte. Auf einmal fühlte ich mich nicht mehr unsicher und gehemmt. Ich hatte nicht das Gefühl, so tun zu müssen, als hätte ich morgens keinen Mundgeruch oder schlafverklebte Augen. Auch musste nicht alles, was mir über die Lippen kam, besonders witzig oder geistreich sein. Obwohl mir bewusst war, wie bizarr die ganze Situation war, fand ich es vollkommen in Ordnung, einfach ich selbst zu sein, wenn ich mit Myra zusammen war.

12

Mein Leben begann erst mit dem College.

Letzten Endes konnte ich mich durchsetzen und durfte eine auswärtige Hochschule besuchen. Meine Mutter wollte zwar, dass ich weiter zu Hause wohnte und in der Stadt studierte, aber Dad fand, dass Ithaca gar nicht weit weg sei und es sicher gut für mich sei, ein bisschen Abstand zu gewinnen. Bei der Bemerkung blaffte meine Mutter ihn natürlich an, was das bedeuten solle, und danach folgte das übliche Gebrüll und Geschrei, bis mein Vater sagte, er müsse sich diesen Scheiß zum Glück nicht länger anhören. Damit schlug er die Tür so fest hinter sich zu, dass die Fensterscheiben klirrten.

Danach war ich wochenlang die Böse und bewegte mich auf sehr dünnem Eis. Ich hatte gelernt, sämtliche Warnzeichen zu erkennen, und seien sie noch so klein: die Untertöne in Moms Stimme, das kaum merkliche Zittern um ihre Mundwinkel, wenn sie sprach. Wenn ihre Stimmung umschlug, fing ihre linke Augenbraue an zu zucken. Fast jede normale Unterhaltung entwickelte sich zu einer Tirade über meinen Egoismus. Ich musste mir anhören, wie schwer es für sie sein würde, wenn ich wegging, und dass sie und ihre Bedürfnisse allen gleichgültig waren. Ich sei undankbar. Ich hätte keine Ahnung, worauf sie meinetwegen alles verzichten musste. Ich erschwere ihr den Umgang mit meinem Vater. Manchmal frage sie sich, ob ihr Leben ohne Kind nicht besser verlaufen wäre. Ihre Worte rochen wie Bourbon.

Am Ende ging ich trotzdem fort. Hätte meine Mutter es mir nicht erlaubt, dann hätte sie meinem Vater in gewisser Hinsicht recht gegeben, und das konnte sie nicht zulassen.

Meine Mitbewohnerin Yarah stammte aus Brasilien und erzählte mir immer, sie komme sich inmitten all der amerikanischen Studenten wie ein achtarmiges Seeungeheuer vor. Ich gestand ihr nie, dass es mir genauso ging.

Als es zum ersten Mal schneite, rannten Yarah und zwei Mädchen aus Kalifornien, die im dritten Stock wohnten, in ihren Schlafanzügen nach draußen und bestaunten das Schneegestöber. Ich tat es ihnen nach, obwohl Rochester zu den schneereichsten Städten im ganzen Staat gehört. In Ithaca fühlte es sich anders an, irgendwie aufregender. Wir tobten im Hof herum und legten die Köpfe in den Nacken, um die Flocken mit der Zunge aufzufangen.

Nachdem die anderen zu Bett gegangen waren, saß ich im Fernsehraum und sah zu, wie der Schnee auf dem Baum vor unserem Wohnheim liegen blieb. Ich kam mir vor, als würde ich die weiße Pracht zum ersten Mal bewusst wahrnehmen. Ich huschte in mein Zimmer zurück, holte meinen Mantel, spazierte allein über den Campus und genoss die Stille, die dicken Flocken, die im Licht der Straßenlaternen vom Himmel fielen, und den Umstand, dass ich so lange hier draußen herumschlendern konnte, wie es mir beliebte.

Ich war schüchtern und still, stand lieber in der Ecke und beobachtete die Leute, als aktiv an etwas teilzunehmen. Aber zum ersten Mal hatte ich das Gefühl zu leben. Ich arbeitete in der Kunstgalerie des Colleges und füllte mein Notizbuch mit Skizzen, während ich den Computerbildschirm im Auge behielt. Ich fuhr mit dem Bus in die Stadt und las bei dampfendem Espresso in dem kleinen dunklen

Coffeeshop in den Commons über die Massai in Tansania. Ich war frei.

Meine Freizeit verbrachte ich meistens mit Yarah. Sie studierte im Hauptfach Violine und übte so oft, wie ich Hausaufgaben machte. Spätabends, wenn wir mit der Arbeit fertig waren, aßen wir im Fernsehraum zusammen Eis und sahen uns Wiederholungen von *Welcome back, Kotter* auf Nick at Nite an. Yarah war nie betrunken. Sie beschimpfte mich auch nie. Wir gingen stets höflich miteinander um, und unser Zimmer war ein sicherer, glücklicher Hafen. Dies waren die ersten zaghaften Anzeichen dafür, dass das Leben nicht immer so sein musste, wie ich es kannte.

Luanne wohnte im ersten Semester ein Stück den Gang hinunter. Sie war für uns das laute Mädchen aus Larchmont, dessen Mutter ihr Pakete mit Parfüm und Zigaretten schickte. Wir hatten weitgehend dieselben Kurse, waren aber nicht befreundet. Wenn ihre Mutter zu Besuch kam, lud sie das halbe Wohnheim zu *Joe's* zum Abendessen ein. Ich war nie mit dabei. Genauso wenig gehörte ich zu den Mädchen, die eine Styroporbox mit überbackenen Auberginen von zu Hause mitbrachten, die sie am nächsten Tag vor dem Fernseher verspeisten.

Mom schickte mir nie Pakete. Sie kam auch nie zu Besuch. Für eine Mutter, die entweder betrunken oder verkatert war, kam eine Autofahrt von zwei Stunden einem Kamelritt quer durch die Sahara gleich. Da ich kein eigenes Auto hatte, konnte ich vier Jahre lang zwischen den Semesterferien und den fast täglichen, krankhaft besitzergreifenden Anrufen jemand anders sein als Marie Shaws Tochter. Im zweiten Semester beschloss ich, ein weiteres Hauptfach zu studieren: Kommunikationswissenschaften und Anthropologie. Ein Jahr später kam dann noch Kunst dazu. Das hieß, dass ich auch die Sommer in Ithaka verbringen musste.

Manchmal begleitete ich Yarah in den Übungsraum, wenn sie sonntags Zeit dafür erübrigen konnte. Dann saß ich im Gang auf dem Boden, benutzte meine Knie als Staffelei und zeichnete, während ich ihrem Geigenspiel und der Musik aus den anderen Räumen lauschte. Ich malte mir aus, wie mein Leben aussehen könnte, und schwor mir, diese Pläne in die Tat umzusetzen.

Nach dem Abschluss würde ich mir einen Job bei einer großen PR-Firma in New York suchen. Ich würde in einem kleinen Loft wohnen und nebenher malen. An den freien Tagen würde ich die Galerien abklappern. Das klang sehr pragmatisch, ließ aber genügend Platz für Träume.

Doch als ich mein Diplom in der Tasche hatte, lag die Wirtschaft am Boden. Die Firmen in New York luden mich noch nicht einmal zu einem Vorstellungsgespräch ein. Dafür ergatterte ich einen Termin bei Levi & Plato, genau wie Luanne. Es war mein einziges Angebot, daher nahm ich es an. Ich glaube, Luanne hatte die Wahl zwischen Levi & Plato und einem unbezahlten Praktikum in Yonkers, also entschied sie sich ebenfalls dafür.

Luanne kannte niemanden in Rochester, und so waren wir plötzlich »alte Freundinnen vom College«. Yarah war nach dem Studium nach São Paulo zurückgegangen, und obwohl ich eine eigene Wohnung hatte, geriet ich wieder in den Sog, mich um meine Mutter kümmern zu müssen, wenn ich nicht arbeitete. Daher war ich mehr als glücklich, Luannes gute alte Freundin zu sein. Mich von ihr jeden Donnerstagabend auf ein paar Drinks ins Pearl schleppen zu lassen, war einfacher, als mir einen vagen Abglanz des Lebens aufzubauen, das ich mir für mich wünschte. Bald vergaß ich wieder völlig, dass ich eine Wahl hatte, und koordinierte es nahezu perfekt, die Tochter meiner Mutter und Luannes Freundin zu sein. An den Sonntagnachmittagen malte ich nach wie vor und war in diesen Stunden zumindest ansatzweise diejenige, die ich sein wollte. Aber dann lernte ich Deagan kennen, die Farbtuben wanderten in den Keller, und ich verbrachte die Sonntage in Turnhallen an der Seitenlinie diverser Beachvolleyballfelder, atmete den Geruch zu vieler nackter Füße ein und mimte die perfekte Freundin, so gut es mir eben möglich war. Ich beschwerte mich noch nicht einmal, wenn er nach dem Spiel eine Sandspur durch meine Wohnung zog.

Selbst so viele Jahre später wünschte ich mir noch, ich hätte Yarah damals gestanden, dass ich mich im Kreis all der Studenten auch wie ein achtarmiges Seeungeheuer fühlte. Ich wünschte, ich hätte eine engere Freundschaft zwischen uns zugelassen, statt eine gewisse Distanz zu wahren. Damals redete ich mir ein, es habe an der Sprachbarriere gelegen, dabei handelte es sich allein um meine Barriere. Yarahs Englisch war perfekt.

13

Myra ging zur Arbeit, und mir blieben noch genau zwanzig Minuten, bis ich bei der Konferenz sein musste. Ich benutzte die Duschhaube aus dem Toilettenartikelset, damit meine Haare nicht nass wurden, da ich noch immer aussah, als käme ich direkt vom Friseur. Dadurch blieb mir genug Zeit, um Luanne anzurufen, während ich Make-up auflegte.

»Tolles Timing«, sagte Luanne, nachdem sie sich gemeldet hatte. »Ich bin gerade dabei, die Flugtickets zu buchen. Am Sonntag bin ich bei dir im Hotel, dann könnten wir uns am Montag ein Auto mieten und zu dem Spa fahren. Die eine Nacht kann ich doch in deinem Zimmer schlafen, oder? Ich habe eine Firma entdeckt, die Nobelkarossen vermietet, schließlich wollen wir nicht in einem popeligen Kleinwagen durch die Gegend kurven. Ich dachte an etwas mit Stil. Ist dir ein Bel Air zu protzig? Vielleicht ein MG?«

»Hi, Lu. Wie geht es dir heute Morgen?« Ich tauchte den Pinsel mit der abgeschrägten Spitze in das winzige Töpfchen mit Eyeliner, fuhr am oberen Wimpernrand entlang und zog die feine Linie im äußeren Augenwinkel leicht nach oben. Es gelang mir besser als gedacht, im Grunde war es wie Malen, nur auf meinem Gesicht statt auf einer Leinwand.

»Wie immer, das übliche Blabla«, knurrte Luanne. »Geht Sonntag in Ordnung? Ich will nur schnell die Flüge buchen und dann weiterarbeiten, damit ich gleich zum Mittagessen raus kann. Mein Kunde hat mich den ganzen Morgen wegen des Contex-Auftrags genervt.«

Ich mochte Luanne wirklich gern, aber nachdem ich Myra die halbe Nacht mein Herz ausgeschüttet hatte, kam Lu mir irgendwie wie ein schlechtes Abbild vor. Wie der burschikose Kumpel in einer Liebeskomödie. Bei dem Gedanken wollte ich mich plötzlich am liebsten ohrfeigen. Normalerweise hatte ich in unserer Freundschaft diese Rolle inne. Wenn es darauf ankommt, sollte man sich wahrscheinlich nicht wie der gute Kumpel in seinem eigenen Leben fühlen.

Ich musste eine Wahl treffen, und Luanne war der Sand im Getriebe meines Plans. Ich konnte ihr unmöglich die Wahrheit gestehen. Sie würde mich nie verstehen. Wie sollte ich dieses Gespräch überhaupt einleiten? Ebenso wenig konnte ich riskieren, dass sie im Hotel aufkreuzte und Myra über den Weg lief. Solche Sachen gingen in Filmen immer schief. Wenn Myra herausfand, dass ich nicht Jessie war, und Luanne nichts davon mitbekam, dann konnte ich nach meiner Rückkehr wenigstens so tun, als wäre das alles gar nicht passiert. Außerdem sank die Gefahr, dass Myra die Wahrheit erfuhr um ein Vielfaches, wenn Luanne nicht herkam.

Statt hervorzusprudeln: »Nein, Lu, ich gebe mich für wen anders aus, und wenn du hier auftauchst, verrätst du mich«, sagte ich: »Ich glaube, ich muss da alleine durch, Lu. Das geht nicht gegen dich, aber ich muss die ganze Sache erst mal in Ruhe verarbeiten. Es mit mir selbst ausdiskutieren sozusagen.« Das war noch nicht einmal gelogen.

»Es mit dir selbst ausdiskutieren?« Luanne hüstelte gekünstelt. »Hast du auf einmal eine gespaltene Persönlichkeit entwickelt?«

»Du weißt genau, was ich meine. Wenn du herkommst, werden wir eine fantastische Zeit haben.«

»Was wäre daran schlimm?«

»Nichts, aber dann könnte ich die Trennung nicht richtig verarbeiten. Ich käme nicht über Deagan hinweg, sondern würde alles nur auf später verschieben. Wenn ich dann nach Hause komme, schlägt alles über mir zusammen. Sollte ich ihn und Faye zufällig bei Wegmans treffen, verstecke ich mich am Ende noch im Gang mit den Müslis.«

»Du brauchst also Zeit für dich alleine.«

»Cap'n Crunch kann mich nicht retten, wenn ich nicht Manns genug bin, mich selbst zu retten.«

»Frau genug«, berichtigte Luanne.

»Genau.«

»Verstehe«, sagte sie weich, und plötzlich schämte ich mich für meine herablassenden Gedanken von vorhin. »Ich kümmere mich sogar um deine Katze.«

»Du hasst meine Katze.«

»Daran siehst du, was für eine selbstlose Freundin ich bin. Allerdings versorge ich sie in deiner Wohnung, ich fahre sie nicht in die Katzenpension. Das kotzende Biest kommt mir nicht ins Auto.«

»Lu?«

»Was?«

»Danke für dein Verständnis.«

»Du schuldest mir einen Tag im Spa. Nur wir zwei. In Ithaca. Eine Hot-Stone-Behandlung und einen Masseur namens Sven.«

»Abgemacht«, versprach ich.

Wir verabschiedeten uns, und ich legte auf. Zwar schämte ich mich für meine Lügen, aber ich wollte nach vorne blicken und über Deagan hinwegkommen, und nach einer Woche mit Luanne im Spa brauchte ich vermutlich erst mal drei Wochen, um mich davon zu erholen.

Ich mochte Lu wirklich. Schließlich hatte sie mich vor

der Erwachsenenversion des Verlierertisches bewahrt. Aber sie zerrte an meinen Nerven. Obwohl sie nie etwas Bösartiges oder Verletzendes sagte, verspürte ich jedes Mal den Drang, mich zusammenzurollen und ein paar Stunden lang zu weinen, wenn ich längere Zeit mit ihr zusammen gewesen war. Kleine, scheinbar freundliche Bemerkungen wie »Ich bewundere deinen Mut, Farben zu tragen, die überhaupt nicht zu deinem Teint passen – du bist eine echte Rebellin!« oder »Mit den paar Pfund mehr auf den Rippen siehst du viel besser aus!« summierten sich immer zu einem großen Katzenjammer.

Es war besser so. Ich schonte Luannes Gefühle und meine eigenen dazu. Und Myras natürlich.

Während ich mir die Zähne putzte, betrachtete ich mich im Spiegel. Ich war an den Haarschnitt und das Make-up noch nicht gewöhnt. Es war gespenstisch, als würde ich eine Fremde dabei beobachten, wie sie meine Bewegungen kopierte. Fast rechnete ich damit, dass die Frau im Spiegel aufhörte, die Zahnbürste zu bewegen, oder dass sie ausspuckte, bevor ich es tat.

Ich würde jetzt gerne behaupten, die Lügerei wäre Neuland für mich, aber das stimmt nicht. Wenn man sein ganzes Leben damit verbringen muss, seine betrunkene Mutter zu beschwichtigen, dann wird man mit der Zeit richtig gut darin, den Leuten alles zu erzählen, was einem das Leben leichter macht. Irgendwann erscheinen einem die vielen Lügen weniger als Lügen, sondern vielmehr als eine Million winziger Verdrehungen von Tatsachen – mit dem Ziel, alle glücklich zu machen.

Natürlich machte nichts, was ich je tat, meine Mutter glücklich. Aber allein der Gedanke, was alles passieren könnte, wenn ich es nicht wenigstens versuchte, drohte stets wie eine Welle über mir zusammenzuschlagen. Wenn meine Mutter wegen eines C in einer Naturwissenschaftsprüfung schon vor Wut die Geschirrspülmaschine mit solcher Wucht zuknallte, dass alle Gläser im oberen Korb zerbrachen, was hätte sie dann wohl getan, wenn sie herausgefunden hätte, dass ich eigentlich ein D bekommen und mir mit viel Gejammer ein C erbettelt hatte? Ich kann mich heute noch an das Geräusch der berstenden Gläser erinnern und daran, wie ich mich geschnitten hatte, als ich die Scherben aus der Maschine klaubte. Mein Blut hatte so rot geleuchtet, als wäre es künstlich. Ich weiß noch, wie sie so laut gebrüllt hatte, dass mein Herz in meiner Brust zu erzittern schien. Aber ich kann mich an keinen Zeitpunkt erinnern, zu dem ich mich jemals vollkommen und uneingeschränkt wie ich selbst gefühlt hatte. Jessie Morgan zu sein war leichter, als es sollte, weil ich niemals wirklich Jenny Shaw gewesen war. Mir war nie der Luxus vergönnt gewesen, einfach nur ich selbst zu sein.

Ich spülte mir den Mund aus und spuckte das Wasser in das Waschbecken. Die Frau im Spiegel tat dasselbe. Dann tupften wir uns beide Lipgloss auf die Lippen, und mir kam es so vor, als könnte mein Gegenüber tatsächlich ich sein. Ich wünschte, dass dem so wäre.

Dann sah ich auf die Uhr und stellte fest, dass ich schon fünf Minuten zu spät für die Konferenz dran war und mich in Windeseile fertig anziehen musste. Als ich zum Fahrstuhl hetzte, fiel mir auf, dass ich vergessen hatte, den kleinen Haken oben an meinem Rock zu schließen, und der Reißverschluss herunterrutschte. Mitten im Gang hätte ich fast den Rock verloren. Mit einer Hand hielt ich ihn fest, verhinderte gleichzeitig mit meiner Aktentasche, dass sich die Fahrstuhltür schloss, und trat in die Kabine. Sie war nicht leer.

Ein attraktiver Mann in einem schicken Anzug stand darin und lächelte mich an.

»Spät dran?«, fragte er.

»Ja. In die Lobby, bitte.« Ich hoffte, unauffällig den Reißverschluss hochziehen und das Häkchen schließen zu können, während er den Knopf drückte, doch er wollte ebenfalls in die Lobby, und die Taste leuchtete bereits. Natürlich, was sonst? Wer will in einem Fahrstuhl auf dem Weg nach unten nicht in die Lobby? Ein altes Naturgesetz.

Ich erwog, meine Aktentasche fallen zu lassen, damit er sie mir aufhob und ich so Reißverschlusszeit schinden konnte, aber bei meinem Glück würde er keine Anstalten machen. Dann müsste ich es selbst tun und würde dabei wahrscheinlich den Rock ganz verlieren.

Luanne war nachdrücklich dafür, sich die Unterwäsche zurechtzuzupfen, wenn es nötig war. Das Leben ist zu kurz, um mit einem in der Ritze klemmenden Slip herumzulaufen, sagte sie immer. Ich bin sicher, dass sie zu offenen Reißverschlüssen eine ähnliche Ansicht vertritt, aber ich brachte nicht den Mut auf, etwas zu unternehmen. Jessie Morgan hätte ihn einfach hochgezogen, da war ich mir ganz sicher, und sie hätte einen Weg gefunden, es reizvoll und sexy wirken zu lassen. Aber ich war heute nicht Jessie Morgan. Ich musste mich in Jenny Shaw zurückverwandeln. Also legte ich eine Hand auf meine Hüfte, damit es so aussah, als wäre es eine lässige und bequeme Art zu stehen.

»Kommen Sie?«, fragte der Anzugträger, als wir die Lobby erreichten. Er trat aus dem Fahrstuhl und hielt mir von außen die Tür auf.

»Oh, mir fällt gerade ein, dass ich oben etwas vergessen habe«, sagte ich hastig und drückte mit der Ecke der Aktentasche den Knopf zum Schließen der Tür, sobald er sie losließ. Hastig zog ich den Reißverschluss hoch, hakte den Rock zu, strich mir das Haar glatt, atmete tief durch und drückte »Tür öffnen«. Dann eilte ich zum Konferenzsaal, nur um festzustellen, dass ich in der Schlange der Teilnehmer, die sich anmelden wollten, direkt hinter dem Anzugträger stand.

»Sind Sie Clark Kent oder mit ihm verwandt?«, fragte er mich, als er mich entdeckte. »Sie müssen in Ihr Zimmer zurückgeflogen sein.« Er nahm sein Namensschild von dem Tisch und befestigte es am Revers seiner Anzugjacke. Kyle Scott. Ein guter Name.

»Äh … nein.« Ich suchte die Reihen von Namensschildern nach meinem eigenen ab. Es war nirgendwo zu finden. »Ich dachte erst, ich hätte mein Handy oben gelassen, aber es war in meiner Tasche.« Ich griff nach dem Schild für Monica Levi.

»Ich bin Kyle.« Er streckte mir eine Hand hin. Er hatte ein strahlendes Lächeln und einen festen Händedruck. Wie Deagan. Müsste man Männer in Kategorien einteilen, würden Kyle und Deagan in derselben landen. »Monica.« Er deutete auf mein Schild. »Freut mich, dich kennen zu lernen.«

»Oh, nein.« Ich schüttelte den Kopf. »Ich bin nicht Monica, ich vertrete sie nur.«

»Dann sehen wir uns gleich da drinnen, Nicht-Monica.« Damit strich er sich mit der Hand über den Kopf.

Er trug einen Bürstenhaarschnitt, aber nicht, weil sein Haar schütter wurde – der blonde Schopf wirkte dicht und gesund –, sondern wahrscheinlich, weil sein Gesicht so attraktiv war, dass es eine Schande gewesen wäre, die Aufmerksamkeit von diesen klaren blauen Augen und den auffallend weißen Zähnen abzulenken.

»Sicher«, erwiderte ich. »Bis gleich.« Ich wandte mich an die Frau hinter dem Tisch. »Besteht die Möglichkeit, ein neues Schild zu bekommen?«

Sie nahm mir das Namensschild ab, zog das Kärtchen aus der Plastikhülle, strich Monicas Namen durch und gab mir den Kugelschreiber, damit ich meinen eigenen daruntersetzen konnte.

»Vielleicht stecken Sie es besser nicht an Ihren Pullover«, riet mir die Frau, als ich das Schild wieder zusammensetzte. »Es könnte sich verheddern. Heften Sie es lieber an Ihren Rock.«

Sorgfältig befestigte ich das Schild so am Bund meines Rocks, dass der Pullover darüber fiel und man den Namen nicht lesen konnte. Nur vorsichtshalber. Bei der allgemeinen Begrüßungsrunde blieb mir mein Name jedes Mal fast im Hals stecken, wenn ich mich als Jenny Shaw vorstellte. Als wäre ich die Lüge und Jessie Morgan die Wahrheit.

Kyle war der erste Redner. Er stellte sich ans Kopfende des Tischs und startete eine PowerPoint-Präsentation über den Einfluss sozialer Netzwerke.

Die Veranstaltung war eindeutig auf Manager ausgerichtet. Jeder hier wusste, wovon Kyle sprach, egal ob er nun an vorderster Front in der Werbebranche vornehmlich für Kunden arbeitete, die keine Ahnung von Twitter-Regeln hatten, oder eine Firma davon überzeugen wollte, dass der geplante Blog, über welches Widget er auch bekanntgemacht werden sollte, dringend eine persönliche Note brauchte. Monica wusste es nicht, aber für solche Dinge hatte sie ja ein Team von Untergebenen wie mich.

Meine Lider wurden schwer, und ich fertigte kleine Skizzen von den Leuten im Raum an, um mich wach zu halten. Kyle war nicht übel anzuschauen, aber er sprach auf eine extrem sachliche, präzise Weise über den Einsatz sozialer Netzwerke. Es ging die ganze Zeit nur um Analysen, Zahlen und wie man am besten auf den Punkt kam, so als zitiere er aus einem Werbetextbuch. Den Schwung seiner Augenbrauen auf Papier festzuhalten war wesentlich interessanter.

»Letztendlich läuft alles darauf hinaus«, schloss Kyle. »Auf Twitter werden ziemlich wahllos Informationen ausgetauscht, aber wenn ein Werbetexter einen Tweet für eine neue Produktmarke entwickelt, müsst ihr dafür sorgen, dass er konkreter wird. Es reicht nicht aus, ein Bild von eurem Mittagessen zu machen und es als Tweet zu bezeichnen.«

Ich schüttelte den Kopf und seufzte.

»Entschuldigung?« Kyles Augen weiteten sich. Offenbar hatte ich mein Missfallen deutlicher zum Ausdruck gebracht als beabsichtigt.

»Na ja … ich kann dem nicht ganz zustimmen.« Ich weiß nicht, woher meine plötzliche Kühnheit rührte, abgesehen von dem Umstand, dass ich wahrscheinlich zu erschöpft war, um noch Hemmungen zu haben. »Wenn du ein Markenprodukt einer Mehrheit zugänglich machen willst, dann solltest du dich mehr auf die persönliche Note verlegen. Vielleicht Twitter-Konten für ein paar Schlüsselfiguren einrichten und sie dazu bringen, über ihr Leben zu twittern und ab und an Details über ihre Arbeit einfließen zu lassen.«

Kyle erwiderte nichts darauf. Da mich alle anstarrten, tat ich das, was ich immer tue, wenn ich nervös bin, und redete einfach weiter, obwohl eine betretene Stille weit gnädiger gewesen wäre.

»Nehmen wir einmal an, Jill von der Produktentwicklung arbeitet beim Mittagessen an einem Projekt, von dem sie ernsthaft begeistert ist. Sie befindet sich in der Phase vor der Markteinführung, daher darf sie über das Produkt noch nicht sprechen. Stattdessen kann sie ein Bild von den Essensresten auf ihrem Schreibtisch twittern, und vielleicht ist im Hintergrund zufällig ein Firmenlogo zu sehen. ›Stecke so tief in meinem neuen Projekt, dass es mir noch nicht mal etwas ausmacht, am Schreibtisch die Fleischklößchen von gestern Abend aufzuessen.‹ Die Leute werden sicher wissen wollen, um welches Projekt es da geht, und ihre Neugier ist geweckt. Das ist keine Verkaufstechnik, das ist Voyeurismus. Wenn das Produkt dann auf den Markt kommt, werden Jills Anhänger Interesse daran zeigen, weil es sich um etwas handelt, das ihr am Herzen liegt, denn ihnen liegt inzwischen Jill am Herzen. Da sie außerdem von den Problemen mit ihrem Auto und der Trennung von ihrem Freund erzählt hat, ist Jill für die Leute längst keine Verkäuferin mehr, sondern eine Freundin.«

In der zehnten Klasse war ich im Mathematikunterricht einmal so sehr damit beschäftigt, unter dem Tisch *My Antonia* zu lesen, dass ich vergaß, wo ich war, und aus Versehen laut rülpste. Daraufhin starrte mich die ganze Klasse an. Nervöses Gelächter brandete auf, und ich wünschte mir nur noch zu schrumpfen, bis ich mich in einem Mauseloch verkriechen konnte.

Ungefähr so fühlte ich mich, nachdem ich Kyles Twitter-Philosophie widersprochen hatte. Jemand kicherte, und ich spürte, wie mein Gesicht brannte. Doch dann dachte ich: Jessie Morgan würde das jetzt durchziehen. Sie würde jeden herausfordern, der ihrer Meinung nach falsche Theorien vertritt, ohne sich darum zu scheren, was andere von ihr denken. Ich hatte recht. Ich hatte gute Argumente. Ich würde mich nicht in Verlegenheit bringen lassen.

»Die Analysen sind gut«, sagte ich und hielt unter dem Tisch meine eigene Hand. »Aber ausschließlich damit kannst du keine Euphorie für eine Marke wecken. Fünf echte Fans von Jill können dich weiter bringen als tausende Anhänger von dir, die dich längst weggeklickt haben. Diese Art von Werbung ist mehr eine Kunst als eine Wissenschaft. Darauf will ich hinaus.«

Einige Leute im Raum nickten tatsächlich zustimmend, ein paar schienen sich sogar Notizen zu machen.

»Interessant.« Kyles Augen verengten sich zu Schlitzen, während er mich mit einem schmallippigen Lächeln bedachte. Dann klatschte er in die Hände. »Trotzdem müssen Berichte Zahlen beinhalten. Twitter-Fans bevorzugen vielleicht Bilder von Essensresten, aber ich kann allen Anwesenden versichern, dass der Kunde nüchterne, knallharte Zahlen verlangt.« Er betätigte den Projektor und fuhr mit seiner Präsentation fort, wobei er seine Zahlen und Tabellen nun mit größerer Intensität vortrug.

Jessie Morgan würde gar nicht bemerken, dass sie ihn verärgert hat, dachte ich und beschloss, so zu tun, als bemerkte ich es gleichfalls nicht.

14

Den ganzen Tag lang hatte ich im Geist geprobt, was nach der Konferenz geschehen musste. Ich erwog, zu der Cocktailstunde vor dem Jahrgangstreffen zu gehen. Ich erwog, nicht hinzugehen. Alles zu gestehen. Nicht zu gestehen. Ich spielte jedes nur denkbare Szenario in meinem Kopf durch, statt Kyles Vortrag über Medienanalysen zu lauschen.

Im Fahrstuhl auf dem Weg nach oben beschloss ich, zur Rezeption zu gehen und dort das Jessie-Kleid zusammen mit der Nachricht, dass ich nicht Jessie Morgan war, für Myra zu hinterlegen. Ich würde um ein anderes Zimmer bitten und behaupten, es ziehe in meinem so sehr, dass ich nicht schlafen könne, oder das Paar nebenan sei unerträglich laut oder etwas in der Art. Zugluft wahrscheinlich, das ersparte peinliche Erklärungen. Vielleicht musste ich weniger reden, wenn ich die peinlichere Variante wählte. Ich hatte einmal gelesen, dass man eher beim Lügen ertappt wird, wenn man zu viel redet. Man darf nicht zu viele Erklärungen abgeben. Wenn ich andeutete, dass nebenan wilder Sex stattfand, und mich sonst nicht weiter dazu äußerte, würde das Personal sich vielleicht beeilen, das Problem aus der Welt zu schaffen, und es dabei belassen. Auf keinen Fall würde ich an dem Cocktailempfang vor dem Jahrgangstreffen teilnehmen. Es war absurd, dass ich das überhaupt ernsthaft in Erwägung gezogen hatte.

In meinem Zimmer zog ich das Jessie-Kleid an, weil es das schönste war, das ich je getragen hatte. Noch ein einziges Mal wollte ich mich darin sehen, mich noch ein einziges Mal wie jemand fühlen, zu dem ein solches Kleid passte. Ich drehte mich um meine eigene Achse und sah bewundernd zu, wie es sich um meinen Körper bauschte. Dabei konnte ich nicht umhin, an Myra zu denken, die dieses perfekte Kleid für ihre verlorene Freundin entworfen hatte. Sie würde zutiefst verletzt und verwirrt sein, wenn die Frau an der Rezeption es ihr zusammen mit meiner Nachricht zurückgab, trotzdem würde sie sich nichts anmerken lassen und sich für die Begegnung mit ihrem Mistkerl von Exfreund und seiner Frau wappnen müssen. Vielleicht ginge sie auch gar nicht hin. Womöglich war sie am Boden zerstört, weil sie in der Nacht zuvor jemandem ihr Herz ausgeschüttet hatte, der nur vorgab, ihre lange verschollene Freundin zu sein. Deshalb fuhr sie umgehend nach Hause zurück und vergab so die Chance, John vor Augen zu führen, was er versäumt hatte. Vielleicht weinte sie, ihr Mascara verschmierte, und sie fühlte sich zutiefst gedemütigt. Das konnte ich ihr unmöglich antun. Dazu mochte ich Myra zu sehr.

Statt das Kleid abzugeben und das Zimmer zu wechseln, rief ich daher Myra an.

»Was trägst du zu der Cocktailstunde heute Abend?«, fragte ich, als sie sich meldete.

»Hast du das kleine Schwarze im Schaufenster der Boutique gesehen?«, lautete ihre Gegenfrage.

»Ja«, bestätigte ich. »Das mit den eingewebten Silberfäden?«

»Genau. Das habe ich mir mitgenommen.«

»John werden die Augen aus dem Kopf fallen.«

»Bekommst du eine Erkältung? Du klingst so komisch.«

»Oh«, versetzte ich nervös. »Das ist vermutlich von der Luft im Flieger, ich fange mir da jedes Mal etwas ein.«

»Was ziehst du denn an?«

»Ich dachte an das rote Kleid.«

»Nein! Trag das morgen.« Sie wechselte augenblicklich in den Designerinnenmodus. »Nimm den grauen Wollrock und lass die Brosche dran. Aber kombiniere ihn mit dem Seidenoberteil. Steck den schwarzen Pullover ein, den du gestern anhattest, aber zieh ihn nur über, wenn dir wirklich kalt ist.«

»Okay«, sagte ich. »Danke, Myra.«

»Das ist mein Job.«

»Wir treffen uns in zwanzig Minuten unten.«

»Ich bin schon da, lege nur noch ein bisschen Hand an. Komm runter, wenn du fertig bist.«

Wir legten auf. Eine Sekunde später rief sie zurück, um mir zu sagen, dass ich mir die Haare auf der linken Seite nach hinten kämmen solle. Sie habe Haarklammern in der Tasche und komme gleich hoch, um mir die Haare zu richten.

»O Gott, ich bin ja so nervös«, stöhnte Myra, als sie in mein Zimmer stürmte. »Sehe ich gut aus?«

Sie trug das umwerfende Kleid aus dem Schaufenster und dazu schwarze Pumps mit silbernen Tupfen, hatte die obere Wimpernlinie mit schwarzem Eyeliner nachgezeichnet und blassrosa Lipgloss aufgelegt. Das Haar hatte sie zu einem hohen Sixties-Pferdeschwanz zusammengebunden und den Pony zur Seite gekämmt.

»Du siehst aus wie ein Filmstar«, erwiderte ich.

»Danke. Ich bin ja so froh, dass du hier bist.« Sie umarmte mich. »Sonst könnte ich ihm nicht gegenübertreten. Ich könnte es einfach nicht! Du weißt ja, Karen ist in Florida, und Heather … Na, du weißt, wie Heather ist.«

»Mm-hm.« Ich stand vor dem Spiegel und versuchte meine buschigen Ponyfransen in einen Seitenscheitel zu zwängen. »So ungefähr?«

»Fast.« Myra kramte zwei Haarklemmen aus ihrer Handtasche. »Lass mich das machen.«

Ich musste die Highheels wieder ausziehen, damit sie an meinen Kopf herankam. Sie drehte mir die Haare hinter dem Ohr zusammen und befestigte sie mit zwei überkreuzten Klammern.

»Mist«, sagte sie, als sie einen Blick in den Spiegel warf. »Ich habe meine Kette vergessen.«

»Hier.« Ich hakte die Perlenkette von Tiffany auf, die ich nicht mehr abgelegt hatte, seit Deagan sie mir letztes Jahr zum Geburtstag geschenkt hatte, und reichte sie Myra.

»Ist das dein Ernst?«

»Ja. Dieses Oberteil kommt ohne Schmuck am besten zur Geltung«, ahmte ich Myras Ausdrucksweise nach. So hatte sie sich ausgedrückt, als wir am Abend zuvor meine Einkäufe begutachtet hatten.

Sie legte die Kette um, betrachtete sich einen Moment lang kritisch und drehte sich von einer Seite zur anderen, ehe sie nickte. »Danke. Sie passt wirklich optimal zu dem Kleid.« Sie wirkte ungewohnt nervös.

»Du siehst fantastisch aus«, sagte ich. »Pass auf, du wirst einschlagen wie eine Bombe.«

»Okay«, meinte sie. »Weißt du, was ich jetzt brauche?«

»Was denn?«

»Ein bisschen Zeit zum Abtanzen.«

»Hm?«

»Komm schon. Du kannst mir nicht erzählen, dass du dich nicht mehr daran erinnerst.«

»Lieber Himmel!« Ich tat, als würde mir dämmern, was

sie meinte, obwohl ich nicht die geringste Ahnung hatte, wovon sie redete.

»Genau.« Myra ging zu dem Radiowecker hinüber und stöpselte ihren iPod ein.

»Meinst du wirklich?« Ich wusste immer noch nicht, worauf sie hinauswollte.

Da schleuderte sie auch schon ihre Schuhe von sich, also tat ich es ihr nach. Sie scrollte durch die Songs auf dem Display, bis sie den richtigen fand. Die ersten Töne von »Why Can't I Be You?« erklangen. Ich erkannte sie augenblicklich.

Meine Mutter verabscheute Männer, die Eyeliner benutzten, daher hatte ich meine Cure-CDs damals unter der Matratze verstecken müssen wie ein Halbwüchsiger seine Pornohefte. Ich hatte die CDs gekauft, weil Kevin aus meiner Kunstklasse mindestens einmal pro Woche ein Cure-T-Shirt trug. Er machte außerdem großartige Zeichnungen von Knochen. Man konnte sie ansehen und spüren, was er beim Zeichnen empfunden hatte. Ich wünschte mir nichts sehnlicher, als ihn einmal in ein Gespräch zu verwickeln, aber da ich nicht wusste, was ich als Aufhänger nehmen sollte, nutzte ich eines dieser Schnäppchen, bei denen man sich zehn CDs im Paket schicken lassen kann, und bestellte alle Cure-Alben, die sie hatten.

Ich brachte dann doch nie den Mut auf, Kevin anzusprechen, aber während meiner gesamten Highschoolzeit hörte ich jeden Abend »Kiss Me, Kiss Me, Kiss Me«, bevor ich einschlief, und wachte am nächsten Morgen mit den Abdrücken des Kopfhörerkabels im Gesicht auf. Daher fiel es mir leicht, mich Myra anzuschließen, als sie laut singend herumhüpfte, und so zu tun, als wäre es eine alte Tradition und damit etwas, das wir schon immer getan hatten.

Wir tanzten durch den Raum, fuchtelten dabei mit den

Armen und lachten uns an, während wir lauthals mitsangen.

»Okay.« Myra ließ sich außer Puste auf das Bett fallen, als der Song zu Ende ging. »Jetzt bin ich gewappnet.«

»Das hat gutgetan.« Ich hielt mir die Seite und rang nach Atem.

»Das war super.« Sie lachte. »Gott, das haben wir das letzte Mal vor dreizehn Jahren gemacht, oder?«

»Eindeutig zu lange nicht mehr«, bestätigte ich.

»Du sagst es.«

»Mann, wir sind alt«, entfuhr es mir. »Wieso komme ich mir nur so vor, als wäre ich gerade eben noch das ungelenke, hässliche Entlein aus der Highschool gewesen?«

»Unsinn!« Myra schüttelte den Kopf. »Du warst kein hässliches Entlein. Ich war diejenige mit der Zahnspange und der Lisa-Loeb-Brille.«

»Lisa Loeb! Ich hatte ein ähnliches grünes Kleid wie jenes, das sie in dem Video getragen hat. Ich fand es so was von cool.« Einen Moment lang geriet ich in Panik, weil ich fürchtete, Jessie Morgan könnte so etwas nie getragen haben. Dann hätte ich mich mit einer einzigen unüberlegten Bemerkung verraten. Aber Myra war vollauf damit beschäftigt, ihre Schuhe wieder anzuziehen, und schien meinen Ausrutscher gar nicht registriert zu haben.

Bevor wir gingen, überprüften wir unser Äußeres noch ein letztes Mal im Spiegel. Wir waren erhitzt und vielleicht ein bisschen zerzaust, allerdings im positiven Sinn. Wir wirkten lebendig, wild und glücklich. Meine Haare, die Kleider und das Make-up bewirkten, dass ich mir wie ein neuer Mensch vorkam, aber es lag an dem inneren Glücksgefühl, weshalb ich mich selbst nicht wiedererkannte.

15

Als wir durch die Lobby und danach die Stufen zur Bar hochgingen, drückte Myra meinen Arm so fest, als würden wir jeden Moment ein Spukhaus betreten.

»Alles wird gut«, beruhigte ich sie. »Du wirst der Star des Abends sein. Versprochen.«

Die Bar war schwach beleuchtet, Kerzenflammen spiegelten sich in poliertem Holz und Messing.

»Schwörst du mir das?«, fragte Myra.

»Bei jeder Scheiße, die du dir nur vorstellen kannst.« Ich fühlte mich so kühn, wie Jessie gewesen sein musste.

»Bitte?«

»Das ist meine Art zu schwören«, lachte ich.

»Haha. Nicht witzig, Jess.«

»Er ist weder ein Hai noch ein Zombie. Er wird nicht auf dich losspringen und dich fressen.«

»Das nicht, aber ich habe Angst, dass mein Herz wieder bricht, wenn ich ihn sehe. Ist das nicht lächerlich? Es ist lächerlich, nicht wahr?«

»Nein«, widersprach ich. »Das ist es nicht. Ich kann dich gut verstehen.«

»Du hast vielleicht Nerven. Ich weiß nicht, wie ich das damals überle…«

In diesem Moment schoss ein hyperaktiver blonder Wirbelwind auf uns zu. »Das darf doch nicht wahr sein!«, quietschte die Frau mit absolut entzückender Streifenhörnchenstimme. Sie war kaum größer als Myra und hatte die

Arme um mich geschlungen, bevor ich mehr von ihr sehen konnte als die gewaltige Lockenmähne. »Scheiße! Jessie Morgan!« Es klang, als würde eine Zeichentrickfigur fluchen.

»Lieber Himmel«, murmelte ich.

»Du erkennst mich nicht mal mehr wieder!« Es war keine Anklage, vielmehr schwang freudige Erregung in ihrer Stimme mit. »Ich weiß schon. Verstehe.« Sie trug ein kurzes königsblaues Kleid, das sich bauschte, als sie sich drehte, um ihre Figur zur Geltung zu bringen. Dann stemmte sie die Hände in die Hüften. Sie hatte eine geradezu winzige Puppentaille. »Du traust vermutlich deinen Augen nicht, was? Ich bin's! Heather! Na, zumindest die halbe Heather. Ich habe fünfundachtzig Pfund abgenommen, also quasi ein ganzes Supermodel.«

»Du siehst umwerfend aus«, lobte ich. Ich wusste nicht, wie sie früher ausgesehen hatte, aber jetzt war sie zweifellos sehr attraktiv.

»Robbie parkt gerade das Auto. Ihn trifft der Schlag, wenn er dich sieht!«

Sie schlug die Hände vor Mund und Nase, als käme sie über den Schock nicht hinweg. Dann schüttelte sie den Kopf.

Ich erstarrte, wartete auf ihr Urteil.

»Ich weiß, es ist unhöflich, so etwas zu sagen, aber diese Nase ist einfach unglaublich.« Heather berührte meine Nasenspitze so behutsam mit dem Zeigefinger, als rechne sie damit, dass es sich um ein Hologramm oder eine Fata Morgana handelte.

»Danke.« Ich spürte, wie sich jeder einzelne Muskel in meinem Körper ein wenig entspannte.

Für sie war ich Jessie Morgan. Sie hegte nicht den geringsten Zweifel daran. Dann kam mir eine Erkenntnis: Warum sollte sie auch meine Identität hinterfragen? Wer würde schon vorgeben, ihre Klassenkameradin aus der Highschool zu sein? Warum sollte überhaupt jemand einen Verdacht hegen? Myra hatte mich akzeptiert. Heather erwartete, Jessie Morgan zu treffen, also traf sie Jessie Morgan. Allen anderen würde es genauso gehen. Ich musste nur darauf achten, mich nicht zu verplappern.

»Meine Mitbewohnerin am College …«, setzte Heather an. »Na ja, ich war nur eine Woche am College, aber das ist eine andere lange Geschichte. Jedenfalls hat sich meine Mitbewohnerin im Sommer vor Studienbeginn die Nase operieren lassen, und die Ärzte haben es wirklich vermurkst. Wenn man ihr zu nahe kam, konnte man tatsächlich noch die Meißelspuren auf dem Nasenrücken sehen. Genau hier.« Sie deutete auf ihre eigene Nase. »So kleine Dellen. Ich fand es geradezu unheimlich. Deine Nase ist dagegen ganz glatt. Perfekt.« Sie starrte mir ins Gesicht, als wäre ich ein medizinisches Wunder. Dann schnappte sie nach Luft. »Das war aber nicht der Grund dafür, dass ich nur eine Woche geblieben bin … Ihre Nase, meine ich. Deswegen bin ich nicht gegangen. Natürlich war es nicht sehr hilfreich, dass ich Nacht für Nacht im Bett daran denken musste, dass sie mit Meißelspuren im Gesicht ein Bett weiter lag. Immer wieder fragte ich mich, wie es wohl geklungen haben muss, als der Arzt auf ihr Gesicht eingehackt hat.« Sie wickelte eine ihrer Locken um ihren Finger und ließ sie sich wieder entrollen. »Ich bin gegangen, weil ich Robbie zu sehr vermisst habe, verstehst du? Kurz darauf machte er mir einen Heiratsantrag, und das war es dann. Ich wollte schließlich nie Raketenforscherin werden oder so was. Mitten in der Nacht stand er plötzlich mit dem Ring in meinem Zimmer.« Sie schwenkte die linke Hand kurz in meine Richtung, so dass ein Diamant im Kerzenlicht aufblitzte. »Und ich dachte: Was tue ich eigentlich hier? Und … mein Gott, ich glaube einfach nicht, wie viel wir aufzuholen haben.«

»Ja.« Myra scheuchte uns zur Bar. »Du wirst ab und zu mal Luft holen müssen, sonst fällst du in Ohnmacht, während du Jessie alles erzählst.«

»Ich weiß, ich weiß«, lachte Heather. Sie war tatsächlich ein bisschen außer Atem.

Myra bestellte einen Krug Mojito für uns.

Am anderen Ende der Bar war eine Fensterfront, und mein Blick fiel auf das grünliche Glühen der beleuchteten Wasserfälle. Am liebsten wäre ich hinausgegangen, um sie genauer zu betrachten, aber Myra und Heather schienen sich für die Aussicht nicht zu interessieren. Wahrscheinlich hatten sie das Schauspiel schon tausend Mal gesehen.

Während wir an der Bar standen und auf unsere Drinks warteten, schlich sich ein Mann in einem dunkelblauen Kolani hinter Heather. Er war nicht übermäßig groß, aber faszinierend mit seinen breiten Schultern, den leuchtend blauen Augen, dem wilden braunen Haarschopf und den Bartstoppeln, die die Konturen seines Kiefers betonten. Er lächelte Myra zu und legte Heather einen Arm um die Taille. Beinahe hätte ich laut gerufen: »Robbie, wie geht es dir?«, weil ich es für eine gute Idee hielt, so zu tun, als würde ich ihn kennen. Aber ich kniff. Oder ich war plötzlich zum größten Glückspilz der Welt geworden, denn Heather drehte sich um und kreischte: »Fish! Hör auf damit! Sonst gehe ich dir eines Tages noch an den Hosenschlitz!«

»Machst du das bei Robbie normalerweise auch in aller Öffentlichkeit?«, erkundigte sich Fish. Er hatte wirklich einen schönen Mund, und seine Lippen kräuselten sich an den Winkeln, als führe er etwas im Schilde oder hüte ein

Geheimnis, das er zu verraten bereit war, sofern man ihm die richtigen Fragen stellte.

»Nein.« Heather umarmte ihn und gab ihm einen flüchtigen Kuss auf die Wange. »Aber du weißt ja, ein altes Ehepaar wird manchmal übermütig.« Sogar im dämmrigen Licht der Bar war nicht zu übersehen, dass sie rot angelaufen war.

Ich hüpfte von meinem Hocker, weil ich dachte, er würde als Nächstes mich umarmen, und ich konnte nicht behaupten, dass mir die Vorstellung unangenehm war.

Als er mich bemerkte, schien er zwei Mal hinsehen zu müssen. Ein Wiedererkennen blitzte in seinen Augen auf, aber dann konzentrierte er sich ausschließlich auf Heather und benahm sich, als wäre ich gar nicht da. Ich fürchtete, doch nicht so problemlos als Jessie durchzugehen, wie ich gedacht hatte.

»Ich werde Robbie erzählen, dass ich dir an die Hose gegangen bin«, grinste Heather.

»Viel Spaß bei deiner Beerdigung«, meinte Fish. Dann schüttelte er lachend den Kopf. »Nein, die Aktion zöge wohl eher meine Beerdigung nach sich, oder?«

»Allerdings«, bestätigte Heather trocken.

»So«, mischte sich Myra ein. »Ich fasse es nicht, dass du nicht gemerkt hast, wer hier vor dir steht.«

Fish warf mir einen bedeutungsvollen Blick zu, fast eine Warnung, bei der sich mir die Nackenhaare aufstellten. Er wandte eine Sekunde lang den Kopf ab, und ich wünschte mir verzweifelt, unsere Blicke würden sich wieder kreuzen. Deagan hatte mich bei unserer ersten Begegnung auch ziemlich nervös gemacht, aber das hier war etwas ganz anderes. Das hier ging über bloße Schmetterlinge im Bauch hinaus. Es war, als ergäbe alles, was in Filmen, Büchern, Songs und Sitcoms über die Chemie zwischen zwei Menschen behauptet wird, plötzlich einen Sinn. Was mich betraf, so stimmte sie zwischen uns.

»Himmel!« Fish rieb sich mit der Hand über das Kinn und musterte Myras Brosche an meinem Rock. »Du siehst irgendwie anders aus als früher, Jess«, stellte er in seltsam ausdruckslosem Ton fest.

»Danke.« Ich rang mir mühsam ein Lächeln ab.

»Ja.« Nun bedachte er mich mit einem eindeutig verwirrten Blick und sah mir einen Moment lang in die Augen. »Betrachte es als Kompliment.« Dann schüttelte er den Kopf und beugte sich vor, um Myra auf die Wange zu küssen.

Aus den Gesprächen mit Myra hatte ich gefolgert, dass Fish Jessies Exfreund war. Da sie so sehr darauf brannte, ihn zu überraschen, ging ich davon aus, dass es kein böses Blut geben würde. Ich nahm an, er würde sich freuen, Jessie zu sehen. Ich wollte, dass er sich freute, mich zu sehen.

Unser Mojitokrug kam gleichzeitig mit Robbie, der alle anderen überragte. Mit den zerrissenen Jeans, den Arbeitsstiefeln und der Carhartt-Jacke war er für diese Bar denkbar unpassend gekleidet, aber er hatte ein freundliches, rundes Gesicht wie ein Teddybär und tiefe Grübchen. Allein deshalb würde ihm jeder seinen Fauxpas verzeihen.

»Jessinator!«, dröhnte er mit einer Stimme, die definitiv nicht für geschlossene Räume geeignet war. Dann umarmte er mich, hob mich vom Barhocker und hielt mich fest, bis ich nach Atem rang. Seine Jacke roch nach kalter Luft und Motoröl. »Heilige Scheiße! Du bist wirklich hier! Wir haben dich vermisst!« Er küsste mich auf beide Wangen und die Stirn, bevor er mich freigab und musterte. »Ich habe dich jedenfalls wie verrückt vermisst. Keiner mehr da, der mir dauernd Scherereien bereitet.« Sein Gesicht wirkte angespannt, als hätte er einen dicken Kloß im Hals. Er zog die

Jacke aus und hängte sie über die Lehne des Barhockers neben mir. »Ich musste sesshaft werden und ein langweiliges, beschauliches Leben führen.« Er tätschelte seinen leichten Bierbauch. »Das ist alles deine Schuld!« Er lachte so laut, dass uns die Umstehenden anstarrten, was er nicht zu bemerken schien – und wenn doch, so störte er sich nicht daran.

Ich musste unwillkürlich selbst lachen.

Myra schenkte die Drinks ein und reichte Robbie ein Glas, doch er gab es gleich an mich weiter.

»Was ist das denn für ein Zeug!« Er spähte in das Glas und verzog das Gesicht wie ein Kind, dem man einen Teller mit Rosenkohl vorgesetzt hatte. »Da ist ja Gras drin.« Er küsste Heather, obwohl er sie erst vor wenigen Minuten an der Tür abgesetzt hatte. Sie schlang ihm die Arme um den Hals und erwiderte den Kuss.

»Das ist Minze«, erklärte Myra, obwohl Robbie gar nicht zuhörte. Sie winkte, um die Aufmerksamkeit des Barkeepers auf sich zu lenken. Als er zu ihr kam, kletterte sie auf die Querstange eines der Stühle, beugte sich über die Theke und rief: »Sehen Sie die beiden hier?« Sie deutete auf Fish und Robbie. »Die Herren sind sich zu fein für Mojitos. Geben Sie ihnen ein Bier.«

»Pike«, rief Fish ihr zu.

»Stout?«, fragte sie zurück.

»Ja bitte.«

»Für mich ein Helles.« Robbies Augen funkelten. »Bei Stout komme ich mir vor, als würde ich das Bier *essen*. Man soll es trinken, du Dussel.« Er fasste Fish bei der Schulter und schlug in die angebotene Hand ein. »Hey, Mann!«

»Hey«, erwiderte Fish. Robbie bedachte er mit einem viel weicheren Ausdruck in den Augen als zuvor mich. »Ich habe da einen Typen an der Hand, der eine neue Kurbelwelle für seinen Farmall sucht.«

»Oh, cool. Welches Baujahr?«, fragte Robbie.

»Ein Zweiundfünfziger Cub.«

»Huah«, machte Heather und stellte ihren Drink auf die Theke, damit sie beide Hände frei hatte, um Robbie und Fish zu ein paar freien Stühlen am Kamin zu scheuchen. »Wenn ihr über Traktoren reden wollt, tut das woanders und überlasst uns Mädels unserem Klatsch und Tratsch.«

»Den ganzen Tag höre ich nur Traktor hier, Traktor da. Ich brauche unbedingt eine Verschnaufpause«, sagte sie zu mir, als sie zurückkam, und verdrehte die Augen.

»Das kann ich mir denken.« Ich nippte an meinem Drink in dem Bewusstsein, dass ich sehr vorsichtig sein musste.

Myra war still geworden. Sie behielt die Tür im Auge und schlürfte ihren Drink durch zwei rote Strohhalme. Die Bar war nicht sehr voll. Die meisten Teilnehmer des Jahrgangstreffens würden wahrscheinlich erst morgen zu der Hauptfeier eintreffen. Ich gewann den Eindruck, dass es Jessies Freunden ohnehin mehr darum ging, Zeit miteinander zu verbringen, als sich mit ein paar Trotteln und ehemaligen Cheerleadern an einen Tisch in einer der Ecken zu quetschen.

»Robbie hat das Geschäft seines Onkels übernommen«, berichtete Heather. »Ich mache die Buchführung und den Bürokram.« Sie schüttelte den Kopf, worauf ihre hübschen blonden Locken nur so um ihren Kopf flogen. »Meine Güte, Jess! Es ist verrückt, dass du noch nicht einmal das weißt. Immerhin habe ich dir früher einfach alles erzählt, und jetzt muss ich dreizehn Jahre im Schnelldurchlauf zusammenfassen.«

Ich bemühte mich wirklich, aufmerksam zuzuhören, um

ein paar Hinweise aufzuschnappen, die mir später nützlich sein konnten, aber über Heathers Schulter hinweg sah ich Kyle am anderen Ende der Theke die Hand heben und den Barkeeper herbeiwinken. Während ich ihn beobachtete, fragte ich mich, ob er den ganzen Abend hierbleiben würde. Vielleicht nahm er ebenfalls an dem Jahrgangstreffen teil. Was für ein Zufall wäre das denn? Zwei Konferenzteilnehmer beim Klassentreffen? Abgesehen davon war ich ziemlich sicher, dass er älter war als Jessies Freunde. Ungefähr Ende dreißig.

»Mm-hm. Wirklich verrückt.« Ich nickte Heather zu.

Der Barkeeper goss Kyle einen Tequila ein, den dieser sofort hinunterstürzte. Dann legte er ein paar Scheine auf die Theke und stand auf. Als er bemerkte, dass ich ihn beobachtete, nickte er mir zu.

Heather redete immer noch ohne Punkt und Komma. »Äh, weißt du …«, unterbrach ich sie. »Sorry, aber ich muss schnell … noch etwas aus meinem Zimmer holen. Meinen … Inhalator. Ich brauche dringend meinen Inhalator.«

»Hast du Asthma? Ich habe dir doch schon in der Schule gesagt, du sollst nicht rauchen. Himmel, du und Robbie! Ihn habe ich vor drei Jahren dazu gebracht, damit aufzuhören, aber ich habe euch immer gesagt, ihr sollt gar nicht erst anfangen. Habe ich das nicht immer gesagt? Erinnerst du dich, Jess?«

»Ja, das hast du, Heather«, bestätigte ich rasch. »Trotzdem habe ich nicht auf dich gehört, und jetzt muss ich zusehen, dass ich nach oben komme und meinen Inhalator hole. Ich bin gleich wieder da, okay?«

»Okay. Brauchst du Hilfe?« Sie musterte mich besorgt.

»Nein, ich komme schon klar. Bleib du ruhig hier.«

Kyle kam näher, daher setzte ich mich schleunigst in Bewegung. Ich rannte die Treppe hinunter und kam bis zu dem großen gemauerten Kamin, bevor er quer durch die Halle »Jenny!« brüllte. Zum Glück bekam es niemand mit. Kurz erwog ich, so zu tun, als hätte ich ihn nicht gehört, und zum Fahrstuhl zu laufen, aber dann rief er erneut: »Hey, Jenny!« Ich wollte nicht unhöflich zu ihm sein und ihm morgen bei der Konferenz wieder begegnen müssen. Außerdem hatte ich Angst, dass ihn jemand anders hören könnte, wenn er mich noch einmal rief.

Also drehte ich mich um und sagte so erstaunt: »Oh, hallo!«, als würde ich ihn jetzt erst bemerken.

»Wow!«, entfuhr es ihm. »Du siehst …«

»Danke«, schnitt ich ihm das Wort ab, bevor er sich über mein Äußeres auslassen konnte. Dabei beobachtete ich nervös die Tür und hoffte, dass keiner von Jessies Freunden in die Lobby kommen möge.

»Ich wollte nur schnell einen Schluck trinken, gleich gehen ein paar von uns zum Abendessen in den Speisesaal.« Er deutete quer durch die Lobby. »Danach fahren wir in die Stadt und machen die Clubs unsicher. Kommst du mit?«

»Ich kann leider nicht. Trotzdem danke«, lehnte ich ab.

»Komm schon. Du darfst auch in der Bar meinen Storys die Pointe klauen, so wie du es heute früh bei meiner Präsentation gemacht hast.« Er rieb sich über den Kopf und lächelte mich an – vermutlich sollte es schüchtern und linkisch wirken, aber das war es nicht. An ihm war kein schüchterner Zug zu finden.

Ich war auf diesen Trick bei Deagan hereingefallen. Leg mich einmal rein: eine Schande für den lächelnden Typen. Leg mich ein zweites Mal rein: Dazu wird es gar nicht erst kommen. Ich deutete auf die Tür zur Bar. »Ich sitze mit ein paar Freunden bei einem Drink zusammen.«

»Kommst du hier aus der Gegend?«

»Gewissermaßen«, versetzte ich. »Da steckt eine … Geschichte hinter.« Ich zwang mich, nicht weiterzusprechen. Je weniger Details, desto glaubhafter die Lüge – die Worte kreisten wie ein Mantra in meinem Kopf.

Da ging die Tür zur Bar auf. Ich hielt den Atem an und senkte das Kinn, damit meine Haare nach vorne fielen und mein Gesicht verdeckten.

»Geschichte war immer schon mein schlechtestes Fach.« Kyle lächelte erneut.

Irgendein Typ, der wie ein Vollidiot aussah, kam aus der Bar, zog eine Schachtel Zigaretten aus der Jackentasche und ging nach draußen. Ich war sicher, dass er wegen des Klassentreffens hier war. Er sah aus, als wäre er an der Highschool eine Sportskanone gewesen. Jessie Morgans Freunde waren keine Sportlertypen. Sie gehörten vielmehr diesen bunt zusammengewürfelten Gruppen an, die nur entstehen können, wenn Menschen schon vor der Pubertät miteinander befreundet waren. Ihre gemeinsame Geschichte ist stärker als die der Cliquen in der Highschool. Ohne das wäre Jessie vermutlich bei den bösen Mädchen gelandet, Myra bei den künstlerisch veranlagten, Heather bei den unbedarften Pferdefreundinnen, Robbie bei den Vor-der-Tür-Rauchern und Fish – ihn konnte ich keiner Kategorie zuordnen. Aber ganz sicher hätte keiner von ihnen mit dem Typen aus der Lobby herumgehangen.

»Na ja, äh …« Ich stieß erleichtert den Atem aus.

»Bist du okay?«

»Alles in Ordnung. Ich bin nur …«

Ich sah Kyle in die Augen. Er hatte wirklich schöne Augen. Obwohl das schüchterne Lächeln nur gespielt war, erwog ich einen Moment lang, mit ihm zu gehen und mit den PR-Leuten loszuziehen. Nach Seattle zu fahren. Es wäre ganz sicher einfacher für mich, denn ich wüsste, was ich zu erwarten hatte, und müsste nicht länger lügen. Zumindest würde ich nur mich selbst belügen, was entschieden leichter ist, als anderen Leuten ständig einen Bären aufzubinden. Aber ich wollte gar zu gern dabei sein, wenn Myras Ex auftauchte. Ich wollte hören, was Heather und Robbie nach der Highschool gemacht hatten, weil sie umgänglich und witzig waren. Und dann war da noch Fish. Männer wie Kyle konnte ich einschätzen, aus Fish dagegen wurde ich nicht schlau, und ich wollte das Rätsel lösen. »Ich möchte heute Abend wirklich lieber hierbleiben. Vielleicht morgen?«

»Na schön«, willigte Kyle ein. »Dann frage ich dich morgen noch mal.«

»Gut.« Ich wartete, bis er im Restaurant verschwunden war, um sicherzugehen, dass die Luft rein war, bevor ich die Stufen zur Bar wieder hochstieg.

Als ich zurückkam, stand Robbie mit den Frauen an der Bar und wartete auf sein Bier. Fish unterhielt sich auf der anderen Seite des Raums mit einem Bekannten. Er sah mich an, als ich hereinkam, und verstummte, blickte jedoch zur Seite, als ich Augenkontakt herstellen wollte. Ich registrierte, wie er nach Worten suchte und die Stirn runzelte, als ob er vergessen hätte, was er gerade sagen wollte.

»Seit der Highschool sind dreizehn Jahre vergangen, trotzdem verbringe ich die Freitagabende immer noch am liebsten mit einer Tüte Pixy Stix und John-Hughes-Filmen.« Myra stocherte in der Minze in ihrem Glas herum. Sie benutzte die roten Strohhalme wie Essstäbchen, um einen Zweig herauszufischen, damit sie daran herumknabbern konnte. »Den heutigen Abend ausgenommen, versteht sich.« Sie nahm mich am Arm. »Wenn du wieder hier leben würdest und dies ein gewöhnlicher Freitagabend wäre … nein.« Sie schüttelte den Kopf. »Ich würde mich immer noch für Pixy Stix und John Bender entscheiden.« Sie nippte an ihrem Drink. »Aber du wärst natürlich eingeladen.«

»Dann müsstest du allerdings mit mir um Judd Nelson kämpfen«, meinte ich. »Das ist nämlich mein erklärter Liebling.«

»Igitt!«, schnaubte Robbie. »Ihr zwei seid echt pervers!«

Der Barkeeper sah aus, als wollte er uns am liebsten zum Schweigen bringen.

Myra kniff Robbie in den Arm. »Halt die Klappe.«

»Nein, denk doch mal darüber nach«, beharrte Robbie. »Du warst also als Teenie in Judd Nelson aus diesem Teenie-Film verknallt?«

»Na und?«, entgegnete Myra. »Ich weiß nicht, worauf du hinauswillst.«

»Das habe ich ja auch noch gar nicht gesagt«, lachte Robbie. »Also … heute bist du immer noch in Judd Nelson als Teenie verknallt, dabei bist du inzwischen einunddreißig. Das ist total krank. Du bist scharf auf ein halbes Kind.«

»Judd Nelson ist inzwischen um die fünfzig«, protestierte Myra.

»Darum geht es doch gar nicht. Es geht um deine Schwärmerei für Judd Nelson in *Der Frühstücksclub,* und da ist er gerade mal siebzehn.«

»Erstens werde ich erst in drei Monaten einunddreißig«, empörte sich Myra.

»Inwiefern ändert das etwas?« Robbie schüttelte den Kopf, grinste aber breit.

»Es ist eben ein Unterschied! Und zweitens ist es so, als wäre mein Teenie-Ich in Judd Nelson verknallt. So was nennt man Nostalgie, falls dir das etwas sagt. Ich erinnere mich in dem Moment daran, was ich mit sechzehn für ihn empfunden habe.«

»Ich weiß nicht recht«, sinnierte Robbie. »Irgendwie finde ich es trotzdem ziemlich krank.« Der Barkeeper schob ihm die zwei Bier hin, und Robbie ließ ein paar zerknitterte Scheine auf der Theke liegen.

»Drittens«, spann ich den Faden an dem Punkt weiter, wo Myra aufgehört hatte, »war Judd Nelson siebenundzwanzig, als er in *Der Frühstücksclub* mitgespielt hat. Es wäre überhaupt nichts dabei, wenn Myra mit einem Siebenundzwanzigjährigen ausginge.«

»Okay, My, du bist also nicht pervers.« Robbie grinste. »Du bist einfach nur eine heiße Katze.«

»Robbie!« Heather wollte ihm eine Hand auf den Mund legen, doch er schob sie weg.

»Also wirklich, Robert«, tadelte Myra ihn mit hochgezogenen Brauen. »Kaum treffe ich mich mit einem vier Jahre jüngeren Typen, nennst du mich eine heiße Katze?«

»Sofern der Schwanz passt.« Robbie feixte. »Außerdem sind es schon fast fünf Jahre, weil du in drei Monaten einunddreißig wirst.«

»Tjaaaaa …« Myra zog das Wort in die Länge, als suche sie nach einer Retourkutsche. »Vielleicht wird mein imaginärer jüngerer Mann ja in zwei Monaten siebenundzwanzig.«

»Oh, oh! Du näherst dich an.« Robbie streckte die Arme aus, als wollte er nach etwas greifen, das außerhalb der Reichweite seiner Fingerspitzen lag.

»Geh und trink dein Bier, Robert. Fish hat sicher Durst. Verschwinde.« Myra scheuchte ihn lachend mit beiden Händen fort.

Robbie küsste sie auf den Scheitel, bevor er sich abwandte. »My, ich liebe dich einfach«, meinte er mit gönnerhafter Stimme.

»Verpiss dich, Robbers«, zischte Myra, doch sie grinste dabei. Dann griff sie nach dem Krug und schenkte sich noch einen Drink ein.

»Oh«, seufzte Heather. »Ich wünschte, Karen wäre hier. Dann wären wir alle wieder zusammen.«

Myra fing meinen Blick auf und lächelte nervös. Allmählich gewann ich den Eindruck, dass hier etwas nicht stimmte. Hasste Karen Jessie ebenfalls?

»Sie hängt in Florida fest, bis Dylan wieder fliegen darf.« Heather strich sich das Haar hinter das Ohr.

»Ich weiß. Sie hat mir eine Nachricht hinterlassen. Wirklich schlimm«, meinte Myra.

»Sie müssen den Eiter absaugen, sobald sie ihn zurückgebracht hat«, sagte Heather. »Das ist die dritte Ohrenentzündung in zwei Monaten.«

Ich knüpfte an das an, was ich aus dem Kontext erschloss. »Hat Karen nur Dylan?«

»Nein.« Heather kramte ihr Handy hervor. »Sie hat auch noch Paige.« Sie durchforstete die Fotos, wurde fündig und reichte mir das Telefon. Das Bild zeigte ein kleines Mädchen mit langen braunen Haaren und wunderschönen großen braunen Augen. Sie saß mit Robbie auf einem Traktor und durfte lenken. Beide lachten. Auf dem nächsten Foto hielt Heather einen kleinen Jungen auf dem Schoß, und sie klatschten beide in die Hände.

»Das ist Dylan«, erklärte Heather. »Wir spielen oft Babysitter für die beiden. Karens Mann hat sie letztes Jahr kurz vor Weihnachten verlassen. Ein widerlicher Kerl.« Sie verdrehte die Augen. »Ohne ihn ist sie viel besser dran. Und er kann von Glück sagen, dass er abgehauen ist. Ich war drauf und dran, ihn im Schlaf zu kastrieren.«

Myra flüsterte laut und vernehmlich: »Er konnte seinen Schwanz einfach nicht in der Hose behalten, weißt du?« Sie hatte den zweiten Mojitokrug zum größten Teil allein geleert.

»Dylan ist also krank?«, fragte ich.

»Ja, leider«, erwiderte Heather. »Karen ist mit den Kindern nach Disneyland gefahren. Paige hat sehr unter der Scheidung gelitten, und Karen wollte sie auf andere Gedanken bringen, aber dann wurden Dylans Ohrenschmerzen so schlimm, dass sie mit ihm zum Arzt gegangen ist. Der sagte, sie darf erst mit ihm fliegen, wenn es ihm besser geht.«

»Eine schlimme Geschichte«, meinte ich und täuschte Mitgefühl vor.

»Ja, echt schrecklich. Karen ist total gestresst, weil sie dort festsitzt, alles Mögliche verpasst und nicht zur Arbeit kann, und weil sie mehr Geld für das Hotel ausgeben muss, als ihr Budget vorsieht. Paige langweilt sich zu Tode, und der arme Dylan fragt ständig nach seinem Vater. Eine scheußliche Situation.«

»Habt ihr Kinder, Robbie und du?«, erkundigte ich mich und begriff im selben Moment, dass ich eine Taktlosigkeit begangen hatte, weil die Antwort auf der Hand lag. Wenn Heather und Robbie Kinder hätten, hätte sie mir sicher eine komplette Diashow vorgeführt.

Heather seufzte. »Nein, aber wir arbeiten daran. Ehrlich gesagt sogar schon ziemlich lange. Hat nur leider bislang nicht geklappt. Aber Dylan nennt mich jetzt Tante H. Wenn er das sagt, kommt es mir immer so vor, als ob mein Herz auf die dreifache Größe anschwillt. Wenn wir schon keine Eltern werden können, bin ich fest entschlossen, die beste Nenntante zu sein, die es je gegeben hat.«

»Wisst ihr was, Leute?« Myra sah uns so ernst an, als stünde sie im Begriff, etwas ungeheuer Bedeutsames zu sagen. »Zu viele Mojitos. Zu wenig gegessen.«

Wie auf Kommando griffen wir nach den Speisekarten. Ich bestellte Myra eine Cola, und Heather gab dem Barkeeper unauffällig den Krug zurück, obwohl bestimmt noch zwei Drinks darin waren.

»Wartet!«, rief uns Robbie von der anderen Seite des Raums aus zu. »Wollt ihr etwas essen?« Er kam mit Fish zu uns herüber.

»Ihr könnt doch nicht einfach ohne uns bestellen«, tadelte Fish Heather. »Hier gibt es übrigens die besten Burger weit und breit.«

Er bemühte sich, so viel Abstand zu mir zu wahren wie nur möglich. Bis zum letzten Moment blieb er stehen, in der Hoffnung, Robbie möge sich neben seine Frau setzen. Aber da ich zwischen Robbie und Myra saß und Heather am Ende der Bar auf Myras anderer Seite, konnte er sich nur noch neben Robbie setzen.

Ehe ich mich versah, hockten wir alle wie die Hühner auf der Stange an der Bar, tranken Cola und verspeisten Burger wie erwachsene Teenager in einer nobleren Version des örtlichen Drugstores. Ich fand es wundervoll.

Fish gab vor, so sehr mit seinem Burger beschäftigt zu sein, dass ihm keine Zeit blieb, zu mir herüberzuschauen, aber ich ertappte ihn immer wieder dabei, wie er mich verstohlen anstarrte. Einmal lächelte er sogar. Wenn auch nur ein kleines bisschen.

»Hey«, Robbie hielt sich seinen Burger vor den Mund und deutete mit dem Zeigefinger quer durch die Bar, »ist das da drüben nicht Justin Finkel?«

Er meinte den Mann in dem grauen Anzug, an dessen

Handgelenk eine teure silberne Uhr aufblitzte, als er den Barkeeper lässig mit zwei Fingern zu sich beorderte, als wollte er ein Taxi anhalten.

»Na klar«, nickte Fish. »Ich glaube schon.«

»Aus ihm ist genau das geworden, was ich erwartet habe«, stellte Robbie fest, bevor er aggressiv in seinen Burger biss.

»Zur Hölle mit ihm«, schimpfte Fish.

Dabei schielte er zu mir herüber, aber ich wandte den Kopf ab und gab vor, Heathers und Myras Unterhaltung zu lauschen. Ich wollte mein Glück nicht überstrapazieren, indem ich so tat, als wüsste ich, wer Justin Finkel war, doch ich hörte aufmerksam zu.

»Ja, ich weiß«, gab Robbie zurück. »Es ist nur … Manchmal kommen dir bestimmte Dinge immer wieder in den Sinn.«

»Genau«, bestätigte Fish.

»Wenn ich irgendetwas vermassele oder spüre, dass ich mich übernommen habe, höre ich immer noch, wie er mich einen verdammten Schwachkopf nennt, als ich damals mitten in der Aufnahmeprüfung diese Panikattacke hatte. Genauso erinnere ich mich noch daran, wie der Bleistift gerochen hat, und an diese dämliche laute Uhr und immer wieder an Justins Stimme.«

»Er ist ein Riesenarschloch.« Aus den Augenwinkeln heraus nahm ich wahr, wie Fish sich zu Robbie lehnte und mit der Schulter sacht gegen die seines Freundes stieß.

»Er sieht aus wie ein wohlhabendes, erfolgreiches Arschloch«, stellte Robbie fest.

»Du bist auch erfolgreich. Ihr schreibt mit dem Laden schwarze Zahlen. Das ist keine Kleinigkeit.«

»Schon, aber ich habe schmutzige Fingernägel und ein Haus mit einem undichten Dach. Ich weiß, dass Heather das nicht stört, aber …«

»Heather ist stolz auf dich, Mann. Ein jeder soll das tun, was er gerne tut. Was ist denn daran auszusetzen? Willst du etwa so sein wie dieser Kerl? In diesem Hemd? Dir deinen Lebensunterhalt damit verdienen, nutzlosen Müll zu verkaufen? Du bist geschickt und reparierst Dinge. Du tust etwas Sinnvolles, Mann!«

Robbie boxte Fish leicht gegen die Schulter. »Danke.«

»Davon abgesehen hat er die Arschkarte gezogen, weil er immer noch wie der Mistkerl aussieht, der er ist. Du dagegen«, Fish deutete auf Robbie, »bist ein prima Typ, mein Freund.«

Unwillkürlich blickte ich zu ihnen hinüber. Robbie hatte den Mund voll Milchshake und lief Gefahr, ihn quer über die Theke zu spucken. Es gelang ihm gerade noch zu schlucken, bevor er losprustete.

»Er ist doch ein prima Typ, stimmt's, Jess?« Fish suchte meinen Blick, als hätte er vergessen, dass er mich meiden wollte. Oder es war ihm so wichtig, Robbie aufzumuntern, dass es in dem Moment nicht zählte, wie er zu mir stand.

»Robbie, du bist fabelhaft«, bestätigte ich.

»Autsch.« Robbie legte einen Arm um mich. »Ich liebe dich einfach, Jess.«

Während wir aßen, kam Kyle wieder herein. Er ging zum anderen Ende der Bar, bestellte einen weiteren Schnaps, hob das Glas und nickte mir zu, bevor er es leerte. Dann schnippte er einen Zwanziger auf die Theke, sagte etwas zu dem Barkeeper und wandte sich ab.

Das war's dann wohl, dachte ich. Gleich fliege ich auf. Spontan entwarf ich einen Fluchtplan. Es war sicher besser, wenn ich die Schuhe auszog, bevor ich loslief.

»Nur schnell einen für den Weg, weißt du?« Kyle tätschelte mir die Schulter, als er an mir vorbeikam. »Wir sehen uns morgen, Nicht-Monica.«

»Wer ist das?«, fragte Heather. Sie machte ein Gesicht, als gäbe es hier vielleicht ein Geheimnis zu ergründen.

Fish saugte mit seinem Strohhalm das Eis am Boden seines Glases auf. Ausgesprochen geräuschvoll.

»Oh«, warf Myra ein. »Jessie ist auch wegen einer Konferenz hier.«

»Dann bist du gar nicht gekommen, um uns zu sehen?« Fish durchbohrte mich mit Blicken.

»Doch, schon«, wich ich aus. »Es hat nur … es hat eben alles perfekt gepasst, verstehst du?«

»Wie dem auch sei.« Er wischte sich die Hände an seiner Serviette ab. »Ich muss noch jemanden wegen eines Pferdes treffen.«

»Wie reizend«, entfuhr es mir, bevor ich mich zurückhalten konnte.

Fish warf mir wieder diesen warnenden Blick zu, bei dem sich mein Pulsschlag beschleunigte. Es war kein unangenehmes Gefühl.

»Leute«, Myra knüllte ihre Serviette zusammen und warf sie auf ihren leeren Teller, »erstens glaube ich nicht, dass John heute Abend noch kommt.« Sie trank einen Schluck Cola. »Und b muss ich noch die Dekoration für das Treffen morgen fertig machen.«

Ich hielt sie für völlig betrunken, doch dann zeigte Robbie auf mich und dröhnte: »Ha! Erinnerst du dich noch, dass du das immer so gemacht hast? Erst erstens und dann b sagen, oder erst a und dann zweitens, wenn du etwas aufgelistet hast. Als könntest du nicht behalten, welche Version du benutzt.«

»Erstens: Stimmt. Und b: Ich bin sicher, dass ich das absichtlich getan habe«, verteidigte ich mich oder Jessie oder wen auch immer.

»Genau.« Robbie stand auf und legte die Arme um mich und Heather. »Red dir das nur ein, Jesseroo.« Er schloss eine Hand um mein Gesicht und strich mir über die Wange. »Sieh dir nur dieses Gesicht an«, sagte er zu Heather. »Einfach wundervoll.«

»Sieh dir nur dieses Gesicht an.« Heather streichelte Robbies Wange, während seine Hand noch an meiner lag. »Ihr seid alle nicht ganz bei Trost.«

16

Wir gingen alle in den Bankettsaal, um Myra zu helfen.

Fish holte eine aufgewickelte Blinklichterkette aus Myras Dekorationskarton, verzog sich damit in eine Ecke und setzte sich auf einen der Tische, um sie zu entwirren.

Myra teilte Heather und Robbie dazu ein, rote und weiße Luftballons aus einer Heliumkartusche zu füllen. Robbie blies sie auf, und Heather befestigte Bänder an den Enden. Die beiden arbeiteten wie eine gut geölte Maschine. Robbie sang lauthals: »Neunundneunzig Luftballons, neunundneunzig Luftballons, neunundneunzig Luftballons.«

Myra und ich brachen in Gelächter aus.

»Um Himmels willen!«, stöhnte Heather. »In dem Lied kommen auch noch andere Wörter vor!«

»Stimmt.« Robbie hielt einen gefüllten Ballon in die Höhe und drosch ihn wie einen Volleyball quer durch den Raum. »Aber ich weiß nicht, welche.«

Ich zog die Schuhe aus und stellte mich auf einen Tisch, während Myra mir eine Girlande reichte, die über der Nische des DJs befestigt werden sollte.

»Ein bisschen mehr nach da«, ordnete sie an, und ich schob sie in ihre Richtung. »Nein, jetzt nach links.«

»Neunundneunzig …« Robbie brach ab. Wir hörten, wie er Helium aus einem der Ballons saugte. »Luftballons.« Seine Stimme klang wie die eines Munchkins. »Neunundneunzig Luftballons.«

Myra kehrte ihm den Rücken. »Großer Gott!«, formte sie

mit den Lippen in meine Richtung, dabei lachte sie so heftig, dass ihr Gesicht rot anlief.

Ihr Lachen bewirkte, dass ich ebenfalls wieder losprustete. Ich bemühte mich, den Kopf gesenkt zu halten, damit Robbie es nicht bemerkte.

»Wir dürfen ihn nicht ermutigen«, flüsterte Myra kopfschüttelnd. »Sonst hört er nie auf.«

»Robert!«, schrie Heather. »Damit tötest du Gehirnzellen ab!«

»Allzu viele hab ich sowieso nicht davon.« Robbies Stimme wechselte vom Zeichentrickfigurmodus wieder in den Normalzustand.

»Deswegen müssen wir besonders vorsichtig sein, Schatz.« Heather küsste ihn. »Manchmal raubst du mir echt den letzten Nerv.«

»Jemine.« Myra holte tief Atem. »Okay, ein bisschen mehr nach links.« Ihre Stimme drohte in ein Kichern umzuschlagen.

Ich trat an die Tischecke, konnte aber die richtige Stelle nicht ganz erreichen.

»Fish!«, brüllte Myra. »Komm mal her!«

»Was ist?« Fish machte keine Anstalten aufzustehen.

»Hilf Jessie mal kurz!«

Er warf ihr einen gequälten Blick zu.

»Ach, von euch ist einer so schlimm wie der andere«, schnaubte Myra und wandte sich ab.

Fish seufzte und sprang auf den Tisch neben mir.

»Hi«, sagte ich. »Nur ein Stückchen weiter nach …« Ich streckte den Arm so weit aus, wie ich konnte.

Er packte die Girlande und hängte sie auf, ohne darauf zu achten, wo sie hin sollte. Dann kletterte er vom Tisch herunter. »Ich fahre jetzt nach Hause«, rief er Myra zu, küsste sie auf die Wange, flüsterte ihr etwas ins Ohr und ging zur Tür, ohne sich von mir zu verabschieden.

»Hey«, protestierte Robbie. »Lass mich nicht alleine hier, Mann! Sie werden mich zwingen, Glimmer auf Zierdeckchen zu kleben oder Schlimmeres. Nimm mich mit und setz mich unterwegs ab.«

»In Ordnung«, erwiderte Fish, ohne sich umzudrehen.

Robbie lief zu Heather und gab ihr seine Autoschlüssel. »Fahr Myra nach Hause.«

»Ich bin längst wieder nüchtern«, wehrte Myra ab.

»Fahr Myra nach Hause«, wiederholte Robbie laut.

»Hab dich lieb, *Daddy*«, rief Myra ihm nach, als er aus dem Raum sprintete, um Fish einzuholen.

»Ich euch auch, Ladys. Benehmt euch!«, schrie er noch.

»Danke, dass ihr noch bleibt, Mädels.« Myra setzte sich und formte aus rotem, weißem und grauem Krepppapier Schleifen. »Ihr rettet mir den Hintern.« Ihre Hände bewegten sich so schnell wie Schmetterlingsflügel, und plötzlich lag eine perfekte Schleife vor ihr. Sofort nahm sie die nächste in Angriff.

»Kein Problem«, erwiderte ich. Ich wollte Myras Schleife kopieren, aber ich dehnte das Papier zu sehr, und das Ergebnis wirkte schlaff und kläglich.

»Ist doch selbstverständlich. Ich würde mir das hier nie entgehen lassen«, kam es von Heather.

»Hm.« Myra hob eine Braue. »Im Grunde genommen retten wir ja deinen betrügerischen Hintern.« Sie blinzelte mir zu.

»Wie meinst du das?« Diesmal hämmerte mein Herz nicht mehr ganz so heftig. Man kann nur eine begrenzte Zahl an Fast-entlarvt-Schocks überstehen, bevor man entweder stirbt oder sich daran gewöhnt.

»Miss Jahrgangsstufensprecherin.« Myra feixte.

Zum Glück biss ich mir auf die Zunge, bevor ich »Tatsächlich?« sagen konnte. Nach allem, was ich über Jessie Morgan wusste, schien sie mir nicht der Typ zu sein, der ein solches Amt übernahm. Aber ich sagte nichts, ich lächelte nur.

»Denk doch mal nach«, warf Heather ein. »Wenn Robert Pierce damals seine Rede in einem Stretchmini und einem knallengen Schlauchtop gehalten hätte, säße er jetzt hier und würde Krepppapierschleifen basteln.« Sie vollendete eine Schleife, die nur unwesentlich besser war als meine. »Erinnerst du dich noch an deine roten Wildlederstilettos? Ich weiß bis heute nicht, wie du in diesen Dingern laufen konntest.«

»Himmel!« Ich krümmte mich angesichts der Vorstellung, dass ein kleines Luder auf diese Weise eine Wahl gewonnen hatte. »Ich fasse es nicht … Ich kann einfach nicht glauben, dass ich das wirklich getan habe.«

»Und ob«, erwiderte Myra. »Du hast den kompletten Ruhm eingeheimst, während ich die Drecksarbeit machen durfte. Deswegen haben wir übrigens auch ein Dreizehnjahrestreffen. Es ist allein deine Schuld. Alle haben darauf gewartet, dass du aus der Versenkung auftauchst, um das zehnjährige zu organisieren, aber das ist nie passiert.«

»Entschuldigung«, murmelte ich.

»Hey«, versetzte Myra. »Tanzveranstaltungen, Winterball, Abschlussball … Ich habe inzwischen gelernt, wie man Kreppschleifen bastelt.« Sie wirkte leicht verärgert, aber dann sah sie mich an, und ihre Züge wurden weicher. »Du weißt ja, wir lieben dich nicht, weil du immer pflichtbewusst und berechenbar warst. Außerdem denke ich, wir sind inzwischen alle viel interessanter als noch vor drei Jahren.« Sie machte ein todernstes Gesicht und reichte mir eine

Schleife. »Häng sie irgendwo auf. Erledige deinen Job, Miss Jahrgangsstufensprecherin.« Sie lachte.

Ich befestigte die Schleife mit Klebeband an der Bühne und beobachtete die beiden Frauen. Myra steckte Heather eine Schleife ins Haar. Die verdrehte die Augen und streckte ihr die Zunge heraus.

»Du siehst entzückend aus, Liebling«, schnurrte Myra mit einem schauderhaften britischen Akzent.

»Ja, ja.« Daraufhin schmückte Heather Myras Kopf mit einer Schleife. »Genau wie du. Jessie, sei doch bitte so lieb und mach dich mit uns zusammen lächerlich, ja?«

»Mit Vergnügen«, erwiderte ich und gesellte mich zu ihnen.

Als wir mit den Schleifen fertig waren, gingen wir zu den Namensschildern über. Myra hatte für jeden eine Karte mit dem jeweiligen Jahrbuchfoto angefertigt, aber wir mussten sie noch in Plastikhüllen schieben und in alphabetischer Reihenfolge auf dem Tisch neben der Tür aufstellen.

Myra gab mir die Karte für Jessie. »Die habe ich heute Morgen am Computer gemacht. Wenn wir dämliche Namensschilder tragen müssen, sollst du das auch.«

»Ha!« Heather presste sich eine der Karten an die Brust, um sie vor uns zu verbergen. »Brad Wilson. Wisst ihr noch, wie cool wir ihn damals fanden?«

Ich nickte.

Myra legte den Handrücken an die Stirn, als wäre ihr schwindelig.

»Hier ist er!« Schwungvoll drehte Heather das Namensschild um.

Brad Wilson war ein magerer Milchbubi mit Bürstenhaarschnitt.

Myra schüttelte sich vor Lachen. »Wir haben unsere Jugend damit verschwendet, für einen Typen zu schwärmen, der aussieht wie eine Klobürste!«

Wir blieben länger auf, als es klug war, und spielten bis weit nach Mitternacht »Cool oder nicht cool« mit den Namensschildern.

Dann gähnte Myra, was auf Heather und mich ansteckend wirkte. »Wenn ich noch länger bleibe, bin ich zu müde zum Fahren«, meinte Heather.

»Ja.« Myra streckte die Arme aus und gähnte erneut. »Wir sollten Schluss machen.«

»Ich gehe noch schnell aufs Klo, und dann können wir los.« Heather steuerte auf die Tür zu.

»Ich habe eine Idee.« Myra legte den Kopf auf den Arm, um mich besser ansehen zu können. »Du könntest die nächste Woche bei mir bleiben.«

»Oh«, sagte ich. »Ich weiß nicht …«

»Du hast mir erzählt, dass du die nächste Woche eigentlich mit Deagan verbringen wolltest, also hast du Urlaub.«

»Ich finde, ich sollte wirklich …«

»Mal ernsthaft, Jess.« Sie setzte sich auf und griff nach ihrer Tasche. »Du solltest bleiben.«

»Ich bin mir nicht sicher, ob jeder hier damit einverstanden wäre.«

»Du meinst Fish?«

»Ja.« Ich fuhr mir mit der Hand durch die Haare. Ich hatte mich immer noch nicht daran gewöhnt, wie kurz sie waren.

»Der kriegt sich schon wieder ein, er braucht nur etwas Zeit. Du hast ihm schließlich das Herz gebrochen.«

»Wirklich?«

»Himmel, Jess! Manchmal bist du ganz schön schwer von Begriff.« Sie schlug sich lachend mit der flachen Hand gegen die Stirn. »Er hat dir bei der Abschlussfeier gesagt, dass er dich liebt, und du bist zur Toilette gerannt und danach quasi für immer verschwunden. Glaubst du nicht, dass eine solche Reaktion ein männliches Ego ein bisschen ankratzen kann? Vielleicht? Möglicherweise?«

Ich stützte mich auf die Ellbogen und barg das Gesicht in den Händen. Ich wusste nicht, was ich sagen sollte, ich war vollkommen überwältigt.

»Hey.« Myra tätschelte mir den Arm. »Irgendwann muss er darüber hinwegkommen. Lass durchblicken, dass du weißt, wie sehr du ihn verletzt hast. Er wird schon noch auftauen. Ich habe gesehen, wie er dich beobachtet hat, wenn er dachte, keiner merkt es.«

»Tatsächlich?«

»So ist Fish nun mal«, sagte Myra. »Er muss dich immerzu anschauen. Dazu ist er auf die Welt gekommen. Bleib. Sprich dich mit ihm aus. Nach allem, was ihr durchgemacht habt, solltest du nicht gehen, ohne ein paar Dinge zu klären.«

»Ich habe den Aufenthalt in dem Spa schon gebucht«, gab ich zu bedenken. »Und ich weiß nicht, ob sie mir den Reisepreis erstatten.« Ich würde auf keinen Fall eine Woche lang bei Myra wohnen. Das ging entschieden zu weit.

»Mein Angebot steht jedenfalls.« Sie beugte sich über den Tisch, um mir die Hand zu drücken.

Nachdem Myra und Heather gegangen waren, schlenderte ich im Raum umher und suchte auf den Jahrbuchpostern nach dem Bild von Fish. Ich kannte noch nicht einmal seinen richtigen Namen. Myra oder Heather mussten sein Namensschild vorhin fertig gemacht haben.

Ich begann auf einer Seite mit den Jahrbuchfotos und arbeitete mich dann an der Wand entlang, bis ich auf ein Bild stieß, von dem ich sicher war, dass es Fish zeigte. Gilbert Warren Foster. Er trug ein offenes kariertes Hemd über einem Pearl-Jam-T-Shirt, und obwohl er linkisch in die Kamera blinzelte, hätte ich ihn auf der Highschool cool gefunden. Ich hätte mir garantiert eine Pearl-Jam-CD gekauft, um ihn unter einem Vorwand anzusprechen, und vielleicht hätte ich sogar den Mut aufgebracht, tatsächlich etwas zu sagen.

Dann entdeckte ich Robbie, der eine dicke, ihm halb von der Nase rutschende Pilotenbrille trug, aber ein warmes Lächeln und dieselben tiefen Grübchen hatte wie heute. Heather hingegen hätte ich nicht erkannt, wenn sie wie Fish einen Spitznamen gehabt hätte, aber aus dem inzwischen begrenzten Meer von Heather konnte ich sie nun herauspicken. Sie war pummelig und trug das schlammfarbene, krause Haar zu einem seitlichen Pferdeschwanz gebunden. Niemand in der Highschool hätte sie als hübsch bezeichnet, aber sie verzog hoffnungsvoll den Mund und strahlte eine unbedarfte Freundlichkeit aus.

Würde mein Gesicht bei all den anderen hängen, wäre dieselbe zaghafte Hoffnung darin zu lesen gewesen, daran hegte ich keinen Zweifel. Wir merken gar nicht, wie schön es ist, wenn wir jung und unsicher sind, und denken, jeder müsste wissen, wie schrecklich wir uns finden. In diesem Punkt unterschied ich mich nicht von ihnen. Aber das Schönste, was Fish, Heather, Myra und Robbie besaßen, hatte ich nie gehabt: Menschen, denen etwas an mir lag. Sie wussten, dass sie nicht allein waren, es stand in ihren Gesichtern geschrieben. Das Wissen, Freunde zu haben, verlieh ihnen Sicherheit. Sie wurden gemocht, und das würde immer so bleiben. Tränen schnürten mir die Kehle zu.

Ein letztes Mal betrachtete ich Jessie Morgans Bild und fragte mich, was für ein Mensch Freunde wie diese einfach zurücklassen würde.

17

Wie sich herausstellte, konnte man nicht einfach »Jessica Elizabeth Morgan« in die Suchmaschine eingeben und erwarten, die Jessica Elizabeth Morgan, die man suchte, auf Anhieb zu finden. Man durfte noch nicht einmal erwarten, dass sich ein Hinweis auf sie unter den ersten fünfhundert Ergebnissen befand. Ich wusste das deshalb so genau, weil ich bis in die frühen Morgenstunden aufblieb, statt nach einer langen Nacht mit vielen Mojitos, der Begegnung mit Fish und den Dekorationsarbeiten zu Bett zu gehen. Immerhin war ich fest davon überzeugt, der nächste Link, den ich anklickte, würde mich zu ihr führen. Jedes Mal, wenn es wieder nicht der Fall war, sagte ich mir: »Okay, ein einziges Mal noch«, und hoffte, der nächste Klick offenbare mir ein Bild von jemandem, der aussah wie ich, nur mit einer größeren Nase. Ich hätte mich auch mit den Ergebnissen eines Fünf-Kilometer-Laufs für wohltätige Zwecke zufriedengegeben, wenn die Frau auf der Teilnehmerliste exakt so alt wie Jessie Morgan gewesen wäre.

Ich wusste, dass sie weder auf die Florida State noch in Oregon zur Uni gegangen war. Ich zermarterte mir den Kopf, um mich zu erinnern, ob Myra irgendeine andere Universität erwähnt hatte, an der Jessie sich beworben haben könnte, aber ich kam zu dem Schluss, dass dies nicht der Fall war. Schließlich konnte ich sie schlecht fragen: »Sag mal, welche Unis habe ich damals eigentlich in Betracht gezogen?«

Ich ging bei Facebook sämtliche Jessica Morgans durch,

die Partycolleges besucht hatten, und zwar von Arizona bis Südkalifornien. Bikinis, Sonne und tolle Typen – ich zog sämtliche Orte in Betracht, an denen sie ihr schulterfreies Schlauchtop hätte tragen können. Nirgendwo gab es eine einunddreißigjährige Jessica Morgan, die mir auch nur im Entferntesten ähnlich sah.

Dann ging mir auf, dass sie vielleicht gar nicht mehr Jessie Morgan hieß. Vielleicht hatte sie geheiratet und den Namen ihres Mannes angenommen. Vielleicht hatte sie ihren Namen geändert. Womöglich gab es einen triftigen Grund dafür, dass Jessie Mount Si verlassen hatte und nie mehr zurückgekommen war. Sie war zur Toilette gestürmt und danach verschwunden. Theoretisch konnte sie sogar in einem Zeugenschutzprogramm sein. Das FBI oder der CIA oder wer immer für den Zeugenschutz verantwortlich ist, hatte sie von der Abschlussfeier weggeholt, und nun arbeitete sie in Lansing in einer chemischen Reinigung oder in Kansas als Barkeeperin. Vielleicht gab es eine logische Erklärung dafür, dass es Myra nie gelungen war, sie zu finden.

Gegen vier Uhr morgens traf mich die Erkenntnis, dass ich etwas vollkommen Idiotisches und Ungeheuerliches tat, wie ein Schlag. Mir brach der Schweiß aus, meine Hände zitterten, und ich bekam nicht mehr genug Luft. Ich griff nach meinem Inhalator, setzte mich in meine Bettdecke gehüllt auf den Balkon, lauschte dem Rauschen der Wasserfälle und versuchte, wieder zur Ruhe zu kommen.

18

Einige Stunden später wachte ich mit steifem Hals und Tau auf dem Gesicht in einem der Balkonstühle auf und fühlte mich am ganzen Körper feucht und verkrampft.

Als ich den Konferenzsaal betrat, sahen die meisten anderen Teilnehmer zum Glück ebenfalls aus, als hätten sie eine ziemlich harte Nacht hinter sich. Kyle war blass, und als er den Projektor für eine weitere PowerPoint-Präsentation einschaltete, zuckte er regelrecht zusammen, als ihm das Licht in die Augen schien.

Während Kyle über den richtigen Tonfall für einen Blog sprach, schrieb ich in der Hoffnung auf irgendeinen Anhaltspunkt für ihr Verschwinden alles in mein Notizbuch, was ich über Jessie Morgan wusste:

* Freund: Fish
* Beste Freundin: Myra
* Jahrgangsstufensprecherin – schulterfreies Schlauchtop?
* Raucherin
* Aufreizend gekleidet
* Falsche grüne Kontaktlinsen
* Gerät mit Robbie immer wieder aneinander. Weshalb?
* Ging zum Klo, kam nie zurück. Alligatoren in der Kanalisation?

Bei dem Gedanken musste ich unwillkürlich laut lachen. Kyle blickte in meine Richtung. Sofort hielt ich mir eine Hand vor den Mund und tat so, als müsste ich husten. Als er sich abwandte, zeichnete ich einen großen Alligator mit scharfen Zähnen auf eine Seite, daneben ein Abflussrohr und dann das gesamte Rohrsystem einer Highschool mitsamt dem Weg, den der Alligator nehmen würde, um sich Jessie Morgan zu schnappen und sie wie die Reptilversion des Phantoms der Oper in sein unterirdisches Reich zu verschleppen. Schließlich zeichnete ich Jessie Morgan im Schlauchtop in einer Gondel, die ein Alligator mit weißer Halbmaske und Umhang mit einem Stab über einen Abwassersee stakt.

Ich kann nicht behaupten, auch nur ein Wort von dem mitbekommen zu haben, was Kyle oder sein Nachredner Michael sagten, aber zumindest sah es so aus, als würde ich mir Notizen machen.

Als ich endlich aufblickte, stand auf dem Bildschirm in Großbuchstaben: ZU VERMEIDENDE FEHLER. Ich verkniff es mir, den bereits stark ergrauten Michael mit seinem Topfschnitt zu fragen, welche Fehler wir denn bewusst machen sollten.

Je länger ich in der Werbebranche tätig war, desto weniger Vertrauen hatte ich in die Kommunikationsfähigkeit der Branchenspezialisten und desto geringer wurde mein Wunsch, selbst einer von ihnen zu werden. Der Großteil meines Jobs bestand darin, eine Kampagne für einen alkoholischen Energydrink namens Ivolushun auf die Beine zu stellen, die sich vornehmlich an Studenten, mit Steroiden vollgepumpte Fitnessfanatiker sowie Leute richtete, die jeden Trend mitmachten und dem Ganzen hoffentlich eine ironische Seite abgewinnen konnten.

In der Woche vor meiner Abreise nach Seattle hatten wir eine Besprechung mit einem der Ivolushun-Produktmanager. In einem zu engen braunen Anzug und umgeben von einer Wolke aus ungefähr drei Flaschen billigem Rasierwasser war er ins Büro gekommen und hatte todernst verkündet: »Wir dürfen das Produkt nicht offiziell als Energydrink bezeichnen, demnach muss die Kampagne den Eindruck von Vitalität und Fitness übermitteln, ohne Begriffe wie Energie, energetisch oder energetisiert zu verwenden.« Als hielte er energetisiert für ein Wort, das tatsächlich existiert.

Es war deutlich einfacher, über Jessie Morgan nachzugrübeln, als meine gesamte Karriereplanung in Frage zu stellen, also widmete ich mich wieder meinem Notizbuch und listete auf, was ich über Jessie noch in Erfahrung bringen musste.

* An welchen Colleges hat sich Jessie beworben?
* Was wären ihre Hauptfächer gewesen?
* Wie lange war sie mit Fish zusammen?
* WARUM IST SIE WEGGEGANGEN?

In der Mittagspause holte ich mir, statt mich unter die anderen zu mischen und Kontakte zu knüpfen, nur ein Sandwich und verzog mich in den Festsaal, um erneut Jessie Morgans Bild zu betrachten. Ich hoffte, einen Hinweis darauf zu finden, wo sie derzeit war, konnte aber keinen entdecken. Ihr Lieblingsausspruch lautete: »Wir müssen nichts fürchten, außer Spinnen.« Man traute ihr allgemein einen Bankraub zu. Offenbar war sie Mitglied des Fotografieclubs gewesen, fehlte aber auf dem Gruppenfoto.

Ich saß auf dem Tisch, verzehrte mein Sandwich, starrte die Bilder an und versuchte, dazu Gegenstücke aus meiner eigenen Highschoolzeit zu finden. Roy Dillard wäre Michael St. James, Katie Lewis eine zweite Mary Colby. Jake Wooster war …

»Versteckst du dich hier?«

Ich hatte Kyle nicht hereinkommen hören, doch plötzlich stand er vor mir. Ich errötete und hoffte, dass er nicht schon länger dastand. Wenn ich tief in Gedanken versunken bin, neige ich nämlich dazu, Gesichter zu schneiden, als würde ich mich mit jemandem unterhalten, obwohl niemand sonst da ist und ich nichts laut sage. Eine echt unattraktive Angewohnheit.

»Mir war nach einer kleinen Auszeit zumute.« Ich wischte mir über den Mund, um sicherzugehen, dass keine Krümel oder Mayoreste an meinen Lippen klebten.

»Harte Nacht gehabt?«

»Zumindest eine lange«, gab ich zurück.

»Du bist also hier auf die Highschool gegangen?«

»Möchtest du das wirklich wissen?«, erwiderte ich, weil mir keine bessere Antwort einfiel. Mein Verstand arbeitete langsam und träge, nachdem ich zwei Nächte hintereinander viel zu wenig Schlaf bekommen hatte.

»Deswegen habe ich ja gefragt.«

»Mm.« Ich hob die Brauen und lächelte.

Er starrte mich an, als wüsste er nicht recht, was er als Nächstes sagen sollte.

»Was ist mit dir?«, fragte ich. »Hattest du auch eine harte Nacht?«

»Oh.« Er rieb sich den Kopf. »Die Nacht war wunderbar. Nur der Morgen nicht.«

»Das haben die Morgen nach wunderbaren Nächten so an sich«, bestätigte ich, obwohl ich zu den Frauen gehöre, die fast immer schon um elf Uhr im Bett liegen. Aber das brauchte er nicht zu wissen.

»So.« Kyle deutete auf die Bilder an den Wänden. »Finde ich dich da, wenn ich dich suche?«

Ich zuckte die Achseln.

Er kam zu mir herüber, lehnte sich gegen den Tisch, auf dem ich saß, und bedachte mich erneut mit diesem bewusst schüchternen Lächeln. »Kommst du heute Abend mit uns mit?«

»Mal sehen.« Ich zupfte einen Zwiebelring aus meinem Sandwich.

Es war merkwürdig, weil ich mich Deagan förmlich an den Hals geworfen hatte. Sobald er das leiseste Anzeichen von Interesse gezeigt hatte, schritt ich zur Tat und erledigte den Rest. Ich lud ihn ein und arbeitete darauf hin, dass er mich mochte. Kyle auch nur die belanglosesten Informationen vorzuenthalten schien ihn zum Wahnsinn zu treiben.

»In der Gruppe wegzugehen fördert bekanntlich den Teamgeist«, sagte er. »Die beste Gelegenheit, um neue Kontakte zu knüpfen.«

»Ha«, lachte ich. »Nennt man das heute so?«

»Oh.« Mit gespieltem Ernst hob er eine Hand und legte sie sich auf die Brust. »Glaubst du, ich will dich aufreißen?«

»Genau das versuchst du gerade«, erwiderte ich. »Ich habe dich durchschaut.« Keine Ahnung, woher dieses Selbstvertrauen plötzlich kam. Es war, als hätte Jessie Morgan wie in einer schlechten Körpertauschkomödie von mir Besitz ergriffen. Vielleicht war ich aber auch einfach zu müde oder zu sehr in dem Jessie-Drama gefangen, um mir irgendwelche Gedanken zu machen.

»Hast du das?«, fragte Kyle.

»Vielleicht.« Die Art, wie ich mit ihm spielte, war lächerlich. Ich hatte nicht das geringste Interesse an ihm, ich genoss nur das Gefühl, Macht auszuüben. Als könnte ich einen Mann wie Deagan dazu bringen, hinter mir herzulaufen wie ein Hund, wenn ich nur wollte. Zwar löste es meine Probleme nicht, bewirkte aber, dass ich mich besser fühlte.

»Gut. Nur für den Fall, dass wir dich heute Abend in der Lobby verpassen … Wir wollen zu Finaghty's in Snoqualmie.«

»Ich werde es mir merken«, versprach ich.

»Sag einfach ja«, schlug er vor. »Komm mit.«

»Mal sehen.«

Er schüttelte den Kopf. »Ich sollte jetzt wieder reingehen. Michael macht in fünf Minuten weiter. Komm nicht zu spät, sonst musst du nachsitzen.«

»Wenn ich zu spät komme, werde ich eine überzeugende Ausgangserlaubnis vorzeigen«, rief ich ihm hinterher.

Ich war die Letzte, die sich wieder im Konferenzraum einfand, und musste feststellen, dass eine gewisse Stacey aus San Diego meinen Platz ganz vorne gegenüber von Kyle belegt hatte. Vermutlich hauptsächlich, um ihn zu zwingen, auf ihren Busen zu starren, der aus einem schwarzen Satin-Push-up-BH quoll und fast die Knöpfe ihrer dünnen weißen Bluse sprengte.

Ich setzte mich an das andere Ende des Tischs, schlug mein Notizbuch auf und schrieb:

* Hat Angst vor Spinnen
* Fotografieclub

Als ich aufblickte, stellte ich fest, dass Kyle mich beobachtete. Er zwinkerte mir zu, als sich unsere Blicke trafen.

Ich fügte meiner Alligatorzeichnung ein paar Fackeln hinzu.

»Wir sehen uns dann später«, sagte Kyle, als der Vortrag zu Ende war und alle aus dem Konferenzraum strömten.

Er war voll und ganz von sich eingenommen. Als wüsste er, dass er mich haben konnte, wenn er wollte. Ich gab es nicht gerne zu, aber wenn ich mit ihm ausginge, wäre dem vermutlich wirklich so. Weil ich das Gefühl mochte, auserwählt zu werden. Es gefiel mir, wie Kyle mich ansah, obwohl Stacey ihren Ausschnitt so freizügig zur Schau stellte. Kyle bat mich, mit ihm auszugehen, und genau das war der Grund, weshalb ich nicht mitkommen konnte. Ich konnte nicht länger die Frau sein, die nur darauf wartete, auserwählt zu werden. Ich war mir sicher, Jessie Morgan hatte niemals darauf gewartet, dass jemand sie auserwählte.

19

Ungefähr zwei Monate bevor ich Deagan kennen lernte, ging ich zum zehnjährigen Jahrgangstreffen meiner Highschool. Ich nahm damals all meinen Mut zusammen und bat meinen Kollegen Noah, mich zu begleiten – nur als guter Freund, obwohl ich ihn mochte und vermutete, dass er das nicht wusste. Aber am Wochenende zuvor hatte er in einem Nachtclub eine Frau kennen gelernt und benahm sich ärgerlicherweise so, als wäre es die große Liebe auf den ersten Blick gewesen. Er sagte mir, sie wäre eifersüchtig auf mich, obwohl wir »einfach nur Freunde« waren. Daher stand ich in letzter Minute ohne Begleiter da.

Mein bester Freund aus der Highschool war Mark Reed, der beim Mittagessen immer am selben Tisch gesessen hatte wie ich. Hauptsächlich deshalb, weil wir nirgendwo sonst erwünscht waren. Er trug eine dicke Brille, die seine Augen größer erscheinen ließ, als sie waren, und seine Wangen waren mit orangefarbenen Sommersprossen übersät. Manchmal machten wir unsere Chemiehausaufgaben zusammen, und ich teilte meine Salzbrezeln mit ihm.

Einmal bat er mich, mit ihm auszugehen. Ungefähr zwei Wochen lang hatten wir beim Mittagessen dafür gesorgt, dass sich unsere Beine unter dem Tisch berührten, und dann fragte er mich endlich, ob ich mit ihm ins Kino gehen wollte. Aber meine Mutter hatte gerade eine schlechte Phase. Ich fürchtete, wenn sie herausfand, dass ich ein Date hatte, könnte sie einen Tobsuchtsanfall bekommen und mich als

Schlampe beschimpfen, so wie damals, als ein Typ aus dem Schwimmteam sich einen Scherz mit mir erlaubte und sich als mein Freund ausgab. Oder sie könnte einen manischen Schub erleiden und mich über jede Einzelheit der Situation haarklein ausfragen. Egal was, ich hatte Angst, sie könnte Mark auf irgendeine Weise verletzen, und ich mochte ihn zu gern, um das zuzulassen.

Daher erklärte ich ihm, er sei für mich lediglich ein guter Freund. »Ich empfinde einfach nicht mehr für dich«, sagte ich. Wahrscheinlich traf das sogar zu. Ich verspürte keineswegs das brennende Verlangen, Mark zu küssen oder seine feste Freundin zu werden, dennoch stimmte es mich traurig, die einzige Chance zu vertun, mir einen Freund zu sichern.

Er zog sein Knie von meinem weg. »Oh«, sagte er nur leise und blinzelte. Seine Brille vergrößerte die Röte, die ihm in die Augen kroch. »Ich wollte dich nicht in Verlegenheit bringen.«

»Das hast du nicht«, erwiderte ich. »Es war sehr nett von dir.«

Sogar seine Sommersprossen wirkten traurig.

Auch das ganze zweite Jahr lang machten wir gemeinsam beim Mittagessen unsere Chemiehausaufgaben, aber er behielt die Beine bei sich, und wenn mein Knie unabsichtlich seines streifte, zog er es sofort weg. Im vorletzten Jahr hatten wir unterschiedliche Pausenzeiten und verloren uns aus den Augen. Ich aß alleine in der Bibliothek, verbarg meine Tüte mit den Salzbrezeln im Schoß und schob mir eine in den Mund, wenn die Bibliothekarin nicht hinschaute. Statt echten Freunden hatte ich Jane Austen und Willa Cather, und als ich meinen Abschluss machte, hatte ich mich durch wenigstens ein Drittel des Alphabets gelesen. Ich machte mir Notizen über die Charaktere, und wenn ich abends mit meinen Hausaufgaben fertig war, malte ich sie. Die Wände meines Schlafzimmers waren mit Wasserfarbenbildern von Antonia, Emma, Anne mit e am Ende, Jo March, Jane Eyre, Scout und Pip übersät, so wie andere Mädchen herausgerissene Zeitschriftenseiten an die Wand pinnten und Fotocollagen von ihren Freundinnen anfertigten.

Trotzdem dachte ich, der einzige Mensch, den ich gerne wiedersehen würde, und damit der einzige Grund, zu dem Klassentreffen zu gehen, wäre Mark Reed. Er war immer nett zu mir gewesen und führte inzwischen wahrscheinlich ein interessantes Leben.

Außerdem trug ich schon lange keine Zahnspange mehr, meine Haare waren nicht mehr so kraus, und ich hatte jetzt eine reine Haut. Ich kaufte mir ein neues Kleid und fand den Gedanken schön, hinzugehen und mich erwachsen zu fühlen. Mich zu fühlen, als hätte ich die schlechten Zeiten hinter mich gebracht. Mich anders zu fühlen als früher. Aber als ich am Veranstaltungsort ankam, entdeckte ich an dem großen Schwarzen Brett in der Lobby mit den Fotos der Leute, die nicht teilnahmen, ein Bild von Mark Reed. Muskulöser als damals und aknefrei schlenderte er in einem Smoking bei Sonnenuntergang mit seiner schönen Braut einen Strand entlang.

Ich hatte nicht etwa gehofft, Mark und ich würden uns bis über beide Ohren ineinander verlieben, aber der Umstand, dass er seinen Weg gegangen und so erwachsen geworden war, dass er es nicht für nötig hielt, zu dem Klassentreffen zu gehen, damit alle sehen konnten, wie verändert und attraktiv und erfolgreich er jetzt war, hatte zur Folge, dass ich mir einsam und ausgeschlossen vorkam.

Carla Carrigan erzählte mir zwanzig Minuten lang von dem Kosmetikartikelhandel, den sie von zu Hause aus betrieb, bevor sie merkte, dass ich gar nicht das Mädchen war, das im letzten Schuljahr in Gemeinschaftskunde hinter ihr gesessen hatte. »Ach nein. Warte … das war ja Jenny Mulligan«, sagte sie und lächelte mich dabei an, als wäre ich es nicht wert zu erfahren, wie gut sich ihr neuer Lipgloss verkaufte. »Oh, ich glaube, da ist Julia, und …« Sie brachte den Satz nicht einmal zu Ende, sondern ließ mich einfach stehen.

Ich sah zu, wie Leute, die ich kaum gekannt hatte, Leute wieder trafen, an denen ihnen wirklich etwas lag. Verloren stand ich da, hörte Ace of Base zu, trank Ginger Ale und aß billigen Käse auf muffigen Crackern, bis mich die klägliche Realität meiner Schulzeit so traurig stimmte und mir so deutlich zu Bewusstsein brachte, was mir wegen meiner Mutter stets verwehrt geblieben war, dass ich es nicht länger ertragen konnte. Ich fürchtete, jeden Moment loszuschreien oder in Flammen aufzugehen. Also ging ich. Ich beschloss, dass es keinen Sinn hatte herumzustehen und darauf zu warten, dass mich jemand erkannte. Niemand wusste, wer ich war. Niemanden interessierte es.

Auf dem Weg nach draußen begegnete ich den Vier Amigos. Sie waren auch ohne mich immer noch zu viert, weil Rachel, Sheila und Rachel K. Jodie Moorehouse adoptiert hatten, die aus Kalifornien in unseren Bezirk gezogen war. Damals brannten alle darauf herauszufinden, wie sie es schaffte, dass ihr Haar so sonnengebleicht und glatt wirkte. Außerdem hatten sie vermutlich erkannt, dass auch etwas Aufmerksamkeit für sie abfallen würde, wenn sie sich mit Jodie anfreundeten, der alle Jungen hinterherliefen. Selbst wenn meine Mutter eine gute Phase hatte, hatte ich nur selten bewundernde Blicke auf mich gezogen.

Zimperlich hielt Jodie ihre Kamera in ihren perfekt manikürten Händen und versuchte, die anderen drei dazu zu bringen, für ein Foto zu posieren.

»Jenny Shaw?«, fragte Sheila, als ich an ihnen vorbeiging.

»Hi, Sheila.«

»Jenny. Du siehst fantastisch aus. Ich hätte dich fast nicht erkannt.«

»Danke«, murmelte ich, weil ich nie gelernt hatte, auf ein zweifelhaftes Kompliment richtig zu reagieren.

»Kommt schon, Mädels«, drängte Jodie. »Macht voran.«

Sheila und die beiden Rachels legten die Arme umeinander und warfen die Beine in die Höhe, als wären sie die Rockettes.

»Warte«, sagte Sheila plötzlich. »Jenny …«

Eine Sekunde lang dachte ich, sie wollten mich vielleicht auch auf dem Bild haben. Die ursprünglichen Vier Amigos. Vielleicht bedeutete ihnen der Sommer, den wir gemeinsam verbracht hatten, ja auch etwas.

»Jodie, komm her«, meinte Sheila. »Jenny kann doch das Foto machen.«

»Wärst du so nett, Jenny?«, erkundigte sich Jodie. Es war zweifelsohne eine rhetorische Frage. »Wir waren … Meine Güte, wie lange waren wir nicht mehr alle zusammen? Sechs Monate? Es ist verrückt.«

Also machte ich das Foto. Ich verzichtete sogar darauf, etwas so Kindisches zu tun, wie Rachel K. auszublenden oder zu warten, bis Sheila die Augen zusammenkniff, weil sie jeden Moment mit dem Blitz rechnete. Ich machte ein schönes Bild von ihnen. Ihre Freundschaft war nicht dazu bestimmt, mich zu verletzen. Ich hatte keinen Platz auf dem Foto verdient. Ich war nicht da gewesen, um mich gemeinsam mit ihnen auf den Abschlussball vorzubereiten. Ich hatte ihnen nicht geholfen, ihren Trennungsschmerz mit Eiscreme zu lindern. Ich war kein Teil ihrer Clique, und ich war mir nicht sicher, ob ich es noch gerne gewesen wäre. Sie gehörten nicht zu den Menschen, die ich mir heute als Freundinnen aussuchen würde, dennoch fühlte ich mich dermaßen ausgeschlossen, dass es mir die Kehle zuschnürte. Dabei sollte ich für derartige Reaktionen eigentlich zu erwachsen und reif sein.

»Prima! Noch eins!«, rief Rachel. »Wie wäre es, wenn wir Charlies Engel spielen?« Sie faltete die Hände und streckte die Zeigefinger vor, als hielte sie eine Pistole in der Hand.

»Das ist kitschig«, widersprach Rachel K.

»Lass uns einfach ein ganz normales Foto machen«, meinte Sheila.

Dann sagte Jodie etwas, aber ich hörte es nicht, weil ich ihre Kamera auf den Tisch hinter mir legte und davonging, bevor es einer von ihnen auffiel.

20

Als die Konferenz für den Tag beendet war, kehrte ich in mein Zimmer zurück, um mich ein bisschen zu entspannen. Ehe ich in der großen Badewanne unter die integrierte Dusche hüpfte, öffnete ich die Balkontür und schob die Schiebewand vor der Badewanne auf. Die kühle, frische Luft und das heiße Wasser bildeten die perfekte Mischung. Der Raum füllte sich mit Dampf.

Anschließend machte ich mir eine Kanne Kaffee und trank zwei Tassen. Dabei saß ich in dem flauschigen weißen Hotelbademantel auf dem Balkon, genoss die Aussicht und tat mein Bestes, um die Seele baumeln zu lassen. Aber dann fiel mir ein, dass ich meinen Spa-Aufenthalt auf eine Person umbuchen sollte. Wir hatten vorab mehrere Behandlungstermine vereinbart, und ich wollte nicht Deagans Massagen und Schlammbäder in Rechnung gestellt bekommen. Rastlos lief ich im Zimmer auf und ab, während ich darauf wartete, dass jemand ans Telefon ging.

»Hi«, sagte ich. »Ich habe für nächste Woche ein Doppelzimmer für mich und meinen Freund reserviert, aber jetzt sieht es so aus, als müsste ich alleine kommen. Mein Name ist Jenny Shaw.«

»Hm«, machte die Frau am anderen Ende der Leitung. »Ich kann Sie gar nicht finden.«

»Vielleicht unter dem Namen Deagan Holmes?«

»Moment bitte.« Ich konnte sie tippen hören. »Die Reservierung ist bereits storniert worden.«

»Storniert?«

»Ja, ich habe hier eine Notiz im Computer, dass Ihre Reservierung letzten Monat rückgängig gemacht wurde.«

»Letzten Monat?« Mein Herz hämmerte. Damit hatte Deagan mich nicht nur abserviert, um Faye zu »erforschen«, sondern es auch noch mindestens einen Monat lang geplant. Entsetzt legte ich auf.

Währenddessen waren wir ein Paar gewesen. Alles war so gewesen wie sonst auch. Wir waren essen gegangen. Wir hatten auf der Couch gesessen und uns Filme angesehen. Wir hatten Sex gehabt. Dabei hatte er die ganze Zeit über beabsichtigt, sich von mir zu trennen. Er hatte so getan, als wäre alles in schönster Ordnung, obwohl er mit einem Fuß längst aus der Tür war.

Es klopfte, also rappelte ich mich hoch und wischte mir mit dem Ärmel meines Bademantels das Gesicht ab.

»Ich bin's, Myra«, hörte ich sie rufen, noch bevor ich öffnen konnte.

»Du bist ja noch gar nicht fertig«, stellte sie fest, als ich sie hereinließ. »Was ist los?«

»Ich … ich habe nur …«, stammelte ich, dann brach ich erneut zusammen.

»Ach, Süße.« Myra holte ein Päckchen Papiertaschentücher aus ihrer Tasche und gab es mir.

»Ein Monat«, schluchzte ich. »Er hat einen ganzen Monat lang geplant, mich eiskalt fallen zu lassen. Er hat die Reservierung für das Spa schon vor vier Wochen storniert!«

»O nein!« Myra schlang die Arme um mich. »Du Ärmste.«

»Wie konnte er nur? Wie konnte er nur so tun, als wäre alles wie immer, obwohl er die ganze Zeit vorhatte, sich von mir zu trennen? Er ist so ein mieser Lügner!« Kaum dass ich den Satz gesagt hatte, erkannte ich, welche ungeheuerliche

Doppelmoral darin lag, Deagan einen Lügner zu nennen, und ich musste noch heftiger weinen.

»Ich denke, du bist gerade noch davongekommen«, meinte Myra. »Er hat dir sein wahres Gesicht gezeigt, und das zum Glück, bevor ihr geheiratet, ein Haus gekauft oder Kinder bekommen habt.«

»Er wollte all diese Dinge mit mir ja gar nicht.«

»Was dir nur beweist, wie dumm er ist«, erwiderte Myra. »Ich sagte doch, du bist noch mal davongekommen.« Sie setzte sich auf das Bett.

Ich ließ mich wieder auf den Boden fallen, kuschelte mich in den Bademantel und zog die Knie an die Brust. »Es fällt mir etwas schwer, mich glücklich zu schätzen.«

»Ja, natürlich. Wenn jemand auf solche Weise offenbart, wie er wirklich ist, bist du trotzdem traurig darüber, dass er nicht so ist, wie du ihn haben möchtest. Du vermisst den Menschen, für den du ihn gehalten hast, selbst wenn du jetzt weißt, was für ein Mistkerl er ist.«

Sie sah mich an. Es war ein scharfer, eindringlicher Blick, bei dem ich mich fragte, ob sie die Weisheiten, die sie mir da zuteilwerden ließ, auf die harte Tour gelernt hatte, als ihre beste Freundin direkt nach der Highschool verschwunden war. Wenn dem so war, war Myra vermutlich viel zu höflich, um es auszusprechen.

Ich fühlte mich auf seltsame Weise schuldig, so als wäre ich diejenige, die sie vor all diesen Jahren verletzt hatte. Allerdings fühlte ich mich insgesamt ziemlich mies, daher war es schwer, unangebrachte Jessie-Schuldgefühle von meinem eigenen Elend zu unterscheiden.

»Hey, du kommst aber trotzdem zu dem Treffen, oder?«

Mit einem Seufzen schüttelte ich den Kopf. Ich wusste, dass ich nicht hingehen sollte. Ich wusste, dass ich die Scharade beenden musste. Als ich noch dachte, mein Leben sei in bester Ordnung, war es längst ein Scherbenhaufen. Nun war es wirklich ein Scherbenhaufen – wie weit würde mich das bringen?

»Komm schon«, drängte Myra. »Ein Nein lasse ich nicht gelten.«

»Nein.« Ich verzog die Lippen.

»Siehst du, das akzeptiere ich nicht.« Sie nahm meine Hände und zog mich vom Boden hoch. »Soll ich hier warten, während du dich fertig machst?«

»Nein.« Ich wischte mir über die Augen. »Ich bin sicher, du musst dich noch um einiges kümmern, Madame Bessere-Jahrgangsstufensprecherin-Als-Ich-Je-War.«

»Ich kann zurückkommen, und dann gehen wir zusammen hinunter.«

»Danke, ich bin schon groß«, protestierte ich. »Ich komme klar. Wir sehen uns unten.«

Nachdem Myra gegangen war, stand ich im Bad, föhnte mir die Haare mit der großen Rundbürste, die ich beim Friseur gekauft hatte, und erwog, mich doch zu drücken. Myra war vermutlich vollauf mit all den Leuten und den Kleinigkeiten beschäftigt, die in letzter Minute zu erledigen waren, und würde mich hoffentlich vergessen. Immerhin hatte ich eine Entschuldigung. Ich war vor kurzem verlassen worden. Nein, schlimmer. Ich war betrogen und hintergangen und belogen und gedemütigt worden.

Ich konnte nicht aufhören, mir vorzustellen, wie Deagan und Faye zusammen im Bett lagen und darüber sprachen, wie er mich abschieben würde. Hatten sie darüber diskutiert, wie dumm und blind ich war? Es mussten noch mehr Leute gewusst haben. Waren mir die mitleidigen

Blicke nicht aufgefallen, wenn wir nach einem Spiel mit dem Volleyballteam auf ein paar Bier ins Old Toad gegangen waren? Hatten alle hinter meinem Rücken über meine Ahnungslosigkeit getuschelt und gelacht? Ich dachte darüber nach, während ich Make-up auflegte, meine Schuhe suchte, das rote Kleid anzog und nach dem Namensschild griff, das ich am Abend zuvor mitgenommen hatte. Ich dachte darüber nach, als ich mein Zimmer verließ und mit dem Fahrstuhl nach unten fuhr. Über eines jedoch dachte ich nicht nach, nämlich was ich da gerade zu tun gedachte. Dann hatte ich die Tür zu dem üppig geschmückten Festsaal, in dem der DJ gerade Depeche Mode spielte, erreicht und stand erst mal da wie ein im Licht der Discokugeln gefangenes Reh.

Da kam mir ein absolut grässlicher Gedanke: Was, wenn die echte Jessie Morgan aufkreuzte?

Voller Panik ließ ich den Blick durch den Raum schweifen und hielt nach jemandem Ausschau, der aussah wie ich. Aber in dem Dämmerlicht konnte ich die Gesichter der Anwesenden nicht erkennen. Jessie konnte überall lauern, ohne dass ich es wusste. Ich konnte noch nicht einmal nachsehen, ob sie ihr Namensschild geholt hatte, weil ich es an mich genommen hatte.

Ich beschloss, auf dem schnellsten Weg in mein Zimmer zurückzugehen, mir das Gesicht zu waschen, mich ins Bett zu legen und morgen früh den ersten Flug nach Hause zu nehmen und so tun zu, als wäre nichts von alledem je passiert.

»Du hast dich ganz schön gemacht, Jessie«, sprach mich ein Mann an, als ich auf dem Rückweg zum Fahrstuhl an ihm vorbeikam. Sein Namensschild wies ihn als Marshall Hetfield aus. Auf dem alten Foto auf dem Plakat war er jünger und hatte etwas mehr Haare. Darauf trug er eine Letterman-Jacke und hielt einen Fußball auf Kopfhöhe, als wollte er einen Einwurf machen. Die Highschool-Version von Marshall Hetfield gehörte zu den Typen, die nie unter Akne litten oder beim Sport als Letzter in eine Mannschaft gewählt wurden. Sie waren der Abschlussballkönig und gingen mit der Anführerin der Cheerleader aus.

Der erwachsene Marshall war zwar immer noch attraktiv, aber kein Vergleich zu damals.

Wie um mich festzuhalten, legte er mir eine Hand auf die Schulter.

»Hi, Marshall«, sagte ich. Es war irgendwie aufregend, als Jessie durchzugehen, und es riss mich aus meiner Panik.

»Willst du gerade rein?«

»Klar«, sagte ich, und Adrenalin strömte mir durch die Adern. Es war gut, etwas anderes zu empfinden als Schmerz.

»Ich will nur schnell draußen eine rauchen, aber ich freue mich wirklich, dich zu sehen.« Er legte mir eine Hand um die Taille und küsste mich auf die Wange. Ich konnte sein Rasierwasser förmlich schmecken. »Wenn ich zurückkomme, gehen wir rüber zur Schule und treffen uns wie in alten Zeiten unter der Tribüne. Was hältst du davon?«, flüsterte er mir ins Ohr.

»Im Moment bleibe ich lieber, wo ich bin.« Ich lächelte gerade so, dass es ein bisschen kokett wirkte. »Trotzdem danke.« Während ich als Teenager Freitagabends um zehn im Bett gelegen und mir vorgestellt hatte, wie es wäre, einmal richtig geküsst zu werden, hatte Jessie Morgan sich offenbar in irgendwelchen dunklen Ecken mit Jungs getroffen.

Von der Tür am anderen Ende des Raums aus beobachtete Fish uns finster. Er wandte den Blick ab, als er merkte, dass ich ihn meinerseits anstarrte.

»Gib mir Bescheid, wenn du es dir anders überlegst.« Marshalls Gesicht war meinem sehr nah. Sein Atem strich heiß über meine Haut. »Ich träume von dir.«

Ich sah etwas Goldenes an seinem Finger aufblitzen. Als er weiterging, konnte ich noch immer sein Rasierwasser und den Whisky in seinem Atem riechen, als wäre beides in mein Haar und mein Kleid eingesickert.

»Hey.« Myra rannte durch die Lobby auf mich zu. »Ich habe eine Überraschung für dich.«

»Oh, oh!«, entfuhr es mir.

»Dreh mir aber nicht den Hals um.« Sie hielt sich die Hände vors Gesicht und blinzelte mich zwischen den Fingern hindurch an.

»Nur, wenn du mir einen Grund dazu gibst.« Ich hielt nach Fish Ausschau, aber er war in dem dunklen Empfangssaal verschwunden.

»Okay, also gestern«, sie griff nach meiner Hand und führte mich durch den Raum, »haben Robbie und ich den DJ überredet, seine Karaokeanlage mitzubringen.«

»Der Ansatz behagt mir nicht.«

Ich hatte noch nie im Leben Karaoke gesungen. Noch nicht einmal, als Luanne mich in irgendeine Bar im Westteil der Stadt verschleppt hatte, weil sie nach der Trennung von ihrem Freund, bei der die Fetzen geflogen waren, das dringende Bedürfnis verspürt hatte, vor einem Raum von Fremden lauthals »I Will Survive« zu schmettern. Damals hatte ich mich in der Damentoilette versteckt, bis alles vorüber war. Luanne war zum Glück zu betrunken, um zu bemerken, dass ich nicht im Hintergrund mitsang.

»Komm schon, Jess«, drängte Myra. »Das ist für Robbie der Höhepunkt des Abends.«

»Welches Lied?«, fragte ich, wobei ich mich innerlich

krümmte. Nicht dass eine andere Reaktion besser gewesen wäre.

»Das fragst du noch?« Damit schob sie mich die Stufen zur Bühne hoch.

Robbie stand schon mit einem Mikrofon in der Hand da.

»Hey, Leute«, wandte er sich an die Menge. »Erinnert ihr euch noch an Jessie Morgan?«

Die Männer im Raum fingen sofort an zu johlen, zu pfeifen und zu brüllen, und ich glaubte, von einigen der Frauen Buhrufe zu hören. Mein Herz hämmerte so stark, dass ich meinte, der gesamte Raum geriete bei jedem Schlag ins Schlingern.

Um welches Lied ging es überhaupt? Was, wenn ich es nicht kannte? Und selbst wenn – ich hatte noch nie alleine vor Publikum gesungen. Während meiner Highschoolzeit war ich im Schulchor gewesen, um einen Vorwand zu haben, mittags nicht gleich nach Hause gehen zu müssen. Ich hatte für mein Leben gern beim Fauré-Requiem oder alten englischen Madrigalen mitgesungen und das Gefühl gemocht, irgendwie dazuzugehören und so zu tun, als wären die anderen Chormitglieder meine Freunde. Aber es war eine Sache, eine von vielen Alt-Stimmen zu sein. Vor einem Haufen Fremder auf der Bühne zu stehen und Karaoke zu singen war etwas ganz anderes. Es befanden sich wenigstens dreihundert Leute im Raum.

Alle starrten in Richtung der gut ausgeleuchteten Bühne. Ich registrierte die Schilder, die auf den Ausgang hinwiesen, doch sie schienen unendlich weit weg zu sein. Wenn ich kneifen wollte, müsste ich mich auf meiner Flucht durch ein Menschenmeer kämpfen. Das war kein guter Ausweg.

Außerdem wollte ein Teil von mir das Ganze durchziehen, nur um zu sehen, ob ich es konnte. Jeder Mensch träumt manchmal davon, ein Rockstar zu sein. Jeder Mensch wünscht sich einen Vorwand, um alle Hemmungen und Bedenken über Bord zu werfen. Meine Chance lag vor mir, ich musste nur zugreifen.

Dann setzte die Musik ein, und ich erkannte den Song sofort: »Paradise by the Dashboard Light«. Mein Vater war ein großer Meat-Loaf-Fan. Ich war mit dieser Platte aufgewachsen. Zwar kannte ich den Text nicht ganz auswendig, aber gut genug, um zu der Instrumentalmusik mitsingen zu können.

Ich ging auf Robbie zu. Unten standen Leute. So viele Leute. Außerdem war das Licht zu grell, und mein Magen brannte.

Robbie sprang von der Bühne, zog Heather den Schal vom Hals, rannte die Stufen wieder hoch, wedelte damit herum und warf dabei den Kopf hin und her, als hätte er keinen Kurzhaarschnitt, sondern wie Meat Loaf früher langes Haar. Als er sang, klang er sogar ein bisschen wie das Original.

Alle Zuschauer erwarteten von mir, es ihm gleichzutun. Jessie Morgan musste einmalig gewesen sein. Sie hatte offenbar immer alles gegeben. Sie hatte als Mädchen Schlauchtops getragen und ihrem Vater die Kreditkarte gestohlen. Sie kannte keine Hemmungen. Wenn ich sie verkörpern wollte, musste ich mich von meinen befreien.

Der DJ hatte einen Tequila und ein Bier auf seiner Anlage stehen. Spontan stibitzte ich ihm den Schnaps. Als er es sah, machte er Anstalten, etwas zu sagen, aber ich formte mit den Lippen ein »Danke« und strahlte ihn an, woraufhin er das Lächeln erwiderte. Erstaunlich, was ein rotes Kleid so alles bewirken kann. In meinen eigenen Klamotten und mit meiner alten Frisur hätte ich schwerlich dieselbe Reaktion erzielt. In meinen eigenen Klamotten hätte ich auch nie zum Mikrofon gegriffen, aber in dem roten Kleid war ich ein anderer Mensch.

Beim ersten Refrain verpasste ich meinen Einsatz. Als mein Solo kam, zitterte ich am ganzen Körper, konnte aber die brennende Spur verfolgen, die der Tequila bis zu meinem Magen hinuntergezogen hatte. Ich holte tief Luft und befürchtete, mich mitten auf der Bühne zu übergeben, sobald ich den Mund öffnete. Dann sah ich Robbie an und stellte mir vor, ich wäre mit ihm allein. Vor ihm konnte ich singen. Als er mir zunickte, hatte ich das Gefühl, er passe auf mich auf. Ich sang die ersten Worte und bemühte mich nach Kräften, mir nicht anmerken zu lassen, dass ich Todesängste ausstand. Zuerst zitterte meine Stimme noch, doch nach zwei Zeilen wurde sie zunehmend kräftiger.

Mit offenem Mund starrte Robbie mich an. Ich fürchtete, nicht annähernd so gut zu singen wie Jessie, aber nachdem der erste Teil vorüber war, hob er anerkennend die Daumen. Ich hielt den Blick unverwandt auf ihn und die Leinwand gerichtet und tat so, als existierte alles andere nicht. Der Text nahm mich gefangen, und dann war es, als würde ich für Deagan singen und ihn bitten, mich ewig zu lieben, obwohl ich wusste, dass er es niemals tun würde.

Ich fing an, mit Robbie zu tanzen. Kokett klaute ich ihm den Schal und schlang ihm das Teil um den Hals. Während ich in das Mikro grölte, bewegte ich mich wie ein Rockstar, und zwar genauso, wie ich es als Teenie mit meiner Haarbürste vor dem Spiegel einstudiert hatte. Gegen Ende des Songs ließ ich einfach alles heraus und kümmerte mich nicht darum, wer mich hörte. Ich blickte ins Publikum. Da ich die Leute nicht kannte, war es mir egal, was sie von mir dachten. Ich sprang auf und ab und sang, so laut ich konnte. Anschließend legte sich diese schreckliche, betretene Stille über den Raum, als hätte ich mich schlimmer blamiert als je zuvor in meinem Leben, und ich stellte verwundert fest, dass mich auch das nicht kümmerte. Einen Moment später zog mich Robbie in eine verschwitzte Umarmung, alle klatschten und johlten. Heather warf ihren trägerlosen BH auf die Bühne, und Robbie fing ihn auf. Sogar Fish applaudierte.

Als ich von der Bühne sprang, scharten sie sich um mich.

»Himmel, Jess!« Robbie reichte mir einen weiteren Tequila. »Wann hast du singen gelernt? Auf der Highschool konntest du ums Verrecken keinen Ton halten.«

»Aber wir beide haben ständig Karaoke gesungen.«

»Nur wenn du breit warst«, grinste er. »Großer Gott! Du warst fürchterlich.«

»Stimmt.« Ich schnitt eine Grimasse und dachte an Yarah und das Zeichnen im Gang vor den Proberäumen in Ithaca. »Ich habe auf dem College Gesangsunterricht genommen.«

»Was auch immer dein Lehrer dafür bekommen hat, es war nicht genug.« Robbie drückte mir einen feuchten Kuss auf die Stirn. »Das war ein Riesenspaß.« Er stieß mit mir an. »Cheers, Jesseroo.«

»Cheers, Robbers«, erwiderte ich, und dann kippten wir den Tequila unisono herunter.

Sind die Karaokeschleusen erst einmal geöffnet, lassen sie sich nicht mehr so schnell schließen. Eine Gruppe von Frauen, damals wahrscheinlich die Cheerleadertruppe, kam auf die Bühne, um »Man! I Feel Like a Woman!« zu schmettern. Ich vermutete, dass sie die Nummer schon einmal bei einer Schultalentshow aufgeführt hatten, denn ihre Tanzschritte wirkten zumindest ansatzweise koordiniert.

»O mein Gott!« Myra bahnte sich mit ihrem Klemmbrett

und ihrem Drink einen Weg durch die Menge. »Ihr zwei wart große Klasse.« Sie umarmte mich. »Bitte entschuldige, dass ich dich so überrumpelt habe.«

»Schon gut«, sagte ich. »Aber eigentlich mache ich … so etwas nicht mehr.« Ich fühlte mich, als könnte ich jetzt, da ich diese Hürde genommen hatte, alles tun, was ich wollte. Auf einmal wollte ich tatsächlich alles tun, wovor ich immer Angst gehabt hatte. Ich wollte mich mit Fremden unterhalten, ich wollte tanzen, als würde niemand zuschauen, und all die anderen klischeehaften Dinge tun, die auf Glückwunschkarten gedruckt stehen.

»Ich glaube es einfach nicht, dass du so gut singen kannst, wenn du nicht hackedicht bist. Wer hätte das gedacht?« Myra lächelte – und erstarrte.

Ich drehte mich um und sah einen überwältigend attraktiven Mann mit einer Frau hereinkommen, die ein kurzes, mit silbernen Pailletten besetztes Kleid trug.

»Hilfe!« Myra wollte ihren Drink auf dem Rand eines Cocktailtischs abstellen, verfehlte ihn jedoch. Das Glas landete auf dem Boden, Soda spritzte über unsere Beine. »Mist!« Hektisch griff sie nach ein paar Papierservietten. Sie sah aus, als würde sie gleich anfangen zu weinen.

»Was ist?«

»John ist hier.«

»Alles okay, My. Das stehst du durch.«

»Seine Frau trägt eines meiner Kleider.«

»Wie bitte?«

»Ja. Nancy muss es ihr verkauft haben. Ich kann mich jedenfalls nicht an sie erinnern.« Sie schüttelte den Kopf. »Ein grässliches Gefühl.«

»Komm mit.« Ich griff nach ihrer Hand.

»Wohin?«

»Wir tanzen.« Ich nahm ihr das Klemmbrett ab und reichte es Fish. »Könntest du an der Bar Bescheid sagen, dass hier ein Glas zerbrochen ist?«

Er starrte mich nur an.

»Bitte«, beharrte ich. »Myra zuliebe.«

Er nickte.

Ich zog Myra auf die Tanzfläche, und wir tanzten zu dem falschen Gesang der Cheerleaderinnen, die einen Song von Shania Twain vortrugen, als wäre es die beste Musik, die wir je gehört hatten.

»Glaubst du, er hat es absichtlich gemacht?«, übertönte Myra die Musik.

»Das mit dem Kleid?«

Sie nickte.

»Weißt du, was ich denke?«, brüllte ich und hob ihre Hand, um Myra herumzuwirbeln. »Ich denke, wir sollten tanzen, als ob uns das null Komma gar nicht interessieren würde.«

Sie verflocht ihre Finger mit meinen, und wir legten einen verballhornten Tango aufs Parkett. Als Heather zurückkam, die auf der Toilette ihren BH wieder angezogen hatte, nahmen wir Myra in die Mitte und wirbelten zu dritt Hand in Hand im Tangoschritt quer über die Tanzfläche. Fish saß am Tisch, trank ein Bier und drehte ein Stück Krepp zwischen den Fingern. Robbie band sich in Piratenmanier Heathers Schal um die Stirn, gesellte sich zu uns auf die Tanzfläche und gab mit heraushängender Zunge und verdrehten Augen den Running Man. Wir tanzten, während die Fußballspieler »Livin' on a Prayer« sangen und ein paar sturzbetrunkene Frauen über den Text von »Tubthumping« stolperten. Wir waren verschwitzt und außer Atem, und ich scherte mich keinen Deut darum, ob wir lächerlich wirkten. Ich hatte einfach nur Spaß.

Dann kam der DJ zurück und spielte »Name« von den Goo Goo Dolls. Heather holte uns neue Drinks. Robbie forderte Myra zum Tanzen auf.

»Komm schon, Fish.« Ich lief zu ihm und fasste ihn am Arm. »Tanz mit mir.«

Er stand auf und folgte mir zunächst bereitwillig, doch dann zog er seinen Arm weg. Offenbar gehörte er zu jenen Männern, die sich unter keinen Umständen zum Tanzen bewegen ließen. Ich ging einfach davon aus, dass Jessie Morgan ein Nein nicht hätte gelten lassen, also schlang ich ihm die Arme um den Hals.

Er hob die Hände, um mich wegzuschieben.

»Komm schon, du alter Griesgram. Tanz mit mir!« Wieder griff ich nach seiner Hand.

»Fass mich nicht an!«, fauchte er. »Untersteh dich!«

»Lieber Himmel!«, platzte ich heraus. »Was ist dein Problem?«

»Du!«, brüllte er. »Du bist mein Problem, Jessie.« Trotz der lauten Musik bekam es jeder mit. Die anderen verstummten, um uns zu beobachten. »Dreizehn Jahre lang bist du spurlos verschwunden. Dann kommst du einfach zurück, als wäre nichts geschehen, und benimmst dich wie immer. Als wären wir die wichtigsten Menschen für dich, bis jemand Besseres daherkommt. Das ist mein Problem, Jess. Du bist damals gegangen, und du hast kein Recht zurückzukommen. Alle anderen können meinetwegen so tun, als wäre das okay, aber ich nicht. Du bist abgehauen. Du verdienst es nicht besser.«

Er wandte sich ab und ließ mich mitten auf der Tanzfläche stehen, wo alle mich anstarrten. Obwohl er eigentlich Jessie anbrüllte, obwohl er gar nicht mich meinte, fand ich es furchtbar, all den Blicken ausgesetzt zu sein. Der Tequila tat sein Übriges, und ich fing an zu weinen. Ich atmete mehrmals tief durch, konnte der Tränenflut aber keinen Einhalt gebieten.

Hektisch griff ich nach meiner Tasche und rannte zur Tür hinaus. Ich hatte keineswegs die Absicht, Fish hinterherzulaufen, ich brauchte nur frische Luft und ein bisschen Bewegung. Ich musste endlich die Wahrheit beichten und dann schnellstmöglich abreisen. Ich musste mit Jessie Morgan abschließen. Ich hatte das Spiel zu weit getrieben.

Ich stürmte durch die Lobby und die Stufen zum Parkplatz hinunter. Dort zog ich die Schuhe aus und rannte barfuß weiter. Es nieselte, der Boden war eiskalt, und Schottersplitter blieben an meinen Füßen kleben, aber es tat gut, sich zu bewegen, Abstand zwischen mich und all diese Leute zu legen. In der Hoffnung, mir selbst entfliehen zu können, wenn ich nur schnell genug rannte, jagte ich über den Parkplatz und dann die Treppe zu den Wasserfällen hinunter.

Mein Gesicht war tränen- und regennass, ich hatte eine Gänsehaut, und meine Zehen fühlten sich kalt an. Die Snoqualmie Falls waren grün erleuchtet, der Weg dagegen lag im Dunkeln. Es mochte nicht die klügste Entscheidung sein weiterzulaufen, aber ich brauchte die Luft, die Freiheit. Ich musste einen Moment lang wieder Jenny sein, um zu mir zu kommen. Das Rauschen des Wassers war laut und verwirrend.

Ich hatte die Aussichtsplattform fast erreicht, als mir auffiel, dass noch jemand dort war – eine dunkle Gestalt, die auf mich zukam. Als der Mann eine Hand ausstreckte, wollte ich schreien, aber meine Stimme gehorchte mir nicht, und ich brachte nur einen Quieken heraus.

Er packte mich am Handgelenk. Sein Gesicht war dem meinen ganz nah.

Es war Fish.

Ehe ich etwas sagen konnte, schlang er die Arme um mich und küsste mich leidenschaftlicher, als ich je in meinem Leben geküsst worden war.

Ich hätte mich abwenden sollen, aber ich tat es nicht. Es war das Romantischste, was mir je widerfahren war, daher fiel es mir leicht, den Umstand zu ignorieren, dass ich gar nicht gemeint war. Fish küsste Jessie. Ich dagegen wiegte mich in dem Glauben, dass der Kuss mir galt, weil ich mich so sehr danach sehnte, geküsst zu werden.

Er löste seine Lippen von meinen und zog mich eng an sich. »Verschwinde diesmal nicht wieder klammheimlich«, flüsterte er. »Bitte.«

Da ich nicht wusste, was ich darauf sagen sollte, schloss ich ihn in die Arme, tastete im Dunkeln nach seinem Gesicht und suchte seinen Mund.

Er trug keine Jacke, ich keinen Pullover, daher dauerte es nicht lange, bis wir zu bibbern begannen. Sein Körper zitterte unter dem dünnen T-Shirt, und seine Zähne klapperten, obwohl er sie zusammenbiss.

»Mist«, fluchte er, als er seine Hosentaschen abklopfte. »Robbie hat mir meine Autoschlüssel weggenommen. So ein Idiot!«

»Weil du nicht mehr fahren solltest und er nicht möchte, dass du gegen einen Baum krachst?«

»O Gott!« Er lachte. »Wer bist du?«

»Die Sicherheitspolizei.«

»Die ist überflüssig.«

»Du bist überflüssig.«

»Inwiefern?«

»Ich weiß nicht, ich rede einfach nur dummes Zeug«, lachte ich. Für gewöhnlich plapperte ich nie gedankenlos drauflos. Bei Deagan hatte ich immer alles von jedem Blickwinkel aus betrachtet und mir sorgfältig zurechtgelegt, was und wie ich es am besten sagen sollte.

»Wenn ich die Schlüssel hätte, könnten wir uns ins Auto setzen und uns aufwärmen.«

»Wir können auch wieder hineingehen.«

Er zog mich eng an sich. »Das will ich aber nicht«, sagte er. »Ich möchte dich jetzt nicht mit den anderen teilen.« Er holte tief Luft. Mein Gesicht wurde gegen seine Brust gepresst. Weinte er? Ich konnte es nicht sagen.

»Wir können in mein Zimmer hochgehen«, schlug ich vor.

»Dabei laufen wir allen anderen über den Weg.«

»Nicht, wenn wir vorsichtig sind.« Ich löste mich von ihm und kramte den Zweitschlüssel aus meiner Tasche. »Wenn wir getrennt werden, treffen wir uns in Zimmer vierhundertdreizehn.«

Ich griff nach seiner Hand, dann rannten wir die Stufen hoch und über den Parkplatz. Meine nackten Füße patschten über den Asphalt. Wir kicherten wie kleine Kinder, als wir uns hinter einen Pfeiler duckten, um den »Tubthumping«-Mädels auszuweichen, die zum Rauchen nach draußen kamen. Sie bemerkten uns nicht, und falls doch, schenkten sie uns keine Beachtung, was Fish und mich nicht davon abhielt, uns pantomimisch abzusprechen. »Du zuerst«, formte er mit den Lippen, deutete auf mich und winkte mit dem Schlüssel. Ich atmete tief durch und schlich auf Zehenspitzen hinter dem Pfeiler hervor.

Heather stand in der Lobby und presste ihr Handy ans Ohr. »He!« Sie bedeckte das Telefon mit der freien Hand, als sie mich sah. »Karen ist am Apparat. Willst du kurz Hallo sagen?«

Ich hustete. »Ich brauche schon wieder meinen Inhalator. Dringend!«

»Oh, okay. Wir können sie ja später zurückrufen«, nickte Heather.

Ich fuhr mit dem Fahrstuhl nach oben. Mein ganzer Körper prickelte angesichts der Aussicht, mich gleich mit Fish zu treffen. Aus Vorfreude auf das, was wir zu tun im Begriff standen. Doch als ich meine Etage erreichte, stieg Panik in mir auf. Ich konnte unmöglich mit Jessie Morgans Exfreund schlafen, und ich konnte mir auch nicht einreden, dass wir nicht genau das tun wollten. An diesem Punkt musste ich endgültig die Reißleine ziehen.

Als sich die Fahrstuhltür öffnete, stand Fish außer Atem von den vielen Stufen vor mir. Wortlos griff er nach meiner Hand, und wir liefen den Gang zu meinem Zimmer entlang.

Mit dem Schlüssel, den ich ihm gegeben hatte, schloss er die Tür auf.

Wir sprachen kein Wort. Er küsste meinen Nacken. Ich knöpfte seine Hose auf. Er schob mir die Träger meines Kleides von den Schultern, und plötzlich ging es weniger darum, Deagan oder mich selbst auszuradieren, als um die unbeschreibliche Anziehungskraft, die Fish auf mich ausübte. Ich schlängelte mich aus dem Kleid. Gemeinsam fielen wir auf das große, weiche Bett.

»Ich kann nicht glauben, dass du wirklich hier bist«, murmelte er.

In diesem Moment vergaß ich völlig, dass er gar nicht mich meinte.

21

Ich hatte noch nie einen One-Night-Stand gehabt, nur ein paar trübselige Zweiwochenbeziehungen, als ich nach Rochester zurückgezogen war. Luanne hatte mich in Bars geschleppt, wo ich einen Typen kennen lernte und dachte: Okay, das könnte etwas werden. Wir trafen uns ein paar Mal, und irgendwann blieb er über Nacht. Am nächsten Morgen wachte ich vor ihm auf, und während er so in meinem Bett lag, überwältigte mich die Vorstellung, noch jemanden in meinem Leben zu haben, um den ich mich kümmern musste. Da Rochester trotz seiner Größe eher einer Kleinstadt gleicht, traf ich ihn ein paar Wochen später mit einer anderen in einer der Bars. Alles, was ich empfinden konnte, war Erleichterung. Keine Eifersucht. Dabei wäre das durchaus normal gewesen. Doch ich dachte nur: Gott sei Dank, jetzt kann sie sich um ihn kümmern. Besser sie als ich.

Deagan war anders. Er brauchte mich nicht. Ich hatte nie das Gefühl gehabt, mich um ihn kümmern zu müssen, allerdings kümmerte er sich auch nicht um mich. Ich gab mir alle Mühe, eine aufmerksame, fürsorgliche Freundin zu sein oder irgendwelche Dinge für ihn zu tun. Aber da er mich nicht brauchte, bemerkte er es auch nicht, wenn ich mich etwa dazu überwand, mir seine Spiele anzusehen oder ihm etwas Besonderes zu kochen. Zwischen uns lief alles sehr zivilisiert ab. Von Romantik konnte keine Rede sein.

Also rechnete ich bei Fish nach dem ersten leidenschaftlichen Ausbruch gleichfalls mit einem Moment der Erkenntnis à la verdammter Mist, was haben wir da nur getan? Doch er blieb aus. Ich wollte auch nicht schreiend davonlaufen. Ich wollte überhaupt nicht davonlaufen.

Mit verhedderten Decken lagen wir im Bett, unterhielten uns wie alte Freunde und unterbrachen diese Gespräche nur, um Sex zu haben, zu schlafen, ein duftendes Schaumbad zu nehmen und nachts den Zimmerservice zu rufen. Ich wollte einfach nur dort sein, wo er war. In seiner Nähe fühlte ich mich besser als je zuvor in meinem Leben.

»Wann sind deine Hände so knochig geworden?«, fragte er, verflocht seine Finger mit meinen und hob unsere Hände, um meine Knöchel zu küssen. »Du hast regelrechte Vogelhände. Daran kann ich mich gar nicht erinnern.«

»Vogelhände?«, lachte ich. »Dafür hast du regelrechte Storchenbeine.« Ich schlang ein Bein um seines.

»Du weißt, was ich meine.«

»Du hast ein regelrechtes Elefantengeweih. Und Eidechsenflügel. Oh, und Affenkiemen.«

»Du!« Er rollte sich über mich. »Du bist verrückt. Ich habe keine einzige Affenkieme.«

»Was ist denn das hier?« Ich piekte ihn in die Rippen, und er zuckte zusammen. »Sieh an. Kitzelt das? Und hier?« Ich kniff ihn ins Knie.

»Wie wäre es hiermit?« Fish kitzelte mich seinerseits.

»Fish!«, kreischte ich. »Warte!«

»Was ist?« Er gab mich frei.

»Nichts.« Ich grinste breit und stürzte mich auf ihn, um ihn erneut zu kitzeln.

»Verräterin!«

»Ich glaube es einfach nicht, dass ich mit Jessie Morgan geschlafen habe«, murmelte Fish. »Mein sechzehnjähriges Ego würde sterben.«

»Wirklich?«, fragte ich.

»Jessica.« Er seufzte, als er den Arm um mich schlang und mich eng an sich zog.

»Gilbert.« Ich fuhr mit den Fingern über seinen Arm. Er hatte einen beeindruckenden Bizeps.

»Ich war bis über beide Ohren in dich verliebt. Und du wusstest das die ganze Zeit. Hör auf, so zu tun, als hättest du es nicht bemerkt.«

Ich war mir so sicher gewesen, dass Fish damals Jessies Freund war. Wenn dies eine dieser Reisen aus *Zurück in die Zukunft* wäre, würde ich am Ende aus dem Bild verschwinden, zufällig meinem eigenen Großvater begegnen oder etwas in der Art. So bestand die einzige Folge von alldem zum Glück nur darin, dass ich mit einem unglaublich heißen Typen im Bett gelandet war. Zumindest war das die einzige Folge, über die ich momentan nachdenken mochte. In einem Tag würde ich wieder in Rochester sein, und Fish würde glücklichen Tagträumen darüber nachhängen, wie es ihm doch noch gelungen war, seine große Jugendliebe in die Federn zu bekommen. Keinem von uns wäre ein Schaden entstanden. Ich war sicher, dass es bei Klassentreffen regelmäßig zu solchen Begegnungen kam. Nichts weiter als eine einmalige Sache, um ein jahrelanges Verlangen zu stillen. Ich half Fish, seinen Kindheitstraum zu verwirklichen, und mir, über Deagan hinwegzukommen. Eine Win-win-Situation.

»Jetzt weiß ich es«, erwiderte ich.

»Im Nachhinein betrachtet ist alles einfacher, findest du nicht?«

»Ja.«

»So wie jetzt. Man hat mehr Durchblick. Ich nehme doch stark an, dass du bei der Abschlussfeier nicht nur gegangen bist, weil ich dir gesagt habe, dass ich dich liebe.«

»Entschuldigung.« Ich stellte mir vor, wie ihm dieser furchtbare Gedanke jahrelang im Kopf herumgegangen war.

»Ich meine«, er ließ ein leises, gepresstes Lachen hören, »du hast nichts darauf gesagt, und dann bist du verschwunden. Aber nicht meinetwegen, oder?«

»Nein«, bestätigte ich weich.

Er setzte sich auf und sah mich an. »Weswegen dann?«

»Weil ich ...« Ich setzte mich gleichfalls auf und schlang die Beine um ihn. »Weil ich ein unglaublich dummes Mädchen war.«

Ich ließ Badewasser ein und fügte Schaum hinzu, während Fish uns Wein einschenkte. Wir schlüpften aus unseren Bademänteln, stiegen hinein und lehnten die Köpfe einander gegenüber gegen den Wannenrand.

»Igitt«, brummte Fish.

»Bitte?«

»Deine Füße sehen schrecklich aus.«

»Wie meinst du das?«

»Die Sohlen sind ganz schwarz, weil du ohne Schuhe herumgelaufen bist.« Er packte meinen Fuß und schrubbte ihn mit einem Waschlappen ab.

Ich spritzte ihm Wasser ins Gesicht.

Er spritzte zurück. »Ich kann es immer noch nicht fassen, dass ich mit Jessie Morgan ein Bad nehme.«

»Und ich kann es nicht fassen, dass ich ein Bad mit dir nehme.« Sowie die Worte heraus waren, stimmten sie mich traurig. Ich konnte nicht ewig vorgeben, Jessie Morgan zu sein, aber wenn ich das Spiel beendete … was blieb mir dann noch? Was blieb Fish noch?

»Du verpasst das Jahrgangstreffen«, sagte ich, weil ich fürchtete, ihn von etwas fernzuhalten, das ihm wichtig war.

»Ich verpasse überhaupt nichts.«

Ich hätte darauf bestehen sollen, dass wir zu der Party zurückgingen, aber er beugte sich zu mir herüber, um mich zu küssen, und ich brachte nicht die Willenskraft auf, ihn daran zu hindern.

»Nennen dich in deinem Erwachsenenleben immer noch alle Fish?«

Wir saßen, in die flauschigen Hotelbademäntel gehüllt, mit dem Zimmerservicetablett zwischen uns auf dem Boden.

»Nö«, gab er zurück. »Eigentlich nur Robbie und die Clique.«

»Gilbert gefällt mir. Wie Gilbert Blythe.« Ich schob mir ein knuspriges Stück Brot mit Artischockendip in den Mund.

»Hm?«

»Gilbert Blythe aus *Anne auf Green Gables.* Das ist eines meiner Lieblingsbücher.«

»Wer bist du, und was hast du mit Jessie gemacht?«

Mein Herzschlag setzte aus. »Wie meinst du das?«

»Du liest nicht.«

»Na ja.« Ich bemühte mich verzweifelt darum, dass sich meine Panik nicht in meinem Gesicht widerspiegelte. »Ich musste damals meinem Image gerecht werden. Auf dem College konnte ich es mir dann erlauben, Bücher zu lesen.«

»Weil du auf der Highschool über die Stränge geschlagen hast, musstest du aufs College gehen, um zur rebellischen Leseratte zu mutieren?«

»Welche Fächer hast du denn belegt?«, wechselte ich hastig das Thema.

»Verschiedene Vorbereitungskurse für das Medizinstudium, wie geplant«, entgegnete Fish. »Meine Rebellion kam später.«

»Haben dich die Leute da schon Gilbert genannt?«

»Die meisten.« Er ordnete die Teller auf dem Tablett so an, dass er besser an die Pommes frites herankam.

»Gut.«

»Du hast damals angefangen, mich Fish zu nennen.« Er achtete darauf, seine Fritte vollständig mit Ketchup zu beschmieren. »In der zweiten Klasse.«

»Tatsächlich?« Mit einer dramatischen Geste legte ich eine Hand auf die Brust. »Ich?«

»Erinnerst du dich denn nicht?«

»Es ist schon so lange her.«

»Ich wollte, dass die Leute mich Gil nennen statt Gilbert, und du sagtest: ›Pfui Teufel, da denkt man ja gleich an Fischkiemen!‹ Seitdem hieß ich Fish.«

»Amen.«

»Was?«

»Ich finde, am Ende davon sollte ein Amen stehen.«

»Hast du einen Schwips?«

»Und was für einen.«

»Ha«, meinte Fish. »Ich auch.« Er griff nach der Flasche Wein, die wir bestellt hatten, und schenkte uns ein weiteres Glas ein.

Später schlief Fish vor mir ein, und seine langsamen, regelmäßigen Atemzüge lösten in mir den Wunsch aus, ihn eng an mich zu ziehen.

22

Als ich aufwachte, lag mein Kopf auf Fishs Brust, und er hatte einen Arm um mich geschlungen. Seltsamerweise verspürte ich immer noch nicht das Bedürfnis, schreiend davonzulaufen. Ich wollte bleiben.

»Hey, du«, sagte er, als ich gähnte. »Ich habe mir alle Mühe gegeben, dich nicht zu wecken.«

»Das hast du auch nicht.« Ich setzte mich auf, damit ich ihn ansehen konnte. »Ich bin ziemlich sicher, dass ich ohne dein Zutun aufgewacht bin.«

»Oha«, meinte Fish. »Große Worte am frühen Morgen.«

»Für ein bisschen Schwulst ist es nie zu früh«, grinste ich.

Er strich mir mit dem Finger über die Unterlippe. »Du bist sogar noch besser als meine Erinnerung an dich.«

Da ich nicht wusste, was ich darauf sagen sollte, küsste ich ihn. Es gefiel mir über alle Maßen, eine bessere Jessie zu sein als die echte. Eine Jessie, die besser zu Fish passte.

Sein Handy piepste. Er sprang aus dem Bett, griff nach seiner Hose und zog das Telefon aus der vorderen Tasche. Nackt sah er überwältigend aus. Er hatte einen absolut perfekten Hintern.

»Frühstück gefällig?« Er schlüpfte in seine Boxershorts. »Robbie hat mir gerade gesimst, dass sie alle zusammen auf ein Katerfrühstück zu Twede's gehen.«

»Ich muss zu den letzten Vorträgen der Konferenz.«

»Verstehe.« Er kletterte wieder auf das Bett. »Dann sollte

ich jetzt besser keinen schlechten Einfluss auf dich ausüben und dich bitten, sie einfach sausen zu lassen?«

»Nein.« Ich schlang ihm die Arme um den Hals. »Das solltest du nicht.«

Aber da ich nun mal die Wahl hatte – entweder den letzten Teil einer Konferenz über mich ergehen zu lassen, die mich lediglich zu der Einsicht gebracht hatte, dass mein gewählter Beruf mich unendlich langweilte, oder die letzten Stunden mit Fish, Myra, Robbie und Heather zu genießen –, wollte mir kein guter Grund dafür einfallen, mich in den Konferenzsaal zu setzen und mir eine weitere uninspirierte PowerPoint-Präsentation anzutun.

»Wenn ich es allerdings recht bedenke, könnte ich ein paar Pfannkuchen vertragen.«

»Wirklich?« Fishs Gesicht hellte sich auf.

Wir duschten gemeinsam, zogen uns an und gingen Hand in Hand durch die Halle. Ich empfand jene kribbelnde Erregung, von der ich glaube, dass sie sich immer dann einstellt, wenn eine Frau im Begriff ist, einen Mann besser kennen zu lernen. Die erdrückende Last von dem, was ich da angerichtet hatte, spürte ich hingegen gar nicht. Ich hatte sie in den hintersten, dunkelsten Winkel meines Gehirns verdrängt.

Fish öffnete mir die Beifahrertür seines Trucks. Der Wagen, ein Ford Pick-up in demselben Avocadogrün wie der Kühlschrank meiner Großmutter, war nicht abgeschlossen. Vermutlich war er auch genauso alt, aber die Chromteile glänzten, und nirgendwo war ein Rostfleck zu sehen. Bevor Fish einstieg, hob er die Bodenmatte an und hielt triumphierend die Autoschlüssel in die Höhe.

»Bingo!«, sagte er. »Robbie hat tatsächlich daran gedacht, sie dazulassen.« Er lächelte. »Ich hatte schon Angst, er könnte sich dafür rächen wollen, dass ich ihn letzten Monat auf dem Campingplatz sitzen gelassen habe. Ich bin von Dungeness bis nach Hause gefahren, bevor ich gemerkt habe, dass ich immer noch seine Schlüssel habe.«

»O nein.«

»Heather war stinksauer.« Fish lachte. »Irgendwann wird sie es mir sicher heimzahlen.« Er ließ den Motor an und tätschelte das Armaturenbrett. »Kaum zu fassen, dass Robbie die Karre die ganze Zeit lang für mich in Schuss gehalten hat, was?«

»Er ist wirklich in einem guten Zustand.« Ich strich mit der Hand über den Sitz. Das Vinyl war makellos sauber und wies keine Risse auf.

»Letztes Jahr wollte ich mir einen neuen Truck kaufen, aber Robbies Gesichtsausdruck, als ich davon angefangen habe, war nicht auszuhalten.« Er legte eine Hand auf die Brust. »Jedes Mal, wenn ich mir Autos ansehe, komme ich mir vor, als würde ich ihn hintergehen.«

»Ich finde das irgendwie liebenswert.«

»Ja«, meinte Fish lachend. »Ich glaube, die Zeit, als er an der Highschool andauernd Autos kurzgeschlossen hat, war eine ganz besondere Ausbildung.«

Wir fuhren dieselbe Straße entlang, die der Fahrer vom Hotel genommen hatte, um mich zu dem Hotel zu bringen. Sie war zum größten Teil bewaldet und grün, und im Hintergrund erhob sich ein Berg, den ich für den Mount Si hielt. Ich fragte mich, ob Fish, Myra, Robbie und Heather die Berge überhaupt noch bewusst wahrnahmen, so wie ich das leer stehende Restaurant neben meinem Apartmentkomplex gar nicht mehr zur Kenntnis nahm. Wenn man in den Bergen aufwächst, meint man dann, jedem anderen Ort würde etwas fehlen? Ich hätte Fish gerne danach gefragt, aber das ging nicht. Er und die anderen dachten ja, ich wäre ebenfalls in den Bergen aufgewachsen.

Unser Ziel war ein weißes Lokal am Stadtrand mit einem großen roten Neon-T und dem allgemein bekannten weißgelben Caféschild über der Tür. Ich kam mir wieder vor wie in *Twin Peaks.*

Als wir ankamen, stellte Fish den Truck ab und fragte: »Bist du bereit für Robbie?«

»Äh … ich denke schon«, entgegnete ich. »Wird er uns zusetzen, weil wir zusammen kommen?«

»Weißt du nicht mehr? Robbie am Morgen ist eine ziemlich große Dosis Robbie.«

Ich lachte. »Ich schätze, dieses spezielle Detail hatte ich vergessen.«

Kaum hatte Fish die Tür des Lokals geöffnet, grölte Robbie von einem Ecktisch: »Jessers! Fishy!«

Die Inneneinrichtung hatte keine Ähnlichkeit mit der des Restaurants aus *Twin Peaks,* aber überall hingen Fotos von der Serie. Die Sitzgruppen waren glänzend blau, der Fußboden war strahlend weiß.

Myra hielt sich mit beiden Händen den Kopf und stöhnte, als Robbie mit einem lauten Quietschen einen zusätzlichen Stuhl heranzog. Heather wirkte ein bisschen müde, sonst schien ihr nichts zu fehlen. Sie glitt von ihrem Stuhl, um mich zu umarmen. Robbie war gleich stehen geblieben.

»Sieh mal einer an«, flüsterte sie. »Fish trägt dieselben Sachen wie gestern.«

Ich spürte, wie ich errötete.

»Kümmert euch nicht weiter darum«, meinte Fish. »Für euch gilt, dass ich sie auf dem Weg hierher getroffen und mitgenommen habe.«

»Ooh!«, dröhnte Robbie so laut, dass es jeder im Raum hörte. »Klar hast du das!« Er zwinkerte uns zu.

»Warum«, murmelte Myra, als sich Robbie wieder setzte, »musst du immer so …« Sie hob eine Hand, deutete auf ihn und schwenkte sie dann durch die Luft.

»Ein Esslöffel Honig vor dem Schlafengehen«, sagte Robbie. »Du hörst ja nie auf mich. Honig verhindert den Kater am nächsten Morgen.«

»Nein.« Myra starrte ihn an. Sie war ungeschminkt, ihr Gesicht ungewohnt blass. »Das stimmt nicht, Robbie. Hör auf, es zu behaupten.« Sie ließ den Kopf auf die Arme sinken.

»Es stimmt nicht? Wie kommt es dann, dass ich nicht verkatert bin?«

»Weil du das personifizierte Böse bist.« Myras Stimme wurde von der Innenseite ihres Ellbogens gedämpft.

»Da hat aber mal jemand schlechte Laune.« Robbie lachte.

»Ich bin bekennender Morgenmuffel«, brummte Myra. »Nicht jeder steht bei Tagesanbruch auf und kräht so munter wie ein Hahn.«

»Nennst du mich etwa einen Gockel?« Robbie machte sich noch immer nicht die Mühe, seine Stimme zu senken.

»Weit genug reißt du den Schnabel ja auf«, gab Myra zurück.

»Du bist aber auch keine Nachteule, My«, kam es von Fish.

»Ich bin ein Vier-Uhr-Nachmittags-Typ.« Myra bedachte Fish über den Tisch hinweg mit einem giftigen Blick. »Vier Uhr nachmittags. Das ist meine Zeit.«

Zum Glück kam die Kellnerin mit einer Thermoskanne Kaffee und Bechern an den Tisch. Robbie schüttete drei Tütchen Zucker in einen der Becher, füllte ihn mit Kaffee, gab Milch hinzu, bis er die Farbe eines Manila-Umschlags annahm, und schob ihn Myra so vorsichtig hin, als fürchte er, sie könne ihn beißen, wenn er sie erschreckte.

»Ich liebe dich einfach«, murmelte Myra und hob den Kopf, damit sie den Kaffee trinken konnte.

Nachdem wir unsere Bestellungen aufgegeben hatten, trommelte Robbie mit seiner Gabel auf dem Tisch herum.

Ich musste lachen. »Du kannst nicht still sitzen, oder?«

»An jedem anderen Tag in der Woche bin ich schon um fünf Uhr auf und bastele an den Traktoren herum«, erwiderte Robbie. »Meine Hände müssen immer in Bewegung sein.«

»Ich krieche dann immer zurück ins Bett, um noch zwei Stunden zu schlafen«, warf Heather ein.

»Du bist also kein Morgenmensch wie Robbie?«

Sie schüttelte den Kopf. »Niemand ist wie Robbie.« Liebevoll drückte sie seinen Arm.

Die Kellnerin brachte mehrere Teller mit Eiern, Bratkartoffeln, Pfannkuchen und Würstchen, und Myras Lebensgeister erwachten halbwegs. Alle widmeten sich schweigend ihrem Frühstück, bis der erste Hunger gestillt war. Dann begannen die anderen wieder, sich zu necken, zu lachen und vom Verlauf ihrer Woche zu erzählen. Dabei bedienten sie sich munter von fremden Tellern, ohne vorher zu fragen. Fishs Knie berührte unter dem Tisch das meine.

Myra zeichnete mit den für die Kinder bestimmten Wachsmalstiften geistesabwesend Kleider auf ihr Platzdeckchen. Heather zeigte auf die Bilder und sagte: »Ich will das hier, aber mit diesen Ärmeln.« Robbie bestellte für den Tisch einen Teller Pfannkuchen und aß sie doch alle alleine auf. Als Fish nach der Thermoskanne griff, hielten ihm alle ihre Becher hin, um sich Kaffee nachschenken zu lassen. Ich blickte in die Runde und konnte nur denken: Das will ich auch.

Nachdem wir gezahlt hatten, gingen wir auf den Parkplatz hinaus. Robbie kickte im Laufen den Schotter hoch.

Myra, der es merklich besser zu gehen schien, wandte sich an mich. »Ich habe für dich das Bett im Gästezimmer bezogen.«

»Du bleibst noch?« Fishs Gesicht hellte sich auf.

»Jessie und Fishy haben sich ja so lieb«, sang Robbie.

Fish wurde rot, erwiderte aber nichts darauf. Wir gingen so dicht nebeneinander, dass meine Hand fast die seine berührte, aber er machte keine Anstalten, danach zu greifen. Ich fragte mich, ob er nicht wollte, dass die anderen von unserer Affäre erfuhren.

»Ich weiß nicht recht«, wich ich aus.

»Komm schon«, drängte Myra. »Das Schicksal hat eindeutig die Hand im Spiel. Deine Reise wurde storniert. Vor dir liegt eine freie Woche.«

»Ich habe morgen Nachmittag frei«, mischte sich Fish ein. »Und Myra arbeitet montags nicht. Wir könnten wandern gehen.« Sein Strahlen ließ mich wider besseres Wissen glauben, es wäre eine gute Idee zu bleiben.

23

Ich musste erst am nächsten Morgen aus dem Hotel auschecken und wollte Monica vorher noch einen Bericht über die Konferenz mailen. Myra hatte etwas in der Boutique zu erledigen, Heather und Robbie mussten Besorgungen machen, und auf Fish wartete ein Stapel Papierkram, daher vereinbarten Myra und ich, dass sie mich erst morgen früh abholte. Fish fuhr mich zur Lodge zurück und beugte sich über den Fahrersitz, um mich zu küssen, als er mich vor dem Eingang absetzte.

»Ich freue mich so, dass du bleibst.« Er legte mir eine Hand auf die Wange.

Ich spürte, wie mich eine glückselige Wärme durchflutete, obwohl ich mir gar nicht sicher war, dass ich wirklich bleiben würde. Ich hoffte immer noch darauf, die Willenskraft aufzubringen und mit einem frühen Flug nach Rochester zurückzukehren.

»Wir sehen uns dann morgen«, sagte ich und gestattete mir, ihn ein letztes Mal zu küssen.

Den Nachmittag verbrachte ich damit, einen Bericht über die Konferenz zu verfassen. Ich wusste selbst nicht, warum ich mich bemüßigt fühlte, die Redner in einem guten Licht erscheinen zu lassen, aber ich schmückte alles entsprechend aus. Mein eigenes Wissen und meine Informationen ließ ich geschickt einfließen, damit nicht der Eindruck entstand, dass wir hier lediglich medientechnisches

Basiswissen wiedergekäut hatten. Wenn man dazu erzogen ist, es stets allen recht zu machen, fällt es einem schwer, die Bremse zu ziehen.

Nachdem ich Monica den Bericht gemailt hatte, ließ ich mich auf das große, weiche Bett fallen und zappte durch die Fernsehkanäle. Obwohl ich abgrundtief erschöpft war, konnte ich mich nicht entspannen. Ich konnte mich beim besten Willen nicht entscheiden, ob ich nun für morgen früh einen Rückflug buchen sollte oder nicht. Oder ob ich mich gleich in eine psychiatrische Anstalt einweisen lassen sollte. Die Heimwerkersendungen, Dokumentationen über Krabbenfischer und Wiederholungen von *Das Leben und ich* konnten mich nicht von dem, was ich getan hatte, und der Frage ablenken, ob ich bleiben sollte oder nicht. Ich klappte meinen Laptop wieder auf, suchte nach Flügen, verglich Zwischenstoppzeiten und überlegte, ob ich lieber zwei Stunden am Flughafen von Cleveland oder vier in Chigaco O'Hare herumsitzen wollte. Aber ich kam zu keiner Entscheidung. Ich dachte nur daran, wie ich Fish zum Abschied geküsst hatte, und dass ich nicht wollte, dass es das letzte Mal gewesen war.

Also zog ich, als der Speisesaal öffnete, einen meiner neuen Röcke an und ging in die Lobby hinunter. Die Vorstellung, alleine in einem schicken Restaurant zu essen, flößte mir ein bisschen Unbehagen ein, aber die Aussicht darauf, alleine mit meinen Gedanken in meinem Zimmer sitzen zu müssen, war viel schlimmer. So konnte ich wenigstens Leute beobachten und mir etwas Leckeres zu essen gönnen.

Das Restaurant übertraf alle meine Erwartungen: Holzbalken an der Decke und ein Kamin, in dem ein helles Feuer prasselte. Da die Essenszeit gerade erst begonnen hatte, waren noch nicht viele Gäste anwesend. Ich bat um einen Tisch am Feuer und studierte die Speisekarte, als gäbe es nichts Wichtigeres auf der Welt. Das Restaurant füllte sich rasch. Hauptsächlich mit Paaren.

Auch die Flitterwöchner aus dem Shuttle waren da. Er trug einen Anzug, sie ein schönes königsblaues Kleid, das sie sicher extra für diesen Anlass gekauft hatte. Ich überlegte, wie ihr weiteres Leben wohl aussehen mochte. Die beiden waren jetzt verheiratet. Sie würden ein Haus kaufen. Vielleicht zwei Kinder bekommen. Die Frau würde ein paar Jahre zu Hause bei den Kindern bleiben, der Mann bis spätabends arbeiten. Im Lauf der Jahre würden sie sich auseinanderleben, aber schließlich wieder zueinanderfinden, und es würde funktionieren, weil ihre Liebe stark genug war. Weil sie sich aufeinander verlassen konnten. Sie waren gleichermaßen bereit, das vor ihnen liegende Leben anzunehmen. Zumindest stellte ich mir das bei ihnen so vor.

Der Wunsch, Deagan zu heiraten, hatte bei mir nichts damit zu tun gehabt, dass ich für das vor mir liegende Leben bereit war. Eine Hochzeit zu planen, ein Haus zu kaufen, Kleider für die Flitterwochen auszusuchen – sicher, ich hatte all das gewollt, allerdings nicht weil ich Deagan so sehr liebte und mein Leben mit ihm verbringen wollte, sondern weil ich die Ablenkung brauchte. Wenn ich voll und ganz mit der Planung beschäftigt war, musste ich jene Dinge nicht eingehender betrachten, die nicht so waren, wie sie sein sollten. Ich konnte mir einreden, dass ich auf Sicherheit hinarbeitete. In die Rolle von Jessie Morgan zu schlüpfen, hatte die erschreckende Erkenntnis zur Folge, dass ich endlich merkte, was in meinem Leben fehlte.

»Sind sie berühmt?«

Ich sah auf. Kyle saß am Nachbartisch. Wir blickten beide in dieselbe Richtung.

»Wie bitte?«

»Du beobachtest das Paar da drüben nun schon eine ganze Weile wie gebannt. Da habe ich mich gefragt, ob die beiden vielleicht in einer Realityshow mitwirken, die ich nicht kenne.«

»Nein.« Ich schüttelte den Kopf. »Nicht dass ich wüsste. Ich habe nur über ein paar Dinge nachgegrübelt. War mit den Gedanken ganz woanders.«

»Aha«, nickte Kyle. »Weil dieses Wochenende so inspirierend war.«

»Eigentlich eher, weil es nicht inspirierend war.« Ich wunderte mich über meine eigene Offenheit.

»Autsch.«

»Das gilt nicht für dich«, sagte ich. »Du warst ganz gut. Aber sonst hatte ich den Eindruck, alle haben nur mit Schlagworten um sich geworfen, ohne wirklich etwas zu sagen.«

»Verstehe.« Kyle schlug die Speisekarte auf und studierte sie. »Moment mal.« Er hob wieder den Kopf. »Ich war nur ganz gut?«

Ich musste lachen. »Du warst überwältigend. Mir hat die ganze Zeit das Herz bis zum Hals geschlagen, weil ich auf deine nächste brillante Theorie gewartet habe.«

»In Ordnung.« Kyle lächelte. »Das reicht.«

»Willst du mir Gesellschaft leisten?«, fragte ich. Das erschien mir weniger peinlich, als am Nachbartisch zu sitzen und so zu tun, als wäre er gar nicht da. Außerdem wollte ich vermutlich ein letztes Mal Jenny Shaw sein, bevor ich beschloss, die Woche bei Myra zu verbringen. Vielleicht brachte mich ein Abendessen mit Kyle ja zur Besinnung.

»Ich weiß nicht.« Er trommelte mit den Fingern auf dem Tisch herum. »Du hast mir das ganze Wochenende über einen Korb nach dem anderen gegeben. Und jetzt machst du dich auch noch über mich lustig.« Gespielt gekränkt schürzte er die Lippen. »Vielleicht ist es besser, wenn ich hier esse.«

»Wie du willst«, erwiderte ich, nahm die Serviette vom Tisch und breitete sie über meinen Schoß.

»Na schön.« Ruckartig stand er auf und brachte seine Speisekarte mit. »Überredet.« Er setzte sich mir gegenüber und entfaltete seine Serviette. »Hast du schon bestellt?«, fragte er.

»Nein.«

»Rotwein oder Weißwein?«

»Rotwein.«

Er winkte den Kellner heran und bestellte, ohne weiter nachzufragen, eine Flasche Cabernet. Das ärgerte mich. Zwar war ich nicht besonders heikel, aber Deagan hatte das auch immer getan, weshalb ich mir jedes Mal wie ein bloßes Accessoire vorgekommen war.

»Der Lachs ist ausgezeichnet«, sagte er. »Ich habe ihn am ersten Abend hier gegessen. Sie glasieren ihn mit Vanille.«

Als der Kellner zurückkam, bestellte ich Wachteln – nicht etwa, weil Wachteln mein Leibgericht waren, sondern um von meinem Recht Gebrauch zu machen, andere Leute nicht zwingend bei Laune halten zu müssen. Kyle hob die Brauen, als hätte er erwartet, dass ich seinen Rat befolgte.

Der Rest des Essens verlief angenehm. Wenn Kyle nicht den großspurigen Verkäufer herauskehrte, war er ein wirklich netter Kerl. Er erzählte mir, dass sich einer der anderen Redner zwanzig Minuten vor seinem Vortrag die Krawatte in seinem Aktenkoffer eingeklemmt hatte.

»Er hat ihn zugeknallt, das Schloss schnappte zu und verklemmte sich. Ich musste ihm helfen, es zu öffnen, aber er wollte mir die Zahlenkombination nicht verraten. Als ob ich die Absicht gehabt hätte, mich an seinem Aktenkoffer zu vergreifen.«

Ich lachte.

»Siehst du?« Er deutete mit seiner Gabel auf mich. »Du amüsierst dich.«

»Das kann ich nicht leugnen«, gab ich zurück.

Er schüttelte den Kopf. »Tja, das hättest du das ganze Wochenende über haben können, aber du hast es dir durch die Lappen gehen lassen.«

»Iss deinen Lachs«, befahl ich.

»Bist du immer so herrschsüchtig?«

»Normalerweise bin ich genau das Gegenteil davon. Du bringst meine schlechtesten Eigenschaften zum Vorschein.«

»Die schlechtesten oder die besten?« Er wischte sich mit der Serviette den Mund ab. »Ich finde das nämlich ganz in Ordnung.«

»Du bist unmöglich«, stöhnte ich.

»Eigentlich bin ich ziemlich möglich.«

»Das hast du jetzt nicht gesagt«, lachte ich.

Kyle lachte ebenfalls. »Nein, natürlich nicht.«

Wir tranken den Wein aus und bestellten ein Dessert. Kyle wollte die gesamte Rechnung übernehmen, aber ich ließ den Kellner meine Hälfte der Summe auf mein Zimmer schreiben.

Kyle brachte mich zur Tür. »Du fährst also morgen nach Hause?« Er fuhr sich mit der Hand übers Haar.

»Ja«, nickte ich, und die Art, wie er mich ansah, trieb mir das Blut in die Wangen. Ich musste daran denken, um wie viel unkomplizierter meine Lage wäre, wenn ich mit Kyle ausgegangen wäre, statt an dem Jahrgangstreffen teilzunehmen.

»Na schön.« Er schenkte mir erneut sein falsches schüchternes Lächeln, beugte sich vor und versuchte, mich zu küssen. Es wäre ein Leichtes gewesen, es zuzulassen. Wieder die alte Jenny Shaw zu sein, die die alten sicheren Entscheidungen traf. Aber genau das wollte ich nicht. In letzter Sekunde drehte ich den Kopf zur Seite.

»Oh«, machte er.

Ich ergriff seine Hand und schüttelte sie. »Es war wirklich nett, dich kennen zu lernen.« Dann huschte ich in mein Zimmer und schloss die Tür hinter mir, bevor ich weitere Fehler machen konnte.

Ich wusch mir das Gesicht und konzentrierte mich dabei auf das Geräusch des fließenden Wassers, den beruhigenden Duft der Rosmarin-Minze-Seife und das Gefühl des weichen Frotteehandtuchs auf meiner Haut. Beim Zähneputzen zählte ich die Bodenfliesen. Ich tat alles, um mich am Grübeln zu hindern.

Als ich mein Handy überprüfte, sah ich, dass ich eine Nachricht von Deagan bekommen hatte. Sie lautete: »Ich glaube, wir sollten miteinander reden.« Ich rief ihn nicht zurück.

Bevor ich ins Bett kroch, stellte ich mir noch den Wecker, damit ich alles gepackt hatte und fertig war, wenn Myra mich abholte.

24

Um Punkt neun fuhr Myra vor der Salish Lodge vor, wo ich schon mit meinem Bordcase und der Reisetasche wartete.

»Ich freue mich ja so, dass du bleibst«, sagte sie, als sie mir meine Taschen abnahm und sie im Kofferraum verstaute. Sie trug dunkelblaue Jeans mit weiten Aufschlägen, eine gut geschnittene blaugrüne Jacke und ein kariertes Flanellhemd. Die Haare hatte sie zu zwei kurzen Zöpfen gebunden. Sie sah aus, als hätte sie sich alle Mühe gegeben, sich leger zu stylen.

»Ich mich auch«, erwiderte ich.

»Okay, also auf ein Neues.« Sie drehte die Stereoanlage auf, als wir durch die Innenstadt von Snoqualmie fuhren. »Los geht's!«

Aus den Boxen dröhnte »You're Never Gonna Get It«. Ich kannte den Text nicht gut, aber Myra beherrschte ihn perfekt. Daher fiel ich fast nur in den Refrain mit ein, was Myra zum Glück nicht zu bemerken schien.

Sie war so sehr damit beschäftigt, sich die Seele aus dem Leib zu singen, dass ihr der Mann nicht auffiel, der genau wie Fish aussah. Mit einer umwerfenden Blondine, die eine Filmstarsonnenbrille trug, ging er den Bürgersteig entlang. Neben ihnen lief ein wunderschöner cremefarbener Hund, und sie hielten die Leine zu zweit fest, als wären sie so verliebt, dass sie alles bis zur letzten Kleinigkeit teilen mussten. Die beiden steuerten auf einen hübschen Aussichtspunkt zu, und ich fragte mich, ob sie sich dort hinsetzen und eng aneinanderschmiegen würden. Mein Herz hämmerte, und meine Handflächen wurden feucht. Gut, ich hatte Fish angelogen, Fish belog dagegen sowohl mich als auch diese Frau.

Zwar brachte ich es irgendwie fertig, Jessie zu sein, doch ich kam nicht damit klar, in dieser Situation die Rolle der Faye zu übernehmen. Vielleicht war ich eine Lügnerin, aber ich war nicht die andere Frau und wollte unter keinen Umständen mit ihr tauschen. Ich konnte nicht glauben, dass ich eingewilligt hatte, noch eine Woche zu bleiben, nur um Fish noch einmal sehen zu können. Übelkeit stieg in mir auf.

Natürlich sagte ich Myra nichts, sondern riss mich zusammen und sang den Refrain mit, damit sie nicht merkte, wie durcheinander ich war. Ich glaubte zu ersticken.

Myras Haus entsprach ganz und gar nicht meinen Erwartungen. Ihre Boutique war todschick und hochmodern, das Innere des Hauses hingegen glich dem Inhalt der Tüten einer Stadtstreicherin.

»Lieber Himmel, hier hat sich ja überhaupt nichts verändert«, rief ich und folgte damit einer nahe liegenden Vermutung.

»Na ja, ein bisschen was schon.« Myra stieg das Blut in die Wangen. »Die Wohnzimmervorhänge hängen jetzt im Esszimmer, und ich musste neues Geschirr kaufen. Das von meiner Oma hatte Goldränder, die sind in der Mikrowelle abgeplatzt.« Sie wischte mit dem Ärmel Staub vom Couchtisch. »Und ich habe mir eine Mikrowelle angeschafft. Meine Oma hatte Angst vor den Dingern. Sie sagte immer, sie würden einem die Eingeweide kochen.« Sie lachte. »Du weißt ja, wie sie war.«

»Allerdings«, stimmte ich zu. Den Satz hätte auch meine eigene Großmutter sagen können. Damals, als ich sie noch gesehen hatte, vor der Scheidung. Bevor sie den Kontakt zu meinem Vater abbrach, weil sie ihn nicht großgezogen hatte, damit er seine Familie rücksichtslos im Stich ließ.

»Es muss schwer sein, Altvertrautes zu verändern«, meinte ich dann, obwohl ich sie viel lieber über Fish ausgefragt hätte. Wusste sie, dass er eine Freundin oder Frau hatte? Hatte er Kinder? Wie bedenkenlos zerstörte er ein Heim und eine Familie?

»Ja, ziemlich schwer.« Myra ging in die Küche. »Einerseits will ich alles genauso lassen, wie es ist. Andererseits liebe ich Enchiladas aus der Mikrowelle.« Sie öffnete den Kühlschrank. »Ich habe Erdnussbutter mit Gelee und«, sie schob ein Glas mit Mixed Pickles beiseite, »Erdnussbutter ohne Gelee. Und ein halbes Glas Pickles, das ich nicht leer gemacht habe, weil ich keine Lust hatte, anschließend den ganzen Saft wegzukippen.«

»Erdnussbutter und Gelee ist okay«, sagte ich. »Lass die Pickles weg.«

»Wir müssen Heather anrufen und sie bitten, uns heute Abend etwas zu essen zu machen.«

Ich lachte ungläubig.

»Nein, ernsthaft. Das ist der beste Plan.«

»Ich möchte ihr wirklich keine Umstände machen.«

»Soll das ein Witz sein? Die Frau kann es mit jedem Fernsehkoch aufnehmen. Weißt du noch, wie sie früher ständig Plätzchen gebacken hat? Inzwischen hat sie sich auf die gehobene Küche verlegt. Absolut verrückt, weil Robbie sich am liebsten nur von Fleisch und Kartoffeln ernähren würde und ihre Kochkünste gar nicht zu schätzen weiß. Deswegen kocht Heather genauso gern für mich, wie ich ihr Essen mag. Wenn ich Zeit habe, besorge ich die Zutaten, und sie zaubert etwas Leckeres daraus.«

»Das finde ich schön«, erwiderte ich leicht wehmütig. »Ihr seid wie eine große Familie.«

»Die beiden sind alles für mich.« Myras Augen wurden feucht.

Meine auch.

Myra suchte alle Fotoalben und Jahrbücher zusammen, die sie besaß. Wir setzten uns damit zusammen auf die Couch und verzehrten unsere Sandwiches, während wir darin blätterten.

Auf einigen Halloween-Fotos von der Highschool hatte sich Myra mit einem silbern bemalten großen Karton als Roboter verkleidet, und das Mädchen, das ich für Karen hielt, trug ein verhältnismäßig dezentes Raggedy-Ann-Kostüm. Heather war ein pummeliger Edward mit den Scherenhänden mit weiß geschminktem Gesicht und langen Krallen aus Alufolie an jedem Finger. Robbie und Fish stellten Scully und Mulder aus *Akte X* dar; Robbie in einem sehr unvorteilhaften Hosenanzug und mit roter Perücke überragte Fish um Haupteslänge.

»Ach du lieber Gott!« Ich zeigte auf ein Foto von Jessie in dem kürzesten, engsten Zimmermädchenkostüm, das ich je gesehen hatte. Ihre Pobacken lugten unter dem Saum hervor. »Das geht ja nicht mal mehr ansatzweise als Kleid durch! Wer lässt denn seine Tochter so aus dem Haus gehen?«

»Ich glaube nicht, dass deine Eltern groß darauf geachtet haben«, meinte Myra.

Auf dem Bild lächelte Jessie breit, aber ihre Augen wirkten stumpf und unglücklich. Ich verstand das Outfit nicht, ihre Traurigkeit dagegen verstand ich umso besser.

»Wo sind deine Eltern jetzt?«, erkundigte sich Myra zaghaft.

»Keine Ahnung.« Ich hielt es für ratsam, mich bei diesem Thema auf ausweichende Antworten zu beschränken. »Wir haben keinen Kontakt mehr.«

»Das dachte ich mir«, entgegnete Myra. »Kurz nachdem du damals verschwunden bist, stand ein Schild mit der Aufschrift ›Zu verkaufen‹ vor eurem Haus. Deine Mutter hat sich geweigert, mit mir zu reden.«

»Sorry«, murmelte ich.

»Ich hatte noch die Schachtel mit den restlichen Fotos für deine Mappe. Du hast sie hiergelassen, und ich dachte, du hättest sie vielleicht gern zurück, also bin ich bei euch vorbeigegangen, um nach deiner neuen Adresse zu fragen. Sie sagte nur, sie sei nicht mehr dein Kindermädchen.«

»Wirklich?«

»Na ja, die Warmherzigkeit in Person war sie ja nie.« Myra lachte. »Weißt du noch, wie sie uns gesagt hat, wir sollten uns die Mühe sparen, für die Schulaufführung zu proben, weil sowieso niemand dafür zahlen würde, uns singen zu hören?«

»Pah!«, schnaubte ich. Das hätte von meiner Mutter kommen können.

»Es grenzt an ein Wunder, dass du nicht in der Klapsmühle gelandet bist, Jess.«

Ich fragte mich, ob dieser Ort tatsächlich Jessies Endstation war.

»Vermutlich habe ich die Fotos noch irgendwo im Keller. Ich darf nicht vergessen nachzusehen, solange du hier bist«, sagte Myra.

Ich blätterte weiter und stieß auf ein Bild von Myra, Jessie, Heather und Karen, die nebeneinander im Schneidersitz auf derselben Couch saßen wie wir jetzt. Sie trugen pastellfarbene Flanellschlafanzüge und hatten rissige grüne Schlammmasken im Gesicht.

»Wir hatten damals unglaublich pummelige Babygesichter.« Myra kniff sich mit beiden Händen in die Wangen. Sie betrachtete erst das Bild, dann sah sie mich an. Der Ausdruck in ihren Augen flößte mir ein leises Unbehagen ein.

Da klingelte das Telefon, und Myra sprang auf. »Hey«, hörte ich sie in der Küche sagen. Ich griff nach einem anderen Fotoalbum und blätterte es rasch durch. »Hört sich gut an.«

Gegen Ende des Albums entdeckte ich ein Bild von Jessie, Myra, Karen und Heather, ganz in Schwarz gekleidet und mit Soldatenkappen, die viel zu groß für ihre kleinen Köpfe waren. Sie konnten nicht älter als neun oder zehn gewesen sein. Neben dem Foto klebte eine abgerissene Eintrittskarte für Janet Jacksons *Rhythm-Nation*-Tour. Ich fragte mich, wessen Eltern die vier begleitet hatten. Als ich in dem Alter war, wären weder mein Vater noch meine Mutter mit mir in ein Konzert gegangen. Wenn sie es überhaupt je getan hätten.

»Gut«, sagte Myra. »Dann bis gleich.«

Ich achtete darauf, das Album wieder genauso hinzulegen wie vorher. Als Myra zurückkam, gab ich vor, in die Übernachtungspartyfotos vertieft zu sein.

»Das war Fish«, erklärte Myra. »Er ist auf dem Weg hierher.«

Ich fragte mich, ob seine Freundin mitkam. Oder seine Frau. Oder wer auch immer die umwerfende Blondine mit dem Hund war. Ich wollte nicht, dass Myra erfuhr, dass ich mit ihm geschlafen hatte. Vielleicht glaubten die anderen ja wirklich, Fish habe mich auf dem Weg zum Frühstück aufgelesen, und ahnten nicht, dass er stattdessen die Nacht mit mir verbracht hatte. Vielleicht gingen sie davon aus, dass er bei seiner Freundin gewesen war. Oder sie wussten gar nichts von seiner Freundin. Ich wollte nicht, dass Myra mich für eine von den Frauen hielt, die sich mit einem fest liierten Mann einlassen. Auf gar keinen Fall wollte ich ihre Freundschaft mit Fish zerstören, indem ich ihr erzählte, dass er mich ohne mein Wissen in die Rolle der anderen Frau gedrängt hatte.

Daher meinte ich nur: »Prima. Hey, erinnerst du dich noch, wie wir damals auf dem Konzert von Janet Jackson waren?«

»Lieber Gott«, japste sie. »Ich glaube, hier drin sind noch Fotos von dem Abend.« Sie griff nach dem Album, das sie gerade durchgeblättert hatte, und zeigte mir das Bild und den Eintrittskartenschnipsel. »Unser erstes Konzert! Weißt du noch, wie erwachsen wir uns vorgekommen sind?«

»Allerdings.« Ich fuhr mit dem Finger über Jessies Gesicht auf dem Foto.

Myra sprang auf und stöpselte ihren iPod in die Stereoanlage ein. »Das schreit ja förmlich nach einer Tanzeinlage!«

Sie suchte, bis sie *Rhythm Nation* fand. »Erinnerst du dich noch daran, wie wir diesen Tanz für den Talentwettbewerb einstudiert haben?«, fragte sie, während Janet von Rassenschranken sang.

Ich hatte noch nie an einem Talentwettbewerb teilgenommen. Allerdings hatte ich früher just zu diesem Video auf MTV vor dem großen Fernseher im Wohnzimmer getanzt, wenn auch mit leise gestelltem Ton, um meine Mutter nicht zu stören, und Janets Bewegungen so gut es ging kopiert. Daher war ich bereit, als die Roboterstimme von fünf auf eins herunterzählte. Myra und ich hüpften durchs Wohnzimmer und gaben uns alle Mühe, Janets Handbewegungen zu imitieren. Ich erinnerte mich nicht mehr genau an alle Gesten und war nicht unbedingt die beste Tänzerin der Welt, aber für Myra galt das Gleiche. Beim Höhepunkt des Spektakels sprangen wir in die Luft und gaben alles. Die Norman-Rockwell-Sammelteller von Myras Oma erzitterten an den Wänden, und die Hummel-Figürchen klirrten in der Vitrine. Wir waren völlig außer Atem, lachten und mussten wie komplette Idioten gewirkt haben. Als der Song endete, klatschte jemand Beifall. Myra kreischte auf.

»Verdammt, Fish!« Sie presste eine Hand auf ihr Herz, als müsste sie verhindern, dass es ihr aus der Brust sprang. »Du hast mich zu Tode erschreckt!«

»Könnt ihr das bitte noch mal machen?«, fragte Fish grinsend. »Ich habe leider nur die letzte Minute mitbekommen.«

»Fahr zur Hölle!« Myra zeigte ihm den Mittelfinger.

Ich hätte am liebsten dasselbe zu ihm gesagt.

»Der Motor läuft«, sagte er. »Seid ihr so weit?«

»Oh!« Myra blickte auf ihre Füße. »Wir brauchen Stiefel.«

»Ich habe keine dabei«, sagte ich. Ich besaß überhaupt keine zum Wandern geeigneten Schuhe, weil ich noch nie eine richtige Wanderung unternommen hatte. Manchmal schlenderten Luanne und ich während der Mittagspause am Kanal entlang, aber dazu zogen wir Turnschuhe an, und der Weg war eben und zum größten Teil gepflastert. Hier, mitten in den Bergen, erwartete mich vermutlich eine härtere Tour.

»Ich Idiotin!« Myra schlug sich mit der Hand gegen die Stirn. »Ich habe deine Stiefel ja noch hier!«

Sie stürmte durch die Küche, und wir hörten ihre Schritte auf der Kellertreppe.

»Hey, Jess.« Fish kam auf mich zu, um mich zu küssen.

Ich drehte den Kopf zur Seite, so dass der Kuss auf meiner Wange landete. »Hey«, erwiderte ich tonlos. Da Myra jeden Moment zurückkommen konnte, wollte ich ihm keinesfalls eine Szene machen, aber er sollte auch nicht denken, dass ich ihm sein Doppelspiel einfach so durchgehen ließ.

»Heute ist es wunderbar draußen. Wir dürften gute Sicht haben.«

»Wie schön«, brummte ich.

Er beobachtete mich und gab sich Mühe, Blickkontakt herzustellen. Ich wandte mich ab, wusste aber, dass er mich immer noch anstarrte. Als er zur Seite blickte, sah ich ihn an. Auf seinem Gesicht lag ein sanfter, bekümmerter Ausdruck.

Wenn wir von der Wanderung zurückkamen, würde ich umgehend den Rückflug nach Rochester buchen. Ich hatte kein Recht, mit ihm Streit anzufangen, doch ich wollte mich auch nicht eine ganze Woche lang elend fühlen.

Wieder hörten wir Myras Schritte auf der Kellertreppe.

»Sieh mal, was ich da gefunden habe«, rief sie, als sie durch die Küche in das Wohnzimmer kam. Sie hielt ein Paar taubenblauer Wanderstiefel in die Höhe. Die Schuhe waren scheußlich. »Weißt du noch, wie wir kurz vor der Abschlussprüfung alle zusammen wandern gegangen sind? Die hast du damals hier vergessen. Meine Oma wollte sie ungefähr sechsmal zum Roten Kreuz geben, aber das habe ich nicht zugelassen.«

Sie reichte mir die Stiefel und holte ihre aus dem Schrank. Ich setzte mich auf die Couch, um sie anzuziehen, wobei ich mir vorkam wie Aschenputtel bei der Schuhanprobe.

Die ich nicht bestand. Jessie Morgan hatte offenbar um einiges größere Füße als ich. Nun ja, besser zu groß als zu klein. Wenigstens kam ich gut in die Stiefel rein, allerdings fühlte es sich an, als wäre darin noch Platz für mindestens vier Paar dicker Socken.

»Ich habe auch keine richtige Jacke, nur meinen Blazer«, sagte ich in der Hoffnung, Myra und Fish würden vielleicht ohne mich losgehen.

»Ich habe eine zweite Jacke im Auto«, gab Fish zurück.

»Wunderbar.« Myra griff nach ihrer Kamera. »Dann können wir ja.«

»Also los.« Ich tat mein Bestes, um gut gelaunt zu wirken, obwohl ich weder Jessies alte Stiefel noch Fishs Jacke tragen wollte. Sie roch vermutlich nach ihm.

Als wir zu Fishs Truck kamen, bückte ich mich und gab vor, meine Schnürsenkel neu binden zu müssen, damit Myra auf den Sitz neben Fish rutschte und ich an der Tür sitzen konnte. Ich wollte nicht in der Mitte sitzen, da mein Bein dann seines berührt hätte. Ich wollte nicht darüber nachdenken, was wir getan hatten.

»Wo ist Chip?«, fragte Myra.

»Der ist heute bei meinem Dad. Seine Pflegerin musste sich den Nachmittag frei nehmen, also habe ich Chip dagelassen, damit er sich um ihn kümmert.«

Ich fragte mich, ob Chip Fishs Bruder war, bis Myra sagte: »Chippy ist so ein guter Hund.« Es erschien mir verrückt, dass ein Hund den Platz einer Pflegerin einnehmen konnte, aber vielleicht war Fishs Vater einfach nur einsam oder so etwas. Ich wusste nicht einmal, warum er eine Pflegerin benötigte, Fish hatte es nicht erwähnt. Und da ich keine Ahnung hatte, seit wann dem so war, konnte ich auch nicht fragen.

Myra nestelte am Radio herum und erzählte Fish von ihrer neuesten Modekollektion. Ich sah aus dem Fenster und betrachtete die Geschäfte, während wir durch Snoqualmie zurückfuhren. Als wir an der Stelle vorbeikamen, wo ich ihn mit der fremden Frau gesehen hatte, schielte ich zu Fish hinüber, aber er zeigte keinerlei Reaktion. Ich erwartete nicht ernsthaft, dass er zusammenbrach und mir alles gestand, dachte aber, dass wenigstens seine Augenbrauen zucken würden.

»Du bist ja so still, Jess«, stellte Myra fest. »Was ist los?«

»Ach, ich glaube, der Jetlag macht sich allmählich doch bemerkbar.«

»Habt ihr zwei schon etwas zu Mittag gegessen?«, fragte Fish.

»Ja, Erdnussbuttersandwiches mit Gelee«, lachte Myra.

»My! Du musst essen wie ein normaler Mensch«, tadelte Fish, dabei sah er mich an, als hoffte er auf Unterstützung. Ich wandte mich ab und sah wieder aus dem Fenster. »Du kannst nicht wandern, wenn du nichts isst.«

Als wir nach North Bend kamen, bog er auf den Parkplatz von einem Lokal namens Taco Times ein.

Wir stiegen aus. Meine Füße schwammen in den Stiefeln. Ich fürchtete, mir auf dem Parkplatz den Knöchel zu verstauchen, bevor wir die Wanderung überhaupt begonnen hatten. Als wir hineingingen, gab ich Myra einen Zwanziger und bat sie, mir dasselbe mitzubringen, was sie nahm. Dann lief ich zur Toilette, wo ich die Schuhspitzen mit Papiertüchern ausstopfen wollte. Natürlich gab es nur Lufthandtrockner, also musste ich in eine Kabine gehen und mich dort mit zusammengeknülltem Toilettenpapier behelfen. Es half nicht viel, war jedoch besser als nichts.

»Alles okay?«, fragte Myra, als ich zurückkam. Sie reichte mir eine Tüte und eine große Limo.

Fish hielt nur einen Becher Kaffee in der Hand.

»Na klar.« Ich nippte an der Limonade. Es war keine kalorienarme, sondern normale, und an das zuckersüße Zeug war ich nicht gewöhnt. Ich trank ausschließlich light. Jessie anscheinend nicht.

»Ich glaube es einfach nicht, dass ich euch in meinem Truck Tacos essen lasse«, stöhnte Fish, als wir alle wieder einstiegen. »Robbie erleidet einen Herzinfarkt, wenn er das erfährt.« Es gelang mir, mir erneut den Sitz an der Tür zu sichern. Myra war klein und daher in der Mitte am besten aufgehoben.

»Es ist dein Truck«, erinnerte ihn Myra.

»Schon.« Fish schüttelte den Kopf. »Nur erzähl das mal Robbie.«

»Hast du wirklich keinen Hunger?«, fragte Myra ihn, als sie eines ihrer Papierpäckchen öffnete. Ein Salatblatt fiel ihr in den Schoß. Sie zupfte es sorgfältig von ihrem Bein und warf es in die Tüte zurück.

»Im Gegensatz zu dir habe ich immer etwas Essbares im Haus«, versetzte Fish. »Ich habe mir etwas zu Mittag gemacht, bevor ich losgefahren bin.« Er trank einen Schluck Kaffee und balancierte den Becher beim Fahren zwischen den Knien, dabei schielte er immer wieder zu mir rüber.

Ich wickelte meine Tacos aus und gab vor, seine Blicke nicht zu bemerken.

Offenbar mochte Jessie im Gegensatz zu mir ihre Tacos extra scharf. Auf meiner Oberlippe bildeten sich Schweißperlen, und ich spürte, wie mein Gesicht rot anlief. Meine Zunge brannte so sehr, dass sie fast taub war. Ich nahm einen großen Schluck Limonade und wünschte, ich könnte das Eis herausfischen, um es im Mund schmelzen zu lassen, ohne Verdacht zu erregen. Ganz unten in der Tüte lagen einige Kroketten. Ich aß sie langsam und systematisch zwischen einzelnen Tacobissen, um zu verhindern, dass mir die Tränen über die Wangen liefen.

»Ich weiß nicht, wie du dieses höllenscharfe Zeug herunterbekommst«, bemerkte Myra kopfschüttelnd. »Dein Magen muss mit Blech ausgeschlagen sein.«

»Vermutlich.« Ich bemühte mich, nicht zu husten.

In der Tüte waren drei Tacos, aber ich schaffte nur zwei. »Möchtest du?« Ich hielt Fish den letzten hin. Ich wollte nicht mit ihm sprechen, aber ich schaffte den dritten Taco nicht mehr und wollte ihn nicht im Auto liegen lassen, während wir unterwegs waren. Der gesamte Truck würde danach stinken.

»Klar.« Fish griff über Myra hinweg danach. Dabei lächelte er so hoffnungsvoll, als wäre der Taco ein Friedensangebot. Was er nicht war.

Sowie er den Taco sicher in der Hand hielt, wandte ich mich wieder ab.

Mir war klar, dass ich so tun musste, als wären die Berge ein alter Hut für mich, obwohl ich etwas derart Beeindruckendes noch nie gesehen hatte. Wir waren winzige Punkte in einem riesigen Tal. Alles war größer, als ich es je für möglich gehalten hätte. Die Wolken hatten sich verzogen, und der Himmel leuchtete strahlend blau.

Fish bog ab, und wir folgten einer schmalen Straße, die sich zu einer Schlucht hinunterwand und dann wieder bis zu einer kleinen Ansiedlung verlassener Skihütten anstieg. Leise Übelkeit breitete sich in meinem Magen aus. Ich hatte mir solche Sorgen gemacht, jemand könnte meine wahre Identität herausfinden, dass ich darüber völlig vergessen hatte, dass ich mich mit Wildfremden in einem Auto in einer abgelegenen Gegend befand. Ich wurde panisch.

Niemand wusste, wo ich war. Ich hatte weder Luanne oder Deagan noch meiner Mutter oder meiner Chefin etwas erzählt. Das war sträflich dumm von mir. Bei Myra und Fish konnte es sich um Gott weiß wen handeln. Vielleicht wussten sie bereits, dass ich gar nicht Jessie war. Womöglich befolgten sie einen ausgeklügelten Menschenhandelsplan und verkauften mich an irgendeinen schmierigen alten Knilch im Wald. Deswegen hatte auch niemand Fishs Freundin erwähnt. Dass er die Nacht mit mir verbracht hatte, war ein Teil des Plans gewesen. Mein Herz hämmerte, mein Magen brannte, und ich hörte nicht auf zu schwitzen.

Nachdem wir geparkt hatten, überquerten wir eine Brücke. Myra zückte ihre Kamera und rannte zurück, um ein paar Fotos von den leer stehenden Chalets zu machen, und ließ mich mit Fish allein.

»Herrgott noch mal, Jess! Was glaubst du eigentlich, wer du bist?«

»Wie bitte?« Ich blickte mich um und überlegte fieberhaft, wo ich mich hinwenden und wie ich von hier wegkommen konnte, wenn es sein musste. Die Stiefel würden sich garantiert als Problem erweisen. Ich konnte unmöglich in Schuhen durch den Wald sprinten, die mir zwei Nummern zu groß waren.

»Warum zeigst du mir die kalte Schulter?«, wollte Fish wissen. »Wie lange hast du für den Sinneswandel gebraucht? Ganze zwölf Stunden! Nicht zu fassen!«

Er trat einen Schritt auf mich zu. Ich wich zurück.

»Was ist hier nicht zu fassen? Ich habe dich heute mit einer anderen Frau gesehen! Du hast nur … wie lange dazu gebraucht? Ganze zwölf Stunden!« Es war lächerlich, dass ich ihn anschrie, aber ich kam nicht dagegen an. Meine Nerven lagen blank.

»Was für eine Frau?«

»In der Stadt. Die Blonde mit dem Golden Retriever.«

»Sie ist eine Kundin.« Er rieb sich mit dem Zeigefinger

über die Bartstoppeln am Kinn. »Ich habe ihr bei den Hundekommandos geholfen.« Seine Augen blickten so liebevoll, seine Miene wirkte so sanft. Er mochte ein Ehebrecher sein, aber meine Vorstellung von ihm als Mitglied eines Menschenhändlerrings löste sich allmählich in Luft auf.

»Was für ein Arzt tut denn so etwas? Ich habe zwar von Ärzten gehört, die Hausbesuche machen, aber noch nie von Straßenbesuchen. Du konntest ja kaum die Finger von ihr lassen!«

Ich wusste, dass ich mich unfair verhielt, aber Deagan hatte mich gerade erst schamlos belogen, und mein Vater hatte seinerzeit meine Mutter betrogen. Der Gedanke, die Geliebte zu sein, war mehr, als ich ertragen konnte. Fish lief mit dieser Frau auf der Straße herum, gab den perfekten, treuen Freund, und sie kaufte ihm die Nummer vermutlich auch noch ab. Sie hatte nicht die leiseste Ahnung, dass Fish die Nacht zuvor mit mir geschlafen hatte. Ich fühlte mit ihr.

»Wie konntest du nur?«

»Ich bin kein Arzt, Jessie.« Fish schob die Hände in die Hosentaschen und wiegte sich auf den Absätzen seiner Schuhe vor und zurück. Er lächelte. »Ich bilde Behindertenführhunde aus.«

»Aber du hast behauptet, dass du am College Vorbereitungskurse für ein Medizinstudium besucht hast.«

»Kurz darauf hatte mein Vater einen Schlaganfall, und ich kam zu dem Schluss, dass das Leben viel zu kurz ist, um es zu vergeuden.« Er stupste mich mit der Schulter an. Diesmal wich ich nicht zurück. »Zu kurz jedenfalls, um etwas zu tun, bei dem man nicht mit dem Herzen dabei ist.«

»War sie wirklich eine Kundin?«

»Ja.«

»Ich bin nicht deine Geliebte?«

Fish zog eine Hand aus der Tasche, griff nach meiner und zog mich näher heran. »Das könntest du nie sein«, sagte er, bevor er mich küsste.

Ich erwiderte den Kuss.

Im selben Moment hörten wir Myras Kamera klicken. »Erwischt!«, quiekte sie, als sie auf uns zukam. »Wusste ich es doch!«

Durch die Schlucht verlief ein Fluss, und vom Pfad blickte man aus schwindelerregender Höhe darauf hinab. Ich war der Ansicht, dass er eigentlich mit einem Geländer, einem Seil oder Zaun gesichert sein sollte. Myra und Fish bewältigten den Anstieg mühelos, wichen Wurzeln, Steinen und Stellen mit glitschigem Moos aus, ohne hinzusehen. Angesichts des unwegsamen Geländes, der mit Toilettenpapier ausgestopften Stiefel und des Umstands, dass ich noch nie gewandert war, befürchtete ich, jeden Moment zu stolpern und in den tosenden Fluss zu stürzen. Von meinen Bemühungen, mit den beiden Schritt zu halten, war ich bald so aus der Puste, dass ich ihnen lediglich zuhören und ab und an nicken konnte.

»Deswegen habe ich das Medizinstudium aufgegeben«, sagte Fish. »Ich hatte mich ursprünglich dafür entschieden, weil ich anderen Menschen helfen wollte. Aber als ich es mitten im Semester wegen meines Vaters unterbrechen musste, bildete ich Chip nach und nach dazu aus, sich im Alltag im Haus nützlich zu machen. Bald erkannte ich, dass es genau das war, was ich tun wollte. Auf diese Weise kann ich immer noch Menschen helfen, und mir bleibt trotzdem genug Zeit, um mein Haus zu bauen, mich um Dad zu kümmern und mit Robbie an dem Truck herumzubasteln.«

Irgendetwas huschte in die Blätter neben dem Pfad. Ich unterdrückte einen erschrockenen Schrei.

Fish sprach zu angeregt, um es zu bemerken. »Wenn sich eine Möglichkeit vor einem auftut, ist man manchmal zu sehr damit beschäftigt, sich zu fragen, ob man gut genug ist, um sich der Herausforderung zu stellen. Darüber vergisst man dann schnell mal, sich zu fragen, ob diese Herausforderung gut genug für einen ist, verstehst du?«

»Ja«, erwiderte ich atemlos.

»Daher verbringe ich meine Zeit nicht im künstlichen Neonröhrenlicht irgendeines Krankenhauses, sondern in Hundezwingern und beim Training mit den Tieren. Ich kann im Freien arbeiten und Hunde dazu ausbilden, Menschen zu mehr Mobilität zu verhelfen.«

»Das finde ich großartig.« Es gelang mir kaum, die Worte herauszupressen. Ich hielt mich auf der Innenseite des Pfades und bemühte mich nach Kräften, den Eindruck zu erwecken, als wüsste ich, was ich da tue.

»Ich bin überhaupt nicht mehr in Form«, schnaufte ich, darum bemüht, die plötzlich einsetzenden heftigen Seitenstiche zu ignorieren, als ein besonders steiles Stück mir die Luft zu rauben drohte. »In Rochester ist alles eben. Meine Beine sind nicht mehr an die Berge gewöhnt.«

»Deine Muskeln werden sich erinnern«, meinte Fish. »Keine Sorge, das kommt wieder.«

Als wir den Rand eines Wasserfalls erreichten, half er mir über glitschiges Felsgestein hinweg und ließ meine Hand auch dann nicht los, als ich wieder sicheren Boden unter den Füßen hatte. Mir entging nicht, dass er ein Lächeln unterdrückte, als wäre er nicht sicher, ob es ratsam war, mich merken zu lassen, wie glücklich er war, zusammen mit mir hier zu sein.

Obwohl ich befürchtete, dass meine Lunge jeden Moment platzte, und meine Füße immer stärker pochten, genoss ich die Wanderung. Ich mochte die feuchte Luft und den harzigen Geruch der Kiefern. Mir gefiel die Art, wie das Moos so sattgrün schimmerte, dass es fast zu glühen schien. Myra sprang leichtfüßig über einen Haufen Steine hinweg, um das herabrauschende Wasser zu fotografieren, und ich wünschte, dieser Moment würde nie zu Ende gehen.

Als wir zu Myras Haus zurückkamen, war das Toilettenpapier in meinen Stiefeln völlig durchweicht und zu kleinen, feuchten Bällchen verklumpt. Meine Füße waren krebsrot und mit Blasen übersät. Ich warf die Papierklumpen in die Toilette und spülte. Als ich meine Slipper wieder anziehen wollte, hatte ich Mühe, meine geschwollenen Füße hineinzuquetschen.

»Mist!«, schimpfte Myra, als ich die Treppe herunterkam. Sie und Fish saßen in der Küche, und ich hörte die Kaffeemaschine leise gurgeln. Myra blickte auf ihr Handy.

»Was ist denn?«, fragte ich, als ich mich zu ihnen gesellte.

Sie legte das Telefon auf den Tisch. »Ich muss in den Laden. Eine Lieferung, die wir für morgen erwartet haben, kommt schon heute. Offenbar kennen die Herrschaften die Bedeutung des Wortes geschlossen nicht.«

»Ich müsste ohnehin mal bei meinem Vater vorbeifahren«, sagte Fish. »Willst du mitkommen, Jess? Er freut sich bestimmt, dich zu sehen.«

»Sicher«, willigte ich ein. Obwohl ich nur zu gut wusste, dass ich gut daran täte, die Zahl der Menschen zu begrenzen, die ich als Jessie kennen lernte, wollte ich mit Fish zusammen sein. Ich wollte mehr über ihn in Erfahrung bringen.

»Gut«, sagte Fish. »Kümmere du dich um deinen Laden, My, wir treffen uns später wieder hier.«

»In Ordnung.« Sie lief nach oben, um sich umzuziehen.

Sowie sie den Raum verlassen hatte, beugte sich Fish zu mir und küsste mich.

»Ich glaube, ich werde mich nie daran gewöhnen, dass ich das einfach so tun kann«, murmelte er und strich mir das Haar hinter die Ohren, bevor er mich erneut küsste.

25

Wir fuhren erst eine Schotterstraße hinunter und dann einige Minuten unter einen dunklen Baldachin aus Baumkronen her. Es gab keinerlei Anzeichen von Zivilisation. Allmählich hegte ich den Verdacht, ich hätte etwas falsch verstanden und wir würden wieder wandern gehen, aber als wir endlich das Ende der Straße erreichten, ragte ein großes Blockhaus vor uns auf. Die erste Etage hatte einen Balkon, und eine große steinerne Treppe führte von der Auffahrt zum Vordereingang. Hinter dem Haupthaus gab es noch ein zweites, das erst zum Teil fertiggestellt war. Es sah den Chalets, die wir auf der Wanderung gesehen hatten, sehr ähnlich. Neben dem Fundament lag ein Haufen Steine.

»Das baue ich für mich«, erklärte Fish. »Als Nächstes kommt der Kamin dran.«

»Du baust es selbst?« Das hatte er also gemeint, als er gesagt hatte, er hätte nun auch Zeit, um sein Haus zu bauen. Ich hatte gedacht, er meinte Zeit, um Maurer anzuheuern, Einrichtungsgegenstände auszusuchen und sich zu überlegen, ob die Küche mit einer Kochinsel in der Mitte oder einer Frühstückstheke ausgestattet werden sollte.

»Mit meinen eigenen Händen.« Fish zog die Schlüssel aus dem Zündschloss und warf sie von einer Hand in die andere. »Robbie kommt oft vorbei und hilft mir. Wir Männer sind ein gutes Team, aber Heather schlägt uns beide.«

Ich war begeistert von der Vorstellung, wie sie alle zusammenarbeiteten, und malte mir aus, wie Heather mit einer Bohrmaschine hantierte oder in einem Werkzeugkasten kramte.

»Hey, Dad!«, rief Fish, als er die Tür öffnete.

Ein riesiger Deutscher Schäferhund kam wie ein schwarzbrauner Blitz die Stufen heruntergeschossen. Er sprang an mir hoch, legte mir die Pfoten auf die Schultern und leckte mir übers Gesicht. Das Tier war fast so groß wie ich. Ich musste all meine Willenskraft aufbieten, um nicht loszuschreien, und taumelte zurück, bis ich mit dem Rücken gegen die Wand prallte.

»Chip, aus!«, befahl Fish streng. »Sitz!«

Chips Hinterteil platschte augenblicklich auf den Boden, sein Schwanz wedelte über die Dielen, und er blickte zu seinem Herrchen auf.

»Chip ist kein richtiger Blindenhund.« Fish fuhr sich mit der Hand über das Gesicht. »Bei denen leiste ich wesentlich bessere Arbeit, das versichere ich dir. Wir haben ihn schon als Welpen bekommen. Dad hat sich um ihn gekümmert, wenn ich in der Schule war, damit er sich nicht einsam fühlt, und ihn nach Strich und Faden verwöhnt. Ich habe erst nach seinem Schlaganfall damit begonnen, Chip auszubilden.«

»Er ist bildschön«, sagte ich bewundernd.

Chip sah mich mit seinen großen braunen Augen an. Die Zunge hing ihm aus der Schnauze. Es sah beinahe aus, als würde er lächeln.

»Es wundert mich, dass du eben nicht ausgeflippt bist«, meinte Fish. »Du hast Hunde immer gehasst.«

»Ich bin eben älter und weiser geworden.« Ich streichelte Chip, der den Kopf an mein Bein schmiegte und zu mir hochsah. Am liebsten hätte ich das Gesicht in seinem Fell vergraben und ihm alles erzählt.

Bevor meine Eltern sich scheiden ließen, brachte mein

Vater einen English Springer Spaniel mit nach Hause. Am Weihnachtsmorgen wachte ich neben einem weichen, knuddeligen Welpen mit einer großen roten Schleife um den Hals auf, der mir das Gesicht ableckte. Damit war ein Traum für mich wahr geworden. Doch dann pinkelte die kleine Hündin auf den Teppich, meine Mom fing an zu schreien, und das arme Hündchen begann zu zittern. Als ich mich in meinem Zimmer versteckte und darauf wartete, dass das Geschrei aufhörte, hatte ich wenigstens Brownie bei mir. Nebeneinander kauerten wir auf dem Boden meines Kleiderschranks, ich hielt sie fest und ließ sie an einem meiner Socken knabbern.

Brownie blieb nur eine Woche bei uns, dann brachte meine Mutter sie ins Tierheim. Am Ende gab es noch mehr Gebrüll, als mein Vater von der Arbeit nach Hause kam und es herausfand. Diesmal saß ich allein in meinem Schrank und malte im Licht einer Taschenlampe Bilder von Brownie, damit ich nicht vergaß, wie sie ausgesehen hatte.

»Gilbert! Bist du das?«, erklang eine zittrige, heisere Stimme von oben. Zwischen jedem Wort legte der Sprecher eine kleine Pause ein, als brauche er einen Moment, um von einem zum nächsten überzugehen.

»Dad!«, rief Fish. »Du errätst nie, wer hier ist!«

Wir stiegen die Treppe zum Wohnzimmer hoch, und sowie sich unsere Köpfe auf Bodenhöhe befanden, stellte die Stimme fest: »Es ist niemand, den ich kenne, aber sie ist hübsch, das muss ich schon sagen.«

Mein Herz schlug einen Salto. Ich wusste nicht viel über Schlaganfälle. Vielleicht hätte er die echte Jessie auch nicht erkannt.

Fishs Vater war ein kleiner Mann, der leicht gebeugt in

einem großen Korbsessel saß. Seine Füße ruhten auf einem gepolsterten Hocker, und seine Beine glichen geknickten Ästen. Mit einem Unterarm hielt er ein Buch im Schoß fest. Seine Hand war zu einer Klaue verkrümmt. Er hatte dichtes graues, ordentlich zurückgekämmtes Haar und ebenso blaue Augen wie Fish.

»Dad, das ist Jessie Morgan«, sagte Fish. »Du erinnerst dich doch an sie?«

Er winkte mit der Hand in Richtung seines Sohnes, wobei seine Finger schlaff gegen seine Handfläche schlugen. »Pff, meinem Gedächtnis fehlt nichts. Ich bin nicht senil, Gilbert«, sagte er. »Obwohl dir das bestimmt lieber wäre, nicht wahr? Schließlich könnte ich nicht so viel an dir herumnörgeln, wenn ich alles vergessen würde.« Sein einer Mundwinkel war beim Lächeln in die Höhe gezogen, der andere hing schlaff herunter, trotzdem wirkte es hell und warm.

»Dad, das ist Jessie«, wiederholte Fish.

»Na, dann komm mal her und sag mir Hallo, Jessie.« Er beugte sich vor und klopfte auf den Hocker, um mir zu bedeuten, dass ich mich setzen sollte. Dabei rutschte ihm das Buch vom Schoß. Chip lief zu ihm hinüber und schlug so lange mit der Pfote danach, bis er es mit der Schnauze zu fassen bekam. Er hob es auf und schob es auf den Rand des Sessels.

»Wow«, entfuhr es mir.

»Ich kann mir keine Bücher aus der Bibliothek ausleihen wegen der Zahnabdrücke«, lachte Fishs Vater. »Hier, setz dich.«

Im ersten Moment war ich mir nicht sicher, ob er mit mir oder mit dem Hund sprach. Ich kauerte mich auf den Rand des Hockers, und Chip setzte sich neben den Sessel.

»Hi, Mister Foster.« Gott sei Dank hatte ich Fishs Nachnamen auf dem Jahrgangsstufenposter gelesen und ihn mir gemerkt. Ich zitterte am ganzen Leib, während ich hoffte, dass niemand es bemerkte, und schob die Hände in die Taschen von Fishs Jacke, bis Chip mir den Kopf in den Schoß legte und ich ihn einfach streicheln musste.

»Du bist erwachsen«, erwiderte Mr. Foster. »Also lass diesen Quatsch mit dem Mister. Du kannst mich Ernie nennen.« Er tätschelte mir den Arm. Seine Hand war steif und knorrig. »Hast du etwa deine Manieren vergessen?«, tadelte er seinen Sohn mit einem koboldhaften Funkeln in den Augen. Trotz meiner Furcht, er könnte mich durchschauen, mochte ich ihn. »Biete ihr Tee an.«

»Jessie, möchtest du einen Tee?«, fragte Fish lachend.

»Gerne.«

Als er in der Küche verschwand, beugte sich Ernie vor. »Bist du der Grund für seinen beschwingten Schritt?«

Ich spürte, wie meine Wangen brannten. »Ich weiß nicht«, wich ich aus.

»Na, ich hoffe es jedenfalls.« Er musterte mein Gesicht eingehend. Ich war sicher, dass er längst damit herausgeplatzt wäre, wenn er mich für eine Hochstaplerin hielte. Er wirkte nicht wie jemand, der viel für sich behielt.

Dann deutete er hinter mich, und ich drehte mich um. Wir beobachteten beide, wie Fish in der Küche den Kessel aufsetzte und Becher und Teebeutel aus dem Schrank holte.

»Er ist ein guter Mann«, sagte Ernie. »Und ein guter Sohn.« Er räusperte sich. »Er verdient es, beschwingt durch die Welt zu gehen.« Sein Kopfschütteln glich eher einem Wackeln. »Ich bin kein Fan von dieser Karen.«

»Oh«, entgegnete ich, weil mir nichts anderes einfiel. Karen, die immer noch in Florida war. Ich wusste, dass ihre

Kinder nicht von Fish waren. Und ich wusste, dass sie mit Jessie befreundet gewesen war, aber viel mehr auch nicht.

»Guck nicht so traurig«, tröstete Ernie. »Sie ist keine Konkurrenz für dich. Auch wenn sie das wohl gerne wäre, denke ich.«

Ich kraulte Chip hinter den Ohren. Er übte eine beruhigende Wirkung auf mich aus.

»Wo wohnst du eigentlich?«, fragte Ernie.

»In Rochester, im Staat New York.«

»Ah, dort willst du doch sicher nicht bleiben. Da ist es kalt und schneit andauernd, außerdem bist du dann viel zu weit weg von Gilbert.«

»Dad«, rief Fish aus der Küche. »Willst du mich mit Jessie verkuppeln?«

»Die hier mag ich«, gab Ernie zurück. »Sie hat etwas an sich.«

»Ich mag sie auch.« Fish brachte ein Tablett mit Tee, Milch und Zucker ins Wohnzimmer, stellte es auf den Couchtisch und schob einen Beistelltisch neben Ernies Sessel.

»Ich glaube, Chip hat sich verliebt.« Ernie deutete auf mich.

Fish lachte. »Es ist wirklich komisch, dich mit einem Hund schmusen zu sehen, Jess.«

Ernie zwinkerte mir zu, und mein Pulsschlag beschleunigte sich. Warum sollte er nett zu mir sein, wenn er Bescheid wusste? Warum sollte er nett zu mir sein, wenn er ahnungslos war? Jessie hatte Fish damals an der Nase herumgeführt. Welcher gute Vater würde seinen Sohn ermutigen, denselben Fehler noch einmal zu machen? Fish verdiente etwas Besseres als Jessie. Er verdiente auch etwas Besseres als mich.

»Verdammt.« Fish sah aus dem Fenster, bevor er sich mit

seinem Tee hinsetzte. »Sieht aus, als würde es gleich regnen. Ich ziehe lieber eine Plane über das Feuerholz, damit ich nicht auf einen sonnigen Tag warten muss, um es wieder trocken zu bekommen.«

»Soll ich dir helfen?«, erbot ich mich.

»Ich schaffe das schon alleine«, meinte Fish.

»Scrabbelst du?«, erkundigte sich Ernie.

»Ob ich Scrabble spiele?«

»Es klingt ernsthafter, wenn man es als Verb ausspricht.«

»Aha. Na dann … ja, ich scrabbele.«

»Oh, oh.« Fish griff nach seinem Mantel. »Du weißt nicht, worauf du dich da eingelassen hast. Dad hat sich in den letzten Jahren zu einem wahren Profi gemausert.«

»Ich bin auch keine Anfängerin«, gab ich zurück. Als Einzelkind hatte ich nicht viele Spiele mit mir selbst spielen können, aber Scrabble gehörte dazu. Ich hatte mich immer mit den Buchstabenleisten abgewechselt. Es war nicht dieselbe Herausforderung, wie gegen einen echten Gegner zu bestehen, aber immer noch ein Wortspiel und weniger Mitleid erregend, als gegen sich selbst Schiffe versenken zu spielen.

Fish holte uns das Brett und einen weiteren Beistelltisch, bevor er ging.

»Du musst die Buchstaben für mich legen«, sagte Ernie. »Ich gebe sie dir und sage dir, wo sie hin sollen.«

»Alles klar.«

»Wenn ich es selbst versuche, werfe ich bloß alles durcheinander.«

Ernie behielt die Buchstaben im Deckel der Schachtel auf seinem Schoß, statt sie in der kleinen Holzschiene aufzureihen. Da sie vom Tisch verdeckt wurde, konnte ich sie nicht sehen.

Ich fing an und legte das Wort Feile.

»Was machst du denn inzwischen so?« Ernie reichte mir ein J, deutete auf die Stelle auf dem Brett, wo ich anfangen sollte, und händigte mir die restlichen Buchstaben dann nacheinander aus.

»Ich bin Sachbearbeiterin bei einer Werbeagentur.« Ich legte die Spielsteine sorgfältig auf das Brett, bis sie das Wort Jabot ergaben.

»Ich habe im Anzeigenverkauf bei einer Zeitung gearbeitet«, er wackelte mit dem Kopf, »und jede Minute davon gehasst.«

Ich nahm das überrascht zur Kenntnis. Ernie trug Jogginghosen, einen dicken Wollpullover und mit Schaffell gefütterte Slipper. Er war wie Fish relativ klein, vermutlich nur ein Stückchen größer als ich, wenn er stand, schätzte ich. Aber er hatte breite Schultern und ein kantiges Kinn, und ich konnte ihn mir besser als Schreiner oder Fischer vorstellen denn als Vertreter in Anzug und Krawatte.

»Nichts ist echt«, erklärte er. »Du tust ständig so, als wärst du von etwas begeistert, das dich eigentlich einen feuchten Kehricht interessiert. Echt anstrengend! Am Ende des Tages hast du im Grunde genommen nichts getan. Du kannst nichts weiter vorweisen als ein paar mit Anzeigen für eine Autoversicherung oder eine Berufsschule gefüllte Rechtecke in einer Zeitung.«

»So fühle ich mich in meinem Job auch«, sagte ich. »Meistens jedenfalls. Aber es gibt auch gute Tage.«

»Wenn ich Gil beobachte, wünsche ich mir immer, ich hätte genug Grips, um so zu sein wie er«, meinte Ernie. »Sogar wenn es bei der Arbeit schlecht läuft, verändert er irgendjemandes Leben.«

Wir spielten weiter und unterhielten uns dabei angeregt.

Ich setzte noch einmal Wasser auf und füllte unsere Teebecher erneut.

Irgendwann kam Fish nass und schmutzig herein und sagte, er gehe schnell duschen.

»Uns geht's gut«, erwiderte Ernie. Dann sah er mich an. »Ich sollte nicht für dich antworten. Was ist mit dir?«

»Mir geht's auch gut!«, rief ich.

Wir lagen in der Partie Kopf an Kopf, ich hatte nur drei Punkte weniger als Ernie, als er mir seine restlichen Buchstaben gab, um Donquichotterie zu schreiben. Ich war mir nicht sicher, ob es das Wort überhaupt gab, war aber zu höflich, um es zu sagen.

»Fordere mich ruhig heraus.« Er bedachte mich mit seinem schiefen Lächeln. »Ich sehe dir an, dass dir etwas auf der Zunge liegt.«

»Wenn du sagst, es ist ein existierendes Wort, dann bin ich sicher …«

»Fordere mich ruhig heraus«, beharrte er. »So macht es viel mehr Spaß. Der Einsatz ist hoch. Immerhin geht es um den Sieg.«

»Okay, ich fordere dich heraus.«

»Du sollst es auch so meinen.« Er drohte mir mit der Faust.

»ICH FORDERE DICH HERAUS!«, brüllte ich und hob gleichfalls die Faust. Im nächsten Moment schämte ich mich dafür, aber Ernie war entzückt.

»Ausgezeichnet«, lobte er und schlug die Handballen gegeneinander.

Dann deutete er auf das Bücherregal. »Wörterbuch!«

Ich ging hinüber, um das Lexikon zu suchen. Chip folgte mir und blickte ebenfalls zu dem Regal auf, als wollte er mir zu verstehen geben, dass er mir beistehen könne, falls es nötig sein sollte. Vor dem Wörterbuch stand ein Foto von Fish in seiner Robe von der Abschlussfeier. Er hatte einen Arm um den gut aussehenden, sichtlich gesunden Ernie gelegt, der mit einer Hand hinter dem Kopf seines Sohnes Hasenohren machte. Den anderen Arm hatte er um eine Frau mit lockigem braunem Haar und großen braunen Augen geschlungen. Sie blickte nicht in die Kamera, sondern daran vorbei. Sie und Fish hatten dieselbe schmale, gerade Nase. Die Aufnahme stammte von dem Tag, an dem Fish den Mut aufgebracht hatte, Jessie seine Liebe zu gestehen. Er konnte es zu dem Zeitpunkt noch nicht getan haben, das Lächeln auf seinem Gesicht war echt. Ich fragte mich, wo seine Mutter jetzt war. Er hatte kein Wort über sie verloren.

Ich griff nach dem Lexikon und brachte es Ernie. Chip folgte mir und setzte sich wieder neben den Sessel.

»Susan hat mich verlassen.« Ernie zeigte auf das Bild. »Nach dem Schlaganfall. Sie konnte nicht damit umgehen.«

»Oh«, sagte ich betreten.

»Es ist erstaunlich, dass Susan und ich … beide Feiglinge vor dem Herrn … einen Sohn wie Gilbert haben«, meinte Ernie. »Er beklagt sich nie, noch nicht einmal, seit die Lage wirklich schlimm geworden ist.«

»Er ist eben ein feiner Kerl«, stimmte ich zu.

Ernies Mund verzog sich, und ich fürchtete einen Moment lang, er könne in Tränen ausbrechen. Chip stand auf und leckte ihm so ernst die Hand, als wollte er ihn trösten. Ernie holte tief Atem und hob die Hand. »Schlag das Wort nach«, befahl er, als seine Stimme ihm wieder gehorchte.

Ich nutzte die eingefärbte Markierung, um den Buchstaben D aufzuschlagen, und blätterte die Seiten um, bis ich es gefunden hatte. »Donquichotterie«, las ich laut vor. »Weltfremder Idealismus.«

»Siehst du? Es existiert.« Dann lachte er. »Offen gestanden war ich mir nicht zu hundert Prozent sicher.«

Ich musste ebenfalls lachen.

»Es ist schön, Fish glücklich zu sehen«, bemerkte Ernie. »Die alte Jessie Morgan hat ihn nur unglücklich gemacht.«

»Wie meinst du das?« Ich spürte meinen Herzschlag in jeder Faser meines Körpers.

Er legte eine Hand seitlich an die Nase, so wie wenn einem jemand verspricht, ein Geheimnis nicht zu verraten. Vielleicht spielte er aber auch nur auf Jessies angebliche Nasenoperation an. »Du bist ein völlig anderer Mensch, und das gefällt mir.«

Ich wünschte, ich hätte den Mut, Ernie noch einmal herauszufordern und ihn darauf festzunageln, was er damit genau gemeint hatte.

»So«, meinte Fish, als er mich zu Myra zurückfuhr. »Ich bin einunddreißig Jahre alt und wohne bei meinem Vater. Magst du mich immer noch?«

»Ich glaube, ich mag dich jetzt sogar noch mehr.«

In Myras Einfahrt stand neben ihrem Honda ein violetter Ford.

»Kommst du noch mit rein?«, fragte ich, als er den Parkgang einlegte.

»Nein«, gab er zurück. »Heather ist da. Schätze, das wird ein Mädelsabend.« Er stieg aus und lief um den Truck herum, um mir die Tür zu öffnen. »Ich habe Robbie versprochen, ihm bei einer Motorreparatur zu helfen, die ihm Probleme bereitet. Außerdem kann ich ums Verrecken nicht zu Janet Jackson tanzen.«

Er brachte mich zur Tür und küsste mich wie am Ende eines Dates in einer Fernsehserie noch rasch auf der Schwelle. Myra musste uns gesehen haben, denn sie schaltete das Verandalicht ein.

Dann öffnete sie die Tür gerade so weit, um den Kopf herausstrecken zu können. »Ooh«, machte sie und schloss sie wieder.

Fish lachte. »Sehen wir uns morgen?«

»Hoffentlich«, sagte ich. Ich beobachtete, wie er zu seinem Auto ging und davonfuhr, bevor ich zu Myra und Heather hineinging.

26

Einmal hatte bei mir zu Hause eine Übernachtungsparty stattgefunden. Damals war ich in der vierten Klasse. Meine Eltern waren noch zusammen, und meine Mutter hatte gerade eine gute Phase. Wir bastelten die Einladungen zu der Party zusammen am Küchentisch, und sie schrie mich noch nicht einmal an, als ich die Tube zu fest zusammendrückte und überall Glitzerkleber verteilte. Auf der Sitzfläche des Stuhls, auf dem ich immer saß, blieb ein lila Klecks zurück, den ich nie abkratzte. Er war der Beweis dafür, dass alles tatsächlich stattgefunden hatte.

Das größte Problem an meiner Mutter war Folgendes: Wenn sie so tun wollte, als hätte sich etwas anders abgespielt, als es der Fall war, dann verhielt sie sich einfach so, als entspräche ihre selbst erfundene Wirklichkeit der Wahrheit. Deshalb drehten sich alle meine Erinnerungen um die verschiedenen Ebenen von Wahrheit und Lüge. Ereignisse, an die ich mich erinnerte, vermischten sich mit solchen, von denen mir meine Mutter erzählt hatte. Manchmal kam es mir vor, als betrachtete ich die Lügen durch ein Stück Gaze, weil ich sie dahinter immer noch erkennen konnte. Dann wieder war die Gaze die Wahrheit, und die Lügen glichen bloßen Silhouetten. Manchmal vergaß ich auch, was denn nun was war. Dann gab es zwei Versionen von einer Geschichte, und ich wusste nicht, welche ich glauben sollte.

Ganz sicher weiß ich, dass ich in der vierten Klasse eine

Übernachtungsparty gefeiert habe und wir die Einladungen für jedes einzelne Mädchen aus meiner Klasse mit lila Glimmer verziert hatten. Ich weiß auch noch, dass um Mitternacht herum meine Eltern anfingen zu streiten. Wir Kinder hätten längst schlafen sollen, lagen aber wach und warteten darauf, dass die Uhr zwölf schlug, weil wir wissen wollten, was passierte, wenn wir dreimal »Blutige Maria« in den Spiegel sagten.

Es fing mit gedämpftem, scharfem Geflüster an, kurz darauf explodierte die Stimme meiner Mutter im Schlafzimmer förmlich, und dann brüllte mein Vater, dass er von ihrem Scheiß endgültig die Nase voll habe. Einige der Mädchen lachten, die meisten schwiegen jedoch betreten, und im grünlichen Licht des Videorekorders konnte ich das Entsetzen auf ihren Gesichtern sehen. Tracy Witzleben zog sich ihren Schlafsack über die Ohren und weinte.

Am Montag machte niemand Tracy und mir in der Mittagspause Platz. Wir mussten uns an einen der leeren Tische bei den stinkenden Mülltonnen setzen und wechselten kein Wort miteinander. Ich war mir ziemlich sicher, dass sie mich hasste.

Bis auf die Vier Amigos in den ersten Jahren an der Highschool brachte ich nie mehr den Mut auf, Freunde zu mir nach Hause einzuladen. Als es mit meiner Mom dann richtig schlimm wurde, begriff ich erst, wie hart ich daran arbeiten musste, alles geheim zu halten. Ich machte nie wieder eine Geburtstagsparty. Die Drinks und Abendessen mit Luanne zählen nicht.

Sogar unter den gegebenen Umständen erschien mir eine Übernachtung mit Myra und Heather entschieden sicherer als meine Party in der vierten Klasse. Unter anderem deshalb, weil sich meine Mutter am anderen Ende des Landes befand.

In Myras Haus roch es warm und nach Knoblauch. Heather stand am Herd und brutzelte etwas in einem großen Wok. Statt eines Kochlöffels benutzte sie Essstäbchen. Ihre blonden Locken kräuselten sich in dem aufsteigenden Dampf um ihr Gesicht.

»Was wird das?«, fragte ich, als ich in die Küche trat.

»Pad Siiu.« Heather winkte mir mit den Essstäbchen zu. »Ich habe heute auf dem Markt riesige Shrimps entdeckt. So groß wie Fäuste.«

»Ich war noch nie besonders erpicht darauf, meine Hände zu essen«, erwiderte Myra. Sie saß mit griffbereiter Schere am Küchentisch und blätterte in einer Zeitschrift. Vor ihr lagen etliche herausgeschnittene Seiten.

Heather sah sie strafend an.

»Was denn?«, lachte Myra. »Es riecht fantastisch, aber wenn du es auf eine Speisekarte setzt, wäre ›faustgroße Shrimps‹ nicht gerade eine verlockende Beschreibung.«

»Willst du ein Restaurant eröffnen?«, fragte ich.

»Schön wär's«, gab Heather zurück. »Es ist ein Wunschtraum. Aber erstens braucht Robbie mich im Laden, und zweitens bringen wir das nötige Startkapital nicht auf.«

»Ich rate ihr immer, einen Job in einem Restaurant anzunehmen, um Kontakte zu knüpfen«, warf Myra ein. Sie schnitt Papierpuppen aus den Zeitschriften aus. Ein Model aus einem Heft, einen Rock aus einem anderen und dazu den strahlend blauen Himmel aus einer Anzeige für Parfüm, der sich in eine Bluse verwandelte.

»Wer soll denn dann für Robbie die Buchhaltung machen?«, gab Heather zu bedenken. Sie goss Öl in die Pfanne, und das Brutzeln steigerte sich zu einem Prasseln.

»Dafür gibt es Fachleute, die man meines Wissens als Buchhalter bezeichnet«, entgegnete Myra.

Heather hob eine Hand und zeigte Myra über die Schulter den Mittelfinger.

»Ich will damit ja nur sagen, dass du Talent hast«, meinte Myra. »Lass dich nicht von deinen Ängsten abhalten. Was würdest du tun, wenn du wüsstest, dass du nicht scheitern kannst? Darum geht es doch.«

»Unsinn«, widersprach Heather. »Dann würde ich fliegen.« Sie häufte die Reisnudeln in drei Schalen und brachte sie uns.

Myra schob ihre Papierpuppen beiseite, um Platz zu schaffen.

»Tatsächlich?«, fragte ich sie. »Ich würde den Atlantik durchschwimmen.«

»Ich weiß nicht«, sagte Myra. »Du würdest zwar nicht scheitern, aber dir heftige Frostbeulen holen.«

»Auch wieder wahr.«

»Ich möchte behaupten, dass es bei dir ein bisschen anders aussieht«, wandte sich Heather an Myra. »Außerdem ist das ein total bescheuertes Mantra: Was würdest du tun, wenn du wüsstest, dass du nicht scheitern kannst? Die Vorstellung, dass die Leidenschaft, mit der man etwas tut, alles andere aufwiegt, trifft hinten und vorne nicht zu. Zigtausend Menschen wären gerne Modedesigner, aber sie können nicht alle so sein wie du. Zigtausend Leute möchten Küchenchef sein, aber manche müssen sich trotzdem mit einem Dasein als Buchhalter zufriedengeben. Wenn ich mich darum kümmere und Robbie einen schlechten Monat hat, muss er mir kein Gehalt zahlen. Stellt er dagegen einen Buchhalter oder eine Sekretärin ein, bleibt ihm kein Spielraum. Bei dir sieht das anders aus. Du musst keine Hypothek abstottern, und du hast keinen Mann, der auf deine Hilfe zählt.«

Ich hatte Angst, dass die Situation eskalieren könnte. Es war nicht gerade die beste Idee, eine Frau, die sich gerade mit ihrem verheirateten Ex gestritten hatte, darauf hinzuweisen, dass sie keinen Mann hatte. Zum Glück schien Myra die Bemerkung jedoch so aufzufassen, wie sie gemeint war. Ihre gemeinsame Geschichte und die Zuneigung, die sich zwischen den beiden aufgebaut hatte, ermöglichte es ihnen, offen zueinander zu sein. Auch heikle Themen anzuschneiden.

»Ich weiß«, erwiderte Myra. »Ich hab's kapiert. Ich finde nur, du bist so talentiert, dass du ganz sicher keinen Schiffbruch erleiden würdest, wenn du den Sprung wagtest. Nicht jeder hat das Zeug zu einem Spitzenkoch, du dagegen schon. Da bin ich mir sicher. Weil das hier«, sie deutete mit einem Essstäbchen auf ihre Schale, »das Beste ist, was ich je gegessen habe.«

Ich nickte. Sie hatte recht. Die Nudeln waren glühend heiß, die Soße perfekt abgeschmeckt, genau die richtige Mischung aus süß und salzig.

»Du weißt, dass ich es dir sagen würde, wenn ich anderer Meinung wäre«, schloss Myra.

»Oh Mann«, seufzte Heather. »Du bist so eine Nervensäge.« Sie langte mit ihren Essstäbchen in Myras Schale und stibitzte einen ihrer Shrimps. »So groß wie Fäuste, sage ich euch.« Sie grinste breit, und Myra zahlte es ihr heim, indem sie ihrer Freundin ihrerseits einen Shrimp stahl.

Ich aß schweigend und konzentrierte mich darauf, die Gemüsestücke mit den Essstäbchen zu fassen zu bekommen. Luanne und ich führten nie derartige Gespräche. Wir bemühten uns stets darum, uns gegenseitig nicht zu verletzen, und kratzten daher im Grunde genommen nur an der Oberfläche. Ich fragte mich, wie ich wohl wäre, wenn ich Freunde hätte, die mir auch unangenehme Wahrheiten sagen durften und umgekehrt.

Myra bestand darauf, den Abwasch allein zu erledigen. Sie ließ nicht zu, dass ich oder Heather ihr half. »Köche und Gäste spülen nicht«, beharrte sie.

Also füllten wir Myras große grüne Glaskelche erneut mit Wein und setzten uns auf die Hintertreppe.

»Wo hast du so gut kochen gelernt?«

»Meine Mom hat es mir beigebracht.« Heather nippte an ihrem Wein. Das Glas war so groß, dass es aussah, als könnte sie darin ertrinken. »Sie hat super lecker gekocht, erinnerst du dich? Ich habe mir nie die Mühe gemacht, es zu lernen. Doch nachdem ich Robbie geheiratet hatte …« Sie brach ab und hielt den Atem an. Ihr Gesicht wirkte verkniffen, die Lippen waren zu einem schmalen, fast weißen Strich zusammengepresst.

»Alles in Ordnung?«

Sie nickte, brauchte aber eine Minute, um die Fassung zurückzugewinnen, und trank dann erneut einen Schluck Wein. »Nach unserer Hochzeit habe ich sie gebeten, es mir beizubringen.« Sie gab einen eigenartigen Laut von sich, eine Mischung aus einem Keuchen und einem Quieken. Ich dachte, sie würde mir gleich erzählen, dass ihre Mutter gestorben sei, und überlegte fieberhaft, wie ich darauf reagieren sollte. Ich hatte nicht dieselbe Bindung zu meinen Eltern wie andere Menschen. Natürlich wollte ich nicht, dass sie starben, doch manchmal empfand ich die Vorstellung beruhigend, sie würden schlicht nicht existieren. Ich war mir sicher, dass Heather über ihre Mutter anders dachte.

Ich war mir sicher, dass ihr Tod eine Lücke hinterlassen hatte, die nicht geschlossen werden konnte. Davon abgesehen fragte ich mich, wie es wohl wäre, eine Mutter zu haben, die einem nicht nur das Leben leichter machte, sondern auch das Kochen beibrachte. Ich konnte mir nicht vorstellen, eine wundervolle Mutter zu haben und sie zu verlieren.

Dann brach Heather in Tränen aus. »Ich wollte genauso eine Mom werden, wie sie es immer war«, stieß sie hervor. Sie schluchzte so heftig, dass der Wein über den Rand ihres Glases schwappte und auf die Stufen spritzte.

Ich nahm ihr das Glas ab, stellte es neben mich, legte den Arm um sie und drückte sie an mich. Ich wusste nicht, was ich sonst hätte tun sollen.

»Wir probieren es jetzt schon so lange«, murmelte Heather an meiner Schulter. Ihre Stimme klang gedämpft und tränenerstickt.

»Das tut mir leid«, sagte ich hilflos.

Sie schniefte, löste sich von mir und wischte sich mit den Händen übers Gesicht. »Nein, mir tut es leid.« Sie schnaufte ein paar Mal durch. »Was muss ich dir hier etwas vorheulen.«

»Das macht nichts«, beruhigte ich sie. »Wirklich nicht.«

Heather lachte. »Du hattest die ganze Schulzeit über panische Angst, schwanger zu werden, erinnerst du dich noch?« Sie griff über mich hinweg nach ihrem Wein.

Ich nickte, obwohl ich weit davon entfernt war, das zu wissen. In der Highschool hatte ich kaum geglaubt, dass es so etwas wie Sex tatsächlich gab, und bevor ich aufs College ging, hatte ich noch nie einen Jungen geküsst. Selbst danach war es nicht allzu häufig vorgekommen.

»Inzwischen versuchen wir es sogar ernsthaft, aber es tut sich einfach nichts. Vor ein paar Monaten bin ich dann zum

Arzt gegangen.« Sie sah aus, als wollte sie noch etwas hinzufügen, schwieg jedoch, stellte ihren Wein ab und zupfte an einem Splitter am Treppengeländer herum.

»Und? War alles in Ordnung?«

»Ja. Mir fehlt nichts.«

»Das ist doch eine gute Nachricht«, meinte ich. »Vielleicht klappt es ja, wenn …«

»Meinst du, du könntest …«, setzte sie zögernd an. »Wo du gerade hier bist …« Sie brach ab und zupfte den Splitter vom Holz.

Ich dachte einen Moment lang, sie wolle mich um eine Eizellenspende oder darum bitten, als Leihmutter zu fungieren, und trank hastig einen großen Schluck Wein.

»Meinst du, du könntest mal mit Robbie reden?«, fragte sie. »Auf dich hört er schließlich. Alle meine Tests waren ergebnislos, deshalb soll er jetzt … Du weißt schon, eine Spermaprobe abgeben.« Sie wirkte verlegen. »Aber er tut es nicht.« Sie pikte sich mit dem Ende des Splitters in den Daumen und sah zu, wie die Haut unter dem Druck nachgab, statt aufzuplatzen. »Zwei Termine hat er schon sausen lassen. Er sagt immer, er geht hin, und dann tut er es doch nicht.«

»Ich weiß nicht recht«, wich ich aus. »Es ist ganz schön lange her, seit …«

»Ich weiß, ich weiß«, unterbrach Heather. »Aber für Robbie …« Sie seufzte. »Für ihn nicht. Er spricht immer noch ständig von dir. Er denkt immer noch an dich.«

Das führte mich zu der Frage, was Heather von Jessie hielt. Was dachte sie jetzt von mir? Dass sie eigens betont hatte, Robbie fühle sich Jessie nach wie vor verbunden, gab mir das Gefühl, als tue sie das nicht. Als gäbe es da alte Wunden und böses Blut. Der Gedanke versetzte mir einen Stich, weil ich mich zurückgesetzt fühlte.

»Ich will es versuchen«, versprach ich, von dem Wunsch getrieben, alles wiedergutzumachen, was Jessie Morgan angerichtet hatte.

»Danke.« Heather drückte meinen Arm.

»Halleluja!«, sang Myra in der Küche, wobei sie die Sopranstimme nur knapp verfehlte. »Halleluja! Halleluja!«

»Bist du mit dem Abwasch fertig?«, rief Heather ihr zu.

»Richtig«, erwiderte Myra.

»Zeit für einen Film!« Heather sprang auf.

»Wieder richtig.«

Im Schlafanzug – Myra hatte mir netterweise einen geborgt – saßen wir im Wohnzimmer und sahen uns *Der Frühstücksclub* an. Dabei futterten wir Popcorn mit heißer Soße und geschmolzenem Käse. Wir sprachen gerade den Text mit, als jemand ans Fenster klopfte.

»Was war das?«, fragte ich erschrocken.

Heather lächelte nur.

»Was war das?«

»Robbie. Er hat gesagt, dass er später vorbeikommt. Meinte, ihr zwei hättet noch was zu erledigen.«

27

Wir stapften einen schmalen, unbefestigten Pfad entlang. Robbie hielt die Taschenlampe vor sich, und sobald ein Felsbrocken oder eine Wurzel im Weg war, leuchtete er hinter sich, um mich darauf aufmerksam zu machen. Ich trug immer noch Myras Schlafanzughose und die zweite Carhartt-Jacke, die Robbie in seinem Truck gehabt hatte. Sie war zwar schwer und mit Flanell gefüttert, aber viel zu groß, weshalb die feuchte, kühle Luft überall eindringen konnte. Der Stoff roch nach einem Eau de Toilette von Calvin Klein und Benzin.

Als sich vor uns ein steiler Aufstieg über felsiges Gelände erhob, nahm Robbie meine Hand, um mir das Klettern zu erleichtern.

»Okay, geschafft«, rief er, als ich den Felsen überwunden hatte. Er hielt meine Hand fest, bis ich wieder sicheren Halt gefunden hatte. Wir standen auf einer Lichtung. Der Himmel war größtenteils bewölkt, aber an einigen kleinen, klaren Stellen blitzten Sterne auf, und in der Ferne konnten wir die Lichter von Seattle sehen.

Dann schaltete Robbie die Taschenlampe aus, und wir standen schweigend da, bis sich unsere Augen an die Dunkelheit gewöhnt hatten.

»Weißt du noch?«, fing Robbie endlich an zu reden. »Wir haben uns so oft hier hochgeschlichen. Ich glaube, während der Schulzeit habe ich kaum eine Nacht in meinem Bett verbracht.«

»Ja.« Plötzlich fürchtete ich, zwischen Jessie und Robbie könnte etwas gewesen sein, wovon Heather nichts wusste, und trat einen Schritt zurück.

Da fuhr er auch schon fort: »Du warst wirklich meine beste Freundin. Damals war es der einzige Lichtblick in meinem Leben, mich mit dir hierher zurückzuziehen und im Gras zu liegen.« Er bohrte die Schuhspitze in den Boden. »Einfach nur die Sterne zu betrachten und zu reden.«

Er zog eine zerknitterte Zigarettenpackung aus der Innentasche seiner Jacke.

»Ich rauche nicht«, lehnte ich ab und verbesserte mich dann hastig: »Ich habe aufgehört. Heather hat mir erzählt, du auch.«

»Stimmt«, nickte Robbie. »Das sind die letzten beiden Zigaretten aus der letzten Schachtel, die ich gekauft habe. Wir haben unsere ersten Zigaretten hier geraucht. Die beiden habe ich aufgehoben, weil ich immer gehofft habe, wir könnten auch unsere letzten gemeinsam hier rauchen.« Er zog mit den Zähnen eine heraus und reichte mir die Schachtel.

Ich hatte noch nie im Leben eine Zigarette geraucht und außerdem das Gefühl, an etwas Heiliges zu rühren. »Ich weiß nicht, ob ich das tun soll, Robbie.«

»Jetzt komm schon«, sagte er. »Mir zuliebe. Zur Erinnerung an alte Zeiten oder so.« Er tastete seine Taschen ab, bis er sein Feuerzeug fand. »Ich weiß nicht, ob ich ohne dich überhaupt überlebt hätte.« Seine Stimme klang gepresst. »Es war meine Rettung, jemanden zu haben, der weiß, wie es ist, wenn dein Vater sich besäuft und zum Monster wird. Hat alles ein bisschen leichter gemacht, verstehst du?«

»Klar.«

Ausnahmsweise wusste ich ganz genau, wie das war. Der Erkenntnis, dass ich nicht als einziger Mensch mit Dr. Jekyll und Mr. Hyde als Elternteil aufgewachsen war, haftete etwas seltsam Tröstliches an. Ich hatte so viel aufgegeben, auf so viel verzichten müssen, um diese beschämende Tatsache geheim zu halten. Immerzu hatte ich sie als meine persönliche Schande empfunden, aber vielleicht hatten ja andere Menschen in meiner Umgebung dasselbe durchgemacht. Wenn ich nicht so verzweifelt darum bemüht gewesen wäre, alles zu vertuschen, hätte ich meine Leidensgenossen womöglich bemerkt. Ich nahm die Zigarette und gab Robbie die Schachtel zurück. Wir setzten uns auf den Boden. Das Gras war feucht, aber da Robbie sich nicht daran zu stören schien, beschloss ich, gleichfalls nichts darum zu geben.

»Erinnerst du dich noch an die Nacht, in der du unser Fenster eingeschlagen hast?«

Die Feuchtigkeit drang durch meine Schlafanzughose. Ich stützte mich auf einen Arm und schob mir mit dem anderen Robbies Jacke unter das Hinterteil, damit die Hose nicht völlig durchweichte.

Robbie legte einen Arm um mich. »Ich glaube, mein Dad hätte mich umgebracht, wenn du den Stein nicht geworfen hättest. Er hatte komplett die Kontrolle verloren.«

»Echt schlimm, dass du es so schwer hattest.«

»Er war ein verkommener Säufer, und ich habe mich dafür zu Tode geschämt. Als wäre es meine Schuld.« Robbie holte tief Atem und stieß ihn zittrig wieder aus.

Ich griff nach seiner Hand, die auf meiner Schulter lag. Die Mischung aus Scham und fehlgeleitetem Verantwortungsgefühl verstand ich nur zu gut.

In der neunten Klasse hielten Polizisten in der Schule einen Vortrag und rieten uns, »einfach Nein« zu Drogen zu sagen. Sie warnten uns vor den Gefahren, schon als Minderjährige zu trinken, und vor dem Fahren unter Alkoholeinfluss. Aber niemand sagte mir, was ich wegen meiner Mutter unternehmen konnte.

Bei einem meiner seltenen Wochenendbesuche bei meinem Vater fragte ich sogar ihn danach. Ich brachte es nicht über mich, die Weinflaschen anzusprechen und die unzähligen Gläser mit Wasser, das gar kein Wasser war, sondern sagte nur: »Du weißt ja, wie sie dann ist.« Ich holte tief Luft und flüsterte: »Manchmal fährt sie in diesem Zustand Auto.« Es waren keine Worte, die ich ihm laut hätte entgegenschleudern können.

Mein Vater trank einen Schluck Bier und meinte nur: »Ich bin nicht mit ihr fertiggeworden, als ich mit ihr verheiratet war. Wie kommst du darauf, dass ich jetzt etwas ausrichten könnte?«

In dem Kurzfilm, den die Lehrer uns in der Aula zeigten, nachdem die Polizisten gegangen waren, lag ein kleines, mit einer grauen Decke bedecktes Bündel am Straßenrand. Man sah Sanitäter, Blaulicht und ein kaputtes Dreirad. Der betrunkene Fahrer in dem Film war ein leichtsinniger Teenager in einer Lederjacke, der sich die Haare mit Gel zurückgekämmt hatte und ein zerrissenes gelbliches Unterhemd trug. Wie oft hatte ich mit meiner Mutter im Auto gesessen, wenn sie getrunken hatte, mich an den Türgriff geklammert und mir auf die Innenseite der Wange gebissen, weil sie in letzter Minute auf die Bremse trat, um einen Zusammenstoß mit dem Wagen vor uns zu vermeiden.

Ich erinnerte mich daran, wie ich geweint hatte, als ich endlich den Mut aufbrachte, meinem Vater die entscheidende Frage zu stellen. »Dad, was passiert, wenn sie jemanden umbringt?«

»Jenny.« Mein Vater zwickte sich mit Daumen und Zeigefinger in den Nasenrücken. »Du machst dir Gedanken um Leute, die wir überhaupt nicht kennen.« Er sagte es, als wäre meine Frage das Lächerlichste, was er je gehört hatte.

Ich drückte Robbies Hand und hoffte, er würde nicht merken, dass ich weinte.

»O Mann, die ganzen Male, die wir uns hierher verzogen haben! Uns gegenseitig erzählt haben, was für Freaks wir waren. Du hast mir wirklich das Leben gerettet.« Robbie zog seinen Arm zurück, rupfte eine Hand voll Gras ab und warf es Halm für Halm weg. »Weißt du noch, wie wir uns aus Zweigen und Ästen eine Festung bauen wollten?« Er lachte. »Um drei Uhr morgens.«

»Das ist gründlich danebengegangen.« Die Vermutung lag nah. Ich wischte mir mit dem Handballen über die Augen.

Ich musste an die Abende allein mit Mom denken, an denen es so schlimm mit ihr gewesen war, dass ich im Schrank gehockt und mich mucksmäuschenstill verhalten hatte. Ich wollte, dass sie meine Existenz vergaß. Ich wollte ihr keinen Grund geben, in mein Zimmer zu kommen, herumzubrüllen, meine Sachen zu zerbrechen und mir vorzuhalten, wie sehr sie es bereue, mich überhaupt bekommen zu haben. Damals hätte ich alles für einen Robbie gegeben, für fehlgeschlagene Versuche, eine Festung zu bauen. Für jemanden, mit dem ich mich gemeinsam hätte verstecken können.

Nachdem er seine Zigarette angezündet hatte, hielt er das Feuerzeug an meine und schützte sie mit der Hand vor Zugluft. Ich zog daran, so wie ich es den Rauchern abgeschaut hatte, und das Papier begann zu brennen.

»Ich habe dich vermisst, Jess. Du warst wie eine Schwester für mich.«

»Ich habe dich auch vermisst.« Ich gab mir Mühe, meine Stimme nicht allzu erstickt klingen zu lassen. Auf eine ganz eigentümliche Art traf das sogar zu. Ich vermisste jemanden wie Robbie in meinem Leben. Ich wusste nicht, wie man sich die richtigen Freundinnen oder Freunde herauspickt, und ich konnte mich an niemanden wenden, wenn ich einen Rat brauchte, weil ich niemandem vertraute. Ich hatte es nie gelernt. Jessie dagegen hatte Robbie gehabt. Sie hatte jemanden gehabt, der sie so mochte, wie sie war. Nicht zuletzt hatte sie einen Freund gehabt, mit dem sie verrückte Sachen anstellen konnte. Für einen Freund wie Robbie hätte ich diesen Stein auch geworfen. Ich hätte für ihn gekämpft. Ich hätte jemanden gehabt, für den ich kämpfen konnte.

Meine Lungen brannten, und meine Augen wurden feucht.

Wir ließen uns beide rücklings ins Gras fallen.

Robbie zog an seiner Zigarette und blies den Rauch zu den Sternen empor. »Himmel, schmecken die Dinger strohig. Als würde man eine alte Matratze rauchen.«

»Ekelhaft«, stimmte ich zu, obwohl ich nicht die leiseste Ahnung hatte, wie eine Zigarette schmecken sollte.

Mein Kopf brummte. Der Himmel war endlos. Robbie rückte näher an mich heran, damit ich seinen Arm als Kissen benutzen konnte und die Wärme seines Körpers in meinen strömte.

Ich hatte mir immer einen großen Bruder gewünscht. Diesen stummen Wunsch hatte ich gehegt, wenn ich etwa eine Wimper verlor, die Uhr genau elf Uhr elf zeigte oder ich einen Penny in den Springbrunnen im Einkaufszentrum warf, obwohl ich wusste, dass er nicht in Erfüllung gehen würde. Während ich hier mit Robbie lag, fühlte ich mich so geborgen, wie ich es mir immer bei einem großen Bruder vorgestellt hatte.

»Trinkt dein Vater immer noch?«, fragte ich ihn.

»Ja«, erwiderte Robbie. »Meine Mom hat ihn verlassen. Endlich. Mein Bruder spricht deshalb nicht mehr mit ihr. Er hält zu Dad. Es hat ihr das Herz gebrochen, aber sie steht es durch.« Er seufzte, und ich spürte, wie sich seine Brust neben mir hob. »Sie muss wieder lernen, ein freier Mensch zu sein. Das ist gar nicht so einfach für jemanden, der so lange eine Gefangene war. Mein Vater wohnt immer noch in dem Haus.« Wie ein Drache stieß er den Rauch aus der Nase aus. »Ich mache nach der Arbeit jedes Mal einen Umweg, damit ich so tun kann, als gäbe es ihn gar nicht.«

»Meine Mom trinkt auch immer noch«, gestand ich. Es war das erste Mal, dass ich es laut aussprach.

»Ach du Schreck!«, entsetzte sich Robbie. »Ich wusste gar nicht, dass deine Mutter auch trinkt. Dein Vater war schlimm genug für zwei Elternteile.«

Ich schnappte nach Luft, tarnte es jedoch mit einem Hustenanfall und tat so, als käme es vom Rauch. »Wahrscheinlich habe ich ihr Problem lange Zeit nicht bemerkt, weil er so viel schlimmer war.« Ich hatte keine Ahnung, ob Jessies Mutter auch getrunken hatte, ich wusste nur, dass meine trank. Ich hatte nie zuvor darüber gesprochen. Jetzt wollte ich es. Ich wollte die Worte laut aussprechen vor einem Zeugen.

»Was ist mit deinem Dad?«, fragte Robbie.

Ich wollte so wenig wie möglich über Jessies Eltern erfinden, deshalb sagte ich: »Mein Vater zählt nicht.« Das kam der Wahrheit am nächsten. Er zählte tatsächlich nicht.

Seit dem letzten Weihnachtsfest, als wir im Lieblingsrestaurant seiner Freundin eine gestelzte Konversation über Käsevariationen geführt hatten, hatte ich meinen Vater nicht mehr gesehen. Ich musste noch vor dem Essen weiter, um meine Mutter zu besuchen, die mich mit Vorwürfen überhäufte, weil ich »diesen Mann und sein Flittchen« ihr vorgezogen hatte. Sie hatte noch nicht einmal ein Abendessen vorbereitet, weshalb wir etwas beim Chinesen bestellten. Gegen halb sieben dämmerte sie weg und bezeichnete mich als Verschwendung von Erbmaterial, als ich sie ins Bett bringen wollte. Ich gab auf, ließ sie auf der Couch liegen, deckte sie zu und drehte sie auf die Seite, bevor ich ging.

Als ich in mein Apartment zurückkam, rief Deagan aus Telluride an, um mir zu erzählen, dass seine Mutter in dem gemieteten Chalet einen ganzen Truthahn gebraten hatte.

»Bei uns gab es auch Truthahn«, behauptete ich. »Eine Weihnachtstradition.«

Deagan fiel nicht auf, wie tonlos und tot meine Stimme klang. Einerseits wollte ich, dass er mich fragte, was los sei, andererseits hatte ich panische Angst davor, denn dann hätte ich eine Erklärung abgeben müssen, die mich zu einem dieser Menschen mit Problemen abstempelte, über die andere heimlich tuschelten.

Er fragte nicht.

Als Deagan mir eine gute Nacht wünschte, legte ich auf und weinte hemmungslos, bis die Mieterin über mir auf den Boden hämmerte, damit ich still war.

Robbie und ich schwiegen lange. Beobachteten die Sterne. Sahen zu, wie sich der Zigarettenrauch in der Luft kräuselte.

»Ein für alle Mal die letzte.« Robbie setzte sich auf, um seine Zigarette an der Sohle seines Stiefels auszudrücken. »Abgemacht?«

»Abgemacht«, bestätigte ich.

Er nahm mir meine ab und drückte sie ebenfalls aus, dann schob er beide Stummel in die Schachtel und die Schachtel wieder in seine Tasche. »Ha, sieh dir bloß an, wie verantwortungsbewusst wir geworden sind. Nur nicht die Umwelt verschmutzen.« Er zupfte einen Grashalm ab und verknotete ihn. »Wo ist nur die Zeit geblieben? Wann sind wir erwachsen geworden?«

»Ich weiß es nicht.« Ich setzte mich auf und lehnte mich gegen ihn. »Ich dachte immer, es wäre … anders. In dem Alter zu sein wie wir jetzt, meine ich.«

»Ich auch.« Robbie reichte mir den verknoteten Grashalm.

Mir fiel das Versprechen ein, das ich Heather gegeben hatte.

»Heather sagt, du willst dein Sperma nicht checken lassen«, überrumpelte ich ihn ohne Umschweife. Dabei ging mir auf, dass es mir eigentlich peinlich sein müsste, mit einem Fremden über solche Dinge zu sprechen. Aber irgendwie war Robbie kein Fremder für mich.

Er sagte nichts. Ich hörte ihn schniefen, dann ließ er den Kopf gegen meinen Arm sinken. Er zitterte. Einen Moment lang dachte ich, er würde lachen, dann ging mir auf, dass er weinte.

»Robbie?«

Nichts.

»Hey.« Ich stupste ihn mit der Schulter an. »Bist du okay?«

»Ich kann nicht.« Seine Stimme klang undeutlich und gepresst.

»Warum nicht?«, fragte ich. »Sie geben dir Pornos. Es ist ein Freifahrschein für ein nettes Stündchen, Robbers.«

»Was, wenn es an mir liegt?« Er sah mich an, und sogar in dem schwachen Licht konnte ich erkennen, dass er am Boden zerstört war. Seine Wangen glänzten vor Tränen. »Ich will gar nicht wissen, ob es an mir liegt. Ob es meine Schuld ist.«

»Es wäre nicht deine Schuld, Robbie. Manchmal geschehen solche Dinge einfach.«

»Aber was ist mit Heather? Sie ist die geborene Mutter. Und die beste Frau, die man sich wünschen kann.« Bei diesen Worten lächelte er sogar. »Wie soll ich ihr bloß beibringen, dass ich mit ihr keine Familie gründen kann?«

»Ich glaube, am meisten liegt ihr an dir«, widersprach ich.

»Keine Ahnung«, Robbie wischte sich mit dem Handrücken über die Augen, »ob das reicht.«

»Es geht gar nicht allein darum, nicht wahr?« Ich nahm an, dass er dasselbe empfand wie ich, wenn ich über Kinder nachdachte, und zum ersten Mal ging mir auf, dass sich vermutlich ein jeder, der problematische Eltern gehabt hatte, genau davor fürchtete.

»Nein.« Robbie schüttelte den Kopf. »Es geht nicht nur darum.«

»Du bist nicht dein Vater«, sagte ich. »Du wirst nie so werden wie er.«

»Was, wenn es unausweichlich ist? Was, wenn mein Dad zum Monster geworden ist, weil ich auf die Welt gekommen bin?«

»Er hatte die Wahl. Er hätte Hilfe in Anspruch nehmen können.« Das hätte meine Mutter auch tun können. Es war ein niederschmetternder und zugleich befreiender Gedanke.

»Gut möglich«, murmelte Robbie.

»Es ist schwer, die Sache von der Warte aus zu betrachten, nicht wahr? Denn wenn du ein besserer Vater sein kannst als er damals, musst du der Tatsache ins Auge blicken, dass dein Vater diese Wahl ebenfalls hatte. Wenn das Schicksal dich nicht zu einem schlechten Vater bestimmt hat, dann trifft das auch auf deinen Dad zu. Außerdem«, ich spürte, wie sich mir die Kehle zuschnürte, »ist es einfacher, sich einzureden, dass wir verkorkst sind, als zu akzeptieren, dass jeder für sich selbst entscheiden kann.« Ich rieb die Hände aneinander, damit meine Finger warm wurden. »Der Gedanke, dass sie ihre Sache einfach nicht besser machen konnten, selbst wenn sie sich Mühe gegeben hätten, tut weniger weh, stimmt's?«

»Wo hast du nur diese Lebenserfahrung her?«

Ich lachte. »Ihr zwei werdet großartige Eltern abgeben.«

»Nichts wünsche ich mir mehr«, erwiderte Robbie leise.

»Wenn du dir in diesem Punkt nicht vertraust, dann vertrau Heather. Sie lässt dich nicht im Stich, dazu liebt sie dich zu sehr. Du bist nicht dein Vater, und Heather ist nicht deine Mutter. Richtig?«

»Jess?«

»Was ist?«

»Bitte verschwinde nicht wieder spurlos, okay?«

»Okay«, versprach ich, weil es das Letzte war, was ich wollte.

Wir ließen uns Hand in Hand rücklings ins Gras fallen und blickten zu den Sternen empor, bis der Himmel sich allmählich verfärbte.

28

Es war schon fast hell, als Robbie und ich zu Myras Haus zurückkehrten. Heather und Myra lagen auf der Couch, den Kopf auf jeweils eine Armlehne gelegt und die Füße in der Mitte miteinander verhakt. Sie schliefen tief und fest. Robbie nahm die Steppdecke von der Rückenlehne des Schaukelstuhls und machte es sich neben Heather auf dem Boden bequem. Ich sah, wie er sie auf die Wange küsste, bevor er sich hinlegte. Müde zog ich eine Decke von dem zweisitzigen Sofa und rollte mich darauf zusammen.

Mehr als drei Stunden konnte ich nicht geschlafen haben, als mein Handy summte. Schlaftrunken, wie ich war, beging ich den Fehler, mich zu melden, statt es auszuschalten. »Moment«, flüsterte ich.

»Jenny? Jenny?«, hörte ich meine Mutter fragen, als ich auf Zehenspitzen durch die Küche in den Hof hinaushuschte. Draußen war es eiskalt, und ich hatte keine Schuhe an.

»Was ist?« Ich gestattete es mir, einen Anflug von Ärger in meiner Stimme mitschwingen zu lassen, obwohl ich wusste, dass ich es würde büßen müssen.

»Dein Ton gefällt mir nicht«, zischte sie prompt. Sie klang verletzt. Und zugleich gefährlich wie eine gereizte Kobra. Ich konnte mir den Ausdruck auf ihrem Gesicht nur zu gut vorstellen, das scharfe Blitzen in ihren Augen, die vor Wut bebenden Wangen.

»Hier ist es noch ganz früh am Morgen«, erklärte ich ihr. »Ich habe geschlafen.«

»Du hast mich fünf Tage nicht zurückgerufen.« Sie schlug einen anklagenden Ton an, den andere Leute sich für Bemerkungen wie »Du hast mich auf dieser einsamen Insel einfach meinem Schicksal überlassen« oder »Du hast in einem Schulbus voller Nonnen ein Blutbad angerichtet und anschließend einen Haufen kleiner Kätzchen überfahren« aufgespart hätten.

»Ich bin im Urlaub.«

»Mir war nicht klar, dass du Urlaub von deiner Mutter brauchst.«

Ich hätte ihr gern an den Kopf geworfen, dass ich vor allem anderen von ihr Urlaub brauchte, sagte stattdessen aber nur: »Ich möchte wieder ins Bett, Mom.«

»Gut und schön, aber …« Dann berichtete sie mir ausführlich von all den tatsächlichen oder eingebildeten Schikanen, denen sie in den letzten Tagen ausgesetzt gewesen war: von dem Mann in dem Cutlass Supreme, der sie auf der 390 geschnitten hatte, über die Friseuse, die sich nicht genug Zeit genommen hatte, um ihre Ansätze nachzufärben (»Als hätte sie es eilig gehabt, Jenny! Dabei hatte ich einen Termin!«) bis hin zu dem jüngsten Vergehen meines Vaters, das irgendwie damit zusammenhing, dass er ihr keine Verlobungsanzeige geschickt hatte. Dabei hätte Letzteres sowieso nur einen Wutanfall à la »Wie kann er es wagen, mir seine Hochzeit mit dieser Schlampe unter die Nase zu reiben?« zur Folge gehabt.

Nach zehn Minuten hörte ich gar nicht mehr hin. Ich setzte mich auf die Hintertreppe, legte den Kopf gegen das absplitternde Holzgeländer und schloss die Augen. Ich hätte das Telefon am liebsten auf Mithören geschaltet, konnte aber nicht riskieren, dass jemand nach draußen kam und mitbekam, wie sie mich Jenny nannte. Mein Hinterteil war zu Eis erstarrt, und mein ganzer Körper schmerzte, weil ich nur ein paar Stunden zusammengerollt auf einem unbequemen kleinen Sofa geschlafen hatte. Aber aufzulegen war keine Alternative. Das war nie eine Alternative. Es löste nämlich unweigerlich eine Explosion aus, die tage- bis wochenlange Aufräumarbeiten nach sich zog. Zudem löste es zumeist auch einen Alkoholexzess aus. Es machte meine Mutter zu einem noch größeren Problem für mich, als sie ohnehin schon war. Unsere Telefonate endeten, wenn sie bereit dazu war, und keine Sekunde früher.

Im College musste ich einmal so dringend zur Toilette, dass ich das Telefon einfach mitgenommen hatte. Ich hatte es beim Pinkeln mit der Hand zugehalten und wäre beinahe damit durchgekommen, wenn nicht jemand in der Nachbarkabine die Spülung betätigt hätte.

»Bist du etwa auf der Toilette?«, fragte meine Mutter mit unüberhörbarem Abscheu in der Stimme. »Ich dachte eigentlich, ich hätte dich besser erzogen und dir beigebracht, dass man so etwas unter keinen Umständen tut.«

Ich beging den Fehler zu erwidern: »Du hast mir beigebracht, mir nicht in die Hose zu machen.«

Am nächsten Tag rief sie an und sagte, sie sehe sich außerstande, meine Studiengebühren noch länger aufzubringen. Sowohl für meinen Vater als auch für sie sei es eine schmerzliche Belastung, dass ich eine Hochschule mit horrenden Gebühren ausgesucht hatte, ohne auch nur einen Gedanken an ihre Bedürfnisse zu verschwenden. Sie könne es nicht fassen, eine so undankbare Tochter großgezogen zu haben, fügte sie noch hinzu. Das alles nur weil ich beim Telefonieren zur Toilette gegangen war und ihr widersprochen hatte.

Anstatt zu begreifen, dass ihr Verhalten nicht normal war, hielt ich mich für die größte Egoistin der Welt, weil ich diese teure Hochschule ausgesucht hatte. Die empfundene Scham verschleierte die Tatsache, dass meine Mutter sehr stolz gewesen war, als ich in Ithaca aufgenommen worden war. Vor jedem, der ihr zufällig über den Weg lief, prahlte sie damit. Aufgrund meiner guten Noten hatte ich ein Stipendium bekommen, das die Gebühren auf die üblichen Kosten für eine staatliche Schule senkte. Aber weil ich sie gekränkt hatte, war meine Collegewahl auf einmal hasserfüllte Absicht gewesen. Ich glaubte ihr, weil ich neunzehn und sie meine Mutter war, und schleppte die nächsten zwei Jahre tonnenweise Schuldgefühle mit mir herum, nur weil ich die Ausbildung genoss, zu der mir jeder geraten hatte.

Neunzehn war ich schon lange nicht mehr. Und nur weil sie meine Mutter war, hatte sie noch lange nicht das Recht, mich zu kontrollieren oder mir Schuldgefühle einzuimpfen. Oder mir das Leben schwer zu machen.

Jene Menschen, die in Myras Wohnzimmer schliefen, bildeten eine Familie, und zwar nicht aus einer genetischen Verpflichtung heraus, sondern weil sie sich liebten. Sie versuchten sich gegenseitig das Leben zu erleichtern. Sie waren kein dauerhafter Ballast, der alle anderen mit herunterzog. Ihre Familie basierte auf Eigenschaften und Verdiensten, was viel mehr zählte als eine Familie, in die man unseligerweise hineingeboren worden war.

Ich würde aus meiner Mom nie die Mutter machen können, die ich brauchte. Ich würde von ihr nie bekommen, was ich mir von einer Mutter wünschte, egal wie oft ich ihre Anrufe entgegennahm oder ihr Haus putzte, ihre Rechnungen bezahlte oder sie zu Bett brachte, wenn sie zu betrunken war, um alleine die Treppe hochzukommen. Mich um sie zu kümmern, hatte mich ein Leben lang daran gehindert, jemals Teil einer eigenen Familie zu sein.

»Ist es zu fassen? Dass er den Nerv hatte, das zu …«, hörte ich sie keifen. Wahrscheinlich sprach sie gerade von meinem Vater. Ein schlichtes Ja oder Nein war nicht die richtige Antwort, es würde sie gewiss nicht davon abhalten, weiterhin ihr Gift zu verspritzen. Meine Rolle in derartigen Gesprächen bestand darin, in angemessenen Abständen »Mhm« zu murmeln, was ich mittlerweile praktisch im Schlaf beherrschte. Meine Füße waren inzwischen eiskalt, meine Muskeln verkrampft, und mein Atem bildete in der Luft kleine Wölkchen. Ich hatte keine Lust mehr, mir ihr Gejammer noch länger anzuhören. Daher legte ich wortlos auf. Danach schaltete ich das Handy ganz aus, damit ich nicht hörte, wenn sie zurückrief.

»Hey«, sagte Heather.

Ich schrak zusammen.

»Sorry«, entschuldigte sie sich, setzte sich neben mich und strich mir das Haar aus der Stirn. »Alles in Ordnung? Du siehst ziemlich durcheinander aus.«

»Meine Mom hat gerade angerufen«, erwiderte ich. »Ich schätze, ich sehe allmählich ein, dass sie nie die Mutter sein wird, die ich mir immer gewünscht habe.«

»Ich fühle mit dir, Süße.«

»Schon gut.« Ich winkte ab, als wollte ich das Problem wegwischen. »Es lohnt sich nicht, darüber zu sprechen.«

»Karen ist wieder da«, sagte Heather. »Sie möchte mit uns Mittagessen gehen. Robbie sagt, er kommt heute Vormittag ohne mich aus, also könnten wir wie Touristen ein bisschen bummeln und uns danach mit Karen und Myra in Portage Bay beim Mexikaner treffen.«

»Klingt gut«, sagte ich. Obwohl ich wusste, dass es keine leichte Herausforderung war vorzugeben, keine Touristin zu sein, brannte ich darauf, Seattle zu sehen. Die Ablenkung würde es mir leichter machen, mein Handy nicht wieder einzuschalten.

29

»Strand, Shopping oder Space Needle?«, fragte Heather, nachdem Myra zur Arbeit aufgebrochen war. Wir wollten gerade in ihren lila Ford Escort steigen, um in die Stadt zu fahren.

»Strand«, erwiderte ich prompt.

»Gott sei Dank. Hättest du Space Needle gesagt, hätte ich den Respekt vor dir verloren. Touristenspielen macht ja grundsätzlich Spaß ...bis die Schneekugeln in den Souvenirläden ins Spiel kommen.«

»Strand klingt perfekt.«

»Prima«, strahlte sie. »Ich war schon ewig nicht mehr im Carkeek und kann einen Spaziergang brauchen.« Sie klopfte auf ihre unglaublich schmale Taille.

»Du siehst fantastisch aus«, sagte ich.

»Ja, und dafür gibt es auch einen Grund. Ich bewege mich so viel wie möglich. Ich hasse es, in Fitnessstudios zu trainieren, deswegen achte ich darauf, oft zu Fuß zu gehen, zu wandern oder mir sonst wie Bewegung zu verschaffen. Außerdem helfe ich Robbie regelmäßig beim Kistenschleppen.« Sie krümmte den Arm, um mir ihren Bizeps zu zeigen. Er wölbte sich auf wie ein Apfel.

»In der Schule war ich ein elender Faulpelz. Bah!« Sie streckte die Zunge heraus. »Zum Glück ist mein Mann hyperaktiv.«

Auf der Fahrt zum Park erzählte mir Heather von dem Haus, das sie und Robbie zu bauen hofften. »Im Moment leben wir in einem besseren Wohnwagen, aber wenn Fish mit seinem Haus fertig ist, hilft er Robbie mit unserem.«

»Alles Teamwork?«

»Genau.« Heather beschrieb mir ihre Traumküche und den Grillplatz, den sie im Garten anlegen wollten. »Robbie will auf einem Stück Land von Fishs Dad bauen. Allerdings komme ich mir jetzt schon manchmal so vor, als wäre ich mit zwei Männern verheiratet. Daher bin ich mir nicht sicher, ob ich es ertragen könnte, Fish als direkten Nachbarn zu haben.«

Ich lachte.

»Ich liebe Fish wirklich heiß und innig«, fuhr sie fort. »Aber die beiden sind heute noch unzertrennlicher als in der Schule.«

Kurz darauf erreichten wir den Carkeek Park und stellten den Wagen am Anfang eines Wanderwegs ab. Heather schlang sich ihre kleine grau und pinkfarbene Tasche über die Schulter, und wir marschierten los.

Wir wanderten an einem Bach entlang. Es war dämmrig und feucht. Überall wucherten üppige Farne und Moos. Mir war völlig schleierhaft, wie wir auf diesem Weg an einen Strand gelangen sollten, wir steuerten eindeutig auf einen Wald zu. Heather legte ein zügiges Tempo vor, und obwohl meine Beine um einiges länger waren als ihre, hatte ich Mühe, mit ihr mitzuhalten, daher redeten wir nicht viel. Die Blasen vom Vortag waren noch nicht verheilt, meine Füße schmerzten, und der Matsch blieb an meinen Slippern kleben. Endlich wurde der Weg trockener, und zwischen den Bäumen konnte man Wasser sehen. Wir kletterten einen steilen Pfad hinunter, dann lag der Ozean plötzlich direkt vor uns. Nachdem wir eine Brücke über ein paar Gleise überquert hatten, standen wir an einem Kieselstrand.

»Oh.« Heather atmete tief ein und seufzte. »In Wassernähe fühle ich mich gleich besser.« Sie zog die Schuhe aus. »Ich weiß, dass ich das bereuen werde, wenn sich meine Füße in Eiszapfen verwandeln, aber ich liebe es, barfuß über steinige Strände zu laufen.«

Ich folgte ihrem Beispiel und war dankbar dafür, meinen Blasen etwas Luft verschaffen zu können.

»Ach herrje!«, entfuhr es Heather. »Was ist denn mit deinen Füßen passiert?«

»Ich war doch mit Fish und Myra wandern«, erwiderte ich. »Myra hatte noch meine alten Wanderstiefel, aber irgendwie passten sie nicht mehr so gut wie früher.«

»Das kenne ich«, meinte Heather. »Kaum verlierst du deinen Babyspeck, sitzt nichts mehr richtig. Wenn ich das gewusst hätte, hätte ich gleich da drüben geparkt.«

»Nein«, widersprach ich. »Es war ein schöner Spaziergang.«

Sie stellte einen Fuß neben meinen. »Echt komisch«, sagte sie dann. »Ich weiß noch genau, wie du mich immer wegen meinen winzig kleinen Zehen gehänselt hast, aber deine sehen auch nicht anders aus.«

Ich grub die Zehen in den Kies. »Das liegt daran, dass sie ein bisschen geschwollen sind, glaube ich.«

»Ich glaube eher, das ist Karma«, grinste Heather. »Lass es dir eine Lehre sein, Jessica. Wer sich über die Stummelzehen anderer lustig macht, bekommt am Ende selbst welche.« Sie hob einen Stein auf und warf ihn in Richtung der Wellen. Er erreichte das Wasser nicht.

Wir gingen näher heran, damit sie es noch einmal versuchen konnte. Diesmal flog der Stein weiter und landete platschend im Wasser. Meine Füße waren eisig, aber die Kälte betäubte wenigstens die Schmerzen. Ich hob ebenfalls einen

Stein auf und schleuderte ihn davon. Er flog nicht einmal halb so weit wie Heathers.

Während wir am Strand entlangschlenderten, hoben wir Glasscherben auf und zupften an langen Seetangstreifen mit Treibholz, dann setzten wir uns auf einen Baumstamm und blickten auf das Wasser.

»Weißt du«, Heather kratzte mit einem Stock ein großes H in den Kies. »Mit meinen Eltern habe ich wirklich Glück gehabt, aber ich habe mitbekommen, wie sehr Robbie unter seinen gelitten hat. Ich weiß, wie weh so etwas tut.« Ihr kleines E war rund und blasenförmig. »Es wäre nicht fair von mir, hier zu sitzen und zu sagen: ›Sie ist immer noch deine Mutter‹, weil ich dann lediglich das, was deiner Mutter fehlt, mit den Vorzügen meiner eigenen ausfüllen würde.« Ihr A sah aus wie mit der Schreibmaschine getippt. »Das habe ich bei Robbie viel zu lange gemacht.« Sie blickte zu mir auf. »Ich weiß nur, dass wir erst ab da ein Stück weitergekommen sind, als ich endlich damit aufgehört habe, Robbie zu erzählen, wie man zu seinen Eltern stehen sollte. Stattdessen habe ich ihm zugehört, wenn er mir beschrieben hat, welche Gefühle er ihnen wirklich entgegenbringt. Es hat ihm geholfen, sich auf die Menschen zu konzentrieren, auf die es ankommt, weil er seitdem jenen nicht mehr so viel Zeit widmet, die ihn fortwährend verletzen.«

Nachdem sie alle Buchstaben aneinandergereiht hatte, zeichnete sie ein Herz und gab mir den Stock.

»Du hast recht«, sagte ich. »Ich weiß das sehr genau. Es ist nur so unendlich schwer, sich von seinen Schuldgefühlen zu befreien.« Ich malte die Umrisse eines riesigen J, doch statt den Rest des Namens zu schreiben, füllte ich es mit Streifen und Punkten.

»Jeder Mensch in deinem Leben, dem du Zeit und Aufmerksamkeit schenkst, sollte das auch verdienen. Du verdienst es, dass deine Liebe erwidert wird, Süße.« Sie umarmte mich. »Wenn das nicht der Fall ist, dann ist es nur menschlich, dass du dir eine Auszeit nehmen willst. Vielleicht ändert sich deine Mutter erst dann, wenn du sie dazu zwingst. Vielleicht ändert sie sich auch nie, aber du solltest deinen Weg weitergehen, und mit der Zeit wird es weniger wehtun als jetzt.«

Die nächste Welle füllte ihren Namen und mein J mit Wasser und ließ die Buchstaben schimmern, als es wieder abfloss.

Als wir zum Auto zurückgingen, sah Heather auf die Uhr. »Wir haben noch fast zwei Stunden Zeit bis zum Essen. Wie wäre es mit einer Kajakparty?«

Ich lachte in der Hoffnung, dass das ein Witz sein sollte.

»Wann haben wir das wohl zum letzten Mal gemacht?«

»Ist lange her. Also gut.« Ich rutschte auf den Beifahrersitz. Ich hatte nicht nur noch nie in einem Kajak gesessen, sondern war darüber hinaus auch noch eine miserable Schwimmerin, weswegen mir die Vorstellung, mich auf das offene Wasser hinauszuwagen, nicht sonderlich behagte.

Heather fuhr nach Portage Bay. Anscheinend wollte die Sonne doch noch herauskommen, und es war etwas wärmer geworden. Wir parkten in der Nähe einer riesigen Zugbrücke und gingen zum Bootsverleih. Heather bat den Mann hinter der Theke um zwei Kajaks.

»Okay.« Er schrieb etwas auf ein Stück Papier. »Ich brauche von jedem von Ihnen eine Kreditkarte und den Führerschein.«

Ich hatte genug Bargeld bei mir, um die Gebühr für den Kajak zu bezahlen, aber ich konnte ihm unmöglich meinen

Führerschein überlassen. Während ich ein Geldscheinbündel aus der Tasche zog, zermarterte ich mir den Kopf auf der Suche nach einer plausiblen Ausrede.

Da mischte sich zum Glück Heather ein. »O nein! Das geht auf mich. Setzen Sie beide Kajaks auf eine Rechnung.« Sie schob ihre Kreditkarte über die Theke und suchte in ihrer Brieftasche nach ihrem Führerschein.

»Steck das Geld weg«, befahl sie mir dann streng und schob meine Hand in Richtung meiner Tasche. »Ich übernehme das.«

Unter normalen Umständen hätte ich darauf bestanden, für mich selbst zu bezahlen, aber ich hoffte, dass der Mann nicht auch noch meinen Führerschein verlangte, wenn Heather zahlte.

Er füllte die Formulare aus, und sie unterschrieb. Dann sagte er: »Jetzt bräuchte ich bitte noch Ihren Führerschein«, und deutete mit dem Kugelschreiber auf mich.

Ich tastete meine Taschen ab, als suchte ich danach. In Wahrheit war er im Futter meines Blazers versteckt, der ganz unten in meiner Reisetasche lag. Ich hielt es für sicherer, ihn nicht mit mir herumzutragen. Wenn ich mit meiner Kreditkarte auffiel, konnte ich immer noch behaupten, ich wäre mit meiner Freundin Jenny essen gewesen und wir hätten aus Versehen die Karten vertauscht, nachdem wir uns die Rechnung geteilt hatten. Ich hatte mir sogar eine richtige Geschichte ausgedacht: wie wir uns gegenseitig versprochen hatten, bis zu meiner Rückkehr die Rechnungen der jeweils anderen zu bezahlen, ehe wir die Karten wieder tauschen konnten.

»Ich fürchte, den habe ich bei Myra vergessen«, gestand ich kleinlaut.

Heather sah den Mann an. »Ich bürge für sie«, sagte sie.

»Sie hat nicht vor, den Kajak zu stehlen. Versprochen. Ich kenne sie schon mein ganzes Leben lang.«

»Na schön.« Der Bootsverleiher lächelte Heather an. Offenbar gefiel sie ihm. »Sie machen einen ehrlichen Eindruck«, sagte er dann zu mir. »Deswegen drücke ich ausnahmsweise ein Auge zu. Aber Sie müssen das Versicherungsformular noch unterschreiben.«

Zunächst musste ich in Druckbuchstaben »Jessica Morgan« schreiben. Bei der Unterschrift kritzelte ich dann nur ein J und dann zwei krakelige Linien aufs Blatt. Ich wusste, dass es keinen Unterschied machte, aber ich brachte es nicht fertig, tatsächlich mit ihrem Namen zu unterschreiben. Dabei wäre das nach all den Grenzen, die ich bereits überschritten hatte, nur ein lächerlich kleiner Schritt gewesen.

Der Mann gab uns Schwimmwesten und Paddel, begleitete uns zum Anlegesteg und hielt den ersten Kajak fest. Heather nahm ihr Paddel, legte es quer über den hinteren Teil des Sitzes und benutzte beide Arme, um sich mühelos hineingleiten zu lassen.

Ich wollte es ihr gleichtun, setzte aber nur einen Fuß in das Boot, woraufhin es schaukelte und ich zu zittern begann. Ich stellte mir vor, wie ich im Wasser neben dem Kajak landete, und rollte mich äußerst unelegant wieder auf den Steg zurück.

»Machen Sie das zum ersten Mal?«, erkundigte sich der Bootsverleiher.

»Oh, sie ist ein alter Hase«, erwiderte Heather.

Der Mann sah mich nur mit hochgezogenen Brauen an.

»Ich bin eingerostet«, erklärte ich. »Das letzte Mal ist dreizehn Jahre her.«

»Okay«, meinte er. »Ich halte den Kajak fest. Er wird

schwanken, aber Sie müssen darauf vertrauen, dass ich ihn nicht loslasse. Er kann nicht umkippen.«

Ich stützte die Arme wieder auf das Paddel und startete einen erneuten Anlauf. Diesmal schwang ich beide Füße zugleich in das Boot. Es schaukelte wild hin und her, aber ich saß darin, und alles war in Ordnung.

»Gut«, sagte er. »Auf geht's.« Er schob das Boot vom Steg weg. Heather war schon ein Stück weiter draußen und wartete auf mich. Ich stieß mich mit dem Paddel ab, bis ich den Steg nicht mehr erreichen konnte und lospaddeln musste.

Aufmerksam beobachtete ich Heather und machte genau das, was sie tat. Natürlich tauchten ihre Paddelblätter nur mit einem leisen Plätschern ins Wasser, während meine auf der Oberfläche aufschlugen und eine wahre Fontäne aufspritzen ließen, aber es ging.

»Ich schätze, es ist so wie Fahrradfahren«, lachte Heather. »Man kommt aus der Übung, aber man verlernt es nicht.«

»Hoffentlich«, rief ich zurück. »Meine Arme sind nicht mehr so in Form wie früher.«

Heather war schnell. Selbst als ich den Dreh heraushatte, entging mir nicht, dass sie nur mit halber Kraft paddelte, damit ich mithalten konnte. Meine Arme und Schultern schmerzten, aber ich lächelte jedes Mal tapfer, wenn sie sich zu mir umdrehte. Allmählich erschien mir das Paddeln wie etwas, das mir Spaß machen könnte, wenn ich eine bessere Kondition hätte.

Wir paddelten an Hausbooten vorbei und zeigten uns gegenseitig diejenigen, die uns am besten gefielen. Doch dann schoss ein Motorboot ziemlich dicht an uns vorbei. Heather wendete ihren Kajak, als wollte sie umkehren, so dass die Spitze genau auf die entstandene Welle zeigte. Ich setzte zum selben Manöver an, war aber nicht schnell genug, und ehe ich mich versah, schlug das Wasser gegen die Seite meines Kajaks und ergoss sich in meinen Schoß.

»Oh!« Heather lachte. »Das muss ekelhaft kalt sein.«

Sie glitt über die Welle hinweg und paddelte auf mich zu. »Alles in Ordnung?«

»Ja«, sagte ich, obwohl ich kurz vorm Nervenzusammenbruch stand. Jessie Morgan würde wegen ein bisschen Wasser mit Sicherheit nicht gleich losheulen. Allerdings wäre sie wohl gar nicht erst nass geworden.

»Wir müssen sowieso langsam zurück«, meinte Heather. »Vielleicht hat ja jemand ein Handtuch für dich.«

30

Auf dem Fußweg, der zu dem Restaurant hochführte, kam uns Myra entgegen. »Wo bist du denn so nass geworden?«, fragte sie mich.

»Wir sind Kajak gefahren«, erklärte Heather.

»Es ist übrigens nicht wie beim Radfahren«, fügte ich hinzu. »Man verlernt es.«

»Sie hat eine Kielwasserwelle abbekommen.« Heather verzog das Gesicht, als täte ich ihr leid, aber ich sah ihr an, dass die Geschichte sie insgeheim amüsierte.

Myra öffnete lachend die Tür. Karen stand schon im Wartebereich. Anhand der Fotos aus der Schulzeit erkannte ich sie sofort. Sie war immer noch hübsch, wirkte aber dünner, härter und erschöpft.

»Ich habe gerade unsere Namen angegeben«, sagte sie und beugte sich vor, um erst Heather und dann Myra auf die Wange zu küssen. »Ich hätte vorher anrufen sollen. Wir müssen noch einen Moment warten.« Dann gab sie mir einen so flüchtigen Wangenkuss, als hätten wir uns vor zwei Wochen noch gesehen. »Hey, Jessie.« Sie warf mir einen scharfen Blick zu, als sie einen Schritt zurücktrat.

Er machte mich nervös. Ich war nicht sicher, ob sie an meiner Identität zweifelte, aber eines stand für mich fest: Dies würde ganz sicher kein warmes, herzliches Wiedersehen mit einer lange verschollenen Freundin werden.

»Geht es Dylan besser?«, erkundigte sich Heather.

»Ja.« Karen schob die Hände in die Gesäßtaschen ihrer

Jeans. Sie war so mager, dass ich mich unwillkürlich fragte, wie sie zwei Kinder hatte austragen können. »Viel besser, er ist nur müde und quengelig. Meine Schwester passt heute auf ihn auf, und Paige ist wieder in der Schule. Armes Mädchen, sie war den größten Teil der Ferien in einem Hotelzimmer eingesperrt.« Sie ballte die Fäuste. »Manchmal könnte ich Travis die Eier abreißen! Es ist einfach lächerlich, wie er sich verhält. Was er alles verpasst.« Sie sah mich an und wandte sich ab, als sich unsere Blicke kreuzten. »Ich habe ihn angerufen und gefragt, ob er nächsten Monat zu Paiges Tanzvorstellung kommt. Man könnte meinen, ich hätte von ihm verlangt, dass er mir eine Niere spendet!«

»Dafür werden Robbie und ich da sein mit dem größten Blumenstrauß, den das Mädchen je gesehen hat«, tröstete Heather sie.

Als die Kellnerin kam, um uns zu einem Tisch zu führen, folgten ihr Heather und Myra sofort.

Karen drängte sich an mir vorbei. »Ich glaube es nicht«, zischte sie mir zu. Der Gedanke, in diesem Moment entlarvt zu werden und mit der ganzen Scharade aufhören zu können, war fast eine Erleichterung, doch dann fügte sie hinzu: »Dass du es wagst, dich hier blicken zu lassen! Nach allem, was du getan hast!«

Mir lief ein Schauer über den Rücken. Die anderen gingen weiter, nur ich stand eine Sekunde lang vom Schock überwältigt da, bis Myra »Erde an Jessie!« trompetete und mich zu sich winkte. Langsam schritt ich auf sie zu. Meine Füße wollten mich einfach nicht zu dem Tisch tragen.

Ich war gezwungen, zwischen Karen und Heather zu sitzen. Karen unterhielt sich mit den anderen beiden, als wäre ich gar nicht da. Myra und Heather schienen es nicht zu bemerken.

Während des Essens schwieg ich größtenteils. Hätte Karen die Absicht, den anderen zu erzählen, was Jessie Schlimmes getan hatte, wäre sie längst damit herausgeplatzt, da war ich ganz sicher. Es musste ein brisantes Geheimnis sein, wenn sie es all die Jahre für sich behalten hatte. Aber es hatte keinen Sinn, darauf anzuspielen. Wenn ich mich in Gegenwart meiner Mutter fühlte, als würde ich gerade ein Minenfeld überqueren, tat ich für gewöhnlich gut daran, den Mund zu halten. Ich war nahezu perfekt darin, mit meiner Umgebung zu verschmelzen, wenn es sein musste.

Ich bestellte das Gleiche wie Heather, weil ich nicht die Energie aufbrachte, einen Blick in die Speisekarte zu werfen und sie ihre Bestellung unmittelbar vor mir aufgegeben hatte. Karen zeigte Myra und Heather Fotos von der Reise und dem einen Tag, den sie in Disneyland verbracht hatten, bevor Dylan krank geworden war. Ich unternahm mehrere schwache Versuche, mir den Hals zu verrenken, um die Bilder auf ihrem Handy sehen zu können und so zu tun, als wäre ich an dem Gespräch beteiligt. Ich war total erschöpft. Meine Jeans waren nass und zogen sich zusammen. Meine Schenkel brannten von dem Salzwasser, ich drohte an dem Kloß in meiner Kehle zu ersticken, und ich hatte seit mehreren Nächten nicht mehr richtig geschlafen. Obwohl Karen vermutlich triftige Gründe hatte, Jessie die kalte Schulter zu zeigen, und keinen einzigen, mich mit einzubeziehen, stimmte es mich trotzdem traurig, nicht dazuzugehören.

Lustlos stocherte ich in meinen Taquitos herum, nippte an meiner Horchata und konzentrierte mich auf Kleinigkeiten: das ausgefranste Tischtuch, Karens absplitternden dunkelroten Nagellack, das Muster des Kondenswassers auf meinem Glas. Das hatte ich immer schon getan, wenn ich mit etwas, womit ich gerade konfrontiert wurde, nicht umgehen konnte. Wann immer meine Mutter mir so sehr zusetzte, dass ich in Tränen auszubrechen drohte, konzentrierte ich mich auf den breiten Ansatz, der verriet, dass ihr blondes Haar gefärbt war. Es hatte dann den Anschein, als schenkte ich ihr meine ungeteilte Aufmerksamkeit, dabei zählte ich bloß die grauen Haare auf ihrem Kopf.

»Das war er also«, Karen ließ ihr Handy in ihre Tasche fallen, »mein großartiger Urlaub.«

»Oh.« Myra hielt die Hände vor die Brust. »Es ist wirklich schade, dass du nicht an dem Jahrgangstreffen teilnehmen konntest, Kar.«

»Du hättest Jess und Robbie Karaoke singen hören sollen«, lachte Heather.

»Tja«, sagte Karen in einem Ton, als würde nichts auf der Welt sie weniger interessieren. »Das muss eine tolle Show gewesen sein.«

Sie durchbohrte mich mit einem weiteren durchdringenden Blick, aber ich beschäftigte mich angestrengt damit, die Reiskörner auf meinem Teller zu zählen, und weigerte mich, sie anzusehen.

Nachdem wir bezahlt hatten und der Tisch abgeräumt worden war, stürmte Myra nach draußen, weil ihr Parkschein abgelaufen war. Heather ging noch schnell zur Toilette, so dass Karen und ich allein vor dem Restaurant zurückblieben. Ich wünschte, ich hätte Heather um den Autoschlüssel gebeten, dann hätte ich im Wagen warten können.

»Eins muss man dir lassen«, sagte Karen. »Du hast Mut. Tust so, als wäre nichts geschehen. Ich hätte nicht gedacht, dass ich dich jemals wiedersehe.«

»Und wenn schon.« Ich tat, als hätte ich keine Angst vor ihr.

»Ich habe nur deshalb nichts gesagt, weil ich weiß, dass es sie stärker treffen würde als dich.«

Die Restauranttür wurde geöffnet, und Heather kam heraus. Ich forschte in Karens Gesicht. War Heather diejenige, die Jessie verletzt hatte?

Karens harte Augen verrieten nichts.

»Oh! Schön, dass ihr zwei euch so viel zu erzählen habt.« Heather schob sich zwischen uns und legte jeder von uns einen Arm um die Schulter. »Ich hatte schon Angst, du würdest nicht rechtzeitig zurückkommen, um Jessie noch zu sehen.«

»Das wäre wirklich furchtbar gewesen«, erwiderte Karen.

Heather ging auf ihren Ton nicht ein.

Da Heather zur Arbeit musste, setzte sie mich bei Myra ab. Wie sie es mir gesagt hatte, nahm ich den Schlüssel aus dem Versteck neben dem Briefkasten, um ins Haus zu kommen, aber ich hätte mich auch dann wie ein unbefugter Eindringling gefühlt, wenn ich wirklich Myras alte Freundin gewesen wäre. Meine Hände zitterten, als ich den Schlüssel ins Schloss steckte.

Ich erinnerte mich daran, dass Myra erwähnt hatte, Jessies Fotos seien in einer Schachtel irgendwo im Keller. Ich stieg die knarrenden Stufen hinunter und stieß mir den Kopf an einem niedrigen Türrahmen. Der Keller war dunkel und feucht, die Wände bestanden aus schimmeligem Schlackenstein, und ich reichte mit dem Kopf fast an die Deckenbalken heran. In dem durch das kleine Fenster hereinfallenden Licht erkannte ich eine nackte Glühbirne mit einer Zugkette, die in der Mitte des Raums hing.

Der Keller war mit alten Möbeln, Weihnachtsdekorationen, künstlichen Blumen, Skiern, einem Schaukelpferd und einer Schneiderpuppe so voll gestopft, dass ich fürchtete, die Schachtel mit den Fotos in dem Durcheinander nie zu finden. Trotzdem durchforstete ich einen Stapel Kartons in einer Ecke, die jedoch nur alte Kinderkleidung enthielten. Schneeanzüge, handgestrickte Pullover, einzelne Fäustlinge und ein paar Rollerskates, die sicher Myra gehörten. Ich hatte in der ersten Klasse genau dieselben gehabt und mir beim Rollschuhlaufen in unserer Auffahrt einen Schneidezahn ausgeschlagen. Es hatte fast ein Jahr gedauert, bis er nachgewachsen war, und meine Mom hatte es mir nie wieder erlaubt.

Allmählich vergaß ich, dass ich in Myras Sachen stöberte, denn es hätten genauso gut meine sein können. Ich entdeckte Gummiarmbänder in allen nur erdenklichen Neonfarben. Eine Talismankette aus Plastik mit knopfäugigen Bären und Häschen, einer Trillerpfeife, einem Tennisschläger, einem Turnschuh, einem Abakus mit regenbogenfarbenen Kügelchen, einem Telefon mit abnehmbarem Hörer und einer Mundharmonika, die sogar funktionierte. Ich hatte größtenteils dieselben Anhänger an meiner Kette gehabt.

Myra besaß offenbar auch ein Stoffglücksbärchi, das Freundschaftsbärchi. Ich hatte damals die Tatze des Wunschbärchis gehalten, um abends einschlafen zu können.

Dann fand ich einen Karton mit *Baby-Sitters-Club-* und *Sweet-Valley-High-*Büchern. In dem Alter, als ich die Romane über die Zwillingsschwestern lesen wollte, hatte ich nicht gedurft, aber ich hatte mir von meinem Taschengeld jeden *Baby-Sitters-Club-*Band gekauft, den ich in die Finger bekam. Wir hatten beide Debbie-Gibson-Videos und schwarze, breitkrempige Hüte und neonfarbene Skijacken, obwohl ich nie Ski gelaufen war. Als Kind hatte ich mir immer einen Easy-Bake-Kinderbackofen gewünscht. Myra hatte offensichtlich einen bekommen.

Ich durchstöberte jeden einzelnen Karton und achtete sorgfältig darauf, alles so zurückzulegen, wie ich es vorgefunden hatte. Jessies Fotos konnte ich nirgendwo entdecken. Dann bemerkte ich einige Regale in einer anderen Ecke des Raums. Jedes war mit einem beschrifteten roten Stück Klebeband versehen: Eddie, Marcie, Julian, Myra.

Ich glaube, Eddie war Myras Vater. Sie hatte beiläufig erwähnt, dass ihr Dad nach Sedona gezogen war. Aus dem, was ich mir anhand der Fotos im Haus und Myras Erzählungen zusammengereimt hatte, schloss ich, dass es sich bei Marcie um Myras Tante handelte. Julian war Myras Bruder. Sie hatte ihn seit der Beerdigung ihrer Großmutter nicht mehr gesehen. Die beiden redeten noch nicht einmal miteinander. Ihre Familie war zerbrochen, als sich die Geschwister nach der Scheidung ihrer Eltern auf unterschiedliche Seiten geschlagen hatten. Ich konnte mir einfach nicht vorstellen, einen großen Bruder zu haben und kein Wort mehr mit ihm zu sprechen, weil ich mir mein ganzes Leben lang so sehnlich einen gewünscht hatte. Aber vielleicht verhielt es sich damit ähnlich wie mit dem, was Heather über meine Mutter gesagt hatte: Vielleicht projizierte ich meine Wunschvorstellung von einem Bruder auf Julian. Schließlich kannte ich ihn gar nicht.

Eddies Regal enthielt eine Schachtel Golfbälle und einen Stapel *Time-Life*-Bücher über den Alten Westen, einen Spielzeugelefanten und Schuhkartons mit allem möglichen Krimskrams.

Auf Marcies Regal lagen Puppen in Kartons mit Zellophanfenstern, durch die sie hinausspähten. Ihre Plastikaugen zitterten, wenn ich die Kartons berührte.

Julians Regal war leer, das von Myra voller Schuhkartons mit der Aufschrift »Broschen«, »Buntstifte«, »Nippes«, »Bänder«, »Skizzen« und »Schlümpfe«. Der einzige unbeschriftete Karton enthielt unzählige Schwarzweißfotos von Myra, Jessie, Robbie, Fish, Heather und Karen.

Die erste Fotoserie zeigte die Clique ganz in Schwarz und Weiß. Die Bilder sahen aus, als wären sie in der Aula der Highschool aufgenommen worden. Die sechs mussten den Kostümfundus der Schule geplündert haben. Robbie trug eine Federboa, Fish einen Zylinder. Punktstrahler sorgten für Schatten und Licht. Auch Jessie war auf einigen der Bilder zu sehen, ihre Kamera musste mit einem Zeitschalter ausgestattet gewesen sein. Die Fotos wiesen starke Kontraste auf, sie hätten aus einem Film noir stammen können, und alle außer Heather spielten mit schmachtenden Mienen oder gedankenverlorenen Blicken mit. Nur Heather strahlte auf jedem Bild in die Kamera. Die Grübchen in ihren runden Wangen bildeten zwei große schwarze Flecken in ihrem Gesicht. Auf einer Aufnahme schmiegten Jessie und Robbie die Gesichter aneinander, sogen die Innenseiten ihrer Wangen ein und streckten der Kamera ihre ineinander verflochtenen Hände entgegen, als würden sie Tango tanzen. Jessie trug einen schwarzen Hut mit einem Schleier, der ein Auge verdeckte.

Dann kam ein Foto von Myra, die klein und traurig ohne Kostüm oder Make-up allein auf der Bühne stand und direkt in die Kamera blickte. Sie musste viel Vertrauen zu Jessie gehabt haben, um sich ihr von dieser verwundbaren Seite zu zeigen. Ich fragte mich, worüber die beiden wohl gesprochen hatten, während Jessie fotografierte.

Die nächsten Fotos steckten in einem vergilbten Umschlag, der von einem Gummiband zusammengehalten wurde. Es war eine Selbstporträtserie. Auf die Rückseite des Umschlags war mit Bleistift eine Liste gekritzelt. Jessie hatte aus den Buchstaben ihres Namens Anagramme gebildet und dann die einzelnen Personen verkörpert, als wären sie real. Auf der Rückseite von jedem Foto stand ein Name von der Liste.

Jasmine Gores war eine Südstaatenschönheit mit einer Blume hinter dem Ohr. Miss Jean Ogre trug genau wie Miss Havisham ein schmuddeliges Spitzenkleid. Anise Jogrems hatte sich die Lippen dunkel geschminkt und blies Rauch in die Kamera. Es waren jugendliche, übertriebene Vorstellungen davon, wie die Menschen mit diesen Namen sein könnten, aber die Fotos als solche waren beeindruckend.

Jessies resoluter Blick und der Eigensinn, den sie trotz der verschiedenen Rollen, in die sie geschlüpft war, immer noch ausstrahlte, wirkten irgendwie beunruhigend. Ich fragte mich, wie irgendjemand mich für sie halten konnte. Wir hatten zwar ähnliche Wangenknochen, ähnlich geschnittene Augen und denselben Teint, aber diese spezielle Ausstrahlung ging mir ab. Ich verfügte nicht über die Fähigkeit, stets meine eigene Persönlichkeit durchschimmern zu lassen unabhängig davon, wen ich darstellte.

Als ich hörte, wie eine Autotür zugeschlagen wurde, schob ich die Schachtel auf das Regal zurück und rannte gerade rechtzeitig die Stufen hoch, um Fish durch die Eingangstür kommen zu sehen.

»Hey.« Er küsste mich behutsam, als hätte er sich noch nicht daran gewöhnt, es tun zu können, wann immer er wollte. »Ich muss einen Hund zu einer Kundin an der Universität bringen. Hast du Lust mitzukommen?«

31

Wir stiegen in seinen Truck. Auf dem Sitz wartete ein schöner Hund mit hellem Fell, der eine blaue Weste und ein Brustgeschirr trug. Ich war mir ziemlich sicher, dass es sich um denselben Hund handelte, mit dem ich Fish am Sonntag gesehen hatte.

»Das ist Matisse.«

Der Hund sah Fish an, bis dieser ihm zunickte. Dann erst drehte Matisse sich um und schnupperte an meiner Hand. Er war sanft und freundlich, das genaue Gegenteil von dem ungebärdigen Golden Retriever, den meine Nachbarn gehabt hatten, als ich ein Kind war. Er ließ sich kurz von mir streicheln, dann richtete er seine Aufmerksamkeit wieder auf die Straße. Neben ihm zu sitzen empfand ich als ungeheuer beruhigend.

»Wie der Maler?«, fragte ich.

»Genau«, bestätigte Fish. »Wir waren ziemlich sicher, dass er Anitas Hund werden würde, deswegen haben wir ihm den Namen eines Malers gegeben.«

»Warum?« Die Wahl erschien mir ziemlich grausam.

»Sie ist die Leiterin des Fachbereichs Kunst«, erwiderte Fish.

»Aber sie ist blind«, platzte ich heraus und wünschte augenblicklich, die Worte wieder einfangen und in meinen Mund zurückschieben zu können. »Es gibt sicher irgendeine Art, wie Blinde Kunst erleben können. Ich dachte nur …«

»Anita ist nicht blind. Sie leidet unter epileptischen Anfällen.«

»Ach so.« Ich errötete, war jedoch erleichtert, dass wir diesen Punkt geklärt hatten, bevor ich Anita begegnete und in ihrer Gegenwart etwas Dummes sagen konnte. »Wie kann ein Hund da helfen?«

»Wir hoffen, dass Matisse Anita so gut kennen lernt, dass er imstande ist, jene kleinen Veränderungen wahrzunehmen, die einen Anfall ankündigen, bevor Anita selbst merkt, was da gerade passiert. Aber das wird von ihrer Beziehung abhängen. Matisses Fähigkeit, die Anzeichen zu erkennen, und Anitas Fähigkeit, seine Warnungen zu verstehen, sind dabei ausschlaggebend.« Jedes Mal, wenn sein Name fiel, sah der Hund Fish aufmerksam an. »Du kannst einen Hund nicht dazu ausbilden, Krampfanfälle zu wittern. Wir haben mit ihm einfach das übliche Blindenführhundetraining absolviert. Er wird ihre Medikamente und ein Notfallhandy in seiner Weste bei sich tragen, damit alles greifbar ist, wenn sie Hilfe rufen muss. Er wird ihr übers Gesicht lecken und so bei Bewusstsein halten. Solche Sachen eben.«

Fish legte eine Hand gegen Matisses Seite, um ihn zu stützen, als er um eine scharfe Kurve bog. »Außerdem stellt allein das Wissen, dass er da ist, eine unglaubliche Beruhigung dar. Nicht zu wissen, ob und wann sie einen neuen Anfall erleiden, lässt die Betroffenen in ständiger Angst leben. Matisse gibt Anita ein bisschen inneren Frieden.«

»Wow«, meinte ich. »Und du hast ihm das alles beigebracht?«

»Ganz genau.« Fish wirkte schüchtern. »Matisse hat bei einer Familie gelebt, die sich erboten hat, ihn großzuziehen und auszubilden, bis er ungefähr ein Jahr alt war. Danach habe ich begonnen, ihn auszubilden. Da Anita eine

Einheimische ist, haben wir eine Weile zusammengearbeitet. Patienten, die weiter weg wohnen, kommen gewöhnlich für eine Woche hierher, um unser Programm zu durchlaufen, Anita dagegen war in den gesamten Ausbildungsprozess eingebunden. Derzeit sind wir auf der Zielgeraden. Ich werde Anita auf ihren üblichen Wegen auf dem Campus begleiten, damit wir gemeinsam Fehler vermeiden und sehen können, ob es Probleme damit gibt, einen Hund mit in die Gebäude zu nehmen, in denen sie arbeitet. Wir simulieren einen Anfall, danach geht Matisse mit ihr nach Hause.«

»Du arbeitest also erst eine ganze Weile mit ihm, und dann musst du ihn abgeben?«

Fish nickte. »Das ist jedes Mal der beste und der schwerste Moment. Inzwischen fällt es mir etwas leichter, weil ich schon so viele Hunde ausgebildet habe. Danach stürzte ich mich direkt in die Arbeit mit der nächsten Welpengruppe. Bei den ersten Hunden hat es mich fast umgebracht, mich von ihnen trennen zu müssen.« Er schielte zu Matisse hinüber. »Aber ich werde von Zeit zu Zeit nach den beiden sehen.«

Als wir die Universität erreichten, fuhr Fish zum Fachbereich Kunst und parkte in der äußersten Ecke des Parkplatzes. Nachdem er den Sicherheitsgurt von Matisses Brustgeschirr gelöst und sein Okay gegeben hatte, folgte der Hund ihm zur Fahrertür hinaus. Fish befahl ihm, sich hinzusetzen, und kniete sich dann vor ihn, um seine Stirn gegen Matisses Nase zu pressen. Ich blieb hinter dem Truck stehen, um die beiden einen Moment lang alleine zu lassen.

Als ich ihn »Das war's, Kumpel. Sei ein guter Junge, ja?« sagen hörte, war ich zutiefst gerührt. Schnell wandte ich mich ab, bevor Fish mich sah. Ich wollte mich nicht in ein emotionales Wrack verwandeln, schließlich war ich nur eine unbeteiligte Zuschauerin. Vermutlich brauchte Fish jemanden, der Stärke zeigte und ihn zum Lachen brachte, wenn der Moment des Abschieds kam.

»Gut.« Fish richtete sich auf. »Okay, Matisse.«

Wir gingen gemeinsam auf das Gebäude zu. Die ganze Zeit über ließ der Hund Fish nicht aus den Augen. Er zerrte weder an der Leine noch beschnupperte er die Leute, an denen wir vorbeikamen. Er schien zu wissen, dass er im Dienst war, und nahm seine Arbeit ernst.

»Hi, Matisse«, sagte Anita, als wir in ihr Büro kamen.

Matisse wedelte mit dem Schwanz.

»Okay.« Fish ließ die Leine fallen. Der Hund rannte zu der Dozentin und leckte ihr übers Gesicht. »Anita, das ist meine Freundin Jessie. Sie ist für den Fall mitgekommen, dass wir ein zusätzliches Paar Hände brauchen.«

»Prima.« Anita stand von ihrem mit Papierbergen übersäten Schreibtisch auf. Sie trug dunkelblaue Jeans und ein abgetragenes blaues Arbeitshemd, das die Geschichte ihrer Arbeit in Farbspritzern widerspiegelte. Ihr blondes Haar war zu einem unordentlichen Knoten geschlungen. Sie wischte sich die Hände an der Hose ab, sagte: »Freut mich, dich kennen zu lernen, Jessie« und schüttelte mir die Hand. Ihre Fingernägel waren ebenfalls mit Farbe verschmiert.

Neid stieg in mir auf. Ich wollte auch ein Leben, in dem ich eine gute Entschuldigung dafür hatte, schlampig herumzulaufen. »Ganz meinerseits«, sagte ich.

Wir durchliefen eine Kurzversion von Anitas Tag. Ich übernahm die Rolle diverser Studenten und Mitarbeiter, damit Fish seine Kundin anleiten konnte. In solchen Momenten war ich für gewöhnlich verlegen, aber ich fand es derart faszinierend, die drei bei der Arbeit zu beobachten, dass ich darüber meine Hemmungen vergaß.

Sobald sich ein Möbelstück oder der Grundriss eines

Raums als Problem erwies, steckten wir die Köpfe für ein Brainstorming zusammen und vergewisserten uns, dass es in jedem Klassenraum, Besprechungszimmer und Studio, in dem Anita Zeit verbrachte, auch einen Platz für Matisse an ihrer Seite gab.

Als wir das Atelier der Abschlussklasse betraten, schnappte ich nach Luft. Hohe Fenster. Hartholzböden. Der Geruch nach Farbe und Terpentin. »Das ist ja fantastisch!«, entfuhr es mir. »Dieses Licht!«

Ich hatte im College so viele Kunstunterrichtsstunden genommen wie nur möglich und sie in meinen Stundenplan gequetscht, wann immer ich konnte. Im letzten Jahr hatte ich sogar mein Bankkonto geplündert, um Malkurse für Fortgeschrittene zu besuchen, damit ich einen Abschluss in Kunst als Nebenfach machen konnte. Die Kosten waren über das Stipendium nicht gedeckt, und meine Eltern wären niemals dafür aufgekommen. Die Nachmittage im Atelier zu verbringen und all meine Gefühle auf eine Leinwand zu bannen – das waren die glücklichsten Momente meines Lebens gewesen. Diese Schaffensfreude hatte alles andere leichter erscheinen lassen.

»Malst du auch?«, fragte Anita.

»Früher mal«, erwiderte ich. »Ich würde gerne wieder damit anfangen. Am College habe ich Kunst im Nebenfach studiert, aber nach meinem Abschluss ist mir meine Arbeit in die Quere gekommen.«

»Was machst du jetzt?«

»Ich bin in der Werbebranche.«

»Du kannst jederzeit zurück.« Anita lächelte schelmisch. »Wir sehen es gern, wenn unsere Studenten ein bisschen Berufspraxis mitbringen. Erfahrung auf dem Gebiet der Werbung ist ein großes Plus. Zum Job eines Künstlers gehört heutzutage auch das Wissen, wie man seine Arbeiten an den Mann bringt.«

»Ich wusste gar nicht, dass du malst«, bemerkte Fish.

»Ich habe erst auf dem College damit angefangen«, erklärte ich nervös, in dem Versuch, meinen Ausrutscher zu überspielen. Es kam mir wie die größte Lüge vor, die ich bislang erzählt hatte. Ich malte, seit ich denken konnte. Die einzige Phase in meinem Leben, in der ich damit aufgehört hatte, war die Zeit mit Deagan gewesen. Es war fast ein Jahr her, seit ich zuletzt bei offenen Fenstern in der Essecke meines Apartments gesessen hatte, während die Farben vor mir darauf warteten, in ein Bild verwandelt zu werden. Deagan hatte sich ständig über den Terpentingeruch und die Flecken an meinen Händen beschwert, bis ich mir vorgekommen war, als würde ich ihn mit meiner Malerei bewusst schikanieren. Ich verlor die Freude daran, weil mir ständig bewusst war, dass er wieder verärgert sein würde.

»Es klingt jedenfalls logisch«, meinte Fish. »Du hast ja auch immer so tolle Fotos gemacht.«

»Ich würde gern ein paar deiner Bilder sehen«, sagte Anita.

»Ich habe leider keine Dias dabei«, gab ich zurück. »Aber ich habe ein paar Fotos auf meinem Handy.«

Ich hatte sie gemacht, bevor ich die Bilder im Sommer eingelagert hatte. Rasch schaltete ich das Handy ein, ignorierte die Tatsache, dass mehrere Nachrichten eingegangen waren, und hielt es dicht gegen meinen Körper, während ich durch die Fotos scrollte, falls sich irgendetwas Belastendes in den Alben befand. Endlich stieß ich auf die Bilderserie, die ich für mein Abschlussprojekt angefertigt hatte, und reichte Anita das Telefon. Sie betrachtete sie eingehend, während Fish ihr über die Schulter spähte.

»Wow, Jess«, meinte er. »Ich hatte ja keine Ahnung.«

Zum Glück zeigte das Foto nach den Bildern nur mich und Luanne beim Fliederfest. Absolut unverfänglich.

»Es ist immer schwierig, Arbeiten zu beurteilen, wenn man sie nur auf einem so kleinen Bildschirm sieht.« Anita gab mir das Handy zurück. »Aber mir gefällt dein Stil. Hast du schon einmal über ein MFA-Programm nachgedacht?«

»Typisch.« Fish versetzte ihr einen leichten Rippenstoß. »Immer darauf aus, Leute anzuwerben.«

»Bislang noch nicht«, erwiderte ich. »Allerdings denke ich gerade über eine ganze Reihe an Veränderungen in meinem Leben nach.«

»Ich bin jedenfalls hier, wenn du Fragen dazu hast.«

Nachdem wir durch das Atelier gegangen waren und auch hier etwaige Probleme und die verschiedenen Möglichkeiten besprochen hatten, sich mit Matisse zwischen den Staffeleien und Gerätschaften durchzuschlagen, waren wir mit Anitas Tagesablauf fertig. Ich verließ den Raum, während die drei in ihrem Büro noch den Anfall simulierten. Anita schien es peinlich zu sein, einen Krampfanfall vortäuschen zu müssen, daher fragte ich, wo die Toiletten waren, und ließ sie allein.

Ich ging den Gang zu dem Atelier entlang und starrte die Staffeleien, die großen Leinwandrollen und die Farbflecken auf den Bodendielen an. Dann setzte ich mich auf einen Stuhl in der Ecke, schloss die Augen und dachte an all die Dinge, die ich malen würde. Ich stellte mir vor, wie ich den Pinsel in die Farbe tauchte und damit über die Leinwand fuhr, und spürte förmlich, wie die straff gespannte Leinwand unter dem Druck unmerklich nachgab. Immer wenn ich mir ausmalte, wie es wohl wäre, mit Deagan verheiratet zu sein, schien irgendetwas am Gesamtbild nicht zu stimmen. Ich konnte mir auch nicht vorstellen, bei Levi & Plato befördert zu werden und in meinem eigenen Büro zu arbeiten. Dafür konnte ich mich vor meinem geistigen Auge so klar und deutlich in diesem Atelier sitzen und malen sehen, als würde ich hierhergehören.

Eine Studentin kam mit einem Glas voller Pinsel und einer großen schwarzen Mappe hereingestürmt. Sie hatte langes braunes, zu einem Zopf geflochtenes Haar, trug ein weites grünes Kleid, hatte Ohrstöpsel im Ohr und summte vor sich hin.

»Oh, verdammt!«, rief sie, als sie mich sah. »Sorry! Sorry! Du hast mich vielleicht erschreckt. Ich war ganz in meine eigene kleine Welt versunken.«

»Ich auch.« Ich stand auf.

»Du musst wegen mir nicht gehen. Ich wollte dich nicht stören.«

»Nein, ich muss sowieso los.«

Fish und Anita waren mit der Übung fertig, als ich wieder ins Büro kam. Beide lobten Matisse.

»Guter Junge!«, strahlte Anita.

Auf Fishs Gesicht lag ein trauriger, sehnsuchtsvoller Ausdruck.

»Wir lassen dich für einen Moment mit ihm allein«, sagte Anita zu Fish und hakte sich bei mir unter. Draußen auf dem Gang wandte sie sich an mich. »Hier ist meine Karte. Ruf mich an. Ich meine es ernst. Deine künstlerische Begabung in Kombination mit deiner Erfahrung im Beruf könnte sich als sehr vorteilhaft für uns erweisen.«

Als Fish und Matisse aus dem Raum kamen, waren Fishs Augen gerötet. »Hier.« Er reichte Anita die Leine.

»Du …« Anita küsste Fish auf die Wange und umarmte ihn. »Du hast mir gerade eben ein Stück Leben zurückgegeben.« Als sie sich von ihm löste, weinte sie ebenfalls, was natürlich auch mich nicht ungerührt ließ.

Auf dem Weg zurück zum Parkplatz hielt ich Fishs Hand. Sobald er sicher im Truck saß, beugte er sich vor und vergrub das Gesicht an meiner Schulter. »Ich schätze, ich habe gelogen«, murmelte er. »Es wird doch nicht von Mal zu Mal leichter. Aber es ist das Beste, was ich tun kann, oder?«

»Ich bin furchtbar stolz auf dich«, sagte ich.

Er schnüffelte laut, wischte sich mit dem Ärmel das Gesicht ab, dann ließ er den Motor an. »Mach dich deswegen ja nicht über mich lustig, Jess.«

»Das würde mir im Traum nicht einfallen.«

»Es gilt nicht unbedingt als männlich, wegen eines Hundes zu weinen.«

»Mich erstaunt nur, dass du dir das immer wieder antust, nur um anderen Menschen zu helfen. Ich finde das bewundernswert.«

»Weißt du was …« Seine Augen funkelten schelmisch. »Ich glaube, Myra ist im Geschäft.«

»Keine Ahnung«, widersprach ich. »Ich glaube nicht, dass ich es im Bett ihrer Oma tun kann.«

»Wer braucht dazu schon ein Bett?«, grinste er.

Wir schafften es nicht einmal bis nach oben. Fish küsste mich in dem Moment, als wir das Wohnzimmer betraten. Da die Vorhänge nicht zugezogen waren, stolperten wir in die Küche und entledigten uns dabei unserer Kleider. Er hob mich hoch und setzte mich auf Myras Küchentheke.

»Das wäre absolut unnett von uns!« Ich sprang wieder herunter und zog ihn mit mir auf den Boden.

»Wann hast du denn deine höfliche Seite entdeckt?«, lachte Fish.

»Darauf wird immerhin Essen zubereitet!«

Fishs ganzer Körper zitterte, als er lauthals losprustete.

Ich löste seinen Gürtel und zog ihn aus den Schlaufen. Er schlug mit einem lauten Klirren gegen den Boden, was ich nicht beabsichtigt hatte.

»Mm.« Fish küsste meinen Hals. »Wild bist du immer noch.«

»Manche Dinge ändern sich eben nie.« Ich knabberte an seiner Unterlippe. Es war besser, ihm in diesem Punkt zuzustimmen.

32

»Du bist«, sagte Fish, als wir atemlos in einem Kleiderhaufen auf dem Küchenfußboden lagen, »einfach …«

Mein Handy klingelte. Ich hatte vergessen, dass ich es wieder eingeschaltet hatte. Zum Glück war es nur Heather. Ich meldete mich.

»Ist Fish bei dir?«, sagte sie anstelle einer Begrüßung.

»Ja«, bestätigte ich. »Wir sind bei Myra.«

»Wie ist die Hundeübergabe gelaufen?«

»Ganz gut«, erwiderte ich. »Na ja … es war schon hart.«

Fish lachte.

»Ich weiß echt nicht«, stammelte ich, »woher er jedes Mal aufs Neue die Kraft dazu nimmt.«

Fish brach erneut in Gelächter aus, sprang auf und lief ins Bad.

»Er ist großartig, nicht wahr?«, bemerkte Heather.

»O ja«, seufzte ich.

»Okay«, schloss Heather. »Sag ihm, wir sind in fünf Minuten da, um das Ritual zu vollziehen. Bis gleich, Süße.«

»Was für ein Ritual?«, fragte ich, aber sie hatte schon aufgelegt. »Was für ein Ritual?«, fragte ich Fish, als er zurückkam.

»War das Heather?«

»Ja.«

»Mist, dann sollten wir uns besser anziehen. Sie steht gerne früher vor der Tür als angekündigt.«

»Sie sagte, in fünf Minuten.«

Im selben Moment ging die Vordertür auf. Mein Shirt war

vollkommen zerknittert. Fish gab mir seinen Pullover, um ihn darüber zu ziehen.

»Hey, Leute«, zwitscherte Heather.

»Seht ihr anständig aus, oder laufen wir Gefahr, rot zu werden?«, kam es von Robbie.

»Einigen wir uns auf unmoralisch und entsetzlich dekadent.« Fish verließ die Küche, um mir die Gelegenheit zu geben, die letzten Knöpfe zu schließen.

Kurz darauf gesellte ich mich zu den anderen ins Wohnzimmer. Heather hielt eine große Einkaufstüte in der einen und ein Sortiment von langen Holz- und Plastiklöffeln sowie einen Blumenstrauß in der anderen Hand.

»Seid ihr bereit, euren Frust mit Eis zu versüßen?« Sie reichte jedem von uns einen großen Becher Eis und einen Löffel. Drei Becher blieben übrig. Wir setzten uns damit auf die Couch, legten die Füße auf den Tisch und öffneten die Packungen.

»Auf Fish!« Heather hob ihren Löffel.

Robbie und Fish schlugen mit ihren dagegen, und ich tat es ihnen nach.

»Was hast du erwischt, Jess?«, fragte Robbie.

Ich betrachtete den Becher. »Fro Yo Chocolate Fudge Brownie.«

»Mist.« Heather nahm mir das Eis weg. »Ich wollte kein Joghurteis.«

»Ist schon in Ordnung«, sagte ich.

»Nein«, widersprach Fish todernst. »Ist es nicht.«

»Es grenzt zu stark an gesund.« Robbie schüttelte den Kopf. »Mit etwas Gesundem kannst du deinen Frust nicht versüßen.«

Heather griff in die Tüte und förderte einen Becher Cookie-Dough-Vanilleeiscreme zutage. Sie überprüfte das Etikett zweimal, bevor sie mir die Packung aushändigte.

Ich öffnete sie und grub meinen hölzernen Löffel in das Eis. Es mit dem langen Stiel in den Mund zu befördern, erwies sich als echte Herausforderung. Robbie, Heather und Fish waren echte Profis. Ich sagte nicht viel, weil ich nicht wusste, wie alt die Tradition war. Reden schien dabei allerdings keine große Rolle zu spielen.

Ich hatte meinen Eisbecher ungefähr zu einem Viertel geleert, als Heather »Weiter!« rief und alle die Becher tauschten.

»Pfui Teufel«, mäkelte Robbie nach dem ersten Löffel von seinem neuen Eis. »Da sind ja Früchte drin!«

»Cherry Garcia«, sagte Fish.

»Früchte.« Robbie tauschte den Becher mit Fish.

»Hey!«, beschwerte sich Fish.

»Was willst du, das ist jetzt meins.«

»Ich dachte, wir sind meinetwegen hier«, gab Fish zurück, »und nicht, damit du mir mein Eis klauen kannst.«

Robbies Antwort bestand darin, den Mund zu öffnen und mit der Zunge zu wackeln, um Fish das Eis zu zeigen, das er sich soeben zu Gemüte geführt hatte.

»Iss dein Fruchteis, Kumpel«, befahl er. »Es ist gut für dich. Gibt dir Kraft und verhilft dir zu einem langen, gesunden Leben, Mann.«

Fish lehnte den Kopf an Robbies Schulter. »Je länger ich lebe, desto länger musst du mich ertragen.«

»Gut.« Robbie schaufelte sich einen weiteren gehäuften Löffel Eis in den Mund.

Wir hörten, wie Myras Auto in die Auffahrt einbog. Mein Herz machte einen Satz, so wie früher, wenn ich als Kind den Wagen meiner Mutter gehört hatte. Das Geräusch von Reifen auf Schotter löste in mir immer das Gefühl aus, gleich Schwierigkeiten zu bekommen.

»Lieber Gott«, sagte Myra, als sie zur Tür hereinkam, »immer dieser schreckliche Angstschweiß!« Sie hob die Arme und fächelte ihren Achselhöhlen Luft zu. »Ich war heute wegen der Details für die Blackberry-Kollektion so was von nervös. Zum Glück haben wir alles am Telefon besprochen, so hat keiner gemerkt, dass ich die Schweißausbrüche nicht kontrollieren konnte.«

Sie brach ab und sah uns an. »Ihr versüßt euren Frust ohne mich mit Eis?«

»Das ist die Strafe dafür, dass du so lange gearbeitet hast.« Fish winkte mit seinem Löffel in ihre Richtung, wobei etwas Eis auf Robbies Jeans tropfte.

»Wir treffen Karen in einer Stunde bei Fish«, verkündete Heather. »Bei der Feuerstelle. Ich habe Lachs und Kartoffeln für ein Hobo-Essen am Lagerfeuer besorgt. Robbie holt Bier, sofern er sich jemals von seinem Chunky Monkey losreißen kann.«

»Wenn ich recht informiert bin, ist das *mein* Chunky Monkey«, protestierte Fish.

»Ach, das war das?« Robbie rückte von Fishs Bein ab. »Ich dachte, du hättest einen Kuli in der Tasche.«

»Robert Marcus Henry!«, donnerte Heather, lächelte aber dabei.

»Herrje«, lachte Myra. »Ihr zwei werdet wohl nie erwachsen, oder?«

»Nicht, wenn ich es vermeiden kann«, grinste Robbie.

»Okay, ich gehe schnell duschen.« Myra stieg die Treppe hoch.

»Wir sehen uns dann bei Fish«, rief Robbie ihr nach.

»Hebt mir etwas Cookie Dough auf.« Myra blieb auf der obersten Stufe stehen.

»Darauf würde ich nicht hoffen«, brüllte Heather zurück.

33

Robbie und Heather verabschiedeten sich, um Essen und Bier zu holen, und Fish fuhr nach Hause, um schon mal das Feuer anzuzünden. Ich sagte, ich wolle auf Myra warten, was mir etwas Zeit verschaffte, um in den Keller zurückzugehen und die restlichen Fotos durchzusehen. Eines wusste ich bereits über meine Gastgeberin: Sie duschte extrem lange und brauchte ewig, bis sie fertig war. Ich hörte das Wasser erst durch die Rohre rauschen, nachdem alle anderen ihr Eis aufgegessen hatten und verschwunden waren.

Für den Fall, dass Myra ein Gehör wie eine Fledermaus hatte, schlich ich so geräuschlos wie möglich die Stufen hinunter, nahm die Schachtel vom Regal, legte die Bilder von Robbie, Heather, Karen, Myra und Fish beiseite und befasste mich mit den Fotos von Jessie. Oder vielmehr von den Anagramm-Jessies.

Ich schob mir das Gummiband über das Handgelenk, studierte die Bilder ganz genau und suchte nach irgendwelchen brauchbaren Anhaltspunkten. Jasmine Gores. Ich betrachtete Jessies Anagramm-Alter-Ego mit dem Schlapphut und dem Spitzenschal und fragte mich, ob ich ebenfalls in ihre Rolle schlüpfen konnte. Wie sehr hatte Jessie diese Charaktere ausgebaut? Hatte sie sich nur für die Fotos verwandelt? Oder war sie tatsächlich als Jane Rose Migs oder Anise Jogrems in die Welt hinausgezogen? Irgendwann ging mir auf, dass sich Jessie derzeit vielleicht als eine von ihnen ausgab. Vielleicht konnte ich sie auf diesem Weg finden. Es war ein letzter Strohhalm. Vielleicht tauchten ja eines Tages Jasmine Gores oder Miss Jean Ogre auf und beantworteten mir alle meine Fragen. Ich setzte mich auf den Boden, legte den Bilderstapel neben mich und gab die Namen nacheinander in den Browser meines Telefons ein. Meine Hände zitterten beim Tippen. Wenn ich wusste, wo die echte Jessie Morgan steckte, erschiene mir mein Verhalten noch viel verworfener. Aber wenn ich online neuere Bilder von ihr fand, verrieten diese mir vielleicht, was aus ihr geworden war. Womöglich ergaben sich dadurch weitere Hinweise, und ich erfuhr etwas, womit ich Karens Zorn von mir ablenken konnte.

Ich überprüfte jeden einzelnen Namen, und wenn Jessie Morgan nicht einen Weg gefunden hatte, sich in eine über eins achtzig große Transe zu verwandeln, war mir das Glück nicht hold. Nach einer Weile schaltete ich das Telefon aus.

Die Rohre bebten, als Myra das Wasser abdrehte. Ich rannte die Stufen hoch, bevor sie aus dem Bad kam, und räumte die klebrigen Eiscremebecher im Wohnzimmer weg.

»Hör mal.« Myra kam die Treppe herunter. »Da wir ein bisschen spät dran sind, dachte ich, wir fahren mit dem Auto rüber. Wenn wir beide zu viel trinken, können wir immer noch zu Fuß nach Hause schwanken und den Wagen morgen holen.«

Ihr Haar war noch feucht vom Duschen, aber sie hatte ihr Markenzeichen, schwarzen Eyeliner, aufgelegt und sich für eine Fete am offenen Feuer gestylt. Dunkelblaue, bis zur Hälfte der Waden aufgekrempelte Jeans, Arbeitsstiefel mit dicken Wollsocken und dazu ein apfelgrüner Pullover mit großen Holzknöpfen, der aussah, als hätte er ihrer Großmutter gehört.

Ich trug immer noch Fishs Pullover, die Jeans, die ich in Myras Boutique gekauft hatte, und meine Slipper, die zu dieser Aufmachung übertrieben schick wirkten. Im Vergleich zu Myra kam ich mir ein bisschen schäbig vor, aber mir gefiel es, dass der Pullover nach ihm roch und die Wolle leicht auf meiner Haut kratzte.

»Was soll dieses schmuddelige Gummiband?«, fragte Myra. »Ein Trend, von dem ich noch nichts gehört habe? Sollte ich anfangen, sie zu horten?«

»Oh«, stammelte ich, zog es vom Handgelenk und ließ es in einen der leeren Eisbecher fallen, die ich wegwerfen wollte. »Ich weiß noch nicht einmal, wo es her ist. Ich bin eine Gummibandkleptomanin.« Ich lachte ein wenig gezwungen.

»Gummibandkleptomanin?« Myra wirkte sichtlich belustigt.

Ich sagte mir, dass sie keinen Grund zu der Vermutung hatte, das Gummiband könne von den Fotos unten im Keller stammen.

»Ja, so wie manche Leute zwanghaft Kugelschreiber mitgehen lassen«, ich wusste selbst nicht, woher ich die Worte nahm, die aus meinem Mund kamen, »klaue ich ständig Gummibänder. Sobald eines auch nur in meiner Nähe ist, endet es an meinem Handgelenk.«

»Verrückt.« Myra half mir, die Überreste der Eiscremeorgie zu beseitigen. »Obwohl ich mal eine Frau kannte, die nietenbesetzte Gummiarmbänder angefertigt hat. Aus recycelten Fahrradschläuchen. Vielleicht funktioniert das ja auch mit Gummibändern.« Sie nickte, als speicherte sie den Gedanken an einer Stelle in ihrem Kopf, wo sie ihn später wiederfinden konnte.

34

»Was ist damals eigentlich zwischen Karen und dir vorgefallen?«, fragte Myra, als wir in ihr Auto stiegen, um zu Fish hinüberzufahren.

»Wie meinst du das?«

»Sie war seinerzeit nicht sonderlich überrascht, dass du verschwunden bist. Sie wirkte immer irgendwie …« Myra stützte die rechte Hand auf die Rückenlehne meines Sitzes, während sie rückwärts aus der Auffahrt fuhr, und redete erst weiter, als wir uns auf der Straße befanden. »Irgendwie selbstgefällig, sobald die Rede auf dich kam. Ich dachte immer, sie wüsste vielleicht etwas, das sie uns nicht sagt, oder sie würde vielleicht sogar deinen Aufenthaltsort kennen. Sie hat nie zugegeben, ob dem so war oder nicht. Davon abgesehen schien sie sich heute nicht unbedingt zu freuen, dich zu sehen.«

»Das ist mir auch aufgefallen«, meinte ich. »Heather hat es gar nicht bemerkt. Daher dachte ich, ich bilde es mir nur ein.«

»Natürlich hat Heather nichts bemerkt«, erwiderte Myra lachend. »Sie ist nun mal, wie sie ist. Sie wünscht sich so sehr, dass sich alle lieb haben, dass sie mit Scheuklappen durch die Welt läuft.«

Ich zupfte an einem losen Faden am Ärmel von Fishs Pullover herum.

Myra stellte die Heizung so ein, dass der warme Luftstrom auf sie gerichtet war, und fuhr sich mit den Fingern durch die Haare, damit sie schneller trocknete. »Na schön. Welches dunkle Geheimnis hütet Karen?«

Ich sah sie an. »Offen gestanden habe ich nicht die leiseste Ahnung.«

Als wir bei Fish ankamen, brannte das Feuer schon. Sein zukünftiges Haus war von Glühbirnen erleuchtet, die an Verlängerungskabeln hingen.

Robbie balancierte auf einem Holzklotz, trank ein Bier und schürte das Feuer mit einer Mistgabel. Als wir aus dem Auto stiegen, schwenkte er die Gabel durch die Luft und johlte laut.

Fish und Karen saßen auf einem zweiten Klotz direkt am Feuer. Karen hatte ihm eine Hand auf die Schulter gelegt und zeigte ihm ein paar auf ihrem Handy gespeicherte Fotos. Der helle Schein des Bildschirms fiel auf ihre Gesichter. Fish lächelte, aber die Art, wie Karen ihre Haare zurückwarf, machte mich nervös.

»Hallo, Leute«, sagte Myra.

»Hey«, begrüßte ich die anderen ebenfalls.

Als Myra auf den Rohbau zuging, folgte ich ihr. Der Wunsch, Fish zu sehen, war stärker als mein instinktiver Drang, Karen aus dem Weg zu gehen.

Heather stand in der künftigen Küche vor einer über zwei Sägeböcke gelegten Sperrholzplatte, die als Tisch diente.

»Hey, Mädels!« Sie war offensichtlich gut gelaunt. »Kommt und helft mir.«

Vor ihr standen mehrere Teller, auf denen große Stücke Lachs, Kartoffel- und Zwiebelscheiben, Butterstücke und Kräuter lagen.

»Wir machen Hobos. Ich muss nur noch eine Zwiebel schneiden. Es wäre nett, wenn ihr solange die Päckchen fertig machen würdet.«

»Klar«, nickte ich, obwohl ich nicht wusste, was sie mit Hobos meinte.

»Ich mag den Fisch nicht anfassen.« Myra rümpfte die Nase.

»Was denn, habe ich etwa Läuse?« Fish trat hinter sie und wischte die Hände an ihrem Rücken ab. »Jetzt hast du auch welche.«

Myra lachte und tat so, als würde sie die Läuse mit gespieltem Ekel von ihrem Rücken schnippen.

Fish beugte sich vor, um mich auf die Wange zu küssen. Als ich mich umdrehte, um ihn zu umarmen, bemerkte ich, dass uns Karen beobachtete, die allein am Feuer saß.

»Ich fasse den Fisch freiwillig an«, sagte ich zu Myra und verspürte eine kribbelnde Erregung, als ich sah, wie Fish errötete.

»Okay«, willigte Myra ein. »Dann übernehme ich den Rest.«

Sie nahm eine Packung Alufolie aus Heathers Einkaufstasche, riss große Stücke von der Rolle ab und stapelte sie am Ende des Tischs.

Ich hakte einen Finger um Fishs Hand. »Wie geht es dir?«, fragte ich.

Er lächelte. »Besser.«

Rasch und geschickt schichtete Myra Zwiebeln, Kartoffeln und die anderen Zutaten auf der Folie.

»Okay, du bist dran.« Sie schob mir das erste Stück hin.

Ich gab Fishs Hand frei, griff nach einer schleimigen Lachsscheibe und ließ sie in die Mitte der Folie fallen. Als Nächstes faltete Fish die Folie zu einem säuberlichen kleinen Paket zusammen, während ich meine glitschige Hand über den Teller mit Lachs hielt und darauf wartete, dass Myra die nächste Portion fertig machte. Heather trug eine von Fishs Schutzbrillen, damit ihr die Zwiebeln keine Tränen in die Augen trieben. Ich sah sie an, blickte zum Feuer und zu dem Rohbau im Glühbirnenlicht hinüber und verspürte plötzlich eine so heftige Sehnsucht, dass meine Augen ebenfalls brannten.

»Ich finde es herrlich, dass wir wieder alle zusammen sind.« Myra stupste mich mit der Schulter an. »Die ganze Familie.«

Reflexartig biss ich die Zähne zusammen, um nicht loszuweinen. Ich gehörte nicht dazu, sosehr ich es mir auch wünschte, das wusste ich. Nach dieser Woche würde ich sie alle nie wieder sehen. Ich hatte keine Familie.

»Alles in Ordnung?« Fish legte mir eine Hand auf den Rücken.

»Diese Zwiebeln«, erwiderte ich und bemühte mich, die Fassung zu bewahren. »Sie sind fürchterlich scharf.«

»Lauf zum großen Haus hoch und wasch dir das Gesicht«, riet Heather. »Manchmal hilft nur das.«

Ich rannte den Hügel hoch, stieß die Eingangstür auf und stürmte ins Bad, um mir kaltes Wasser ins Gesicht zu spritzen. Mein Mascara verlief, und meine Haare wurden nass. Ich wusch das Make-up mit Seife ab und betupfte die Augen mit Toilettenpapier, um keine schwarzen Flecken auf dem Handtuch zu hinterlassen. Wegen der Seife fing meine Haut an zu spannen, und meine Wangen brannten, als die Tränen mit Macht zu fließen begannen. Ich setzte mich auf den Boden, lehnte mich mit dem Rücken gegen die Wanne und atmete tief durch, um meine Fassung zurückzugewinnen.

Dann hörte ich, wie die Tür aufging. Chip kam in den Raum, stieß mit seiner großen schwarzen Nase gegen meine und leckte mir übers Gesicht.

»Hey, Kumpel«, sagte ich. Er bohrte die Schnauze in

meine Achselhöhle und stupste mich in die Seite. Es war verrückt, aber ich hatte den Eindruck, er wollte mich zum Aufstehen bewegen, also tat ich ihm den Gefallen. Er ging zur Tür und sah sich zu mir um, bis ich ihm folgte, lief dann den halben Gang entlang und drehte sich wieder zu mir um, bis ich ihn eingeholt hatte. So führte er mich ins Wohnzimmer.

»Ich dachte mir, dass du das bist.« Ernie saß in seinem Sessel. Ich fragte mich, ob er Chip zu mir geschickt hatte. »Bist du okay? Setz dich.«

»Diese verflixten Zwiebeln.« Ich setzte mich auf den Hocker neben seinen Füßen.

»Haben sie dich übel beschimpft?«, erkundigte sich Ernie. »Du siehst aus, als hätte jemand auf deinen Gefühlen herumgetrampelt.«

»Es ist schwer«, setzte ich langsam an, »wenn man weiß, dass die Dinge nicht so sein können, wie man sie gerne hätte.« Ich wusste, dass ich zu viel verriet, aber ich konnte nicht länger an mich halten. Ich musste mich jemandem anvertrauen. Einen Teil meiner Last auf andere Schultern abwälzen. »Wenn man nicht die Person sein kann, die man gerne wäre.«

»Niemand ist von Anfang an derjenige, der er sein möchte. Manchmal müssen wir die Haut abstreifen, die wir bislang für unsere gehalten haben. Das tut nun mal weh.«

»Ich bin nicht …« Ich sah Ernie in die Augen und bat ihn stumm, sich mein Geständnis anzuhören, aber er schnitt mir das Wort ab.

»Du wirst schon eine Lösung für dein Problem finden.« Mit der Seite seiner zittrigen Hand strich er mir das Haar aus dem Gesicht.

Ich nickte und biss mir auf die Lippe, um nicht schon wieder zu weinen.

»Du bist ein kluges Mädchen. Es renkt sich alles wieder ein, wirst schon sehen.«

»Möchtest du mit nach draußen kommen?«, fragte ich. »Ich könnte dir helfen.«

»Nein«, wehrte Ernie ab. »Aber könntest du mir vielleicht zu dem Stuhl am Fenster hinüberhelfen? Ich beobachte eure Gesichter im Feuerschein so gern.«

Ich reichte ihm meinen Arm, um ihm aufzuhelfen. Chip hielt sich dicht hinter uns, als wäre er bereit einzuspringen, falls ich Hilfe brauchen sollte.

»Vielleicht kannst du Heather bitten, mir etwas zu essen zu bringen, wenn es fertig ist?«, bat er.

»Mache ich«, nickte ich.

Als ich wieder nach draußen kam, saßen die anderen alle am Feuer. Heather pikste mit einem langen Stock in die Folienpäckchen und wendete sie, damit beide Seiten gleichmäßig garten.

Fish klopfte auf den Holzklotz neben sich. Als ich mich setzte, legte er einen Arm um mich, und ich kuschelte mich an seine Brust. Ich war wild entschlossen, es auszukosten, solange es dauerte.

»Dein Dad hat gerade bei mir etwas zu essen bestellt«, sagte ich.

Karen starrte mich an. Ich ignorierte sie und achtete darauf, ihr ja nicht das Gesicht zuzuwenden.

»Es war lieb von dir, nach ihm zu sehen.« Fish küsste mich.

»Was zum Teufel wird das denn?«, rief Karen laut. Die Schatten, die das Feuer auf ihre scharfen Brauen und knochigen Wangen warf, ließ ihre finstere Miene noch bedrohlicher erscheinen.

Ich sah sie an und überlegte fieberhaft, wie ich diesen Angriff parieren sollte, aber ich war zu überrumpelt, um die richtigen Worte zu finden.

»Du und Fish?« Sie stand auf und kam zu mir herüber. »Hältst du ihn immer noch für ein Hündchen, das du an der Leine führen kannst? Für einen Waschlappen? Wie oft hast du dich darüber lustig gemacht, dass er dir auf Schritt und Tritt folgt.« Sie stieß ein angewidertes Lachen aus. »Wir haben Wetten darauf abgeschlossen, ob du ihn dazu bringen kannst, alles Mögliche für dich zu tun. Und jetzt küsst du ihn? So, als wärt ihr … zusammen?«

Sie starrte Fish an. »Erinnerst du dich noch an die unzähligen Male, die du ihre Hausaufgaben gemacht hast? Das war alles Berechnung. Sie war keine holde Maid in Not. Sie hat mit dir gespielt!«

Fish erstarrte, nahm aber den Arm nicht von meiner Schulter.

Karen baute sich auf dem Holzklotz vor mir auf. Sie keifte so laut, dass jeder sie hören konnte. »Du bist auf einmal dick mit Heather befreundet? Wieso hast du sie dann immer ›schwachköpfige Heather‹ genannt? Und sie hinter ihrem Rücken mit Hohn und Spott überhäuft?«

Ich brachte es nicht über mich, Heather anzusehen. »Hör auf«, sagte ich leise. »Bitte.«

»Und zum Abschluss der Gipfel der Dreistigkeit.« Sie spie die Worte förmlich aus. »Du und Myra seid jetzt allerbeste Freundinnen? Weiß sie, dass du die Ehe ihrer Eltern zerstört hast?«

Ich schüttelte den Kopf. »Ich habe keine Ahnung, wovon du da redest«, erwiderte ich in der Hoffnung, meine Unwissenheit wäre mir vom Gesicht abzulesen und könnte sie davon abhalten, weiter Gift zu verspritzen. Vielleicht glaubte sie ja, dass sie sich geirrt hatte, was auch immer damals passiert sein mochte.

»Du hast mit ihrem Vater geschlafen, du verdammte Hure!« Karens Augen glänzten feucht.

Myra schnappte nach Luft und schlug eine Hand vor den Mund.

Meine Kehle schnürte sich zu. Ich konnte nicht mehr atmen. Der Rauch des Feuers brannte mir in den Lungen.

»Ich habe dich dabei erwischt. Unmittelbar vor der Abschlussfeier. Du hast mich gesehen.« Sie deutete mit dem Finger auf mich. Tränen strömten ihr übers Gesicht. »Tu nicht so, als würde das nicht stimmen. Als wüsstest du nicht, wovon ich rede. Du hast mich gesehen, und du hast einfach weitergemacht. Als ob es dir Spaß gemacht hätte, ertappt zu werden. Und jetzt tauchst du wie aus dem Nichts wieder hier auf, und ich soll deine Geheimnisse für mich behalten, obwohl du sie mir geradezu unter die Nase gerieben hast?«

Myra sprang auf, rannte den Hügel hoch und verschwand im Haus.

»Myra!«, rief Fish. Er fuhr ebenfalls von seinem Platz hoch, folgte ihr ins Haus und schlug die Tür hinter sich zu.

Ich machte Anstalten aufzustehen und ihm nachzugehen, aber Karen packte mich unsanft bei der Schulter und drückte mich auf den Holzklotz zurück. Ich schloss die Augen, weil ich dachte, sie würde mich schlagen.

»Karen!«, mahnte Robbie scharf. »Das reicht!« Er legte einen Arm um Heather, und die beiden gingen gemeinsam zum Haus hoch.

»Ich bin nicht …«, begann ich.

»Du bist überhaupt nichts«, zischte Karen. Damit wandte auch sie sich ab und ging davon.

Ich rannte zu Myras Haus zurück. Das harte Pflaster unter meinen Füßen sandte feurige Funken durch meine Schienbeine. Alles, was ich spürte, waren diese Funken, meine brennende Lunge und die Seitenstiche, die mit jedem Schritt schlimmer wurden. Ich rannte, als wäre jedes Monster, vor dem ich mich jemals gefürchtet hatte, unter meinem Bett hervorgekrochen und würde mich jagen.

Mit dem Schlüssel aus dem Versteck schloss ich die Tür auf, stopfte alle meine Sachen in meine Taschen und rief vom Telefon in der Küche aus in der Salish Lodge an, um mir ein Zimmer zu reservieren und darum zu bitten, dass der Shuttleservice mich abholte.

Bevor ich ging, zog ich Fishs Pullover aus. Ich schnupperte noch ein letztes Mal daran, dann legte ich ihn sorgfältig zusammen und ließ ihn auf dem Couchtisch zurück.

Als Letztes lief ich in den Keller und holte Jessies Fotoschachtel. Ich konnte nicht anders.

Für den Fall, dass einer von den anderen zurückkam, um nach mir zu sehen, ging ich bis zum Ende der Straße, um einer Begegnung auszuweichen. Aber ich glaubte ohnehin nicht, dass mir jemand folgen würde.

35

Ich lag in meinem Hotelzimmer auf dem Bett und starrte auf den Fernseher. Es lief ein Naturfilm über eine Bärenmutter und ihr Junges. Sie manövrierte sein pelziges kleines Hinterteil über Baumstämme und Felsen und brachte ihm bei, Fische zu fangen und genießbare Beeren von giftigen zu unterscheiden. Sie war liebevoll und wachsam, und jedes Mal, wenn der Kleine sich verlief, musste er nur nach ihr rufen, und schon machte sie sich auf die Suche nach ihm. Es brach mir das Herz. Ich zappte durch die Kanäle, aber mein Gehirn befand sich im Überlastungsmodus. Nichts auf dem Bildschirm ergab einen Sinn, und irgendwann hatte ich es satt, die Fernbedienung festzuhalten. Ich rollte mich auf die Seite, vergrub das Gesicht ins Kissen und weinte, bis ich zu ersticken glaubte. Mein Kopf pochte heftig.

Eine Stimme im Fernsehen tönte: »Und wissen Sie, was das Großartige an diesem Produkt ist? Alles, was *nicht* da ist. Keine Keime! Keine Bakterien! Keine …«

Da hatte ich einen Gedankenblitz. Eine brillante, verrückte Idee, die mich aus dem Bett trieb. Ich wühlte in meiner Tasche, bis ich die Schachtel mit Jessies Fotos fand.

Ich nahm mir die Liste vor, die sie auf die Rückseite des Umschlags gekritzelt hatte. Ich legte die Fotos in der Reihenfolge der Namen auf dem Bett nebeneinander. Diesmal ging es mir nicht um jene Bilder, die da waren, sondern um jene, die nicht da waren.

Jessie hatte die Fotos für ihre Bewerbungsmappe für die

Schule gemacht. Vielleicht lagen in der Schachtel ja die aussortierten. Wenn ich davon ausging, dass sie das beste Anagrammporträt eingereicht hatte, dann musste es hier fehlen. Die Jessie-Gesichter starrten mich an, während ich jedem einzelnen davon einen Namen auf dem Umschlag zuordnete.

Die einzigen Namen ohne dazugehöriges Bild lauteten Miss Rease Jigno und Maree Jigsons. Ich schaltete meinen Laptop ein und suchte nach Rease. Kein Treffer. Dafür entdeckte ich Maree Jigsons bei Facebook. Ihr Profilfoto zeigte die dunkle Silhouette einer Frau bei Sonnenuntergang am Strand. Leider fiel kein Licht auf ihr Gesicht, aber es musste Jessie sein. Maree Jigsons war hundertprozentig ein falscher Name.

Da wir keine Freunde waren, konnte ich mir nur die Basisinformationen ihres Profils ansehen. Sie lebte in Portland und war Absolventin der Universität von Oregon. Laut Eintrag arbeitete sie in den Morgan Studios. Ich rief die entsprechende Website auf. Es handelte sich um ein Fotostudio, das sich auf Porträts spezialisiert hatte. Das Studio gehörte einer J. E. Morgan, deren Biografie jedoch nur besagte, dass sie gleichfalls in Oregon studiert und danach ein Jahr im Ausland als Assistentin eines Fotografen gearbeitet hatte, dessen Name mir vollkommen unbekannt war. Sie hatte kein Foto von sich gepostet.

Die Deckung war alles andere als wasserdicht, aber sie war schließlich nicht in ein Zeugenschutzprogramm eingegliedert. Sie wollte lediglich nicht von ihren Freunden aus der Highschool gefunden werden. Es gab genug J. E. Morgans auf der Welt, weshalb es für sie nicht weiter schwer war, verschwunden zu bleiben. Ihre Freunde hatten sicher vor langer Zeit aufgehört, nach ihr zu suchen. Eine der Frauen, mit denen ich zusammenarbeitete, hatte sich bei Facebook statt mit ihrem eigenen Nachnamen mit dem Mädchennamen ihrer Mutter angemeldet, weil sie verhindern wollte, dass ihr Exfreund sie aufspürte. Es gehörte mehr als ein Zufall dazu, Maree Jigsons mit einer Fotografin namens J. E. Morgan in Verbindung zu bringen.

Ich rief die Rezeption an. »Ich bräuchte für morgen früh einen Mietwagen«, sagte ich. »Könnten Sie mir da bitte weiterhelfen?«

36

Ich beobachtete sie lange durch das Fenster. Bei Morgan Studios gab es einen kleinen Sitzbereich und eine Empfangstheke im vorderen Teil des Ladens. An den Wänden hingen überlebensgroße Porträts: eine Großmutter. Ein Biker mit behaarter Brust, der eine Lederweste trug. Ein weinendes Baby. Ein Geschäftsmann mit einem tennisballgroßen Fleck auf der Krawatte.

Sie ging im Raum umher, ordnete Zeitschriften, nahm einen leeren Pappbecher von einem Tisch und warf ihn in den Papierkorb hinter dem Schreibtisch. Dann blickte sie zu den Porträts auf und betrachtete sie einen Moment lang, bevor sie vor das des Babys trat und es geraderückte. Sie sah tatsächlich aus wie ich. Jedenfalls in gewisser Weise. Sie war etwas größer, hatte mehr Kurven und honigbraunes Haar mit eingefärbten blonden Strähnchen, das ihr in Locken über die Schultern fiel. Sie trug ein schlichtes schwarzes T-Shirt, einen mehrmals lose um den Hals geschlungenen grauen Schal und hohe schwarze Stiefel mit unzähligen Schnallen über verwaschenen, zerrissenen Jeans. Sie merkte nicht, dass ich draußen vor der Tür stand und sie durch das Fenster beobachtete, sie war in ihrer eigenen kleinen Welt gefangen.

Jessie trommelte auf dem Schreibtisch herum. Ich fragte mich, welcher Song ihr wohl gerade durch den Kopf ging. Ich fragte mich, ob wir überhaupt irgendetwas gemeinsam hatten.

Da ich vergeblich darauf wartete, dass sie aufblickte und mich bemerkte, brachte ich schließlich den Mut auf und ging hinein. Sie hob den Kopf, als die Türglocke klingelte.

»Ich mache keine Hochzeitsfotos«, sagte sie. Ihre Stimme klang heiser und kratzig. »Ich schieße Babys, Kids und andere Porträts. Außerdem fotografiere ich bei Betriebsfeiern und anderen Anlässen. Sogar bei Bar-Mizwas.« Dann feixte sie. »Natürlich *schieße* ich keine Babys«, erklärte sie, als hielte sie das für den Grund, dass ich aussah, als stünde ich kurz vor einem Schock. »Ich fotografiere sie.«

Sie hatte sich die Nase nicht operieren lassen und trug in einem Nasenflügel einen dünnen Goldreif. Ihr Lächeln, der draufgängerische Ausdruck in ihren Augen und ihr sachlicher Tonfall schienen auszudrücken, dass sie schon alles gesehen und getan hatte – und ja, es war fantastisch gewesen. Auf einmal konnte ich verstehen, warum sie in jungen Jahren bei ihren Missetaten so oft ungeschoren davongekommen war.

Es gab keine Einleitung für das, was ich ihr zu sagen hatte. Keine Möglichkeit, den Schlag abzumildern. Schließlich konnte ich sie nicht nach dem Preis für ein Porträt fragen und nebenbei erwähnen, dass ich mich für sie ausgegeben hatte.

»Ja, also …« Ich holte tief Luft. »Ich habe so getan, als wäre ich du. Ich bin zu eurem Jahrgangstreffen gegangen. Hier.« Ich reichte ihr die Schachtel mit den Fotos.

Ihre Augen weiteten sich. Dann nahm sie mir die Schachtel ab. Ihre Hände zitterten, und sie umfasste den Karton so fest, dass ihre Knöchel weiß hervortraten. Ihre Lippen wurden schmal. Wortlos studierte sie mein Gesicht.

»Es hat sich einfach so ergeben«, sagte ich. »Die Sache war nicht geplant. Ich war wegen einer Konferenz in dem Hotel, und als Myra mich gesehen hat, hat sie mich für dich gehalten.«

Jessie schien sich große Mühe zu geben, sich den Schock nicht anmerken zu lassen. »Das kann leicht passieren.« Sie deutete auf meine Augen. »Deswegen. Vielleicht haben wir auch dasselbe Kinn.« Sie presste die Schachtel an die Brust und trommelte mit den Fingern auf den Seitenwänden herum.

»Ich kann mich nur dafür entschuldigen«, murmelte ich.

»Wissen sie es?«, fragte sie. Ihre Stimme war nur noch ein heiseres Flüstern. »Dass du nicht ich bist?« Sie sah an mir vorbei aus dem Fenster, als wäre ihr meine Antwort nicht wichtig, aber mir entging nicht, dass sie ein paar Mal zwinkerte.

»Nein, aber Karen hat ihnen von deiner Affäre mit Myras Vater erzählt.«

»Scheiße«, sagte sie leise. Ein Anflug von Müdigkeit huschte über ihr Gesicht wie eine resignierte Einsicht, dass die Vergangenheit einen Menschen letztendlich immer irgendwann einholt. Sie stellte die Schachtel auf den Schreibtisch und machte Anstalten, sie zu öffnen, dann sah sie mich an und schloss den Deckel wieder.

»Es tut mir wirklich unendlich leid.«

Einen Moment lang betrachtete sie schweigend ihre Hände. »Tja, ich nehme mal an, Karen hat es den anderen erzählt, weil sie dir aus lauter Gehässigkeit eins auswischen wollte, oder?«

»Genau.«

»Wenigstens hat sie die Bombe nicht platzen lassen, weil sie wütend auf Myra war. Sie dachte, sie würde mich verletzen. Das ist eine Spur besser, als wenn sie My hätte wehtun wollen. Stimmt's?« Sie nahm ein Päckchen Zigaretten aus der Schreibtischschublade und bedeutete mir mitzukommen.

Sie glich dem Rattenfänger von Hameln; es kam mir gar nicht in den Sinn, etwas anderes zu tun, als ihr zu folgen. Dass sie auf mein Geständnis kaum reagiert hatte, faszinierte mich nur noch mehr, und vermutlich wusste sie das.

Wir gingen durch das Studio, einen großen Raum mit weißen Wänden und farbigen Hintergründen. Ihre Stiefel klackten bei jedem Schritt auf dem Boden, die Schnallen klirrten. »Bei Karen«, rief sie mir über die Schulter hinweg zu, »kann man nur auf weniger schlimme Gehässigkeiten hoffen.«

Sie nahm eine Lederjacke vom Haken neben der Hintertür und zog sie im Hinausgehen an.

»Irgendwann einmal musste es ja herauskommen.« Sie setzte sich auf die hintere Veranda, zog eine Zigarette aus der Packung und steckte sie sich zwischen die Lippen. »Mmpf«, grunzte sie und hielt mir die Schachtel hin.

Ich schüttelte den Kopf.

Sie kicherte. »Du kannst unmöglich meine Doppelgängerin sein und nicht rauchen. Das ist lächerlich. Allein daran«, sie fuchtelte mit der Zigarettenschachtel vor mir herum, »hätten sie es merken müssen.« Sie benahm sich, als wäre sie die ganze Zeit davon ausgegangen, dass es da draußen Menschen gab, die gern in ihre Haut schlüpfen würden. Als hätte sie es so kommen sehen. Je länger wir redeten, desto weniger war ich mir sicher, ob das alles nur ein Trick war, um ihr Unbehagen zu überspielen, oder doch pure Arroganz.

Ich beschloss, ihr nichts von Robbie und seinen letzten beiden Zigaretten zu erzählen. Diesen Teil würde ich für mich behalten.

Sie zündete ihre Zigarette an, nahm einen tiefen Zug und blies den Rauch in den Himmel. »Ich bin wirklich beeindruckt, dass Karen so lange dichtgehalten hat. Ich dachte, sie hätte längst alles herausposaunt und alle wüssten Bescheid.« Wieder schwieg sie. »Wie geht es ihnen?«, flüsterte sie, dann räusperte sie sich. »Gut?« Bei der Frage funkelten ihre Augen.

Ich erzählte ihr erst von Myra und der Boutique, dann Robbie und Heather und dass Karen zwei Kinder hatte. Es fiel mir schwer, denn ich kam mir vor, als würde ich ihr die anderen dadurch zurückgeben. Als wäre ich nicht mehr vorhanden, wenn ich fertig war.

»Und Fish?«, fragte sie.

Ich wollte ihr nichts von Fish erzählen. Ihn wollte ich am dringendsten für mich behalten.

»Er bildet Behindertenhunde aus«, erwiderte ich. »Mister Foster hatte einen Schlaganfall.«

»Mister Foster?« Jessie lachte. »Der Mann hat mich gehasst.«

»Wirklich?«

Auf die Nachricht von dem Schlaganfall zeigte sie nicht die geringste Reaktion.

»Und wie. Heute verstehe ich ihn. Früher war er für mich der Buhmann, der nicht wollte, dass sich Fish mit mir abgab. Aber das lag daran, dass er seinen Sohn liebte. Ich habe inzwischen selbst einen kleinen Jungen. Seitdem kann ich ihn gut verstehen.«

Ich starrte sie fassungslos an.

»Er ist vier«, sagte Jessie. »Keine Angst, er ist nicht Myras Halbbruder.« Sie lachte. »Der Kleine ist erst vier. Aber wenn jemals ein Mädchen, wie ich es damals war, versuchen sollte, meinen Eddie in ihre Klauen zu bekommen, dann werde ich sie in Stücke reißen.« Sie drückte die Zigarette auf der Veranda aus, wo sie einen schwarzen Fleck hinterließ, und schnippte den Stummel über die Straße, wo ihn andere entsorgen mussten.

Wir gingen in das Studio zurück, wo sie eine Flasche Scotch aus der untersten Schublade ihres Arbeitstisches holte. »Meine Eltern haben sich einen Scheißdreck um mich gekümmert. Fish kann sich glücklich schätzen, einen Vater zu haben, der mich gehasst hat.«

Wir setzten uns auf den Boden und tranken aus Pappbechern. Ich hörte nach ein paar Schlucken auf. Sie nicht. Ich blickte mich um, betrachtete ihre gesamte Fotoausrüstung. Alles glänzte und wirkte wie neu. Auf der Theke stand eine Reihe von Kamerataschen und auf dem Schreibtisch in der Ecke ein riesiger Computermonitor. Ihr Geschäft schien nicht schlecht zu gehen.

»Bist du wirklich aus dem Toilettenfenster geklettert, nachdem Fish dir gesagt hat, dass er dich liebt?«, fragte ich.

Jessie konnte sich gerade noch beherrschen, bevor sie einen Schluck Whisky ausprustete, und schluckte geräuschvoll. »Nein, nein!« Sie schüttelte lachend den Kopf. »Ich habe nur gesagt, ich müsste zur Toilette, stattdessen bin ich auf den Parkplatz hinausgelaufen und weggefahren.«

»Aha.« Ich dachte an Fish in seiner Abschlussfeierrobe, an sein gebrochenes Herz. »Das ist natürlich etwas ganz anderes.«

»Hey, falsche Jessie.« Sie deutete mit dem Finger auf mich. »Ich glaube nicht, dass es dir zusteht, mich zu verurteilen.«

»Stimmt«, gab ich zu.

»Was hätte ich denn sonst tun sollen? Ich hatte mit dem Vater meiner besten Freundin geschlafen. Fish hatte mir gesagt, dass er mich liebt. Myras Mutter drohte damit, meiner besten Freundin und meinen Eltern alles zu erzählen, wenn sie mein Gesicht je wiedersehen müsste.« Sie schniefte und wischte sich mit der Hand über die Nase. »Ich hatte schon alle schlimmen Entscheidungen getroffen. Leider hätte ich nichts davon je wiedergutmachen können. Ich bin nicht aus dem Toilettenfenster geklettert, aber wenn das der einzige Ausweg gewesen wäre, hätte ich es sicher getan. Ich wäre sogar durch die Abwasserrohre gekrochen, wenn es nicht anders gegangen wäre. Ich saß in der Falle wie ein Tier.«

Wir sprachen fast zwei Stunden miteinander. Jedes Mal, wenn ich sie hassen wollte, nahm sie mich wieder für sich ein, indem sie etwas Freundliches oder Geistreiches sagte oder einen Anflug von Verwundbarkeit zeigte. Alles passte perfekt zusammen. Sie war die wahre Jessie Morgan. Sie war genau der Typ Mensch, der Dads Kreditkarte stehlen, sich in einem Hotel einmieten oder ein Schlauchtop und einen Minirock tragen würde, um in der Schule eine Rede zu halten. Sie würde Karaoke singen, obwohl sie eine fürchterliche Stimme hatte, und einen Stein in Robbies Fenster werfen. Sie war genau der Mensch, der alles hinter sich zurücklassen würde. Alles ergab einen Sinn.

»Du könntest mit mir zurückkommen«, sagte ich. Ich wusste nicht, ob ich wollte, dass sie auf meinen Vorschlag einging, oder nicht. Ehrlich gesagt wusste ich nicht, worauf ich hoffte.

»Wenn ich nichts Schlimmeres getan hätte, als mit Myras Vater zu vögeln, könnte ich vielleicht zurückgehen und ihnen allen unter die Augen treten«, meinte Jessie. »Aber ich habe alles, wirklich alles vermasselt und mich dann sang- und klanglos aus dem Staub gemacht.« Ihre Augen glänzten, ihre Nasenflügel bebten. »Das kann ich niemals wiedergutmachen. Alles, was in meinem Leben von Bestand und solide war, kam von ihnen. Und ich habe mich noch nicht einmal von ihnen verabschiedet.« Sie fuhr sich mit dem Handrücken über die Wange und wischte die Hand an ihren Jeans ab.

»Vielleicht kannst du mit ihnen reden. Alles wieder einrenken. Es sind alles feine Kerle.«

»Das sind sie wirklich.« Sie lachte. »Das weiß ich verdammt gut.« Sie zeigte mit dem Finger auf mich. »Das brauchst du mir nicht zu erzählen. Ich weiß es sogar nur zu gut.«

Eigentlich hätte ich Angst vor ihr haben müssen, aber dem war nicht so. Sie tat mir einfach nur leid.

Jessie streckte die Beine aus und rollte die Füße hin und her. Die Schnallen ihrer Stiefel klickten auf dem ramponierten Hartholzboden. »Sie haben sogar einiges unternommen, um mich zu finden. Myra hat mir eine E-Mail geschickt und gefragt, ob ich ›ihre alte Freundin Jessie Morgan aus Mount Si‹ sei, aber ich habe nie darauf geantwortet. Die Sache kann ich unmöglich wieder einrenken. Das mit Myras Dad war keine einmalige Sache. Es ging über sechs Monate.«

»Lieber Gott!«, entfuhr es mir, bevor ich mir auf die Zunge beißen konnte.

»Oh.« Sie nickte. »Diese Kleinigkeit war dir wohl nicht bekannt? Ganze sechs Monate. Sie wird mir das nie verzeihen. Die Situation ist und bleibt verfahren.«

»Aber du warst damals ein junges Mädchen. Ein Erwachsener hat dich ausgenutzt. Vielleicht versteht Myra das.«

»Weißt du …« Jessie zog die Zigarettenschachtel aus ihrer Jackentasche. »Weißt du …« Sie brach ab, nahm sich eine Zigarette, zündete sie an, obwohl wir drinnen waren, und blies den Rauch zur Decke. »Ach, fang erst gar nicht damit an, falsche Jessie. Lass es einfach.«

»Jenny.«

»Wie auch immer. Du hast ja keine Ahnung. Du warst schließlich nicht dabei.« Sie rauchte eine ganze Weile schweigend und starrte dabei ins Leere. Da ich nicht wusste, was ich sagen sollte, saß ich stumm daneben und beobachtete, wie sich der Rauch in der Luft kräuselte und auflöste.

»Bitte tu mir einen Gefallen«, sagte sie endlich, als wären wir immer noch mitten im Gespräch. »Falls du sie noch einmal siehst, sag ihnen, dass ich das alles sehr bedaure.« Sie drückte die Zigarette am Absatz ihres Stiefels aus. Asche rieselte zu Boden. »Ich liebe sie alle, wirklich. Aber ich bin nicht mehr die alte Jessie, und es gibt kein Zurück für mich.«

Als wir das Studio verließen, sah ich an der Wand einen gerahmten Abzug des Fotos, das sie auf der Highschool gemacht hatte. Karen, Robbie, Heather, Myra und Fish standen in einer Reihe und schmiegten die Gesichter aneinander. Jessie fehlte auf dem Bild.

37

Ich fuhr den ganzen Weg nach Mount Si zurück und hoffte, das McCleary's zu finden. Myra hatte mir die Bar mal gezeigt, als wir daran vorbeigefahren waren. Es war Mittwochnacht. Sie würden dort sein. Sie mussten dort sein. Myra hatte erzählt, dass sie jeden Donnerstag in dem Pub verbrachten. Dienstag war Filmabend, sonntags gab's Frühstück. Donnerstag hieß Drinks und Barsnacks.

Ich bog ein paar Mal falsch ab, aber am Ende fand ich das Pub – etwas abseits der Hauptstraße von Mount Si. Fishs Truck, Heathers violettes Auto und Myras alter Honda standen alle in einer Reihe auf dem Schotterparkplatz. Ich parkte neben Fish.

Sie bemerkten mich nicht, als ich in die Bar kam. Mir war mulmig zumute, und meine Beine zitterten. Ich hatte den ganzen Tag über kaum etwas gegessen, was ebenfalls dazu beitrug, dass ich mit ziemlich unsicheren Schritten über die staubigen, verzogenen Bodendielen ging. In der Ecke bei der Tür blieb ich stehen und beobachtete die Clique.

Karen war nirgendwo zu sehen. Ich hoffte, dass sie zu Hause bei ihren Kindern war. Myra wollte Robbie gerade dazu bringen, ein Stück Sellerie von einer Platte mit Chicken Wings zu essen. Sie presste es gegen die Lippen, und er schüttelte den Kopf wie ein Kleinkind, das einen Löffel Erbsen verweigert. Heathers Gesicht war krebsrot vor Lachen. Fish stand auf, um Robbie den Mund gewaltsam zu öffnen. Dann bemerkte er mich. Er hielt inne und richtete sich auf. Sein Lächeln erstarb. Myra und Heather drehten die Köpfe, um herauszufinden, was er gesehen hatte. Auch sie wurden ernst.

Robbie nutzte die Gelegenheit, um Myra den Sellerie zu entreißen, aber dann wurde ihm klar, warum sie ihr Spiel unterbrochen hatten. »Du bist wieder da«, stellte er fest.

Langsam ging ich zu ihnen hinüber. Jeder Schritt kostete mich mehr Kraft als der vorherige.

»Okay, raus damit«, sagte Robbie, als wolle er die Dinge so rasch wie möglich klären, um weitermachen zu können wie bisher.

»Das tut mir alles schrecklich leid«, murmelte ich.

»Nein«, widersprach Myra. »Mir tut es leid. Ich bin mit vielem nicht einverstanden, nicht mit deinen Lügen und dem, was du gesagt hast. Aber das ist lange her. Und mein Vater …« Ihre Stimme brach. »Es ist schrecklich, dass er dich so ausgenutzt hat. Ich kann einfach nicht glauben, dass er …«

»Wag es nicht, dich bei ihr zu entschuldigen!« Karen kam von der Toilette und stürmte quer durch die Bar. »Sie war damals achtzehn. Sie wusste genau, was sie tat. Sie war kein unschuldiges kleines Mauerblümchen, das von nichts eine Ahnung hatte. Sie war und ist eine Schlampe und Lügnerin. Eine Nutte!«

»Karen!«, tadelte Fish scharf.

»Hört mir bitte zu.« Fast erschrocken registrierte ich, dass meine Stimme mir doch noch gehorchte. »Ich bin nicht …«

»Und ob«, zischte Karen. »Du hast Myras Familie zerstört.«

»So einfach ist das nun auch wieder nicht«, mischte sich Myra ein. »Es ist nicht alles schwarz und weiß.«

»Blödsinn«, versetzte Karen. »Man vögelt nicht mit dem

Vater seiner besten Freundin. Es ist mir schnurzegal, wie einfach oder kompliziert das ist.«

»Das war ich nicht«, sagte ich leise.

»ICH HABE DICH GESEHEN!«, brüllte Karen.

Die Bar war fast leer, aber die wenigen ungepflegt aussehenden Kerle in der Ecke drehten sich um und glotzten uns an.

»Nein«, beharrte ich. Dabei zitterte ich heftig, und meine Zähne klapperten. »Du hast Jessie gesehen.«

Alle starrten mich verwirrt an, nur Karen schnappte nach Luft und schlug die Hände vor den Mund. »Lieber Gott«, hauchte sie. Ihre Augen wurden groß. Ihr Blick heftete sich auf mein Gesicht. »Lieber Gott.« Sie deutete auf mich.

»Was?«, fragte Heather.

»Ich bin nicht Jessie«, bekannte ich.

Myra starrte mich an. Dann legte sie eine Hand auf ihre Nase.

Ich konnte Fish, der noch immer hinter Robbie stand, beim besten Willen nicht ansehen. Ich brachte es nicht fertig, ihm in die Augen zu blicken.

»Ich bin nicht Jessie Morgan«, fuhr ich fort. »Ich war wegen einer Konferenz in der Stadt, Myra hat mich im Hotelfahrstuhl verwechselt, und ich ...« Jetzt musste ich doch schluchzen.

Alle starrten mich an. Niemand sagte ein Wort.

Dann brach Myra endlich das Schweigen. »Wie konntest du nur?«

»Ich brauchte eine Freundin.« Es war so traurig und krank, geradezu jämmerlich. Ich wollte nur noch weg, aber ich fand, ich war ihnen jede Erklärung schuldig, die sie verlangten. Ich verdiente keine Schonung. Ich verdiente es nicht, einfach davonlaufen zu können.

»Ich habe dich mit zu mir nach Hause genommen.« Myra bedeckte das Gesicht mit den Händen. Zwischen ihren Fingern schimmerten ihre großen braunen Augen durch. »Ich habe in deinem Zimmer in der Lodge übernachtet. Wir haben dich zum Wandern mitgenommen. Ich habe dir … alles von mir erzählt.«

Es war dumm von mir, aber ich hatte mir das Ganze irgendwie so vorgestellt: Sie waren alle furchtbar wütend auf Jessie, ich sagte: »Überraschung! Ich bin's gar nicht«, und plötzlich waren sie unendlich glücklich, dass ich nicht diejenige war, die sie zum Teufel wünschten, so glücklich, dass meine Lügen nicht mehr so schwer wogen. Natürlich war dem nicht so, sondern alle wirkten total entsetzt und verletzt, so als wäre ich das groteskeste Monster, das sie je gesehen hatten. Nur Karen nicht. Auf ihrem Gesicht lag ein höhnisches Grinsen, und sie ballte die Fäuste. Ich fürchtete erneut, sie könnte auf mich losgehen.

Nach einer halben Ewigkeit fragte Heather: »Wer bist du eigentlich?« In ihren großen blauen Augen spiegelte sich ihre Enttäuschung.

Ich weiß, dass ich die Frage beantwortet habe. Worte kamen aus meinem Mund. Ich gab irgendetwas von mir, was einer Erklärung zumindest ansatzweise ähnelte, doch noch im Reden dachte ich, dass es nicht genug war. Es gab keine Entschuldigung. Es gab auch keine gute Erklärung. Ich wollte schon mit meiner Geburtstagsparty damals in der vierten Klasse anfangen und ihnen von jedem einzelnen Moment in meinem Leben erzählen, der in mir den Wunsch geweckt hatte, jemand anders zu sein. Ich wollte ihnen begreiflich machen, warum es leichter war zu verstehen, wer Jessie war, als herauszufinden, wer ich selbst war. Aber das interessierte sie gar nicht. Es war nicht ihre Aufgabe, sich das anzuhören.

Nachdem ich ihnen die wichtigsten Fakten über Jenny Shaw geliefert hatte, entschuldigte ich mich noch einmal, und es kam mir vor wie ein kläglicher Tropfen auf einem heißen Stein.

»Ich habe Jessie übrigens gefunden«, schloss ich. »Sie lebt in Portland. Ich habe sie besucht. Sie bedauert das alles auch, sehr sogar.«

Keiner von ihnen sah mich an.

»Ich weiß, dass es keinen Sinn ergibt und ihr es auch richtig finden werdet, aber als Jessie mit euch zusammen zu sein«, ich wischte mir über die Augen, »war jener Teil von mir, der der Wahrheit am nächsten kommt. Ihr wisst ja gar nicht, wie glücklich ihr seid. Und wie wichtig. Ihr seid echte Superhelden. Ihr habt euch gegenseitig gerettet, und ich wollte, dass ihr mich auch rettet. Ich wollte zu euch gehören. Wollte wissen, wie es ist, Freunde wie euch zu haben.«

Mehr konnte ich nicht sagen, die Tränen flossen inzwischen zu stark, und Karen sah immer noch so aus, als wollte sie sich auf mich stürzen. Daher rannte ich auf den Parkplatz hinaus.

Bei dem Versuch, die Tür meines Mietwagens aufzuschließen, ließ ich den Schlüssel fallen, und als ich mich bückte, um ihn aufzuheben, sah ich Fish unter dem Überhang stehen und mich beobachten.

»Ich bin nicht Jessie«, sagte ich und ging zu ihm hinüber, »aber ich habe nie zuvor etwas Derartiges für jemanden empfunden wie für dich. Ich habe das Spiel weitergespielt, weil ich mir noch nie so sehr gewünscht habe, mit jemandem zusammen zu sein. Noch nie hat sich etwas so … richtig angefühlt. Einfach nur bei dir zu sein«, sagte ich mit gepresster Stimme, »hat alles gleich viel besser gemacht.«

Ich sah, wie sich seine Kiefermuskeln anspannten.

»Ich weiß, dass ich mich falsch verhalten habe«, fuhr ich fort. »Mir ist auch klar, dass du mich jetzt vielleicht für eine Fremde hältst. Aber ich bin keine Fremde. Du kennst mich. Du weißt, wer ich bin. Ich schwöre dir, dass ich dir nichts vorgemacht habe. Es mag nicht jedes Detail den Tatsachen entsprochen haben, doch meine Gefühle für dich waren nicht vorgetäuscht. Für mein wahres Ich bist du der tollste Mensch, den ich je getroffen habe. Ich, Jenny, möchte dich nicht gehen lassen.«

Tränen tropften mir vom Kinn. Er streckte einen Arm aus und wischte sie mit seinem Ärmel weg. Dann musterte er mich eindringlich, und einen Moment lang dachte ich, er würde mich küssen. Er tat es nicht.

Stattdessen schob er die Hände in die Hosentaschen und seufzte. »Ich weiß, du möchtest, dass ich etwas dazu sage, aber ich kann nicht«, sagte er leise. »Mir fällt einfach nichts ein.« Er blickte zur Tür der Bar hinüber und wandte sich wieder mir zu. »Ich glaube, du fährst jetzt besser.«

Ich nickte, weil ich keinen Ton hervorbringen konnte. Dann wandte ich mich ab und ging davon. Bei meinem Auto blieb ich stehen und drehte mich um, doch er war schon wieder hineingegangen.

38

Vom Flughafen Rochester fuhr ich mit dem Taxi nach Hause. Es war spät, dunkel und kalt. Der Fahrer telefonierte am Handy mit seiner Frau oder Freundin. »Noch eine Fahrt, dann komme ich nach Hause, Schatz«, sagte er. Er nannte sie tatsächlich Schatz, was bewirkte, dass ich mich entsetzlich einsam fühlte. Ich kehrte lediglich zu einem Kater zurück, der mich nicht einmal mochte.

Als ich mein Apartment betrat, wartete direkt hinter der Tür ein Stapel Post auf mich, und der Koffer, den ich in Deagans Auto vergessen hatte, stand am Ende der Diele. Sein Schlüsselsatz zu meiner Wohnung lag obenauf. Ich suchte nach einer Notiz, fand aber keine. Mr. Snuffleupagus beäugte mich von der Schreibtischplatte aus argwöhnisch. Er hatte Futter in seiner Schüssel, aber dass ich ihn eine Woche alleine gelassen hatte, war Grund genug für ihn, mich mit Missachtung zu strafen.

Als Erstes sah ich die Post durch. Das Angebot für die Verlängerung meines Mietvertrags war auch darunter. Ich hatte gedacht, ich würde bei Deagan einziehen. So war es zumindest geplant. Obwohl das nicht mehr zur Debatte stand, wollte ich nicht für ein weiteres Jahr unterschreiben. Ich brauchte dringend etwas Neues. Ich wollte nicht länger versuchen, jemand zu sein, der ich gar nicht war.

Ich schaltete den Fernseher ein und streckte mich auf der Couch aus, um mir die Wiederholungen von *Familienbande* anzusehen. Snuffy kuschelte sich an mich.

Das Geräusch eines Schlüssels im Türschloss weckte mich. Ich setzte mich auf der Couch auf. »Wer ist da?«, rief ich. Mein Herz raste.

»Ich bin ja so froh, dass du noch lebst.« Luanne stürmte ins Wohnzimmer. »Dann macht es doppelt so viel Spaß, dich umzubringen!«

»Was?« Ich rieb mir die Augen und spürte, wie Mascara an meinen Fingern kleben blieb.

»Wie schwer ist es, einen verdammten Anruf zu tätigen? Eine SMS zu schicken? Irgendetwas!« Sie sah aus, als hätte sie seit Längerem kein Auge zugetan. Ihre Haare glichen einem Rattennest, und sie trug ein übergroßes Sweatshirt der Ithaca Bombers. Ich hatte Luanne noch nie in einem Sweatshirt gesehen.

»Oh«, sagte ich nur, weil mir einfiel, dass mein Handy noch immer ausgeschaltet war.

Anfangs hatte ich das ganz bewusst getan, denn das Telefon kam mir vor wie eine tickende Zeitbombe. Ich wollte nicht wissen, wie viele hasserfüllte Nachrichten auf der Mailbox lauerten. Dann wollte ich nicht wissen, welche Nachrichten nicht vorhanden waren. Ich wollte auch nicht mit Sicherheit wissen, dass Fish nicht angerufen hatte. Genauso wenig wie Myra und Robbie. Ich wollte mich mit nichts davon auseinandersetzen. Irgendwann hatte ich dann wohl vergessen, dass ich überhaupt ein Handy hatte. Es war einfacher, als ich je vermutet hätte. Für gewöhnlich hatte das Telefon den größten Teil meiner Zeit förmlich an meinem Ohr geklebt, während ich Kunden Bericht erstattete und Twitter-Accounts auf den neuesten Stand brachte. Aber die Stille, die Momente allein mit meinen Gedanken, die Zeit, am Flughafen Zeitschriften zu lesen und Skizzen auf Papierservietten zu kritzeln, die Zeit einfach nur für mich war so was von beruhigend gewesen. Ein Luxus, den ich nicht mehr hatte aufgeben wollen.

»Mein Handy war aus«, murmelte ich.

»Wo warst du?«

»Im Spa.«

»Red kein Blech«, schnaubte sie. »Dort habe ich nachgefragt, als du nicht rangegangen bist, obwohl ich dich geschätzte achtzig Millionen Mal angerufen habe. Nachdem ich mich aus deiner Wohnung ausgesperrt hatte und der Hausmeister mich nicht wieder hineinlassen wollte, damit ich deine verdammte Katze füttern konnte.«

»Wie bist du denn am Ende reingekommen?«

»Deagan«, erwiderte sie. »Ich musste Deagan anrufen und ihn bitten rüberzukommen und mir aufzuschließen.« Sie deutete auf meinen Koffer, der noch immer in der Diele stand.

»Sorry«, entschuldigte ich mich.

»Wo warst du?«

Ich wollte keine Erklärungen abgeben, aber ich wollte auch nicht mehr lügen. Also erzählte ich ihr alles.

»Du machst Witze, oder?«, entgegnete sie fassungslos. »Wer tut denn so etwas?« In ihrem Gesicht spiegelte sich Panik wider, als hätte sie mit einem Mal Angst vor mir. Als könnte ich mich jeden Moment in ein schreckliches, schleimiges Monster verwandeln. Ich hatte zwar nicht erwartet, dass sie Verständnis aufbringen würde, doch mit einem solchen Entsetzen hatte ich nicht gerechnet.

»Ich wollte einfach nicht länger ich selbst sein. Sondern Jessie. Ich wollte Freunde haben wie Myra und die anderen. Ich wollte ihre Art von Leben.«

»Du hast mich«, erwiderte Luanne.

»Ja, aber hier ist alles nur von Zwängen bestimmt«,

meinte ich nachdenklich. »Mit dir, mit Deagan, mit meiner Mutter …«

»Wirf mich bitte nicht mit den beiden in einen Topf!«, fauchte sie. »Das ist absolut unfair. Immerhin bin ich jetzt hier. Immerhin habe ich in allen möglichen Hotels und Krankenhäusern angerufen, um herauszufinden, wo zum Teufel du steckst, nachdem du nicht an dein verdammtes Telefon gegangen bist. Wag es ja nicht, mich mit deiner Mutter auf eine Stufe zu stellen!«

»Ich meine doch nur, dass wir gar nicht so eng befreundet sind, wie wir immer tun. Sei ehrlich, das sind wir nicht. Ich glaube, wir haben im College keine zwei Worte miteinander gewechselt. Vermutlich hätten wir nie wieder etwas voneinander gehört, wenn du nicht nach Rochester gezogen wärst.«

»Das bin ich aber.«

»Du hast dich benommen, als wären wir gute alte Freundinnen, und ich habe es zugelassen, weil ich dringend eine gute alte Freundin brauchte. Aber manchmal bin ich mir nicht sicher, ob du mich überhaupt magst. Immerzu konkurrierst du mit mir. Du tust nichts lieber, als mich niederzumachen. Du tust nichts lieber, als zu allem, was ich tue, bissige Kommentare abzugeben – zu allem, was ich anders mache als du. Luanne, du bist meine Freundin, solange ich mich bescheiden im Hintergrund halte und mich nicht beschwere. Das ist nicht dasselbe.«

»Tja.« Sie starrte die Decke an. »Wenigstens laufe ich nicht durch die Gegend wie eine Verrückte und gebe mich für jemand anders aus.« Sie knallte die Zweitschlüssel auf meinen Schreibtisch und schlug die Tür hinter sich zu.

Ich hievte mich von der Couch und kroch mit dem protestierenden Snuffy im Arm ins Bett. Dort blieb ich fast den ganzen Tag, halb schlafend, halb wach, und lauschte den Geräuschen der abendlichen Alltagsroutine der Nachbarin über mir: Staubsaugen, Spülmaschine einschalten, duschen und kurz darauf die Trompeten, mit denen sich die Abendnachrichten auf CBS ankündigten. Sie hatte nie Freunde zu Besuch. Ich hörte nie zwei Stimmen und zwei Paar Schritte. Zum ersten Mal dachte ich über sie nach, statt mich über sie zu ärgern. Ich fragte mich, ob sie mit den festgefahrenen Bahnen ihres Lebens wohl glücklich war oder ob sie sich mehr erträumt hatte.

Endlich stand ich auf, griff nach meiner Jacke und den Autoschlüsseln und fuhr zu dem Lagerhaus, in dem ich meine Farben und Bilder eingelagert hatte.

Ich blieb die ganze Nacht auf und malte. Ich begann mit einem Bild von der Lichtung und dem Himmel von dem Abend, als Robbie und ich dort geraucht hatten. Es folgten die Wolken und die kleinen klaren Stellen, durch die die Sterne hindurchgeschienen hatten. Ich malte das Lagerfeuer. Ich malte Fishs Rohbau und verwandte viel Zeit darauf, die richtige Farbe für den gelben Schein der Glühbirnen zu mischen. Ich malte das Wohnzimmer im Haus von Myras Oma, die Couch, auf der wir gesessen und unseren Frust mit Eis versüßt hatten, und Myras Boutique mit dem prachtvollen Kronleuchter. Jede Einzelheit all der Orte, an denen ich mit Jessies Freunden gewesen war, hielt ich fest, aber ich brachte es nicht über mich, die Menschen zu malen und ihre Gesichter einzufangen. Ich hatte nicht das Recht dazu.

Dann zeichnete ich erneut den Kronleuchter von Myras Boutique und spielte mit den Schatten, bis ich ihn in ein großes, kunstvolles A mit herabhängenden Kristallen verwandelt hatte, die ein C bildeten. Anschließend arbeitete ich verschiedene Versionen der restlichen Buchstaben von Aberly Cadaberly aus. Am Ende entschied ich mich für einen geschwungenen Schriftzug, der einer Unterschrift glich, und malte das Logo auf eine Leinwand. Ich wusste nicht, ob ich je den Mut aufbringen würde, Myra das Bild zu schicken, aber es zu malen, verlieh mir das Gefühl, irgendwann vielleicht doch noch die Chance zu bekommen, ein weiteres Mal mit ihr zu sprechen.

39

Der Montagmorgen war eine einzige Katastrophe. Ich hatte das ganze Wochenende gemalt und war überdies noch auf Seattle-Zeit geeicht, daher dachte ich, es wäre drei Uhr morgens, als der Wecker klingelte. Sämtliche sauberen Bürokleider waren noch in dem Koffer, den Deagan vorbeigebracht hatte und der nach wie vor genau da stand, wo er ihn abgestellt hatte. Sie ergossen sich über den Boden, als ich den Reißverschluss aufzog. Jedes einzelne Kleidungsstück, von der Strumpfhose bis hin zur Unterwäsche, war völlig zerknittert. Ich hängte die Sachen, die ich anziehen wollte, im Bad auf, während ich duschte, aber leider half das auch nicht viel.

Ich war so müde, dass ich kaum die Augen offen halten konnte, während ich meine Bluse bügelte, und kam prompt an das heiße Eisen, das eine dünne, flammend rote Linie auf meinem Bauch hinterließ.

Unter meinen Fingernägeln klebten noch Farbreste, was mir aber erst im Auto auf dem Weg zur Arbeit auffiel. Ich fuhr mir mit den Nägeln über die Zähne, um die Farbe zu entfernen, erreichte jedoch nur, dass sich der unangenehme, moschusartige Geschmack von Pthalogrün in meinem Mund ausbreitete.

Ich schaffte es, in letzter Minute pünktlich zur Arbeit zu kommen, aber ich hätte früher da sein sollen. In meiner Branche wurde pünktlich mit zu spät gleichgesetzt.

Jemand hatte einen Karton Ivolushun auf meinem

Schreibtisch ausgeleert. Die bonbonfarbenen Flaschen mit dem billigen Fusel bedeckten jeden freien Fleck. Überall stapelten sich Memos, Faxe und Berichte. Meine Mailbox war voll, und den Computer schaltete ich gar nicht erst ein. Ich wollte nicht wissen, wie viele E-Mails auf mich warteten.

Daher ging ich mir erst mal einen Becher Kaffee holen. Luanne starrte mich von ihrer Bürozelle aus an, wandte aber den Blick ab, als ich ihr zaghaft zulächelte.

Kaum saß ich mit dem Kaffee an meinem Schreibtisch, bereit, die Papierberge in Angriff zu nehmen, klingelte mein Telefon.

»Jenny, Monica hier. Kannst du mal kurz rüberkommen?« Sie schlug den üblichen neutralen, sachlichen Büroton an, dem ich nicht entnehmen konnte, ob es sich um gute oder schlechte Neuigkeiten oder um irgendetwas absolut Belangloses handelte.

Ich legte auf und trank einen so großen Schluck Kaffee, wie es mir eben möglich war, bevor ich den Gang hinunter zu Monicas Büro hastete.

Mit verschränkten Armen und ausgestreckten langen Beinen lehnte Monica an ihrem Schreibtisch. Gerüchten zufolge hatte sie früher als Model gearbeitet, was ich unbesehen glaubte. Sie wusste, wie beeindruckend sie war. Und sie konnte ihrem Gegenüber, ohne ein Wort zu sagen, das Gefühl geben, klein, unbedeutend und unscheinbar zu sein.

»Oh«, meinte sie mit einem leisen Anflug von Überraschung, als ich mich setzte. »Die Frisur ist eine deutliche Verbesserung. Du siehst gut aus.«

»Danke.« Ich fragte mich, was sie vorher von meinen Haaren gehalten hatte.

»Ich habe schon von meiner Freundin Olga gehört, dass du den letzten Tag der Konferenz verpasst hast.« Sie schlug die schlanken Knöchel übereinander, wobei die rote Sohle eines Schuhs aufblitzte. Ich fragte mich, ob sie je mit geschwollenen Füßen zu kämpfen hatte. »Gibt es einen guten Grund dafür?«

Ich schüttelte den Kopf. »Die Vorträge hätte man sich genauso gut schenken können.«

Sie hob eine Braue.

Mir war klar, dass ich nur mit Ehrlichkeit weiterkam – nicht was meine außerplanmäßigen Aktivitäten betraf, sondern in Bezug auf die Konferenz. Ich seufzte. »Die meisten Redner haben über irgendwelche Konzepte geredet, ohne irgendeine praktische Anregung von sich zu geben. Sie haben mit großartigen Ideen um sich geworfen und Kollektivvorschläge gemacht, ohne jedoch an die Umsetzung zu denken. Mal ehrlich: Wie viel Zeit kann man damit verschwenden, Schlüsselwortwolken an eine Tafel zu schreiben, und das dann Arbeit nennen? Ich bin das alles so leid! So kommt niemand weiter.« Sowie ich verstummte, erkannte ich, dass ich einen Schritt zu weit gegangen war. Ich wartete darauf, dass sich die übliche Nervosität einstellte, aber sie blieb aus. Die Wahrheit lautete, dass mich die möglichen Konsequenzen nicht mehr interessierten.

Ich stand da und wartete auf eine Abmahnung. Eine Strafmaßnahme. Zusätzliche langweilige Arbeit an dem Ivolushun-Projekt oder ein Schnellbericht für einen von Luannes Kunden.

Stattdessen sah Monica mich nur mit aufrichtiger Besorgnis an und fragte: »Jenny, hast du dir vielleicht den falschen Job ausgesucht?«

»Ja«, erwiderte ich ruhig, »das habe ich.«

»Du könntest in deinem Fachgebiet eine der Besten sein, wenn du nur wolltest.«

»Vielleicht kommt es gar nicht so sehr darauf an, gut in etwas zu sein, wenn man nicht mit dem Herzen dabei ist«, gab ich zu bedenken.

Sie nickte.

»Warum betrachten wir das nicht als meine Kündigung?«

»Könntest du das Ivolushun-Projekt bitte noch abwickeln?«

»Natürlich«, entgegnete ich, obwohl ich nicht die geringste Lust dazu hatte. Einen alkoholhaltigen Energydrink zu bewerben, der wie ranziger Hustensaft schmeckte, war nun wirklich das Letzte, wonach mir der Sinn stand. Aber ich brauchte die Zeit und die Gehaltsschecks, um mir über meine nächsten Schritte klar zu werden. Außerdem hatte ich den Auftrag nun einmal übernommen, also musste ich ihn auch zu Ende bringen – nicht für die Holzköpfe von Ivolushun, sondern für Monica.

»Danke, Jenny.« Sie bedachte mich mit einem völlig erschöpften Lächeln.

Ich stand auf, verließ ihr Büro und atmete tief durch, als ich an meinen Schreibtisch zurückging. Endlich hatte ich die Entscheidung getroffen, zu der ich mich schon längst hätte durchringen sollen.

40

Ich suchte nach anderen Studiengängen. Intensiv. Ich recherchierte, erwog dies und verwarf das. Ich studierte die Arbeiten verschiedener Lehrer. Rief ehemalige Professoren an und bat um Empfehlungen. Verschickte Dias und führte telefonische Bewerbungsgespräche. Doch letztendlich boten sich mir in Seattle die besten Möglichkeiten. Außerdem war ich von den Arbeiten der Studenten dort begeistert. In Ithaca hatte ich ein Referat über die Thesen eines der dort lehrenden Kunstprofessoren verfasst, und die Vorstellung, bei ihm zu studieren, reizte mich über alle Maßen.

Abends nach der Arbeit malte ich in dem provisorischen Atelier, das ich mir in meiner Essecke eingerichtet hatte, und träumte von dem phänomenalen Licht, das durch die Fenster des Ateliers der Abschlussklasse strömte. Endlich gestattete ich mir, mich ganz auf das zu konzentrieren, was ich wirklich wollte, und diesem Ziel alles unterzuordnen. Bis zum Ende der Bewerbungsfrist blieben mir noch drei Wochen.

Jeden Tag ging ich Punkt fünf nach Hause und überließ meine Kollegen dem Wer-geht-als-Letzter?-Spiel. Meine Arbeit litt nicht darunter, dass ich nicht die übliche Anzahl an Überstunden ableistete. Der Umstand, dass ich alles lockerer sah, steigerte meine Produktivität, und ich schaffte an einem Achtstundentag so viel wie früher in zehn oder zwölf Stunden. Auf dem Heimweg nahm ich mir bei Wegmans etwas zu essen mit, blieb bis nach Mitternacht auf und malte.

An den Wochenenden aß ich Getreideflocken und bestellte mir Pizza. Ich schlief in meinen farbverschmierten Sachen und arbeitete konzentrierter als je zuvor, manchmal an vier Bildern gleichzeitig. Eine Pause von einem Bild hieß, dass es Zeit war, zum nächsten überzugehen. Ich war so beschäftigt, dass ich nicht die Energie aufbrachte, gegen all die Ängste und Unsicherheiten anzukämpfen, die ich mit mir herumtrug. Stattdessen ließ ich sie in das jeweils aktuelle Bild einfließen. Zwischenzeitlich kam ich mir vor wie ein bloßgelegter Nerv, trotzdem hielt ich nichts zurück.

Unmittelbar vor Ablauf der Frist der Universität von Washington hatte ich alle Arbeiten für die Mappe zusammen und machte die Bewerbung fertig. Während der Mittagspause rannte ich zur Post, um das Paket buchstäblich in letzter Minute aufzugeben. Als ich dem Mann am Schalter den großen Umschlag gab, war ich so nervös, dass meine Hände zitterten und mir Schweißperlen auf die Lippe traten. Ich hatte schon Angst, er könnte denken, dass ich ihm eine Briefbombe überreichte.

Als ich an diesem Abend von der Arbeit nach Hause kam, suchte ich Anitas Visitenkarte heraus und wählte die Nummer. Ich setzte mich auf die Küchentheke und schwang die Beine unruhig hin und her, während ich darauf wartete, dass sie ans Telefon ging. Ich meinte, mein Herz müsste jeden Moment zerplatzen.

»Hallo?«

»Hi, hier ist Gilberts Freundin Jessie Morgan.«

»Ja«, sagte Anita. »Ich erinnere mich. Ich freue mich, dass du anrufst.«

»Allerdings heiße ich gar nicht Jessie Morgan.« Dann erzählte ich ihr alles, von Myra und dem Jahrgangstreffen, von Deagan und von meiner Mom. Sie stellte Fragen, die ich ehrlich beantwortete. Ich erzählte von dem lilafarbenen Glitzer, zerbrochenen Gläsern und davon, dass es mir allein beim Malen so vorkam, als wäre mein Leben gut und richtig. Wahrscheinlich beichtete ich mehr, als ich sollte. Vielleicht warf mich das aus dem Rennen, aber ich musste aufrichtig sein. Ich konnte den nächsten Lebensabschnitt nicht mit Lügen beginnen, die wie ein Damoklesschwert über mir hingen. Ich musste mich der Herausforderung stellen, ich selbst zu sein.

»Ich würde wirklich gern eine Bilderserie zum Thema Identität von dir sehen«, meinte Anita. »Ich denke, da ergeben sich interessante Perspektiven.«

»Hältst du mich denn nicht für verrückt?« Ich pulte an einer Ritze in der beschichteten Theke herum und legte das Sperrholz darunter frei.

»Schätzchen«, lachte sie. »Wenn du ein so genanntes normales Leben führen würdest, dann würdest du nicht malen. Wunschlos glückliche, ausgeglichene Menschen verbringen nicht ihre gesamte Zeit damit, das Leben zu analysieren oder Momente daraus festzuhalten. Sie leben einfach.« Sie seufzte. »Natürlich musst du dazu nicht unbedingt ein von Seelenqualen gemarterter Künstler sein. Diesen Eindruck hatte ich auch gar nicht von dir. Menschen, die im Leben viel herumgestoßen worden sind, die falsche Entscheidungen getroffen haben oder ihre Wunden lecken, weil sie verletzt wurden, produzieren oft gute Kunst. Wir sind hier alle ein bisschen durchgeknallt. Wir haben nur gelernt, das zu unserem Vorteil zu nutzen. Was uns nicht tötet, das verleiht uns Superkräfte, stimmt's? Ich glaube, genau das tust du auch. Du benutzt deine Bilder, um deiner Welt einen Sinn zu geben. Das ist mir an den Arbeiten aufgefallen, die du mir gezeigt hast, und ich würde gerne mehr davon sehen.«

Ich erzählte ihr von der Bewerbung, und dass ich dabei sei, meinen Job zu kündigen. Sie meinte, ich könne zwar erst im nächsten Semester mit den Kursen anfangen, aber derzeit sei eine Assistentenstelle frei, die sie vorher gerne besetzen wolle.

»Wir möchten den Einsatz sozialer Netzwerke im Bereich der Kunst verbessern und verstärken«, sagte sie. »Ich kann dir nichts fest zusagen, aber deine Kenntnisse wären uns möglicherweise sehr nützlich.«

Nachdem ich aufgelegt hatte, schloss ich die Augen und malte mir aus, wie mein Leben künftig verlaufen könnte. Eine kleine Wohnung in Uninähe, unzählige Abende, an denen ich mich bis in die Nacht hinein bei einer Kanne Tee in kunstgeschichtliche Werke vertiefte, ein großes Atelier zum Malen. Statt in dem düsteren kleinen Fitnessraum in meinem Apartmentkomplex zu trainieren, könnte ich zu dem Strand im Carkeek Park joggen. Vielleicht würde ich sogar Kajakfahren lernen.

41

Am Tag vor der Markteinführung von Ivolushun rief mich Monica in ihr Büro.

»Wenn das alles vorbei ist, willst du uns dann immer noch verlassen?«, fragte sie.

»Ja«, nickte ich. »Ich habe vor, nach Seattle zu ziehen. Es steht noch nicht hundertprozentig fest, aber ich hoffe, dass sich alles so ergibt.« Es war schön, ehrlich zu ihr sein zu können, statt mich zu winden, um ihr zu sagen, was sie hören wollte.

»Was willst du denn in Seattle? Bei einer anderen Agentur arbeiten?«

»Nein, Kunst studieren. Und malen.«

»Du malst?« Sie hob die Brauen und bedachte mich mit einem strahlenden Lächeln. »Besteht vielleicht die Chance, dich dazu zu bewegen, dass du die künstlerische Leitung der Anzeigenabteilung übernimmst?«

Ich sagte nichts dazu.

»Hör zu.« Monica setzte sich auf den Stuhl neben mir, als wären wir gute Freundinnen, die ein Schwätzchen hielten. »Ich verstehe dich.« Sie rieb mit den Fingern über ihre linke Schläfe. »Vor vielen Jahren war ich drauf und dran, Psychologin zu werden. Ich habe aus den richtigen Interessen heraus damit angefangen, aber es war nicht der richtige Weg. Wenn du herausfindest, was du wirklich willst, kannst du diesen Weg nicht weitergehen. Das hier ist nicht dein Weg. Schon kapiert.« Sie lachte. »Ich möchte dich zwar am liebsten an deinem Schreibtisch festketten, aber …«

»Tatsächlich?«

»Wundert dich das? Was glaubst du, warum ich dich nach Seattle geschickt habe? Du bist mein bestes Pferd im Stall. Wenig Drama, hohe Produktivität.« Sie schüttelte den Kopf. »Du hast eine ganz besondere Begabung dafür, den Kunden genau das zu erzählen, was sie hören wollen. Es ist ein herber Schlag, dich zu verlieren, aber ich kann dich gut verstehen.«

»Danke.« Ich zwinkerte ein paar Mal, weil ich einen Gefühlsausbruch befürchtete. Die Situation erinnerte mich an das, was Anita gesagt hatte: »Was uns nicht tötet, das verleiht uns Superkräfte«. Natürlich war ich gut darin, unseren Kunden genau das zu erzählen, was sie hören wollten. Ich war dazu erzogen worden, das und nichts anderes zu tun und mich hinterher abzustrampeln, um den Worten entsprechend Taten folgen zu lassen. Aber das war nicht mehr der richtige Weg für mich.

»Könntest du bitte noch eine Woche dranhängen?«, fragte Monica.

»Klar.«

»Ich werde Luanne deine Projekte übertragen, und ich möchte, dass du sie im Schnelldurchgang einarbeitest.«

Ich zögerte.

»Mir ist schon aufgefallen, dass ihr zwei in der letzten Zeit kaum noch miteinander redet. Bring das in Ordnung, ja?« Sie hob eine Braue und bemühte sich, eine strenge Miene aufzusetzen, doch vermutlich wollte sie mir eher einen persönlichen Rat als eine dienstliche Anweisung erteilen.

»Okay«, willigte ich ein.

»Gut.« Sie streckte die Hand aus, um meine zu schütteln. »Ich wünsche dir alles Gute, Jenny.«

»Danke für alles«, sagte ich leise. »Ich habe viel von dir

gelernt.« Das stimmte. Sosehr mich die Anstrengung, Monica bei Laune zu halten, ausgelaugt hatte, ich war dadurch auch gezwungen gewesen, an mir zu arbeiten und immer besser zu werden.

»Nutz es«, riet sie mir, und ihre Stimme klang seltsam bewegt.

42

Als ich an meinen Schreibtisch zurückkam, klingelte das Telefon. »Hey«, sagte eine Stimme. »Jenny?«

»Ja?«

»Robbie hier.«

»Wirklich?«

»Na ja, eigentlich bin ich ein Robbie-Imitator.« Er lachte.

Ich wusste nicht, was ich darauf sagen sollte. »Ähm …«, zögerte ich.

»Zu früh für Witze? Es ist noch zu früh, stimmt's?« Er klang ehrlich beschämt.

»Nein, kein Problem, Robbie. Ich hatte nur nicht damit gerechnet, von dir zu hören.«

»Du hast mir mal gesagt, wo du arbeitest, daran habe ich mich erinnert. Hoffentlich ist es okay, dass ich dich angerufen habe.«

»Natürlich.« Ich wollte noch mehr sagen, ihm versichern, wie viel mir die Zeit bedeutete, die ich mit ihm verbracht hatte, aber ich kannte den Grund für seinen Anruf nicht, und ich wollte ihn nicht verschrecken.

»Gut. Was ich dir erzählen will, ist vielleicht ein bisschen peinlich, weil ich dich nicht schon kenne, seit wir in den Windeln gelegen haben. Also …« Er holte tief Atem, während ich die Luft anhielt. »Ich habe meine Spermien untersuchen lassen. Die Zahl ist niedrig, aber nicht so niedrig, dass es nie klappen wird.«

»O Mann!«, quiekte ich. Der Praktikant am Arbeitsplatz

neben mir hob den Kopf und funkelte mich böse an. Man musste nicht lange bei Levi & Plato arbeiten, um zu wissen, dass Monica keine Privatgespräche gestattete. Eigentlich hätte ich Robbie sagen müssen, dass ich ihn später zurückrufen würde, aber da ich ohnehin gekündigt hatte, kam es darauf nicht mehr an. »Das ist ja großartig«, flüsterte ich laut und vernehmlich.

»Ist es verrückt, dass ich unbedingt dich anrufen wollte?« Robbies Stimme klang warm und weich.

Ich konnte ihn förmlich vor mir sehen, wie er mit dem Telefon am Ohr dastand und die Bartstoppeln an seinem Kinn kratzte.

»Ich denke, ich habe das Recht verwirkt, darüber zu urteilen, was verrückt ist und was nicht.« Ich musste an die Sterne denken. Daran, wie sicher und geborgen ich mich an jenem Abend gefühlt hatte. »Trotzdem freue ich mich sehr, von dir zu hören.«

»Weißt du«, meinte er nachdenklich, »ich kann verstehen, warum du es getan hast … dass es manchmal leichter ist, jemand anders zu sein. Ich bin mir sicher, dass du niemanden absichtlich verletzen wolltest.«

»Danke.« Ich zeichnete mit dem Kugelschreiber eine Mondsichel auf meine Schreibtischunterlage, füllte sie aber nicht aus, sondern skizzierte mit Blau den Himmel ringsum.

»Jessie hätte niemals so viel Mitgefühl aufgebracht. Und sie war nie eine gute Zuhörerin. Ich habe vieles an ihr sehr gemocht, und das wird auch so bleiben, aber sie war keine … sie war nicht immer eine gute Freundin.«

»Nicht?«, wunderte ich mich. »Ihr habt euch doch alle so gefreut, mich zu sehen … oder vielmehr sie.«

»Jessie hat selten zugehört. Sie hat immer nur getan, was sie wollte, ohne Rücksicht auf die Wünsche und Bedürfnisse anderer zu nehmen. Aber hey, wenn man sich darauf eingelassen hat, konnte man eine Menge Spaß mit ihr haben. Wir vermissen sie alle, doch ich glaube, wir hätten uns auch alle gewünscht, sie hätte mehr von dir. Vielleicht bist du eine bessere Jessie als Jessie selbst.« Er seufzte.

»Sie ist durchaus eine Persönlichkeit«, erwiderte ich.

»Wie geht es ihr?«

»Sie kommt zurecht«, entgegnete ich. »Sie hat einen Sohn. Er ist vier. Und ein eigenes Fotostudio. Sie sieht … na ja, ich kenne sie ja nicht näher, aber sie sieht aus, als ob es ihr gut geht.«

»Wirklich?« In seiner Stimme schwang ein Funke von Interesse mit. Obwohl ich wusste, dass ich kein Recht dazu hatte, durchzuckte mich ein Stich der Eifersucht. Doch dann fragte er: »Und wie geht es dir?«

Ich erzählte ihm von dem geplanten Studium und dass ich meinen Job gekündigt hatte. Während ich redete, zeichnete ich den Boden und das Gras und dazu mich und Robbie samt dem Rauch unserer Zigaretten, der sich zum Himmel kräuselte.

»Ist meine Entscheidung irrwitzig?«, wollte ich von ihm wissen. »Werdet ihr mich für eine psychopathische Stalkerin halten, wenn ich nach Seattle ziehe?«

»Ich nicht. Karen vielleicht«, meinte er. »Aber sie hat im Moment nicht unbedingt viele Fans.«

»Das Ganze ist nicht Karens Schuld«, gab ich zurück.

»Sie hat Jessies Geheimnis jahrelang für sich behalten. Auf einmal brannte sie so darauf, dich – oder vielmehr Jessie – zu verletzen, dass sie kein bisschen darüber nachgedacht hat, ob sie uns dadurch ebenfalls verletzt. Wie es aussieht, hast du nicht als Einzige vorgegeben, jemand zu sein, der er nicht ist.«

»Sorry noch mal«, murmelte ich.

»Ich weiß.« Seine Stimme klang schon munterer. »Ich bin trotzdem froh, dich kennen gelernt zu haben. Das hätte ich nie, wenn du nicht die Jessie-Imitatorin gegeben hättest.« Er lachte. »Außerdem gibt es in der Nähe der Uni eine Kneipe, wo sie mittwochs Karaoke veranstalten. Niemand sonst will mit mir Karaoke singen.«

43

Luanne saß mit ihrem Donnerstagabend-Manhattan an der Bar im Good Luck.

»Hi«, sagte ich, stellte mich neben sie und wartete darauf, dass sie etwas erwiderte, doch sie schwieg beharrlich. Ich war bereits zu dem Schluss gelangt, dass sie nicht mit mir reden wollte, da rief sie endlich den Barkeeper zu sich und bestellte für mich ebenfalls einen Manhattan.

Ich mag diesen Drink nicht besonders, aber über solche Kleinigkeiten ist Luanne erhaben.

»Du hast mir nicht mal gesagt, dass du gekündigt hast«, maulte sie vorwurfsvoll, als ich mich neben sie setzte.

»Du hast nicht mehr mit mir gesprochen. Was hätte ich denn tun sollen, dir ein Memo schicken?«

»Monica sagt, du ziehst nach Seattle?«

»Ja.«

Sie schürzte die Lippen und durchbohrte mich mit einem durchdringenden Blick. »Ich kann nicht behaupten, dass ich verstehe, warum du dich dafür entschieden hast. Soll ich dich ab sofort Jessie nennen?«

»Ich bin nicht Jessie Morgan«, erwiderte ich. »Das weiß ich. Jeder weiß es. Davon abgesehen ziehe ich nicht nach Seattle, um dort ihre Rolle weiterzuspielen. Ich will vielmehr herausfinden, wer Jenny Shaw wirklich ist.«

»Sprich nicht in der dritten Person von dir.« Mit dem kleinen roten Plastikschwert fischte Luanne die Kirsche aus ihrem Martiniglas. »Das ist unheimlich.«

»Ich will nur herausfinden, wer ich bin«, korrigierte ich mich. »Bitte entschuldige, dass ich dich gekränkt habe.«

»Ich habe dich nie daran gehindert, du selbst zu sein. Ich wollte dich nie in deiner … Entwicklung beschneiden.« Sie wickelte sich eine Haarsträhne um den Finger und ließ sie wieder los.

»Das weiß ich. Ich habe nie aufbegehrt. Nie darauf beharrt, wer ich bin und was ich von unserer Freundschaft erwartet habe. Mir ist klar, dass es nicht deine Schuld ist.«

Sie seufzte, dann starrte sie in ihr Glas. Anscheinend ärgerte sie sich darüber, dass ich ihr donnerstägliches Ritual störte. Ich hatte meinen Drink bisher nicht angerührt.

»Du kannst ihn haben, wenn du willst.« Ich stand auf und schob einen Zehner unter den Fuß des Glases.

»Sehe ich dich je wieder?«, fragte sie, und sie wirkte auf einmal ehrlich geknickt

»Willst du das denn?« Ich war der festen Überzeugung gewesen, dass dies nicht der Fall war. Immerhin hatte ich mit ihr geredet, weil ich es Monica versprochen hatte. Ich dachte, Luanne wäre froh, mich loszuwerden.

»Natürlich«, sagte sie. »Ich mag dich. Du bist meine beste Freundin. Und ich wollte deine sein. Ich habe es wirklich versucht.«

Ich schlang die Arme um sie und legte das Kinn auf ihren Kopf. »Ich mag dich auch sehr, Lu.«

»Das heißt aber nicht, dass ich dir beim Umzug helfe. Ich habe mir gerade die Nägel machen lassen.«

»Ich ziehe frühestens in ein paar Wochen um.«

»Egal«, lachte sie. »Dann greift dieselbe Ausrede.«

»Komm mich mal besuchen«, bat ich.

»Meinst du das ernst?«

»Ja. Zweifelhafte Komplimente sind allerdings verboten, okay?«

»Okay«, stimmte sie zu. »Aber du musst mich darauf aufmerksam machen, wenn ich Müll rede. Zahl es mir mit gleicher Münze heim. Ich werde dich deshalb schon nicht verdreschen.« Sie stach nach der Kirsche in ihrem Drink. »Zumindest höchstwahrscheinlich nicht.«

»Gut, abgemacht.«

»Abgemacht.« Sie schwang sich auf ihrem Barhocker herum und umarmte mich. »Wenn ich dich besuche, können wir dann irgendwelche Decknamen annehmen und mit Fremden herumziehen?«

»Du kannst mich mal«, sagte ich.

»Danke gleichfalls, Kiddo.« Sie drückte mir einen satten Lippenstiftkuss auf die Wange.

Ich setzte mich wieder neben sie und bestellte ein Soda.

»So.« Sorgfältig wickelte sie die Kirschenstiele in eine Cocktailserviette. »Du kommst nicht wieder mit Deagan zusammen, oder?«

»Ganz sicher nicht.« Ich rührte mit meinem Strohhalm die Eiswürfel in meinem Glas um.

»Ausgezeichnet! Ich hatte schon Angst, du würdest zu ihm zurückgehen.« Ihre Augen wurden groß, und sie suchte so angestrengt nach Worten, als wollte sie um jeden Preis das Richtige sagen. »Das wäre nämlich viel zu leicht, verstehst du? Nicht nur für dich. Für alle. Wieder in alte Verhaltensmuster zu verfallen.« Sie stellte die Füße auf die unterste Sprosse meines Hockers. »Vermisst du ihn?«

»Nicht so doll wie befürchtet.«

»Sehr gut«, meinte sie. »Es gibt nämlich keinen Grund, mit jemandem zusammen sein zu wollen, der zu blöd ist, um zu begreifen, dass er mit dir das große Los gezogen hat.«

44

Der Brief mit dem Angebot für die Stelle als Anitas wissenschaftliche Assistentin traf nur wenige Tage später ein. Ich befestigte ihn mit einem Magneten aus der Pizzeria am Kühlschrank. Jedes Mal, wenn ich in die Küche kam und mein Blick darauf fiel, platzte ich fast vor Stolz, und in meinem Magen setzte ein Ziehen ein, als würde ich aus großer Höhe nach unten blicken. Ich wagte den Absprung, änderte jene Dinge, die ich ändern konnte, und ließ jene hinter mir zurück, die ich nicht ändern konnte.

Kaum hatte ich den Job angenommen und die notwendigen Unterlagen abgeschickt, sah ich meine gesamten Habseligkeiten durch und mistete gründlich aus. Ich wollte nicht länger mit den Geistern der Vergangenheit leben. Mein Geschirr war eines der Hochzeitsgeschenke meiner Eltern. Die Couch und das kleine Sofa stammten von meinem Vater. Er hatte sie mir überlassen, als eines seiner »Flittchen« seine Wohnung neu möbliert hatte. Den Couchtisch hatte mir Deagan zum Geburtstag geschenkt. Und der Ohrensessel hätte eigentlich einen Platz in seinem Wohnzimmer finden sollen.

Ich verpackte alles sorgfältig und ließ alles von den Mitarbeitern einer Wohltätigkeitsorganisation abholen. Irgendjemand, der nicht wusste, dass es sich um die Relikte diverser gescheiterter Beziehungen handelte, würde sich sicher über die Sachen freuen. In meinem neuen Leben konnte ich jedenfalls keine Erinnerungen an Kummer und Schmerz gebrauchen. Ich wollte noch mal ganz von vorne anfangen.

Ich behielt nur, was ich in meinem Jeep transportieren konnte, ausschließlich Dinge, die wirklich mir gehörten: meine Farben und Bilder, ein paar Kleidungsstücke, ein Skizzenbuch aus Ithaca, meinen Bombers-Bierkrug, den teuren Staubsauger, den ich mir von meinem ersten Gehaltsscheck geleistet hatte, und Snuffys Katzenhäuschen.

Deagans Sachen packte ich in einen der Schnapskartons, die ich mir im Spirituosenladen besorgt hatte. Das meiste war Zeug, das er ohnehin nicht wirklich brauchte: die Zweitzahnbürste, die er bei mir gelassen hatte, ein Kontaktlinsenbehälter, die zerkratzte Brille, die er nur trug, wenn es gar nicht anders ging, Slipper, deren Nähte aufgeplatzt waren, und ein ausgebeulter Pullover. Als er die Sachen damals zu mir gebracht hatte, war mir das wie ein monumentaler Schritt in eine neue Richtung vorgekommen, aber als ich mit dem Karton auf dem Beifahrersitz zu seiner Wohnung fuhr, wurde mir klar, dass es alles Dinge waren, die er entbehren konnte. Außerdem hätte er sie mitnehmen können, als er meinen Koffer zurückgebracht hatte, wenn er wirklich Wert darauf gelegt hätte. Trotzdem wollte ich sie nicht ohne sein Einverständnis wegwerfen – und vermutlich wollte ich mich auch von ihm verabschieden.

Dass wir miteinander fertig waren und die Tatsache, dass Deagan mich wegen einer anderen Frau verlassen hatte, änderte nichts daran, dass ich lange Zeit in ihm den Mann gesehen hatte, den ich heiraten wollte. Jetzt zog ich weg. Ich würde ihm nicht bei Wegmans begegnen oder von einem seiner Freunde hören, wie es ihm ging, wenn ich sie auf dem Public Market traf. Die Verbindung würde abreißen. Die Trennung war endgültig, und ich musste wie ein erwachsener Mensch dazu stehen. Ich musste die richtigen Dinge sagen und mich dann verabschieden.

45

»Wow, Jen«, sagte Deagan. »Die Frisur ist klasse.« Er nahm mir den Karton ab und scharrte verlegen mit den Füßen.

Es lief alles sehr zivilisiert ab.

Vermutlich hatte ich mir tief im Innern gewünscht, er möge die Tür öffnen, mich packen und mit einer Leidenschaft küssen, die er nie an den Tag gelegt hatte, um mir dann zu versichern, dass Faye nur eine dumme vorübergehende Phase in seinem Leben gewesen sei, die ihm seinen Fehler bewusst gemacht habe. Ich wollte ihn nicht zurückhaben, ich wollte lediglich die Oberhand gewinnen. Ich glaube, ein jeder wünscht sich bei einer Trennung, dass er der Verlassende und nicht der Verlassene ist, um ein Mindestmaß an Würde zu bewahren.

Deagan sah gut aus. Glücklich. Dem Wenigen nach zu urteilen, was ich von Faye wusste, schien sie perfekt zu ihm zu passen. Sie störte sich noch nicht einmal an dem schrecklichen Fußschweißgeruch in den Volleyballhallen. Ich war nicht die Richtige für Deagan, und er war nicht der Richtige für mich.

»Danke«, sagte ich. »Ich … äh … ich ziehe um und wollte dir nur kurz deine Sachen vorbeibringen.«

»Ziehst du in eine neue Wohnung oder ganz weg?«

»Ganz weg«, erwiderte ich. »Nach Seattle.«

»Wow.« Er verlagerte den Karton von einer Hüfte auf die andere. »Willst du nicht reinkommen? Ich habe gerade Kaffee gekocht.«

»Gerne, danke.«

Er trat zur Seite und ließ mich herein. Es war seltsam, in seinen vier Wänden zu stehen, ohne sie als den Ort zu betrachten, wo ich eines Tages wohnen würde. Plötzlich kam ich mir vor wie ein Gast.

Er goss uns Kaffee ein. Meinen in den Becher, den ich immer am liebsten gemocht hatte – den handgetöpferten von People's Pottery –, aber ich war mir nicht sicher, ob das Absicht oder nur ein Zufall war.

»Ich hätte nicht auf diese Weise mit dir Schluss machen sollen. Bitte entschuldige«, sagte er.

»Schon gut.«

Wir setzten uns nebeneinander auf die Stühle an seiner Küchentheke.

»Wahrscheinlich ist es inzwischen bedeutungslos«, er blickte in seine Kaffeetasse, »aber ich habe dich nicht betrogen.«

»Oh.« Ich seufzte. Meine Augen brannten. »Doch, das ist sehr wohl von Bedeutung.« Ich sah ihn an. »Ich dachte … Du hast die Reservierung für das Spa einen Monat vor der Reise storniert, und da habe ich angenommen…«

»Ich habe die Buchung storniert, weil mir klar war, dass ich die Sache mit uns beenden musste. Ich wusste, dass es nicht fair war, solche Gefühle zu hegen und …« Er blickte mich ebenfalls an und dann rasch zur Seite. »Nur jedes Mal, wenn ich dich dann gesehen habe, war ich mir nicht sicher, ob ich meine Meinung nicht noch ändern würde.«

Ich kratzte an einer Blase in der Glasur des Bechers.

»Aber ich habe Faye erst hinterher gestanden, was ich für sie empfinde. Ich habe gewartet, bis wir uns getrennt hatten.«

»Du meinst, nachdem du mich am Flughafen abserviert

hast und mit meinem Koffer weggefahren bist«, berichtigte ich ihn.

Er wirkte entsetzt. »Bitte verzeih mir.«

Ich lächelte ihn an. »Ich wollte stinkwütend auf dich sein und mich an den Gedanken klammern, dass du ein elender Mistkerl bist, doch ich glaube, ich muss jetzt irgendwie darüber hinwegkommen und nach vorne schauen.« Es war einfacher, mit ihm zu reden, wenn ich neben ihm saß. Überhaupt fiel mir die Aussprache in seiner Küche leichter, ich musste keinen Blickkontakt herstellen und wollte es auch nicht. So konnte ich all die unangenehmen Dinge besser aussprechen. »Ich wünschte, du hättest mir offen und ehrlich gesagt, wer du bist und was du willst, aber ich war auch nicht immer ehrlich zu dir. Ich glaube, ich wusste selbst nicht, was ich wirklich wollte. Ich habe nach allem gegriffen, von dem ich meinte, dass ich es mir wünschen sollte. Alles nur, um so zu sein, wie ich meiner Meinung nach sein sollte.« Ich trank einen Schluck Kaffee. Er schmeckte furchtbar. Deagan machte ihn immer zu dünn.

»Hast du in Seattle einen Job gefunden?«, fragte er. Die ganze Zeit über trat er mit dem Fuß gegen die Querstange des Stuhls, und mir ging auf, dass er nervös war.

Ich nicht. Ich fühlte mich ganz ruhig.

»Nein, ich gehe an die Uni zurück«, sagte ich.

»Marketing?«

»Malen.«

»Tatsächlich?« Er sah mich an, als hätte er mich noch nie zuvor bewusst wahrgenommen.

»Ja.«

»Ich erinnere mich, dass du gemalt hast. Warum hast du damit aufgehört?«

»Du hast den Farbgeruch gehasst.«

Wir schwiegen eine Weile.

»Ich hatte ja keine Ahnung«, meinte er endlich stirnrunzelnd.

»Hey«, sagte ich. »Ich hätte einfach keine Rücksicht darauf nehmen sollen. Aber ich hatte solche Angst, dich zu verlieren, dass ich all meine Energie darauf verwandt habe, so zu sein, wie du mich haben wolltest.« Ich grinste. »Wie dumm kann ein Mensch sein?« Ich legte die Hände um den Kaffeebecher, um sie zu wärmen. »Wir passen nun mal nicht zusammen. Und das ist okay so.«

»Vielleicht steht es mir nicht zu, das zu sagen, Jen, aber ich bin wirklich stolz auf dich.«

»Danke.« Ich setzte meinen Knöchel ein, damit er endlich aufhörte, den Stuhl zu malträtieren.

Er zuckte nur die Achseln.

Wir tranken unseren Kaffee aus. Zum Abschied umarmte ich ihn, und er küsste mich auf die Wange. Nachdem er die Tür hinter mir geschlossen hatte, ging ich den Gang hinunter. Auf einmal hatte ich einen dicken Kloß im Hals. Der nächste Abschied würde noch schwerer werden.

46

Auf der Fahrt zum Haus meiner Mutter atmete ich immer flacher, und meine Handflächen wurden feucht. An jedem einzelnen Tag meiner Grundschulzeit hatte ich dasselbe Ziehen im Magen, dieselbe Übelkeit verspürt, wenn ich mit dem Schulbus nach Hause gefahren war. Im Nacken saß mir die Angst vor dem Zustand, in dem ich sie vorfinden würde, wenn ich zur Tür hineinkam.

Seit ich neulich einfach aufgelegt hatte, hatten wir nicht mehr miteinander gesprochen. Als ich mein Telefon endlich wieder einschaltete, rechnete ich mit einer Flut von bitterbösen Nachrichten von ihr, aber es war nur eine einzige auf der Mailbox. Sie lautete schlicht: »Anscheinend sind wir unterbrochen worden.« Ich rief sie zurück, aber sie ging nicht dran. Nach einer Weile gab ich es auf. Eigentlich wollte ich gar nicht mit ihr reden. Es war leichter, sie einfach in Ruhe zu lassen. Vielleicht hätte ich mir Sorgen machen sollen, aber sie hatte schon häufiger nicht auf meine Anrufe reagiert. Es war die Strafe dafür, dass ich ihren Stolz verletzt hatte.

Ich schloss die Vordertür auf. Die Luft war zum Schneiden dick, es roch nach ausgeschwitztem Alkohol und abgestandenem Zigarettenrauch. Auf dem Couchtisch stapelten sich Zeitungen, und die Küchentheke war mit den Kartons von verschiedenen Mahlzeiten zum Mitnehmen übersät. Ich hoffte nur, dass sie sich das Essen hatte liefern lassen. Die Vorstellung, dass sie mehrmals quer durch die Stadt zum Chinesen gefahren war, ließ mich erschauern.

»Hi, Liebes, bist du das?«, rief sie mit ihrer zuckersüßen falschen Glückliche-Mutter-Stimme, in der unüberhörbar ein unheilvoller Unterton mitschwang.

Ich wusste, dass ich erneut im Begriff stand, ein Minenfeld zu betreten.

Sie saß im Nachthemd am Küchentisch und blätterte in der neuesten Ausgabe von *Entertainment Weekly.* Ihr Gesicht wirkte spitz und eingefallen, ihre Augen waren verquollen. Ihr ausgebleichtes Haar war trocken und spröde, der breite Ansatz mit grauen Strähnen durchsetzt, ihr Nagellack abgeblättert.

Wie immer hielt sie mir die Wange zum Kuss hin. Ich reagierte nicht darauf.

»Was hast du denn mit deinen Haaren gemacht?«, fragte sie und deutete dabei auf ihre eigenen. »Die Frisur macht dich älter.«

»Ich bin vorbeigekommen, um dir zu sagen, dass ich nach Seattle ziehe«, erwiderte ich, ohne auf ihre Bemerkung einzugehen. »Ich werde dort Kunst studieren.«

»Was ist mit Deagan? Er kann doch sicher nicht so einfach seinen Job kündigen?«

»Wir haben uns getrennt.« Ich räumte einen Berg Zeitschriften und Post von meinem Stuhl, hängte meine Tasche über die Lehne und setzte mich. »Ich nehme an einem MFA-Programm für Malerei teil. Und ich habe bereits einen Job als wissenschaftliche Assistentin.« Ich blickte nach unten. Der lila Glitzerfleck auf der Sitzfläche war immer noch da. »Ich arbeite für die Fachbereichsleiterin.« Ich schämte mich, weil ich es mir nicht verkneifen konnte, ihr das zu erzählen. Weil ich wollte, dass sie es wusste, und weil ich mir vorkam wie ein Hündchen, das auf Streicheleinheiten hoffte. Obwohl mir klar war, dass ich sie niemals bekommen würde, wartete ich mit angehaltenem Atem auf ihre Reaktion, hoffte wider besseres Wissen, diesmal wäre es anders.

»Ich begreife nicht, wie du Deagan gehen lassen konntest.« Sie stand auf und beugte sich über den Herd, um ihre Zigarette an der Gasflamme anzuzünden.

»Du magst ihn doch gar nicht.« Ich kratzte den Glimmer mit dem Fingernagel ab, bis nichts mehr zu sehen war.

»Er stammt aus einer guten Familie.« Sie setzte sich wieder, zog an der Zigarette und blies den Rauch in meine Richtung. Normalerweise pflegte sie in meiner Gegenwart nicht zu rauchen.

»Ich will nicht über Deagan sprechen«, erwiderte ich sanft, aber bestimmt.

Sie tat so, als hätte sie mich nicht gehört. »Du wirst schließlich nicht jünger.« Ihre Stimme klang boshaft und gehässig, doch ich sah, wie ihre Wange zitterte. »Vermutlich werde ich nie Enkelkinder haben. Du hättest dir mehr Mühe geben sollen, ihn zu halten.«

Ich erwiderte nichts darauf, sondern blickte mich in der Küche um, betrachtete die Zeitungsstapel und die mit Flecken übersäten Essenskartons. Neben der Spüle standen ganze Batterien von Weinflaschen, da sie seit Wochen nicht am Altglascontainer gewesen war. Leere Schnapsflaschen wanderten in den Hausmüll, damit niemand sie sah.

Dann musterte ich die mir gegenübersitzende Frau und dachte an alles, was ich mir je von ihr gewünscht hatte. Sie hätte meine Bärenmama sein sollen, die mir beibrachte, im Fluss zu fischen, und die mich sicher über Baumstämme und Felsbrocken bugsierte. Aber das war sie nicht, und sie konnte es auch nie sein. Sie wusste gar nicht, wie sie mich umarmen und mir versichern sollte, dass alles gut werden würde. Sie konnte mich nicht lieben, dazu war ihr eigener Schmerz zu groß.

Ich stand auf, ging in der Küche umher, sammelte die halb leeren Papierschachteln vom Chinesen ein, die rochen, als wären sie mehrere Tage alt, stopfte sie zusammen mit der Sammlung von Gewürzpäckchen und dem zweifelhaft sauberen Plastikbesteck auf der Theke in eine Plastiktüte. Dann benutzte ich ein Essstäbchen, um im Abfallzerkleinerer nach Metallteilen zu stochern. Ich fischte eine Gabel und einen Ohrring heraus, und dann ließ ich Wasser hineinlaufen und betätigte den Schalter, um den Müll zu beseitigen, der sich im Lauf der Zeit angesammelt hatte – vermutlich, seit ich das letzte Mal hier gewesen war und den Zerkleinerer benutzt hatte.

»Hast du heute schon etwas gegessen?« Ich öffnete den Kühlschrank.

Er enthielt einen Karton mit Eiern, deren Haltbarkeitsdatum vor vier Monaten abgelaufen war, eine Flasche Ketchup, einen leeren Milchkarton und im Gemüsefach so stark verrottetes Gemüse, dass ich nicht mehr erkennen konnte, worum es sich ursprünglich gehandelt hatte.

»Ich habe keinen Hunger«, sagte sie matt. Sie mochte die Aufmerksamkeit. Sie zwang mich für ihr Leben gern dazu, sie wie ein bockiges Kind zum Essen zu bewegen, hinter ihr herzuputzen und ihre Ängste zu beschwichtigen.

»Du musst essen«, beharrte ich. »Soll ich etwas für dich bestellen?«

»Mir geht es gut. Außerdem muss ich auf meine Figur achten.« Sie klopfte mit einer knochigen Hand auf ihre Hüfte.

Ich fragte mich, für wen sie schlank sein wollte. Sie wirkte erschreckend schwach und zerbrechlich.

Ich kramte den Proteinriegel, den ich für Notfälle immer

bei mir hatte, aus meiner Tasche und legte ihn neben sie auf den Tisch. »Iss wenigstens das hier. Bitte.«

Dann griff ich nach den Bechern und Gläsern, die ihren Platz umgaben wie eine Festung und ihr den Blick auf die leeren Stühle versperrte, balancierte sie in der Armbeuge, drückte sie an meine Brust und klemmte mir weitere zwischen die Finger. Meine Mutter hielt die Hand über den Becher vor ihr, um zu verhindern, dass ich ihn ebenfalls mitnahm. Vorsichtig ging ich zur Spülmaschine und stellte die Gläser nacheinander in den oberen Korb.

Dabei erwog ich, Anita anzurufen und ihr zu sagen, dass ich hierbleiben musste.

Nachdem ich die Spülmaschine eingeschaltet hatte, setzte ich mich wieder an den Tisch. Der Proteinriegel lag unberührt neben meiner Mutter, und sie blätterte die Seiten der Zeitschrift zu schnell um, um etwas lesen zu können. Meine Kehle schnürte sich zu. Ihre Brauen zuckten.

»Ich weiß wirklich nicht, wie du ein Kunststudium durchstehen willst«, nuschelte sie, und ihre Augen schleuderten Blitze. »Deine Bilder sind alle so stümperhaft.« Sie starrte mich an, wartete darauf, dass die Wunde zu bluten begann. »Du hättest bei Deagan bleiben sollen. Was soll nur aus dir werden, wenn du mit deinen Kunstprojekten kein Geld verdienen kannst?« Sie legte eine Hand auf ihr Herz, als spielte sie in einem Provinztheaterstück die Rolle der besorgten Mutter. Ihre Augen funkelten. Sie lebte für solche Momente. Wenn sie mit meinem Vater stritt, pflegte sie förmlich zu glühen. »Übrigens habe ich endlich all diese gruseligen Mädchen aus deinem Zimmer entfernt.«

»Was für gruselige Mädchen?«, fragte ich, doch mein Herz raste, weil ich die Antwort bereits kannte.

»Diese grässlichen Porträts, die du an die Wand gepinnt

hast. Die Farbe ist an dem Klebeband hängen geblieben. Ich werde den gesamten Raum neu streichen lassen müssen.«

Ich dachte daran, wie ich Scouts Gesicht genau das richtige Maß an Trotz verliehen hatte. Jo March sah weise aus, und Emma hatte gütige Augen. Ich hatte mir beim Malen solche Mühe gegeben. Abends hatte ich im Bett gelegen, sie angesehen und mir vorgestellt, wie es wohl wäre, Anne zur Freundin zu haben. Nach dem Unterricht hatte ich meinem Kunstlehrer die Jane Eyre gezeigt, und er hatte mich ermutigt, mich an einer Kunstschule zu bewerben. Meine Bilder waren weder gruselig noch grässlich. Das behauptete sie nur, um mir heimzuzahlen, dass ich unser letztes Telefongespräch so abrupt beendet hatte.

Sie trank einen großen Schluck aus ihrem Becher. »Ich konnte den Anblick nicht länger ertragen. Es ist mir ein Rätsel, wie du dir damit deinen Lebensunterhalt verdienen willst. Niemand wird sich von dir malen lassen. Wer will schon so aussehen wie eines dieser grässlichen Mädchen?«

»Du bist betrunken«, gab ich zurück.

Ihre Brauen zuckten erneut, ihr Gesicht lief hochrot an. »Du warst schon immer ein undankbares Luder!« Sie spie die Worte förmlich aus. »Mein ganzes Leben habe ich für dich geopfert. Meine Karriere, meine Ehe. Was für eine Verschwendung! Ich habe mein Leben an dich verschwendet, Jenny.« Sie sprach meinen Namen aus, als wäre er das trivialste Wort der Welt.

Ich stand auf und griff nach meiner Tasche.

»Du bist betrunken«, wiederholte ich, darum bemüht, sie nicht anzubrüllen. Meine Stimme klang erstickt. Ich wollte noch mehr sagen, die richtigen Worte finden, um zu ihr durchzudringen. Ich wollte, dass sie sagte, es tue ihr leid. Ich wollte, dass es ihr tatsächlich leidtat. Ich wollte immer noch, dass sie sich wie eine Bärenmama verhielt. Doch sie konnte es einfach nicht.

»Ich kann dir nicht helfen«, schluchzte ich, dann wischte ich mir mit dem Ärmel übers Gesicht. »Ich habe mir alle Mühe gegeben, aber du musst dich selbst aus dem Sumpf ziehen, Mom. Wenn du nicht dazu in der Lage bist oder es nicht willst, kann ich nichts mehr für dich tun. Du hast mir das Herz gebrochen, und du versuchst es immer wieder aufs Neue. Das darf ich nicht länger zulassen.«

Sie sagte kein Wort und sah mich auch nicht an, sondern klickte nur ihre Nägel gegeneinander. Dann blätterte sie wieder in der Zeitschrift und gab vor, in einen Artikel über Brad Pitt und Angelina Jolie vertieft zu sein. Ich existierte gar nicht.

»Ruf mich an, wenn du bereit bist, Hilfe in Anspruch zu nehmen.« Sacht drückte ich ihre Schulter. »Dann helfe ich dir, eine geeignete Therapie zu finden.«

Ich ging durch die Garage hinaus, öffnete die Tür ihres Autos und setzte mich auf den Fahrersitz.

An meinem letzten Tag auf der Highschool hatte mich meine Mutter abgeholt, und wir waren mitten am Nachmittag ins Kino gegangen. Sie hatte eine gute Woche gehabt. Wir sahen uns *Moulin Rouge* an und teilten uns einen großen Becher Popcorn und eine Cola light. Mir entging nicht, wie ihre Augen jedes Mal aufleuchteten, wenn sie einen der Songs erkannte. Sie wirkte viel gelöster, unbeschwerter als sonst – glücklich. Wir waren so lange nicht mehr im Kino gewesen.

Auf dem Rückweg hörten wir im Auto »Roxane« und sangen aus vollem Hals mit. Als wir zu Hause ankamen, war der Song noch nicht zu Ende, also blieben wir bei voll aufgedrehter Musik in der Garage sitzen und grölten, als gäben wir die Vorstellung unseres Lebens. Ich erinnere mich noch genau, dass ich damals dachte, von jetzt an wäre vielleicht alles in Ordnung. Mom trug den roten Pullover, den ich ihr zum Muttertag geschenkt hatte. Ihre Wangen schimmerten rosig, und von ihrem Lippenstift war kaum noch etwas zu sehen. Sie sah richtig hübsch aus. An jenem Tag dachte ich, es ginge ihr endlich besser.

Ich schaltete die Innenbeleuchtung ein, damit die Batterie leer wurde, dann schloss ich leise die Tür und ging.

Als Erstes fuhr ich zu Wegmans, rief von einem öffentlichen Telefon aus die Polizei an und gab ihr Autokennzeichen durch. »Bitte behalten Sie die Frau im Auge«, sagte ich, während mir das Herz bis zum Hals schlug. »Sie fährt manchmal betrunken.« Ich kam mir vor wie eine Verräterin, aber mehr konnte ich nicht tun. Weder konnte ich sie glücklich machen noch sie dazu bringen, mit dem Trinken aufzuhören. Sie würde nie so sein, wie ich sie mir wünschte, und ich durfte nicht mein Leben damit verschwenden, sie bei Laune zu halten.

Als ich nach Hause kam, suchte ich Yarah bei Facebook und schickte ihr eine Anfrage.

Bereits nach ein paar Minuten schrieb sie zurück: »Meine liebe alte Freundin! Wie schön, dich wiederzufinden!«

Ich antwortete: »Ich war so gern mit dir zusammen ein achtarmiges Seeungeheuer«, und sie wusste genau, was ich meinte.

47

Mit Mr. Snuffleupagus quer durchs Land zu fahren war nervenaufreibend. Er jammerte in seiner Transportkiste, übergab sich alle paar Stunden und erfüllte die Luft im Auto mit dem Gestank von Katzenfutter und Magensäure. Ich hatte zu viel Zeit zum Nachdenken. Zu viel Zeit, um mich zu fragen, ob ich gerade einen Riesenfehler beging. Ich übernachtete in schäbigen Motelzimmern, sah mir langweilige Shows im Fernsehen an, aß Burritos aus dem Automaten und versuchte Snuffy dazu zu bewegen, sein Geschäft auf der kleinen Reisekatzentoilette und nicht auf dem Motelteppich zu verrichten.

Doch alles änderte sich, als ich auf den Parkplatz des Apartmentkomplexes einbog und Robbie an seinen Truck gelehnt auf mich warten sah. Seine Anwesenheit ließ alles weniger beängstigend erscheinen. Ich fürchtete nicht länger, eine entsetzlich dumme Entscheidung getroffen zu haben. Selbst wenn ich nichts sonst hatte, so hatte ich immerhin einen Freund. Noch dazu einen, der meine dunkelsten Geheimnisse kannte und mich trotzdem mochte.

»Jenneroo!« Er umarmte mich fest. »Schön, dich zu sehen!«

Heather war nicht mitgekommen, aber sie hatte ihm Plätzchen für mich mitgegeben.

»Ich denke, sie wird sich schon wieder berappeln«, sagte er, als er den Behälter auf die Küchentheke stellte. »Sie weiß, dass wir Freunde sind. Und sie weiß, dass ich dich mag.« Er lehnte sich gegen die Theke. »Außerdem sollte eine Frau in ihrem Zustand nicht schwer heben.«

»Moment mal! Was sagst du da?« Ich schlug eine Hand vor den Mund. »Robbie! Wow!« Dann umarmte ich ihn und gab ihm einen schallenden Kuss auf die Wange. »Du wirst der beste Dad der Welt werden, Robbers.«

Wir hörten Meat Loaf und sangen mit, während ich meine Sachen in den Schrank hängte und Robbie meine Luftmatratze aufblies. Ich musste neue Möbel kaufen, aber damit wollte ich warten, bis ich wusste, wie mein Zuhause aussehen sollte. Ich wollte mir Zeit lassen.

Gemeinsam luden wir die restlichen Kartons aus. Snuffy saß auf dem Fensterbrett und funkelte uns finster an.

»Darf ich dich zu einem Bier einladen, Robbers?«, fragte ich.

»Ich habe damit aufgehört«, sagte Robbie. »Ich will nicht so werden wie mein Dad.« Er lächelte so breit, dass man die Lücke zwischen seinen Schneidezähnen sah. »Aber zu einem Milchshake würde ich nicht nein sagen.«

»Demnach werden wir also nicht auch unseren letzten Drink zusammen nehmen?«, lachte ich.

»Wenn mein Kind heiratet«, grinste Robbie, »dann sitzen wir auf der Lichtung und stoßen mit Champagner auf Jessie Morgan an, wo auch immer sie sein mag.«

»Abgemacht«, sagte ich.

»Sei ehrlich: Das war deine erste Zigarette, oder?« Jetzt reichte sein Grinsen von einem Ohr zum anderen.

»Stimmt«, gab ich zu.

»Ich hätte es merken müssen«, meinte Robbie. »Du hast viel zu viel gehustet.«

48

Am nächsten Tag ging ich zu Myras Boutique, um das Jessie-Kleid zurückzugeben.

»Hey«, begrüßte mich Nancy, als ich hereinkam. Sie lächelte zwar, allerdings so wie bei jemandem, der gerade aus der Klapsmühle entlassen worden war. Freundlich, aber wachsam. Myra musste ihr alles erzählt haben.

»Ich fürchte, ich habe kein Recht, das hier zu behalten.« Entschlossen schob ich das Kleid über die Theke. »Ich habe es getragen, deswegen kann es nicht mehr verkauft werden, aber ich bin der Meinung, Myra sollte es wiederhaben.«

Nancy nahm mir das Kleid ab.

»Und ich denke, ich sollte es bezahlen.«

»Unsinn«, erwiderte sie. »Wir können es immer noch für das Schaufenster verwenden. Myra würde nicht wollen, dass Sie es bezahlen. Wenn Sie jedoch noch ein bisschen shoppen wollen, würden wir uns freuen.«

Ich blieb eine ganze Weile in der Boutique und probierte Kleider an, in der Hoffnung, Myra würde sich blicken lassen, aber sie kam nicht.

Da ich nicht länger gezwungen war, mich für andere herauszuputzen, und nun tragen konnte, was mir gefiel, erstand ich eine fabelhafte Cordhose, einen grauen Strickpullover, ein Flanellhemd aus Biobaumwolle und eine Kette mit einem kleinen Anhänger in Form eines Tintenfischs. Sozusagen als Ersatz für jene, die Deagan mir geschenkt hatte.

Ich bezahlte und war schon fast an der Tür, als mir der zweite Grund einfiel, der mich hergeführt hatte.

»Nancy«, ich zog die auf ein Brett aufgezogene Leinwand mit dem Schildentwurf aus meiner großen Umhängetasche, »könnten Sie das hier bitte Myra geben?«

»O mein Gott.« Sie schlug die Hand vor den Mund. »Es ist einfach perfekt. Sie wird begeistert sein.«

Da ich keine Lust hatte, in mein leeres Zuhause zurückzukehren, ging ich in den Coffeeshop nebenan, um mir einen Latte macchiato zu holen.

Mit dem Kaffee in der Hand wollte ich mich gerade zum Gehen wenden, als ich jemanden »Jenny?« rufen hörte. Diesmal war ich mir ganz sicher, dass sie Jenny gesagt hatte.

Mit einer großen Tasse Kaffee, einem Berg von Papieren und einem Taschenrechner saß Myra an einem Tisch in der Ecke.

Sie stand auf und umarmte mich. Jeder, der uns beobachtete, musste die zwischen uns herrschende Verlegenheit bemerken, trotzdem war ich froh, dass sie der Begegnung mit mir nicht ausweichen wollte. Ich war in meine eigene kleine Welt versunken gewesen und wäre achtlos an ihr vorbeigegangen, wenn sie nichts gesagt hätte.

»Hast du einen Moment Zeit?« Sie deutete auf den Stuhl ihr gegenüber und schob die Papiere zusammen, als sie sich wieder setzte. »Ich muss dringend die Abrechnungen hier erledigen«, erklärte sie. »Im Laden kann ich die Finger ja doch nicht von den Kleidern lassen. Außerdem … siehst du den Typen dort drüben?« Sie nickte zu einem gut aussehenden Mann mit braunen Locken hinüber, der ebenfalls an einem Ecktisch saß und an einem Laptop arbeitete. »Das ist der Inhaber, von dem ich dir erzählt habe. Er ist immer hier.« Sie hob vielsagend die Brauen.

Ich freute mich, dass sie mich ins Vertrauen zog, wenn auch in einer Kleinigkeit, und wusste zugleich, dass ich mir keine falschen Hoffnungen machen durfte. »Ich habe das Kleid zurückgebracht«, sagte ich.

»Das wäre nicht nötig gewesen.«

»Es kam mir aber richtig vor.« Ich starrte meinen Kaffee an, weil es mir schwerfiel, Myra anzusehen.

»Ich habe lange über alles nachgedacht«, meinte sie. »Ich hätte es gleich merken müssen, schätze ich. Du bist so anders als Jessie.«

Erst dachte ich, die Worte wären abschätzig gemeint, eine versteckte Kränkung, doch als ich aufblickte, lächelte sie.

»Glaub jetzt bitte nicht, dass ich Jessie nicht mag. Ich mag sie sogar sehr gern. Aber Jessie als Jessie … Das war ein viel größeres Drama als du in der Rolle. Sie hat immer nur für Probleme und Trubel gesorgt, sie konnte einfach nicht anders. Ruhe und Frieden waren nichts für sie, und wenn in ihrem Leben doch einmal eine gewisse Entspannung einkehrte, zettelte sie einen Riesenkrach mit Robbie an oder erzählte mir, Karen habe hinter meinem Rücken schlecht über mich geredet. Ständig inszenierte sie irgendein Drama um sich. Mit fünfzehn war das ja noch aufregend … Ich schätze, unsere Wege hätten sich ohnehin getrennt, auch wenn sie nicht verschwunden wäre.«

Ich zupfte am Rand meines Pappbechers herum, weil ich nicht wusste, was ich darauf sagen sollte.

»Wir haben miteinander gesprochen«, fuhr Myra fort. »Sie hat mich angerufen. Das Gespräch war typisch für Jessie. Sie hat sich mehrfach entschuldigt, aber es klang wie ein einziges Verteidigungsplädoyer. Es ging ihr bloß darum, sich selbst zu schützen. Sie wollte sich nicht verpflichtet fühlen, jemals hierher zurückkommen zu müssen. Sie wollte nicht das Gefühl haben, es irgendjemandem schuldig zu sein, sich wieder in ihr altes Selbst zurückzuverwandeln.« Myra schüttelte den Kopf. »Das ist Jessie. Ich werde sie immer lieben, um all der Dinge in meinem Leben willen, die ich ohne sie nie zu tun gewagt hätte. Selbst wenn sie uns zu verrückten Unternehmungen angestiftet hat, hat sie es im Grunde genommen nur für sich getan. Damit man die Sünde durch mehrere teilen konnte. Damit sie sich weniger allein fühlte. Nicht, weil sie eine gute Freundin war. Es ist leicht zurückzublicken, sich im Geist alles so zurechtzulegen, wie man es gerne hätte, und zu sagen: Wow, Jessie hat wirklich versucht, mein Selbstvertrauen zu stärken und mir mehr Mut einzuflößen. Genau das habe ich getan, als du hier warst. Du als falsche Jessie hast mich meine Erinnerung an die echte überschreiben lassen. Ich habe dir geglaubt, weil du so warst, wie ich Jessie immer gern gehabt hätte.« Sie lachte. »Seien wir doch mal ehrlich, ich hatte keinen Grund, dir nicht zu glauben. Wer gibt sich schon für eine andere Person aus?«

»Ich weiß.« Ich musste ebenfalls lachen.

»Es ist verrückt, weil ich dich einerseits kenne und andererseits auch wieder nicht. Wahrscheinlich gibt es mehr Dinge, die ich nicht von dir weiß, als solche, die ich von dir weiß. Ziemlich verwirrend, nicht? Ich kann nicht einfach einspringen und in die Rolle deiner Freundin schlüpfen. Davon abgesehen bin ich wohl noch dabei, das alles zu verarbeiten. Ich schätze, ich will damit sagen, dass die Tür im Moment vielleicht zugeschlagen ist, aber sie ist nicht abgeschlossen. Verstehst du?«

»O ja«, erwiderte ich leise.

»Ich muss dir trotzdem etwas erzählen.« Sie schlug mit der Hand auf den Tisch. »Blackberry ist von meinen Entwürfen sehr angetan. Sie wollen noch zwei weitere Saisonkollektionen und eine dritte für Urlaub und Freizeit von mir.«

»Wirklich? Das ist ja großartig!«

Wir unterhielten uns noch eine Weile. Ich erzählte ihr, dass ich mich von Deagan und meiner Mutter verabschiedet hatte, und von der Bilderserie, an der ich gearbeitet hatte. »Ich will mich nicht wie eine Klette an euch hängen, im Gegenteil, ich habe mir alle Mühe gegeben, irgendwo anders einen geeigneten Studiengang zu finden, aber hier in Seattle hat einfach alles gepasst.«

»Ich freue mich wirklich, dass du dabei bist herauszufinden, wer du bist«, meinte Myra. »Ich denke, ich kenne dich gut genug, um mir sicher zu sein, dass du auf einen wertvollen Menschen stoßen wirst. Du wirst jemandem begegnen, der du sein möchtest.«

Ein paar Wochen später kam ich auf dem Weg zum Straßenverkehrsamt, wo ich einen Führerschein für den Staat Washington beantragen wollte, an Myras Boutique vorbei. Das alte Ladenschild war durch jenes ersetzt worden, das ich entworfen hatte, und die Puppe im Schaufenster trug das Jessie-Kleid.

49

»Na«, meinte Luanne und schlürfte am anderen Ende der Leitung unüberhörbar ihren Kaffee, »bist du schon total verbauert?«

Es war unsere neue Tradition. Einmal pro Woche, wenn Monica ihren festen Termin im Nagelstudio hatte, machte Luanne eine Kaffeepause und rief mich vom Büro aus an.

Ich dagegen war dann gerade aufgestanden und trank meine erste Tasse. Unser Verhältnis war immer noch leicht angespannt, wurde aber allmählich lockerer. Wir verfolgten nicht mehr dieselben Ziele. Sie betrachtete mich nicht mehr als Rivalin, sondern wollte meine Freundin sein. Das zählte etwas, genau wie ihr Bemühen zu verstehen, warum jemand einen gut bezahlten Job aufgab, um wieder zu studieren, vom Gehalt einer wissenschaftlichen Assistentin zu leben, seine Zeit mit »rotznäsigen Collegekids« zu verbringen und in einem winzigen Apartment zu wohnen.

»Noch nicht ganz«, gab ich zurück. »Aber ich habe mir neulich ein Flanellhemd gekauft.«

»Nein! Das darf doch nicht wahr sein.« Sie klang ein bisschen verärgert.

»Finde dich damit ab. Es ist ja nicht das Ende der Welt.«

Dann erzählte sie mir von Monicas jüngstem Nervenzusammenbruch und ich ihr von dem Bild, an dem ich gerade arbeitete. Es war ein Selbstporträt. Ich wollte mich so ehrlich darstellen, wie es mir nur möglich war. »Mitsamt Pickeln und allem«, schloss ich.

»Warum?«, fragte Luanne. »Es ist bloß ein Bild. Du könntest dich mit tollen Haaren und reiner Haut malen.«

»Ich habe tolle Haare«, versetzte ich. »Aber ich glaube, es ist an der Zeit, dass ich mich mir selbst stelle.«

»Versprich mir nur, dass du dich dir selbst nicht in einem Flanellhemd stellst.«

»Ich gebe grundsätzlich keine Versprechen«, sagte ich.

Nachdem wir aufgelegt hatten, zog ich mich an und ging zum Atelier hinüber. In Seattle schien tatsächlich mal die Sonne, die Luft war frisch und kühl, und ich ging mit festen Schritten über das Pflaster.

Kurz darauf betrat ich das Atelier, atmete den Geruch von Ölfarbe ein und sah zu, wie Staubkörner im Licht flirrten, als ich zu meinem Bild hinüberging. An der riesigen Leinwand hätte ich in der Enge meines kleinen Apartments nie arbeiten können. Mein Selbstporträt war überlebensgroß. Es ermöglichte mir, jede Sommersprosse und jeden Makel festzuhalten: den Schwung meines Kinns, den leicht bekümmert wirkenden Winkel meiner Augen. Es ermöglichte mir, mich selbst zu sehen.

Ich tauchte den Pinsel ins Wasser und wischte ihn an meinem Oberschenkel ab, wobei ein Rest Farbe, ein helles Pink, an den ohnehin schon bunt schillernden Arbeitsjeans zurückblieb. Dann mischte ich die Farben für den Nachmittag und summte vor mich hin, während ich Gelb in Orange und Blau in Grün verwandelte.

Als ich Schritte hinter mir hörte, drehte ich mich nicht um, sondern bemühte mich, an der Vision in meinem Kopf und dem Gefühl festzuhalten, das mich erfüllt hatte, als ich mit meinen Farben alleine gewesen war.

»Hi«, erklang eine Stimme. »Ich habe gerade nach Matisse gesehen, und Anita sagte mir, du wärst vielleicht hier.«

Ich wandte mich um und stand dem Menschen gegenüber, den ich am meisten vermisst hatte.

»Hi, Gilbert«, sagte ich.

»Hi, Jenny.«

Er lächelte, wobei sich Fältchen um seine blauen Augen bildeten, und streckte mir eine Hand hin. »Schön, dich kennen zu lernen.«

DANKSAGUNG

An alle, die meinen ersten Roman *Können diese Augen lügen?* gelesen, es Freunden empfohlen, darüber getwittert, gebloggt und meine Lesungen besucht haben – ihr habt dieses zweite Buch erst möglich gemacht, und ich kann euch nicht genug dafür danken.

Ein großes Dankeschön geht an meine Verlegerin Denise Roy, die mich ermutigt hat, die Schauplätze der Geschichte dorthin zu verlegen, wo sie hingehören. Mit dir zusammen an diesem Buch zu arbeiten war eine wundervolle Erfahrung. Dank gebührt auch Phil Budnick, Kate Napolitano, Milena Brown, Lavinia Lee, Joya Miceli und allen anderen bei Plume dafür, dass sie meinem Buch ein so wunderbares Zuhause gegeben haben.

Meiner fantastischen Agentin Elisabeth Weed danke ich für ihre Hilfe, Geduld und Unterstützung. Ohne dich wäre aus diesem Projekt nichts geworden. Ein großes Dankeschön auch an Dana Borowitz von der United Talent Agency und an Stephanie Sun von Weed Literary.

Michele Larkin, dir danke ich dafür, dass du mich so unermüdlich an deinem klugen Kopf und deinem gesunden Menschenverstand hast teilhaben lassen. Du bist genau die Schwester, die ich mir immer gewünscht habe.

Neil Gordon, du Guru des Geschichtenerzählens! Danke, dass du mir ein so guter Freund und Lehrer bist.

Joan Pedzich, danke dafür, dass du mir dein besonderes Talent als Leserin und Autorin zur Verfügung gestellt hast und meine Charaktere genauso liebst wie ich. Ich wüsste nicht, was ich ohne dich täte.

Claire Cook, ich danke dir dafür, dass du eine so gute Freundin und Mentorin bist. Deine Weisheit und deine warmherzigen Worte schätze ich sehr.

Erika Imranyi, danke für den Funken, der alles in Gang gesetzt hat.

Rainbow Rowell, o Gott, ich weiß ganz genau, was ich an dir habe! Danke für all deine brillanten Ratschläge.

Ethan Dawson, danke für deine Unterstützung und die langen Gespräche.

Viel Dank und Liebe gehen auch an Melanie Krebs, Jennifer DeVille, Julie Smith, Brenda Kirkwood, Rainbow Heinrichs, Lisa Malin, Michele Christiano, Erin und Ted Jackle, Carol Kirkwood, Marty Herezniak, Deb VanderBilt, Dash Hegeman, Carolyn Bennett, Kristin Dezen, Nick Tebrake, Chris Sutton, Armanda Zardzewiala und Andi Winterfield.

Mindae Kadous, danke für deine begeisterte Unterstützung und dafür, dass du du bist.

Eines der größten Geschenke des Schriftstellerdaseins besteht darin, dass man andere Schriftsteller kennen lernt. Ich freue mich so über die Mitglieder der Fiction Writers Co-op und danke Shawn Klomparens, Amy Hatvany, M. J. Rose, Beth Hoffman, Matthew Aaron Goodman, Beth Harbison, Susan Elizabeth Phillips, Melissa Senate, Sarah Strohmeyer, Julie Buxbaum, Allison Winn Scotch, Alison Pace, Sarah Pekkanen, Caprice Crane, Jen Lancaster und Alice Bradley von Herzen.

Ein großes Dankeschön geht an Christy Cain und ihr fantastisches Team, vor allem an Michael Miller, Linda und Roger Bryant, Rebecca Budinger-Mulhearn und die ruhmreiche Gang bei Titles Over Tea. Erica Caldwell und Terri Marchese, danke für eure Unterstützung, eure Gastfreundschaft und eure tollen Buchempfehlungen.

Ich danke Katie von der Planet Dog Foundation dafür, dass sie mir bei meinen Recherchen über Behindertenführhunde behilflich war. Mein Dank gilt auch Wooftown Rescue, Mostly Sheperds und GSRCNY.

Ich danke allen Greenists, vor allem Courtney Craig und Mickey Dye. Ihr seid großartige grüne Freunde.

Mein Dank gebührt auch meinem Kumpel Tuskers. Während ich dieses Buch geschrieben habe, habe ich einen guten Teil meiner Zeit damit verbracht, darüber nachzudenken, wie mein Leben wohl verlaufen wäre, wenn ich nicht so wundervolle Freunde gehabt hätte. Ich bin unendlich froh, dass ich mit euch aufwachsen durfte. Ein besonderes Dankeschön und viel Liebe gehen an Katherine und die Robs (besonders Russell), außerdem Sohini, Danna, Laura, Lauri, Lauren, Larry, Missy, Ellen, Bryan, Sabrina und Zeni.

John Cuk, ich danke dir erneut dafür, dass du ein unglaublich guter Lehrer bist. Unser Chat hat genau zum richtigen Zeitpunkt stattgefunden und war enorm hilfreich.

Ganz besonders bedanke ich mich bei den Larkins und den Ashbys für ihre grenzenlose Unterstützung. Ich bin mir sicher, dass ein jeder, der meinen Schwiegereltern Doug und Terry begegnet, von meinen Büchern hören wird. Ich schätze mich sehr glücklich, eine Larkin zu sein.

Jeremy, danke, dass du mein Hafen bist, wo immer wir auch hingehen. Ich liebe dich über alles. Natürlich danke ich auch meinen treuen Hunden Argo und Stell sowie der Katze, obwohl sie mich hasst.